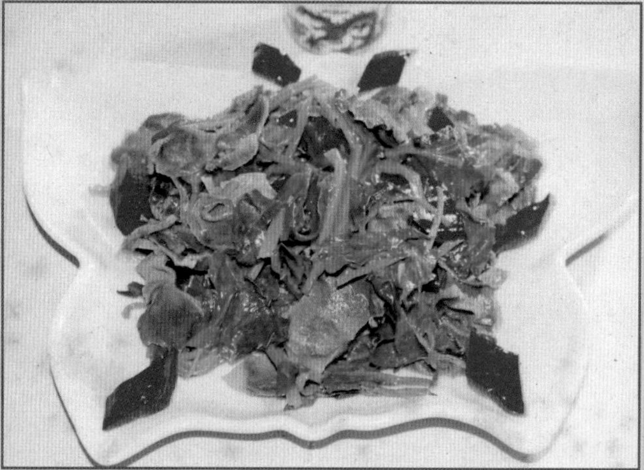

鸡胗拌菠菜

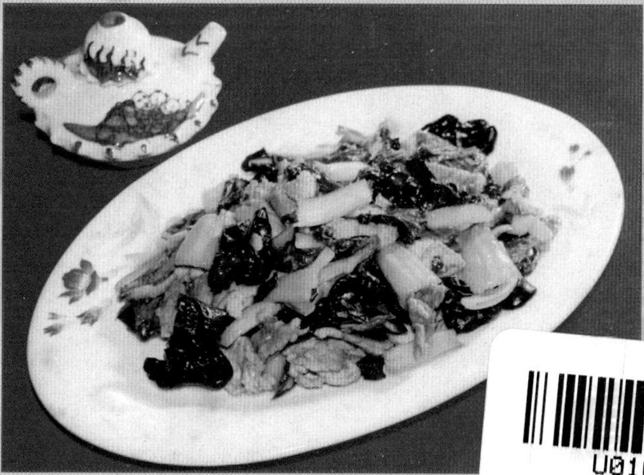

木耳炒油菜

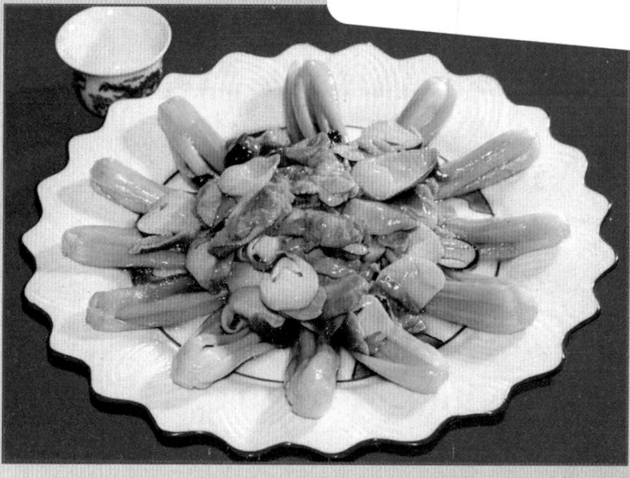

草菇菜心

夏

季美味家常菜

猪心炒茼蒿

双丝炒芹菜

香辣茄泥

2

荷兰豆炒番茄

鸭肉烧芸豆

冬瓜丸子汤

夏季美味家常菜

3

季美味家常菜

苦瓜炒肉丝

凉拌银耳西兰花

香干炒蕨菜

凉拌金菇绿豆芽

翠芹拌豆腐

麻油双耳

夏

季美味家常菜

素炒三色

黄花菜炖老鸭

菠菜炒鸭蛋

6

番茄猪排煲

沙锅猴头炖兔肉

珍珠萝卜煮鲫鱼

夏

季美味家常菜

鲭鱼丸煮小白菜

番茄炒仔墨

莴笋炒虾仁

8

夏季美味家常菜

主　编　吴　杰　　夏　玲

编　委　吴昊天　　李　晶　　任弘捷

　　　　李永江　　潘金海　　张亚军

　　　　郭玉华　　刘　捷　　武淑芬

　　　　陆春江　　韩锡艳　　施淑华

摄　影　吴昊天　　吴　杰

金盾出版社

内-容-提-要

　　本书是一本专门介绍夏季养生保健的菜谱书。书中精选了400款适宜夏季养生保健的营养美味菜肴，以简洁的文字对每款菜肴的用料配比、制作方法、成品特点及制作中需要注意的问题均作了具体的介绍。本书内容丰富，科学实用，是集食养、食补、食疗于一体的菜谱书，非常适合广大家庭使用。

图书在版编目(CIP)数据

夏季美味家常菜/吴杰，夏玲主编．—北京：金盾出版社，2009.3
ISBN 978-7-5082-5521-7

Ⅰ．夏…　Ⅱ．①吴…②夏…　Ⅲ．菜谱　Ⅳ．TS972.12

中国版本图书馆 CIP 数据核字(2009)第 013713 号

金盾出版社出版、总发行
北京太平路 5 号(地铁万寿路站往南)
邮政编码：100036　电话：68214039　83219215
传真：68276683　网址：www.jdcbs.cn
封面印刷：北京精美彩印有限公司
彩页正文印刷：北京蓝迪彩色印务有限公司
装订：北京蓝迪彩色印务有限公司
各地新华书店经销
开本：850×1168 1/32　印张：9.75　彩页：8　字数：238 千字
2009 年 3 月第 1 版第 1 次印刷
印数：1～10 000 册　定价：19.00 元
(凡购买金盾出版社的图书，如有缺页、
倒页、脱页者，本社发行部负责调换)

前　言

　　随着我国人民生活水平的提高和生活质量的改善，人们的饮食理念和饮食需求都发生了很大的变化。大众把目光投向科学的健康饮食和传统的养生保健，期望通过科学合理的饮食调养，达到增强体质、防病治病、健康长寿的目的。但怎样根据不同的季节变化，适时合理膳食，扶助正气，保持健康，更是大众关注的焦点。

　　为了满足大众的食疗养生保健需求，我们遵循中医顺应自然养生方法的"天人相应"学说，顺应自然界"春生、夏长、秋收、冬藏"的规律，针对不同季节人体的神经系统、内分泌系统、循环系统、消化系统、呼吸系统、心血管系统等功能反应，根据各种食材、药材的不同"性"、"味"、营养成分、药理和疗效，以传统的中医理论为指导，将天然食物和天然药材有机融合，巧妙搭配，科学组方，辨证施治，以达到"防患于未然"和"药到病除"的食疗养生保健的目的。

　　本书是针对夏季养生保健而编写的《夏季美味家常菜》。

　　夏季自然界阳气最盛，不仅天气炎热，而且多雨潮湿，湿热并重，相互交蒸。高温加干燥，使人汗流不止，机体内津液随汗流失,导致营养物质消耗增加,引起气血两亏,身疲乏力;而高温加高湿,又容易伤及脾胃阳气,造成脾气不畅,饮食运化失常,可使胃腺分泌受抑制;高温加高湿使人难以排汗降温,就会出现热伤风或中暑。因此夏季饮食养生的原则为凉补,重在养心补脾,兼顾养肺滋肾。针对夏天酷热的特点,增食味苦,性寒、凉的食物,可适当食用一些酸味和性温味辛的食物,还可以适当进补具有消暑清热、解暑除湿、补气养阴、生津健脾胃等功效的药膳。

本书精选了 400 款适宜夏季养生保健的营养美味菜肴,以简洁的文字对每款菜肴的用料配比、制作方法、成品特点及制作中需要注意的问题均作了具体的介绍。本书内容丰富,科学实用,是集食养、食补、食疗于一体的菜谱书,非常适合广大家庭使用。

编　者

目　录

一、蔬菜类

目　录

二、豆制品类

四、禽蛋类

五、畜肉类

六、水产品类

目　录

七、其 他 类

一、蔬 菜 类

荸荠炒小白菜

【原　料】　小白菜、荸荠各 200 克,蚝油 15 克,精盐、鸡精各 2 克,湿淀粉 8 克,熟鸡油 10 克,植物油 20 克。

【制作步骤】　①将荸荠洗净,去皮,切成片。小白菜择洗干净,沥去水分,切成 3 厘米长的段。　②锅内放入清水烧开,下入荸荠片略焯捞出,沥去水分。　③锅内放入植物油烧热,下入小白菜段略炒,下入荸荠片炒匀,加入蚝油、精盐炒均至熟,加鸡精,用湿淀粉勾芡,淋入熟鸡油,出锅装盘即成。

【特　点】　白绿相间,脆嫩清鲜。

【操作提示】　要用大火速炒。

【营养功效】　小白菜含蛋白质、脂肪、膳食纤维、钙、磷、铁、镁及多种维生素等,尤以维生素 C 和钙的含量高;其味甘,性微寒,可清热解毒,通利肠胃。荸荠含糖类、蛋白质、脂肪、钙、磷、B 族维生素、维生素 C、荸荠素等;其味甘,性寒,可清热生津,凉血止痢,消积,明目。二者同烹成菜,有清热消暑,生津止渴,通利肠胃的功效。

鲜蘑菇炒小白菜

【原　料】　小白菜 200 克,鲜蘑菇 175 克,火腿 30 克,葱末、蒜末各 5 克,料酒 8 克,精盐 3 克,味精、白糖各 2 克,植物油 20 克,香油 5 克。

【制作步骤】　①将鲜蘑菇去蒂,洗净,下入沸水锅中焯透捞出,沥去水分,切成片。小白菜择洗干净,沥去水分,切成 3 厘米长的段。火腿切成小片。　②锅内放入植物油烧热,下入葱末、蒜末炝香,下入火腿片煸炒至透,烹入料酒炒匀。　③下入蘑菇片炒开,下入小白菜段炒匀,加入精盐、白糖炒匀至熟,加味精,淋入香油翻匀,出锅装盘即成。

【特　点】　爽脆嫩鲜,清新可口。

【操作提示】　蘑菇要用大火焯透。

【营养功效】　小白菜味甘,性微寒,可清热解毒,通利肠胃。鲜蘑菇味甘,性凉,可补脾益气,润燥生津,开胃止泻,解毒化痰。二物配以可健脾开胃,生津益血的火腿同烹成菜,具有补气养阴,润肺化痰,滋肾填精的功效,是夏日一款清淡消暑菜肴。

小白菜煮鸭肉丸

【原　料】　小白菜 200 克,净鸭肉 125 克,熟火腿、葱末、姜末各 10 克,料酒 15 克,精盐、鸡精各 3 克,白糖、味精各 1 克,湿淀粉 5 克,鸡蛋清 1 个,清汤 650 克,植物油 20 克。

【制作步骤】　①将鸭肉洗净,沥去水分,剁成细末,放入容器内,加入葱末、姜末、料酒、精盐各半,再加入白糖、味精、鸡蛋清、清汤 25 克、植物油 5 克搅匀上劲至黏稠,加入湿淀粉搅匀。火腿切成细丝。小白菜择洗干净,沥去水分,切成 3 厘米长的段。　②锅内放入余下的植物油烧热,下入余下的葱末、姜末炝香,下入火腿丝炒匀,烹入余下的料酒,加入余下的清汤烧开。 ③将调好的鸭肉末挤成均匀的丸子,下入汤锅中用小火烧开,撇净浮沫,下入小白菜段,加入余下的精盐烧开,煮至熟透,加鸡精,出锅装碗即成。

【特　　点】　色泽鲜亮,清爽细嫩,汤鲜清香。

【操作提示】　鸭肉末内加入调味料后要用筷子顺一个方向充分搅匀。

【营养功效】　小白菜富含维生素C、钙、铁、胡萝卜素、膳食纤维等;其味甘,性微寒,可清热解毒,通利肠胃。鸭肉营养全面而丰富,属高蛋白、低脂肪食物,其性寒凉,可滋阴养胃,利水消肿,健脾补虚。二者同烹成菜,具有清热润燥,消肿解毒,利尿通便,补充体液的功效,是夏日一款清热消暑滋补汤菜。

牡蛎小白菜汤

【原　　料】　小白菜200克,净牡蛎肉125克,葱末、姜末、蒜末各5克,料酒10克,醋1克,精盐、鸡精各3克,胡椒粉0.5克,清汤600克,香油15克。

【制作步骤】　①将牡蛎肉洗净,下入沸水锅中略氽捞出,沥去水分。小白菜洗净,沥去水分,斜切成2厘米长的段。 ②锅内放入香油烧热,下入葱末、姜末、蒜末炝香,下入牡蛎肉炒开,烹入醋、料酒炒匀,加清汤烧开。 ③下入小白菜段煮至熟透,加精盐、鸡精、胡椒粉,出锅装碗即成。

【特　　点】　白菜爽嫩,牡蛎鲜嫩,汤清味鲜。

【操作提示】　煮汤时要随时撇去汤中浮沫。

【营养功效】　小白菜味甘,性微寒,可清热解毒,通利肠胃。牡蛎营养十分丰富,含有大量的优质氨基酸、不饱和脂肪酸、糖原、无机盐及多种维生素等;其味甘、咸,性平,可滋阴益血,清热除湿。二者同烹成菜,具有清热除烦,生津止渴,解暑除湿的功效,对暑热所致心烦口渴、失眠、烦热等症状,也有食疗改善作用。

杞子田螺白菜汤

【原　料】　小白菜 200 克,净田螺肉 100 克,枸杞子 15 克,葱末、姜末各 5 克,料酒 10 克,醋 1 克,精盐、鸡精各 3 克,胡椒粉 0.5 克,清汤 600 克,香油 15 克。

【制作步骤】　①将田螺肉洗净,沥去水分,切成片。小白菜择洗干净,沥去水分,切成 2 厘米长的段。枸杞子洗净。　②锅内放入香油烧热,下入葱末、姜末炝香,下入田螺片略炒,烹入醋、料酒炒匀,加清汤烧开。　③下入小白菜段、枸杞子,加入精盐烧开,煮至熟透,加鸡精、胡椒粉,出锅装碗即成。

【特　点】　口感清爽,口味清鲜。

【操作提示】　田螺肉要反复用清水漂洗去泥沙。

【营养功效】　小白菜味甘,性微寒,可清热解毒,通利肠胃。田螺肉含蛋白质多、脂肪少,并富含钙、磷、铁、B 族维生素等;其味甘、咸,性寒,可清热利水,消暑解渴,滋阴养肝。二者配以可滋肾补肝、益精明目、润肺止咳、生津止渴的枸杞子同烹成菜,具有补肾润肺,益气养阴,消暑解渴的功效。

虾米炒小白菜

【原　料】　小白菜 300 克,虾米 20 克,蒜末、姜末各 5 克,料酒、湿淀粉、香油各 8 克,精盐 2.5 克,鸡精 3 克,植物油 25 克。

【制作步骤】　①将虾米洗净,放入容器内,加入温水浸泡至回软捞出,沥去水分。小白菜洗净,沥去水分,切成 3 厘米长的段。

②锅内放入植物油烧热,下入蒜末、姜末炝香,下入虾米煸炒出鲜香味,烹入料酒炒匀。　③下入小白菜段炒匀,加入精盐用大火煸炒至熟,加鸡精,用湿淀粉勾芡,淋入香油,出锅装盘即成。

【特　点】　色泽美观,清爽脆嫩,味道鲜美。

【操作提示】　虾米一定要泡透。

【营养功效】　小白菜味甘,性微寒,可清热解毒,通利肠胃。虾米富含优质蛋白质、钙、磷、锌、碘、维生素（A、B_1、B_2）等;其味甘,性温,可补肾壮阳,开胃化痰。二者同烹成菜,具有清热解毒,滋阴清肺,开胃益肠,健脾补肾的功效,是夏日一款日常消暑菜肴。

火腿炒小白菜

【原　料】　小白菜 300 克,火腿 50 克,蒜末、料酒各 10 克,精盐 3 克,味精、白糖各 2 克,湿淀粉 5 克,植物油 25 克。

【制作步骤】　①将小白菜择洗干净,沥去水分,切成 3 厘米长的段。火腿切成片。　②锅内放入植物油烧热,下入蒜末炝香,下入火腿片炒透,烹入料酒炒匀。　③下入小白菜段炒匀,加入精盐、白糖炒匀至熟,加味精,用湿淀粉勾芡,出锅装盘即成。

【特　点】　清爽嫩脆,滋味鲜美。

【操作提示】　小白菜段要用大火速炒。

【营养功效】　小白菜营养丰富,其性寒凉,可清热解毒,通利肠胃。火腿富含优质蛋白质、铁、锌、铜、磷、B 族维生素等,可滋阴润燥,健脾开胃,生津益血,滋肾填精。二者同烹成菜,具有清热生津,除烦止渴,开胃增食的功效,是夏日一款清热消暑菜肴,对暑热所致口渴、心烦、食欲不振等症状,也有食疗改善作用。

香菇煮白菜

【原　料】　白菜心 200 克，鲜香菇 150 克，火腿 25 克，姜末、蒜末各 5 克，料酒 8 克，精盐、鸡精各 3 克，白糖 2 克，清汤 600 克，植物油 20 克。

【制作步骤】　①将白菜心洗净，沥去水分，先横切成 3.5 厘米长的段，再顺切成 0.5 厘米宽的条。香菇去蒂，洗净，切成 0.5 厘米宽的条。火腿切成 0.5 厘米见方的丁。　②锅内放入清水烧开，下入白菜心条烧开，焯透捞出，放入冷水中投凉，挤去水分。③锅内放入植物油烧热，下入姜末、蒜末炝香，下入火腿丁煸透，烹入料酒炒匀，加清汤烧开，下入香菇条烧开，下入白菜条，加入精盐、白糖烧开，煮至熟烂，加鸡精，出锅装碗即成。

【特　点】　清爽软烂，汤清鲜美。

【操作提示】　白菜条要用大火焯透。

【营养功效】　白菜心富含胡萝卜素、维生素（C、U）、钙、铁、钼、膳食纤维等；其味甘，性微寒，可清热利尿，养胃解毒。香菇营养丰富，含有大量优质蛋白质、糖类、无机盐、维生素等；其味甘，性平，可益气补虚，健脾益胃。二者配以可滋阴润燥的火腿同烹成菜，具有清热解毒，除烦止渴，益气补虚，开胃增食的功效。

草菇炖白菜

【原　料】　白菜心 300 克，草菇 200 克，猪瘦肉 50 克，干虾仁、葱段、姜片、料酒各 10 克，精盐、鸡精各 3 克，白糖、湿淀粉各 2 克，清汤 500 克，植物油 20 克。

【制作步骤】　①将猪瘦肉洗净，切成片，用湿淀粉拌匀上浆。干虾仁洗净。草菇去根，洗净，切成片。白菜心去叶，洗净，切成

3.5厘米长、1.5厘米宽的长方形块。　②锅内放入清水烧开,下入草菇片、白菜块烧开,焯透捞出。另将锅内放入植物油烧热,下入葱段、姜片炝香,下入肉片炒至变色,下入干虾仁炒匀,烹入料酒炒匀,加清汤烧开。　③下入草菇片、白菜块,加入精盐、白糖烧开,炖至熟烂,加鸡精,出锅装碗即成。

【特　点】　清爽质嫩,汁浓香鲜。

【操作提示】　焯制时要用大火,炖制时要用中火。

【营养功效】　白菜富含胡萝卜素、维生素(C、U)、钙、铁、膳食纤维等,其性寒凉,可清热利尿,养胃解毒。草菇味甘,性凉,可补脾益气,消暑清热。猪瘦肉味甘、咸,性平,可滋阴润燥,益气补血。此菜具有生津润燥,解热除烦,利水解毒的功效,是夏日一款消暑汤菜。

白菜烩双丁

【原　料】　大白菜心200克,水发香菇100克,猪瘦肉75克,葱末、料酒各10克,精盐、鸡精各3克,湿淀粉18克,清汤400克,植物油25克。

【制作步骤】　①将大白菜心掰洗干净,下入沸水锅中焯透捞出,沥去水分,切成丁。香菇去蒂,洗净,挤去水分,与洗净的猪瘦肉均切成丁。猪肉丁用料酒、精盐0.5克拌匀腌渍入味,再用湿淀粉3克拌匀上浆。　②锅内放入植物油烧热,下入葱末炝香,下入肉丁炒至变色,下入香菇丁炒匀,加清汤烧开,煮至熟透。　③下入白菜心丁烧开,加入余下的精盐,烩至熟烂,加鸡精,用余下的湿淀粉勾芡,使汤呈稀糊状,出锅装碗即成。

【特　点】　色泽素雅,软烂柔滑,汁浓味鲜。

【操作提示】　勾芡不可过稠。

【营养功效】　大白菜富含胡萝卜素、维生素(C、U)、膳食纤维、钙、铁、钼等;其味甘,性微寒,可清热除烦,解毒养胃,利大小便。香菇味甘,性平,可益气补虚,健脾益胃。猪瘦肉味甘、咸,性平,可滋阴润燥,益气补血。三者同烹成菜,具有清热解毒,除烦止渴,健脾益气,滋阴补虚的功效,是夏日一款日常消暑菜肴。

金菇烧菜心

【原　料】　大白菜心 200 克,金针菇(罐装)125 克,冬笋 30 克,葱末、蒜末各 5 克,精盐、鸡精各 2 克,蚝油 15 克,湿淀粉 10 克,清汤 200 克,植物油 20 克,香油 8 克。

【制作步骤】　①将大白菜心洗净,沥去水分,先横切成 3 厘米长的段,再顺切成 1.5 厘米宽的长方形片。金针菇掐去老根,洗净,挤去水分,系成扣。冬笋洗净,切成小片。　②锅内放入清水烧开,下入白菜心块用大火烧开,焯透捞出,沥去水分。　③锅内放入植物油烧热,下入葱末、蒜末炝香,下入白菜心块炒匀,下入金针菇扣、冬笋片炒匀,加清汤、蚝油炒开,烧至熟烂,加精盐、鸡精,用湿淀粉勾芡,淋入香油,出锅装盘即成。

【特　点】　清爽嫩脆,色淡味鲜。

【操作提示】　用中火烧制,勾芡要薄。

【营养功效】　大白菜味甘,性微寒,可清热除烦,解毒养胃,利大小便。金针菇营养丰富,性寒凉。二者配以可滋阴益血,止渴除烦的蚝油同烹成菜,具有清热解毒,除烦止渴,解暑除湿的功效,对暑湿所致心烦口渴、身疲乏力、消化不良等症状,也有食疗改善作用。

蚝油黑白菜

【原　料】　大白菜心 225 克,水发木耳 150 克,蒜末、湿淀粉各 10 克,蚝油 20 克,精盐 1 克,鸡精 3 克,醋 5 克,汤 15 克,植物油 25 克,香油 8 克。

【制作步骤】 ①将白菜心掰开,洗净,沥去水分,抹刀切成片,下入沸锅中焯透捞出,沥去水分。木耳去根,洗净,撕成均匀的片。②锅内放入植物油烧热,下入蒜末炝香,下入白菜片炒匀。 ③下入木耳片炒匀,加汤、蚝油、精盐、醋炒匀至熟,加鸡精,用湿淀粉勾芡,淋入香油,出锅装盘即成。

【特 点】 黑白分明,清爽咸鲜,蒜香味浓。

【操作提示】 要用大火炒制,勾芡一定要薄而匀。

【营养功效】 大白菜味甘,性微寒,可清热除烦,解毒养胃,利大小便。木耳味甘,性平,可润肺养阴,补肾止血,补气养胃。二者配以可滋阴益血、清热除湿的蚝油同烹成菜,具有补气滋阴,生津润燥,凉血止血,清热祛湿的功效,是夏日一款清淡消暑菜肴。

香干烧白菜

【原 料】 嫩白菜帮 200 克,香干 125 克,净鸭肉 50 克,蒜末、姜末、葱末各 5 克,料酒、酱油各 10 克,精盐 3 克,味精 2 克,湿淀粉 12 克,汤 150 克,植物油 20 克,熟鸡油 8 克。

【制作步骤】 ①将鸭肉洗净,沥去水分,切成 3.5 厘米长、0.8 厘米见方的条。香干切成条。嫩白菜帮洗净,沥去水分,先横切成 3.5 厘米长的段,再顺切成 0.8 厘米宽的条。 ②鸭肉条用料酒 5 克、精盐 0.5 克拌匀腌渍入味,再加入湿淀粉 2 克拌匀上浆。③锅内放入植物油烧热,下入蒜末、姜末、葱末炝香,下入鸭肉条炒至变色,下入白菜帮条炒至变软,然后下入香干条炒匀,加汤、余下的料酒和精盐、酱油炒开,烧至熟烂,收尽汤汁,加味精,用余下的湿淀粉勾芡,淋入熟鸡油,出锅装盘即成。

【特 点】 色泽红润,口感爽嫩,咸香鲜美。

【操作提示】 原料条一定要切得粗细均匀。

【营养功效】 白菜味甘,性微寒,可清热利尿,养胃解毒。香干是大豆制品,富含优质蛋白质、不饱和脂肪酸、钙、铁、维生素(B_1、B_2)等,可益气和中,生津润燥,清热解毒,止咳消痰,宽肠降浊。二者配以可滋阴养胃、利水消肿、健脾补虚的鸭肉同烹成菜,具有生津润燥,解热除烦,通利肠胃,益气和中的功效,是夏日一款清热消暑菜肴。

醋熘白菜

【原　　料】 嫩白菜帮400克,蒜末、醋、香油各15克,精盐3克,味精2克,白糖5克,花椒10粒,湿淀粉10克,植物油40克。

【制作步骤】 ①将白菜帮洗净,沥去水分,抹刀切成片。②锅内放入植物油烧热,下入花椒粒炸香,捞出花椒粒不用,下入蒜末炝香。　③下入白菜片煸炒至微熟,加入精盐、白糖、醋炒熟,加味精,用湿淀粉勾芡,淋入香油,出锅装盘即成。

【特　　点】 色泽鲜亮,脆嫩清香,咸鲜微酸。

【操作提示】 白菜片要用大火煸炒。

【营养功效】 白菜富含维生素(C、U)、胡萝卜素、钙、铁、膳食纤维等;其味甘,性微寒,可清热利尿,解毒养胃。白菜配以可消食开胃、防腐杀菌的醋同烹成菜,具有清热除烦,生津止渴,增进食欲,帮助消化,缓解疲劳的功效,是夏日一款清热解暑菜肴。

凉拌什锦白菜心

【原　　料】 大白菜心200克,干豆腐、水发木耳、胡萝卜、莴笋、粉丝各30克,蒜末、香醋各10克,精盐4克,味精2克,香油15克。

【制作步骤】 ①将白菜心洗净,沥去水分,切成细丝。胡萝卜、莴笋均洗净,去皮,切成丝。木耳去根,洗净,与干豆腐均切成丝。粉丝剪成 8 厘米长的段,洗净。 ②白菜丝放入容器内,加入莴笋丝、精盐 2 克拌匀,腌渍 10 分钟,滗去水分。锅内放入清水 250 克烧开,下入粉丝、精盐 1 克烧开,焯至变软,下入木耳丝、胡萝卜丝烧开,焯透捞出,放入凉水中投凉捞出,沥去水分。 ③将焯好的原料放入白菜心丝内,加入干豆腐丝拌匀,加入香醋、余下的精盐、味精拌开,再加入香油、蒜末拌匀,装盘即成。

【特 点】 清爽嫩脆,微酸咸鲜,色美清新。

【操作提示】 大白菜心要横切成丝。原料丝一定要切得粗细均匀。

【营养功效】 白菜味甘,性微寒,可清热利尿,养胃解毒。干豆腐是大豆制品,富含优质蛋白质、钙、铁、磷、维生素(B_1、B_2)等,可益气和中,清热润燥,宽肠降浊。木耳可润肺养阴,凉血止血,补气益胃。莴笋可清热凉血,利尿。胡萝卜可健脾消食,下气止咳,清热解毒。诸物配以可健胃消食、杀菌消毒的大蒜同食,具有清热泻火,润阴生津,祛痛解毒的功效。

糖醋蜇皮白菜丝

【原 料】 白菜心 200 克,水发海蜇皮 150 克,胡萝卜、莴笋各 25 克,醋 15 克,白糖 30 克,精盐 2 克。

【制作步骤】 ①将白菜心洗净,沥去水分,切成丝。胡萝卜、莴笋均洗净,去皮,切成丝。海蜇皮洗净,沥去水分,切成丝。②白菜丝、莴笋丝均放入容器内,加入精盐拌匀,腌渍 10 分钟,滗去水分。海蜇皮丝、胡萝卜丝均下入沸水锅中略焯捞出,放入凉水中投凉捞出,沥去水分。 ③将白菜心丝、莴笋丝内加入海蜇皮丝、胡萝卜丝拌匀,再加入白糖、醋拌匀,装盘即成。

【特　点】　色泽鲜亮,晶莹剔透,脆嫩清新,甜酸爽口。

【操作提示】　海蜇皮要先用冷水冲洗去盐分,再用沸水浸泡20分钟去除咸味。

【营养功效】　白菜心富含维生素C、胡萝卜素、钙、铁、膳食纤维等;其味甘,性微寒,可清热利尿,养胃解毒。海蜇皮是一种高蛋白、低脂肪海产品,并富含钙、铁、碘,其性平,味咸,可清热化痰,润肠。二者配以可润肺生津的白糖同食,具有清热泻火,滋阴生津,刺激食欲,促进消化的功效,是夏日一款凉拌消暑菜肴。

红杞果汁白菜

【原　料】　嫩白菜心400克,枸杞子10克,柠檬汁20克,白糖50克,精盐2克,香油15克。

【制作步骤】　①将枸杞子洗净,放入容器内,加入清水浸泡至回软捞出,沥去水分。　②白菜心洗净,横切成细丝,放入容器内,加入精盐拌匀,腌渍15分钟,滗去水分。　③白菜丝内加入白糖、柠檬汁拌匀,加入枸杞子、香油拌开,装盘即成。

【特　点】　清爽脆嫩,甜酸可口,果香浓郁。

【操作提示】　白菜心丝质地嫩脆,拌制时动作要轻。

【营养功效】　白菜富含维生素C、胡萝卜素、膳食纤维、钙、铁等,其性寒凉,可清热利尿,养胃解毒。枸杞子含蛋白质、亚油酸、甜菜碱、酸浆素、糖类、多种氨基酸、维生素(B_1、B_2、C)、钙、磷、铁等,可滋肾补肝,益精明目,生津止渴,润肺止咳。柠檬汁可清热解暑,生津止渴。白糖可润肺生津。三者搭配成菜,具有清热泻火,补肾润肺,生津润燥,补气滋阴的功效,是夏日一款清热解暑凉拌小菜。

蒜拌生菜

【原　料】　生菜 350 克,大蒜 20 克,醋 5 克,精盐 3 克,味精 2 克,香油 15 克。

【制作步骤】　①将生菜择洗干净,沥去水分,切成均匀的菱形片。大蒜去皮,剁成末。　②生菜片放入容器内,加入精盐拌匀,腌渍 5 分钟,滗去水分。　③醋、味精、香油均加入生菜片内拌匀,再加入蒜末拌开,装盘即成。

【特　点】　清爽嫩脆,咸鲜微酸,蒜香浓郁。

【操作提示】　蒜末一定要剁得细碎。

【营养功效】　生菜富含胡萝卜素、维生素(A、C、E、K、B$_5$)、叶酸、膳食纤维、钙、铁、钾、钠、铜、镁、锌、硒等;其味甘,性凉,可清热爽神,清肝利胆,健脾养胃。生菜配以可健胃消食、抗菌消炎、解毒杀虫的大蒜同食,具有清热解毒,提神醒脑,健胃消食的功效,是夏日一款清热祛暑凉拌菜。

兔肉扒生菜胆

【原　料】　生菜胆(生菜心)200 克,净兔肉 150 克,葱段、姜片各 8 克,料酒 15 克,精盐、鸡精各 3 克,湿淀粉 10 克,干淀粉 3 克,鸡蛋清半个,清汤 75 克,熟鸡油 20 克,植物油 500 克。

【制作步骤】　①将生菜胆洗净,沥去水分,整齐地摆入盘中。兔肉洗净,沥去水分,切成片,用料酒 5 克、精盐 0.5 克拌匀腌渍入味,再用鸡蛋清、干淀粉拌匀上浆。　②锅内放入植物油烧至四成热,下入兔肉片滑散至熟捞出,沥去油,再将生菜胆下入油锅中滑透,出锅倒入漏勺,沥去油。　③锅内放入熟鸡油烧热,下入葱段、姜片炝香,拣出葱段、姜片不用,下入生菜胆炒匀,加清汤、余下的料酒、精盐炒开,扒烧至透,下入兔肉片,大翻锅,将生菜胆翻在肉片上面,略烧至入味,加鸡精,用湿淀粉勾芡,大翻锅,出锅装入盘中即成。

【特　点】　白绿相衬,滑嫩爽脆,鲜香清新。

【操作提示】　湿淀粉要先用清水10克调成稀糊,再沿锅的边缘徐徐淋入锅中,且边淋边晃动锅。

【营养功效】　生菜胆味甘,性凉,可清热爽神,清肝利胆,健脾益胃。兔肉是一种高蛋白、低脂肪、低胆固醇食物,并富含多种无机盐和维生素、卵磷脂等;其味甘,性凉,可健脾益气,滋阴生津,凉血解毒。二者同烹成菜,具有清心泻火,滋阴生津,解毒凉血,消暑清热的功效。

蚝油香菇扒生菜

【原　料】　生菜心200克,鲜香菇175克,蚝油15克,料酒、湿淀粉各12克,老抽5克,精盐、鸡精各2克,味精、白糖各1克,清汤200克,鸡汤50克,植物油75克。

【制作步骤】　①将香菇去蒂,洗净,挤去水分。生菜心洗净,沥去水分。　②锅内放入植物油25克烧热,下入生菜心略炒,加入清汤100克、精盐1克煸炒至八成熟,出锅倒入漏勺。锅内放入植物油15克烧热,下入生菜心、味精炒匀,取湿淀粉7克用清汤15克调匀,淋入锅中勾芡,出锅平铺在盘中。　③锅内放入余下的植物油烧热,下入香菇略炒,加入料酒、老抽、蚝油炒匀,加余下的清汤、鸡汤、精盐、白糖炒开,烧至熟烂,加鸡精,用余下的湿淀粉勾芡,出锅盛在盘内生菜心上即成。

【特　点】　清新爽脆,柔滑鲜香。

【操作提示】　生菜心要用大火速炒至刚熟透。

【营养功效】　生菜味甘,性凉,可清热爽神,清肝利胆,健脾养

蔬菜类

胃。香菇营养十分丰富,含有大量的氨基酸、无机盐、维生素、膳食纤维等,其味甘,性平,可益气补虚,益胃健脾。二者同烹成菜,具有滋阴清热,益气补虚,健脾益胃的功效,是夏日一款清暑菜肴,对暑热所致气血两虚、身疲乏力、食欲不振、失眠、高血压等症,也有食疗作用。

生菜肉片汤

【原　料】　生菜 150 克,猪瘦肉 75 克,姜丝 5 克,料酒 8 克,精盐、鸡精、湿淀粉各 3 克,清汤 600 克,香油 10 克。

【制作步骤】　①将猪瘦肉洗净,沥去水分,切成均匀的片,放入容器内,加入料酒、精盐 0.5 克拌匀腌渍入味,再加入湿淀粉拌匀上浆。生菜择洗干净,沥去水分,切成大片。　②锅内放入香油烧热,下入姜丝煸香,加清汤烧开,下入猪肉片用筷子挑散,用大火烧开,氽熟。　③下入生菜片,加入余下的精盐烧开,加鸡精,出锅装碗即成。

【特　点】　肉片嫩滑,汤菜鲜美。

【操作提示】　肉片要在锅内的汤烧至滚沸时再入锅氽制。

【营养功效】　生菜富含胡萝卜素、维生素(A、C、E、K、B₅)、叶酸、膳食纤维、钙、铁、钾、钠、铜、镁、锌、硒等;其味甘,性凉,可清热爽神,清肝利胆,健脾养胃。生菜与可滋阴润燥,补肝益肾的猪瘦肉同烹成菜,具有滋阴补肾,清热祛暑,提神醒脑的功效。

鸭心生菜汤

【原　料】　生菜 200 克,鸭心 100 克,冬笋 30 克,火腿 15 克,葱段、姜片各 5 克,料酒 10 克,精盐、鸡精各 3 克,胡椒粉 0.5 克,清汤 700 克,植物油 20 克。

· 15 ·

【制作步骤】 ①将生菜择洗干净,沥去水分,切成长方形大片。冬笋切成薄片。火腿切成小片。鸭心洗净,沥去水分,从心尖入刀,对剖成底部相连的 6 瓣。 ②锅内放入清水烧开,下入鸭心用大火烧开,余至鸭心呈花瓣状散开时捞出,沥去水分。另将锅内放入植物油烧热,下入葱段、姜片炝香,下入鸭心、火腿片略炒,烹入料酒炒匀,加清汤烧开。 ③下入冬笋片烧开,煮至鸭心熟烂,拣出葱段、姜片不用,下入生菜片,加入精盐烧开,煮至刚熟,加鸡精、胡椒粉,出锅装碗即成。

【特 点】 生菜爽嫩,鸭心软烂,汤清味醇。

【操作提示】 鸭心入刀剖至鸭心的 4/5 处。

【营养功效】 生菜营养丰富,味甘,性凉,可清热爽神,清肝利胆,健脾养胃。鸭心富含优质蛋白质,脂肪含量小,还含有大量铁、磷、锌、维生素等,可补血养心。二者配以可清热除烦的冬笋同烹成菜,具有祛火清心,提神醒脑,消暑涤热的功效。

生菜鱼丸汤

【原 料】 生菜 150 克,净鲮鱼肉 125 克,葱姜汁 25 克,醋 1克,精盐、鸡精各 3 克,胡椒粉 0.5 克,料酒、湿淀粉、香油各 15 克,鸡蛋清 1 个,清汤 650 克。

【制作步骤】 ①将生菜择洗干净,沥去水分,切成小块。鲮鱼肉洗净,沥去水分,制成细蓉,放入容器内,加入醋、料酒 10 克、葱姜汁 15 克、精盐 1 克、胡椒粉、鸡蛋清、清汤 50 克顺一个方向搅匀上劲至黏稠,再加入湿淀粉搅匀。 ②锅内放入清水,将调好的鱼蓉挤成均匀的丸子,下入清水锅中用小火烧开,煮至熟透捞出,放入碗内。 ③锅内放入香油烧热,下入生菜块煽炒至变软,加入余下的清汤、葱姜汁、料酒、精盐烧开,加鸡精,出锅浇在盛有鱼丸的碗内即成。

【特　点】　生菜爽嫩,鱼丸滑嫩,汤清味鲜。

【操作提示】　鱼丸的直径约为 2.5 厘米。

【营养功效】　生菜味甘,性凉,可清热爽神,清肝利胆,健脾养胃。鲅鱼肉质细嫩,味道鲜美,营养丰富,是高蛋白、低脂肪食物,并含有大量维生素(B₂、B₅、E)、钙、磷、铁、锌等;其味甘,性平,可补脾益胃,行气活血,强筋壮骨,逐水利湿。二者同烹成菜,具有清热消暑,祛湿除烦的功效,对暑热所致心烦、胃热、口苦、咽干等症状,也有食疗改善作用。

蚬肉生菜汤

【原　料】　生菜 200 克,熟蚬肉 100 克,火腿 20 克,葱段、料酒各 10 克,醋 2 克,精盐、鸡精各 3 克,胡椒粉 0.5 克,清汤 600 克,植物油 20 克。

【制作步骤】　①将生菜择洗干净,沥去水分,撕成均匀的片。火腿切成小片。蚬肉下入加有醋的 300 克沸水锅中氽透捞出,沥去水分。　②锅内放入植物油烧热,下入葱段炝香,下入火腿片略炒,下入蚬肉,烹入料酒炒匀,加清汤烧开。　③拣出葱段不用,下入生菜片,加入精盐烧开煮透,加鸡精、胡椒粉,出锅装碗即成。

【特　点】　清爽嫩滑,汤汁鲜香。

【操作提示】　生菜煮至断生即可出锅。

【营养功效】　生菜营养丰富,味甘,性凉,可清热爽神,清肝利胆,健脾养胃。蚬肉富含蛋白质、维生素(A、B₁、B₂、B₁₂、C)、铁、钙、钴、牛磺酸等,其味甘、咸,性寒,可清热,利湿,解毒,消肿。二者同烹成菜,具有清热解毒,生津止渴,健脾利湿的功效,是夏日一款清热祛暑汤菜。

蒜泥拌菠菜

【原　料】　嫩菠菜 400 克,大蒜 20 克,醋 10 克,精盐 3 克,味精 2 克,香油 15 克。

【制作步骤】　①将菠菜择洗干净,沥去水分,下入沸水锅中焯透捞出,放入凉水中投凉捞出,挤去水分。　②菠菜切成 3 厘米长的段。大蒜去皮,放在案板上,用刀拍碎,再剁成细泥。　③菠菜段放入容器内,加入精盐、醋、味精、香油、蒜泥拌匀,装盘即成。

【特　点】　色泽翠绿,滑嫩爽脆,咸鲜微酸,蒜香浓郁。

【操作提示】　调味料一定要按顺序逐一加入菠菜段内拌匀,层层入味。

【营养功效】　菠菜富含蛋白质、钙、磷、铁、胡萝卜素、膳食纤维等,尤以铁的含量丰富;其味甘,性凉,可清热除烦,生津止渴,养血止血,润肠通便。大蒜含大蒜辣素、蛋白质、脂肪、钙、磷、铁、挥发油等,可温阳祛湿,抗菌消炎。二者搭配食用,具有滋阴清热,生津止渴,解毒杀菌的功效,是夏日一款消暑凉拌小菜,对心烦口渴、头昏目眩等症状,也有食疗改善作用。

红椒段拌菠菜

【原　料】　菠菜 400 克,红干辣椒 15 克,精盐 3 克,味精、白糖各 2 克,米醋 5 克,植物油 25 克。

【制作步骤】　①将菠菜择洗干净,沥去水分,下入沸水锅中焯透捞出,放入凉水中投凉捞出,挤去水分。　②菠菜切成段。红干椒去蒂,洗净,擦干水,斜切成 1 厘米长的段。菠菜段放入容器内,加入精盐、味精、白糖、米醋拌匀,装入盘中。　③锅内放入植物油烧热,下入红干椒段炸香,离火晾凉后浇在盘内菠菜段上,食时拌匀即成。

【特　点】　菠菜碧绿，干椒红亮，清鲜爽辣。

【操作提示】　红干椒段入油锅时，油温不要过热，以免炸煳。

【营养功效】　菠菜味甘，性凉，可清热除烦，生津止渴，养血止血，润肠通便。红干辣椒味辛，性热，可温中健胃，散寒燥湿。二者搭配食用，具有清热祛火，生津除烦，开胃增食的功效，也有利于机体散热。

鸡脬拌菠菜

【原　料】　菠菜 250 克，净鸡脬 150 克，红甜椒 25 克，葱白 15 克，醋 5 克，料酒 10 克，精盐 3 克，味精 2 克，香油 15 克。

【制作步骤】　①将鸡脬洗净，放入锅内，加入料酒、清水 400 克用小火烧开，煮至熟烂捞出，晾凉。　②锅内放入清水烧开，下入择洗干净的菠菜，用大火烧开，焯至熟透捞出，放入凉水中投凉捞出，挤去水分。　③鸡脬切成片，菠菜切成段，葱白切成丝。鸡脬片、菠菜段均放入容器内，加入切成菱形小片的红甜椒拌匀，再加入醋、精盐、味精拌匀，装入盘中。锅内放入香油烧热，下入葱丝炝香，出锅浇在盘内鸡脬菠菜上，食时拌匀即成。

【特　点】　色泽美观，口感嫩脆，葱香味浓。

【操作提示】　葱丝要温油入锅，以免炝煳。

【营养功效】　菠菜味甘，性凉，可清热除烦，生津止渴，养血止血，润肠通便。鸡脬是一种高蛋白、低脂肪食品，含有较多的钙、磷、铁、维生素（B_1、B_2）等；其味甘，性平，可健脾胃，助消化，止消渴。二者搭配成菜，具有清热除烦，生津止渴，健脾益胃，除胀宽中的功效，是夏日一款消暑清热菜肴。

羊肝炒菠菜

【原　料】　菠菜 250 克,羊肝 125 克,蒜末、姜末各 5 克,料酒 15 克,醋 1 克,精盐 3 克,味精 2 克,湿淀粉 13 克,胡椒粉 0.5 克,植物油 350 克。

【制作步骤】　①将羊肝洗净,沥去水分,切成片,用料酒 5 克、醋、精盐 0.5 克拌匀腌渍入味,再用湿淀粉 3 克拌匀上浆。菠菜择洗干净,沥去水分,切成段。　②锅内放入植物油烧至四成热,下入羊肝片用小火滑熟,倒入漏勺,沥去油。　③锅内放植物油 15 克烧热,下入姜末、蒜末炝香,下入菠菜段用大火煸炒至熟,下入羊肝片,加入余下的料酒和精盐、味精、胡椒粉炒匀,用余下的湿淀粉勾芡,出锅装盘即成。

【特　点】　红绿相间,清爽滑嫩,咸香鲜美。

【操作提示】　羊肝要抹刀切成薄厚均匀的片。

【营养功效】　菠菜味甘,性凉,可清热除烦,生津止渴,养血止血,润肠通便。羊肝味甘、苦,性凉,可益血,补肝,明目。二者同烹成菜,具有除烦止渴,养肝明目的功效,是夏日一款消暑菜肴。

鸭心炒菠菜

【原　料】　菠菜 250 克,鸭心 100 克,蒜末、姜末各 5 克,料酒 10 克,精盐 3 克,味精 2 克,湿淀粉 8 克,汤 15 克,植物油 25 克。

【制作步骤】　①将菠菜择洗干净,沥去水分,下入沸水锅中焯透捞出,放入凉水中投凉捞出,挤去水分。　②菠菜切成 3 厘米长的段。鸭心洗净,挤去水,切成条。　③锅内放入植物油烧热,下入鸭心条,用大火煸炒至变色,下入蒜末、姜末炒香,烹入料酒炒匀,加汤炒匀至熟,下入菠菜段,加入精盐、味精炒匀,用湿淀粉勾芡,出锅装盘即成。

【特　点】　清爽滑嫩,色美味鲜。

【操作提示】　鸭心要顺长对剖成 6 条。

【营养功效】　菠菜含铁丰富,并富含蛋白质、钙、锌、磷、胡萝卜素、膳食纤维、叶酸、草酸等;其味甘,性凉,可清热除烦,生津止渴,养血止血,润肠通便。鸭心富含蛋白质、铁、钙、磷、锌、B 族维生素等;其味甘、咸,性凉,可补血养心。二者同烹成菜,具有清热滋阴,补血养心的功效,是夏日一款消暑营养菜肴。

黑鱼菠菜

【原　料】　菠菜 200 克,净黑鱼肉 175 克,葱段、姜片各 10 克,枸杞子 5 克,料酒 18 克,蚝油 20 克,精盐 2 克,鸡精 3 克,湿淀粉 10 克,干淀粉 4 克,胡椒粉 1 克,鸡蛋清半个,清汤 25 克,植物油 300 克,熟鸡油 15 克。

【制作步骤】　①将黑鱼肉洗净,沥去水分,切成片,放入容器内,加入料酒 8 克、精盐 1 克、胡椒粉 0.5 克拌匀腌渍入味,再加入鸡蛋清、干淀粉拌匀上浆。　②菠菜择洗干净,下入沸水锅中焯透捞出,沥去水分,切成 3 厘米长的段。清汤放入碗内,加入洗净的枸杞子、蚝油、鸡精 2 克、湿淀粉 5 克和余下的料酒、胡椒粉调匀对成芡汁。　③锅内放入植物油 10 克、熟鸡油 5 克烧热,下入菠菜用大火煸炒至变色,加入余下的精盐煸炒至熟,加余下的鸡精,用余下的湿淀粉勾芡,出锅呈扇形摆入盘内。锅内放入余下的植物油烧至四成热,下入鱼片滑熟,倒入漏勺。锅内放余下的熟鸡油烧热,下入葱段、姜片炝香,下入鱼片,烹入芡汁翻匀,出锅盛在盘内菠菜上即成。

【特　点】　色形美观,菜脆鱼香,味道鲜美。

【操作提示】　一定要选鲜嫩的菠菜为原料。

【营养功效】 菠菜富含蛋白质、胡萝卜素、铁、膳食纤维等;其味甘,性凉,可清热除烦,生津止渴,补血养肝,润肠通便。黑鱼肉营养丰富,其性寒凉,可健脾利水,养阴补心,清热祛风,去瘀生新。二者同烹成菜,具有清热泻火,养阴生津,解暑祛湿的功效。

菠菜鸡蛋汤

【原　料】 菠菜150克,鸡蛋1个,紫菜15克,葱段、料酒各8克,精盐、鸡精各3克,白糖2克,清汤650克,香油4克。

【制作步骤】 ①将菠菜择洗干净,沥去水分,下入沸水锅中用大火烧开,焯透捞出,放入凉水中投凉捞出,挤去水分,切成3厘米长的段。紫菜撕成小片。鸡蛋磕入容器内用筷子充分搅打均匀。②锅内放入清汤、料酒,下入葱段烧开,煮2分钟,拣出葱段不用。 ③淋入鸡蛋液烧开,下入菠菜段、紫菜片,加入精盐、白糖、鸡精烧开,淋入香油,出锅装碗即成。

【特　点】 口感滑嫩,汤汁鲜美。

【操作提示】 鸡蛋液要徐徐淋入锅内,并用手勺沿一个方向轻轻搅动,使之成均匀的片状。

【营养功效】 菠菜味甘,性凉,可清热除烦,生津止渴,养血止血,润肠通便。紫菜是一种高蛋白、低脂肪海产品,并富含胡萝卜素、维生素(B_1、B_2、B_5、B_{12}、C)、碘、钙、磷、铁、糖类等,其味甘、咸,性寒,可化痰软坚,清热利水,补肾养心。二者配以可滋阴润燥、补血养心、安神定惊的鸡蛋同烹成菜,具有补血养心,清热消暑,解渴除烦,安神补脑的功效,是夏日一款日常消暑汤菜。

火腿菠菜汤

【原　料】 菠菜150克,火腿25克,葱末、姜末各5克,料酒

10 克,蚝油 20 克,精盐 1.5 克,鸡精 3 克,清汤 650 克,植物油 15克。

【制作步骤】 ①将菠菜择洗干净,沥去水分,切成 2 厘米长的段。火腿切成小片。 ②锅内放入植物油烧热,下入葱末、姜末炝香,下入火腿片煸透,烹入料酒炒匀,加清汤烧开。 ③下入菠菜段,加入蚝油、精盐烧开,煮至熟透,加鸡精,出锅装碗即成。

【特 点】 色泽美观,口感滑嫩,汤汁香鲜。

【操作提示】 火腿要切成指甲大小的薄片。

【营养功效】 菠菜味甘,性凉,可清热除烦,生津止渴,养血止血,润肠通便。火腿富含优质蛋白质、铁、磷、锌、B 族维生素等;其味甘、咸,性平,可健脾开胃,生津益血,滋肾填精。二者配以可滋阴益血、清热除湿的蚝油同烹成菜,具有滋阴养血,除烦止渴,解暑除湿的功效。

牡蛎油菜汤

【原 料】 油菜 150 克,牡蛎肉 100 克,熟火腿 15 克,葱段、姜片各 5 克,料酒 10 克,精盐 3 克,味精、醋各 2 克,胡椒粉 1 克,清汤 600 克,植物油 15 克。

【制作步骤】 ①将油菜择洗干净,沥去水分,切成 3 厘米长的段。火腿切成小片。牡蛎肉去杂,洗净,沥去水分。 ②锅内放入清水烧开,下入牡蛎肉氽烫捞出,沥去水分。另将锅内放入植物油烧热,下入葱段、姜片炝香,下入牡蛎肉略炒,烹入醋、料酒炒匀,下入油菜段炒匀至透,加清汤烧开。 ③拣出葱段、姜片不用,加入精盐,下入火腿片烧开,加味精、胡椒粉,出锅装碗即成。

【特 点】 油菜爽嫩,牡蛎鲜嫩,汤鲜味美。

【操作提示】 牡蛎烹制时间不要过长,以免失去鲜嫩的口感。

【营养功效】 油菜富含维生素 C、胡萝卜素、钙、铁、膳食纤维、蛋白质、脂肪等;其味辛,性凉,可清热解毒,散瘀消肿,和中润肠。牡蛎肉营养丰富,含有大量优质蛋白质、不饱和脂肪酸、糖原、无机盐、维生素等;其味甘、咸、性平,可滋阴益血,清热除湿。二者同烹成菜,具有清热利湿,除烦止渴,滋阴补虚的功效,是夏日一款解暑祛湿营养汤菜。

火腿香菇油菜汤

【原　料】　油菜 200 克,鲜香菇 100 克,火腿 30 克,葱段 10 克,姜片 5 克,料酒 8 克,海鲜酱油 15 克,精盐 2 克,鸡精 3 克,清汤 600 克,植物油 20 克。

【制作步骤】　①将香菇去蒂,洗净,下入沸水锅中焯透捞出,沥去水分,抹刀切成片。火腿切成小片。油菜择洗干净,沥去水分,切成 3 厘米长的段。　②锅内放入植物油烧热,下入葱段、姜片炝香,下入火腿片炒透,烹入料酒、海鲜酱油炒匀,加清汤烧开。③下入香菇片、油菜段烧开,煮至熟透,拣出葱段、姜片不用。加精盐、鸡精略烧,出锅装碗即成。

【特　点】　清爽嫩滑,汤汁鲜香。

【操作提示】　油菜段、香菇片要用中火煮熟。

【营养功效】　油菜营养丰富,食疗价值高,含有大量维生素 C、胡萝卜素、钙、铁等,其味辛,性凉,可清热解毒,散瘀消肿,和中润肠。香菇味甘,性平,可益气补虚,益胃健脾。二者配以可健脾开胃、生津益血的火腿同烹成菜,具有清热解毒,健脾利湿的功效,是夏日一款解暑菜肴。

田螺炒油菜

【原　料】　油菜 200 克,净田螺肉 100 克,胡萝卜 50 克,蒜末、姜末各5克,料酒10克,醋2克,精盐、鸡精各3克,白糖1克,湿淀粉8克,汤15克,植物油20克,熟鸡油6克。

【制作步骤】 ①将油菜择洗干净,沥去水分,切成3厘米长的段。胡萝卜洗净,去皮,切成菱形片。田螺肉洗净,沥去水分,切成薄片。 ②锅内放入植物油烧热,下入蒜末、姜末炝香,下入田螺片煸炒几下,烹入醋、料酒炒匀。 ③下入胡萝卜片炒匀,加汤炒匀至八成熟,下入油菜段炒匀,加入精盐、白糖炒匀至熟,加鸡精,用湿淀粉勾芡,淋入熟鸡油,出锅装盘即成。

【特 点】 清爽嫩脆,味道鲜美。

【操作提示】 油菜段要用大火速炒。

【营养功效】 油菜营养十分丰富,含有大量维生素C、胡萝卜素、钙、铁、膳食纤维等;其味辛,性凉,可清热解毒,散瘀消肿,和中润肠。田螺味甘、咸,性寒,可清热利水,消暑解渴,滋阴养肝。二者配以可健脾消食、清热解毒的胡萝卜同烹成菜,具有清热解毒,健脾利湿,解渴消暑的功效。

木耳炒油菜

【原 料】 嫩油菜200克,水发木耳125克,净鸭肉50克,蒜末、姜末各5克,料酒、湿淀粉各10克,精盐3克,味精2克,汤20克,植物油25克。

【制作步骤】 ①将木耳去根,洗净,沥去水分,撕成小片。鸭肉洗净,沥去水分,切成片。油菜择洗干净,沥去水分,切成3厘米长的段。 ②鸭肉片放入容器内,加入料酒5克、精盐0.5克拌匀腌渍入味,再加入湿淀粉2克拌匀上浆。 ③锅内放入植物油烧热,下入蒜末、姜末炝香,下入鸭肉片炒至断生,下入木耳片炒匀,加余下的料酒、汤炒透,下入油菜段,加入余下的精盐翻炒至熟,加味精,用余下的湿淀粉勾芡,出锅装盘即成。

【特　点】　色泽素雅,清爽嫩脆,鲜香清新。

【操作提示】　油菜段要用大火速炒,勾芡要薄。

【营养功效】　油菜营养丰富,味辛,性凉,可清热解毒,散瘀消肿,和中润肠。木耳味甘,性平,可润肺养阴,凉血止血,补气益胃。二者配以可滋阴养胃、利水消肿、健脾补虚的鸭肉同烹成菜,具有清热化痰,益气养阴,健脾利湿的功效,是夏日一款解暑祛湿菜肴。

双冬烧菜心

【原　料】　油菜心 200 克,水发冬菇、冬笋各 75 克,葱段、姜片、料酒、湿淀粉各 10 克,精盐 3 克,味精 2 克,清汤 150 克,熟鸡油 15 克,植物油 800 克。

【制作步骤】　①将油菜心洗净,沥去水分,在根部剞上一个大十字花刀。冬菇去蒂,洗净,挤去水分,切成片。冬笋切成片。②锅内放入植物油烧至四成热,下入油菜心炸透捞出,沥去油。另将锅内放入熟鸡油烧热,下入葱段、姜片炝香,下入冬菇片煸炒至透,下入冬笋片炒匀,烹入料酒,加清汤烧开。　③下入油菜心,加入精盐炒开,烧至熟烂,加味精,用湿淀粉勾芡,淋入植物油 10 克,出锅将油菜心根部朝外,呈放射状摆入盘中,冬菇片、冬笋片盛在油菜心叶上即成。

【特　点】　色泽素雅,脆嫩鲜香,清淡爽口。

【操作提示】　油菜心剞刀深度为 1.5 厘米。

【营养功效】　油菜营养十分丰富,其营养成分和食疗价值均为蔬菜中的佼佼者,其味辛,性凉,可清热解毒,散瘀消肿,和中润肠。冬菇味甘,性平,可益气补虚,益胃健脾。冬笋味甘、微苦,性寒,可清热化痰,利膈爽胃,除烦止渴,通利大便。三者同烹成菜,具有补气滋阴,清热润燥,健脾利水的功效,是夏日一款清淡解暑菜肴,对血痢不止、痈肿、胃热烦渴、食欲不振、肠燥便秘等症,也有食疗改善作用。

草菇菜心

【原　料】　油菜心 200 克,草菇 150 克,猪瘦肉 50 克,蒜末、料酒、湿淀粉各 12 克,精盐 3 克,味精 2 克,清汤 50 克,植物油 25克。

【制作步骤】　①将草菇去根,洗净,下入沸水锅中焯透捞出,沥去水分,切成片。油菜心择洗干净,沥去水分。猪瘦肉洗净,沥去水分,切成片,用湿淀粉 2 克拌匀上浆。　②锅内放入植物油烧热,下入蒜末炝香,下入猪肉片炒至变色,下入草菇片炒匀,烹入料酒,加清汤炒开。　③下入油菜心,加入精盐炒匀,烧至熟烂,加味精,用余下的湿淀粉勾芡,出锅将油菜心根部朝外围摆在盘中,草菇肉片盛在油菜心叶上即成。

【特　点】　色形美观,爽脆滑嫩,咸香鲜美。

【操作提示】　用中火烧制,勾芡要薄。

【营养功效】　油菜味辛,性凉,可清热解毒,散瘀消肿,和中润肠。草菇是一种高蛋白、低脂肪食用菌,富含维生素 C、赖氨酸等;其味甘,性凉,可补脾益气,消暑清热。二者配以可健脾益气、滋阴补血的猪瘦肉同烹成菜,具有清热解毒,健脾消食,和中开胃,补虚消暑的功效。

鲜蘑菜心

【原　料】　油菜心、鲜蘑菇各 200 克,葱末、姜末、蒜末、白糖、料酒各 8 克,精盐 4 克,味精 2 克,湿淀粉 15 克,清汤 25 克,熟鸡油 10 克,植物油 50 克。

【制作步骤】　①将蘑菇剪去老根,洗净,下入沸水锅中焯透捞出,沥去水分,在顶部剞上一个大十字花刀。油菜心洗净,沥去水分,在根部剞上一个大十字花刀。　②锅内放入植物油30克烧热,下入葱末、姜末、蒜末各4克炝香,下入油菜心煸炒至变色,加入精盐1.5克、白糖4克、清汤炒匀,下入鲜蘑炒至入味,倒入漏勺,沥去油。　③锅内放入余下的植物油烧热,下入余下的葱末、姜末、蒜末炝香,下入鲜蘑、菜心,加入料酒、余下的精盐和白糖炒匀,加味精,用湿淀粉勾芡,淋入熟鸡油,出锅装盘即成。

【特　点】　色调明朗,清爽脆嫩,味美鲜香。

【操作提示】　油菜心第一次入锅时要用小火炒,第二次入锅时用大火炒。

【营养功效】　油菜味辛,性凉,可清热解毒,散瘀消肿,和中润肠。鲜蘑菇富含蛋白质、糖类、膳食纤维、无机盐、维生素等,并含有人体必需的8种氨基酸,其味甘,性凉,可补脾益气,润燥生津,解毒化痰,开胃止泻。二者同烹成菜,具有清热润燥,滋阴益气,健脾开胃的功效,是夏日一款清爽消暑菜肴,对暑热所致食欲不振、肺热、胃热、体倦气弱、泻痢等也有一定疗效。

蚝油扒素四宝

【原　料】　嫩油菜心、冬笋、金针菇、胡萝卜各100克,葱姜汁、蚝油各20克,精盐、鸡精各1.5克,白糖2克,湿淀粉10克,清汤150克,植物油30克,香油8克,水发香菇1枚。

【制作步骤】　①将胡萝卜洗净,削去外皮,先切成5厘米长的段,再顺切成片。冬笋切成5厘米长的梳子片。金针菇去老根,洗净。油菜心洗净。香菇去蒂,洗净。油菜心下入沸水锅中焯透捞出,沥去水分。　②香菇蒂的一侧朝上放入盘的正中心,再将油菜心、冬笋片、胡萝卜片、金针菇均分成2等份,成对角码摆在盘中。③锅内放植物油烧热,加入清汤、葱姜汁、蚝油、白糖、精盐烧开,推入盘中的原料,用中火烧开,再用小火扒烧至熟透、入味,加鸡精,用湿淀粉勾芡,淋入香油,大翻个,出锅拖入盘中即成。

【特　点】　色形美观,清爽嫩脆,鲜美清香。

【操作提示】　胡萝卜片、冬笋片要相互叠压 3/5 摆入盘中。

【营养功效】　油菜味辛,性凉,可清热解毒,散瘀消肿,和中润肠。冬笋味甘、微苦,性寒,可清热化痰,利膈爽胃,除烦止渴,通利大便。金针菇味甘、咸,性寒,可抗菌消炎、抗疲劳。胡萝卜可健脾消食,补肝明目,下气止咳,清热解毒。诸物同烹成菜,具有滋阴补虚,清热利湿的功效,是夏日一款消暑菜肴。

海米拌油菜

【原　料】　嫩油菜 350 克,红甜椒 25 克,海米 20 克,姜末 5 克,精盐 3 克,味精、白糖各 2 克,香油 15 克。

【制作步骤】　①将红甜椒去蒂,洗净,去子。油菜择洗干净。海米洗净,放入碗内,加入温水浸泡至回软捞出,沥去水分。②锅内放入清水烧开,下入油菜焯透,下入红甜椒略焯,捞出,放入凉水中投凉捞出,挤去水分。油菜斜切成 2 厘米长的段。红甜椒切成菱形条片。　③油菜段放入容器内,加入红甜椒片、海米、精盐、味精、白糖拌匀,装入盘中。香油放入小碗内,加入姜末调匀,入微波炉加热后取出,浇在盘内油菜段上,食时拌匀即成。

【特　点】　红绿相间,清爽嫩脆,咸鲜清香。

【操作提示】　油菜不要焯过火,以免失去嫩脆的口感和碧绿的色泽。

【营养功效】　油菜营养丰富,味辛,性凉,可清热解毒,散瘀消肿,和中润肠。海米富含优质蛋白质、钙、磷、锌、碘、维生素 A 等,可补肾壮阳,开胃化痰。二者配以可开胃消食的红甜椒同食,具有清热解毒,补肾润肺,开胃增食的功效,是夏日一款清爽消暑凉拌菜。

猪心炒茼蒿

【原　料】　茼蒿 300 克,猪心 100 克,蒜末、料酒各 10 克,精盐 3 克,味精 2 克,湿淀粉 6 克,汤 20 克,植物油 25 克。

【制作步骤】　①将猪心洗净,挤去血水,切成丝。茼蒿择洗干净,沥去水分,切成 3.5 厘米长的段。　②锅内放入植物油烧热,下入蒜末炝香,下入猪心煸炒至断生,烹入料酒炒匀,加汤炒匀至微熟。　③下入茼蒿段,加入精盐、味精炒匀至熟,用湿淀粉勾芡,出锅装盘即成。

【特　点】　清爽嫩脆,口味清新。

【操作提示】　要用大火速炒。

【营养功效】　茼蒿富含胡萝卜素、维生素 C、钙、铁、多种氨基酸、胆碱、挥发油等,其味辛、甘,性平,可安心气,养脾胃,通血脉,利痰饮,通二便。猪心味甘、咸,性平,可补血养心,安神定惊。二者同烹成菜,具有补心安神的功效,对暑热所致烦躁不安、心悸失眠等症状,有很好的食疗改善作用,是夏日一款营养消暑菜肴。

鱼丝炒茼蒿

【原　料】　茼蒿 250 克,净黑鱼肉 75 克,姜丝、湿淀粉各 8 克,料酒 15 克,醋 1 克,精盐、鸡精各 3 克,胡椒粉 0.5 克,干淀粉 2 克,鸡蛋清 1/4 个,汤 10 克,植物油 125 克。

【制作步骤】　①将茼蒿择洗干净,沥去水分,切成 3 厘米长的段。黑鱼肉洗净,沥去水分,切成丝,用料酒 5 克、醋、胡椒粉、精盐 0.5 克拌匀腌渍入味,再加入鸡蛋清、干淀粉拌匀上浆。　②将汤放入小碗内,加入湿淀粉、鸡精和余下的料酒、精盐对成芡汁。

③锅内放入植物油100克烧热,下入鱼丝滑炒至熟,倒入漏勺,沥去油。锅内放余下的植物油烧热,下入姜丝炝香,下入茼蒿段煸炒至断生,下入鱼丝炒匀,烹入芡汁翻匀,出锅装盘即成。

【特　点】　茼蒿爽嫩,鱼丝滑嫩,鲜美清香。

【操作提示】　茼蒿要用大火速炒,烹制时间不要过长,以免营养素遭到破坏。

【营养功效】　茼蒿味辛、甘,性平,可安心气,养脾胃,通血脉,利痰饮,通二便。黑鱼肉营养丰富,有很高的滋补价值,其性寒凉,可补脾利水,清热祛风,养阴补心。二者同烹成菜,具有清湿热,健脾胃,安心神的功效,是夏日一款消暑菜肴。

蛤蜊煮茼蒿

【原　料】　茼蒿200克,蛤蜊肉150克,紫菜15克,葱段、姜片、料酒各10克,醋2克,精盐、鸡精各3克,白糖1克,胡椒粉0.5克,清汤600克,植物油15克。

【制作步骤】　①将茼蒿洗净,沥去水分,切成3厘米长的段。蛤蜊去杂,洗净,沥去水分。紫菜撕成小片。　②锅内放入植物油烧热,下入葱段、姜片炝香,下入蛤蜊肉略炒,烹入醋、料酒炒匀,加清汤烧开,煮至微熟,拣出葱段、姜片不用。　③下入茼蒿段、紫菜片烧开,加精盐、白糖、鸡精、胡椒粉,出锅装碗即成。

【特　点】　清爽鲜嫩,汤鲜味美,清香可口。

【操作提示】　蛤蜊肉要用大火煸炒。

【营养功效】　茼蒿营养丰富,味甘,性平,可安心气,养脾胃,通血脉,利痰饮,通二便。蛤蜊肉富含蛋白质、不饱和脂肪酸、糖类、无机盐、维生素等,其味咸,性寒,可清热化痰,滋阴利水,软坚散结。二者配以可利水泄热,化痰软坚,补肾养心的紫菜同烹成菜,具有化痰软坚,补肾润肺,滋阴益气,补虚养心,利水泄热的功效,是夏日一款清热消暑美味汤菜。

蛋白茼蒿汤

【原　料】　茼蒿 150 克,鸡蛋 3 个,葱末 5 克,料酒、精盐、鸡精各 3 克,清汤 600 克,植物油 15 克。

【制作步骤】　①将茼蒿择洗干净,沥去水分,切成 3 厘米长的段。鸡蛋壳上打一小孔,将鸡蛋清沥入碗中,用筷子充分搅打均匀。　②锅内放入植物油烧热,下入葱末炝香,加入料酒、清汤烧开,淋入鸡蛋清液略烧。　③下入茼蒿段,加入精盐烧开,煮透,加鸡精,出锅装碗即成。

【特　点】　白绿相间,爽嫩清香,汤鲜味美。

【操作提示】　鸡蛋清淋入锅中后,不要搅动,使之成大片。

【营养功效】　茼蒿味辛、甘,性平,可安心气,养脾胃,通血脉,利痰饮,通二便。鸡蛋清中的蛋白质含有极丰富的氨基酸,在人体内利用率高,可清热解毒,清肺利咽。二者同烹成菜,具有清热化痰,消食导滞的功效,是夏日一款清热消暑汤菜,对暑热所致烦闷、咽喉肿痛、头昏目眩、食欲不振、大便干结等症状,也有食疗改善作用。

茼蒿鸭丸汤

【原　料】　茼蒿 150 克,净鸭肉 125 克,冬笋 20 克,葱姜汁 25 克,料酒 18 克,精盐、鸡精各 3 克,白糖、味精各 1 克,鸡蛋清 1 个,清汤 625 克,植物油 15 克。

【制作步骤】　①将茼蒿择洗干净,沥去水分,切成 3 厘米长的段。冬笋切成小片。鸭肉洗净,沥去水分,剁成末。　②鸭肉末放入容器内,加入葱姜汁 15 克、料酒 10 克、精盐 1 克、白糖、味精、鸡蛋清、清汤 25 克搅匀上劲至黏稠,挤成均匀的丸子,下入清水锅中烧开,煮至熟透捞出,沥去水分。 ③锅内放入植物油烧热,下入冬笋片炒透,加入余下的清汤、葱姜汁、料酒、精盐、茼蒿段烧开,加鸡精,出锅装入碗内,再将鸭丸装入碗内即成。

【特　点】 鸭丸爽嫩,茼蒿脆嫩,汤鲜味香。

【操作提示】 鸭肉丸要用小火煮制。

【营养功效】 茼蒿营养丰富,味甘,性平,可安心气,养脾胃,通血脉,利痰饮,通二便。鸭肉营养比较全面,属高蛋白、低脂肪食物,其性寒凉,可滋阴养胃,利尿消肿,健脾补虚。二者配以可止消渴、利水道、清肺化痰、利膈爽胃的冬笋同烹成菜,具有安心神,和脾胃,消痰饮,利二便的功效,是夏日一款滋补消暑菜肴。

带丝茼蒿卷

【原　料】 茼蒿 300 克,海带 100 克,蒜末 15 克,精盐 3 克,味精、白糖各 2 克,花椒油 20 克。

【制作步骤】 ①将茼蒿择洗干净,下入沸水锅中焯透捞出,放入凉水中投凉捞出,沥去水分。海带洗净,切成 10 厘米长的细丝,下入沸水锅中焯至熟烂捞出,放入凉水中投凉捞出,沥去水分。②取 5 根茼蒿整齐地捋成一绺,再切成 4 厘米长的段,逐段用海带丝 1 根缠绕系牢成带丝茼蒿卷,依次制好。 ③将带丝茼蒿卷放入容器内,加入精盐、味精、白糖拌匀,再加入花椒油、蒜末拌匀,装盘即成。

【特　点】 清爽嫩脆,咸鲜清香,蒜味浓郁。

【操作提示】 茼蒿要用大火焯至断生立即捞出。

【营养功效】 茼蒿含有丰富的氨基酸、胡萝卜素、维生素 C、钙、磷、铁、胆碱、挥发油等;其味辛、甘,性平,可安心气,养脾胃,通血脉,利痰饮,通二便。海带味咸,性寒,可消痰软坚,利水泄热。

二者配以可健胃消食、抗菌消炎的大蒜同食,具有健脾胃,消痰饮,清湿热的功效,是夏日一款消暑菜肴。

西芹拌蜇头

【原　　料】　西芹 300 克,海蜇头 125 克,醋 10 克,精盐 3 克,味精、白糖各 2 克,香油 15 克。

【制作步骤】　①将西芹择去根、叶,洗净,下入沸水锅中焯透捞出,放入凉水中投凉捞出,沥去水分。　②西芹斜切成 1 厘米长的段。海蜇头洗净,沥去水分,抹刀切成片。　③西芹段、海蜇头片均放入容器内,加入醋、精盐、味精、白糖、香油拌匀,装盘即成。

【特　　点】　色泽美观,清爽滑脆,咸鲜微酸。

【操作提示】　西芹要用大火焯至断生立即捞出。

【营养功效】　西芹富含钙、铁、胡萝卜素、维生素(C、P)、膳食纤维、糖类、挥发油等;其味甘、苦,性凉,可清热利湿,健脑醒神,润肺止咳,健胃下气。海蜇头是一种高蛋白、低脂肪海产品,并富含钙、铁、碘及维生素(B_1、B_2、B_5)等;其味咸,性平,可清热解毒,祛风除湿,化痰软坚,消积润肠。二者同组成菜,具有清热解毒,解暑除湿,化痰软坚,降压降脂的功效,对酷暑所致烦躁不安、心胸闷胀、口燥咽干等症状,也有食疗改善作用。

红油西芹

【原　　料】　西芹 400 克,红干辣椒段 15 克,蒜末 10 克,精盐 3 克,味精 2 克,白糖 1 克,植物油 20 克。

【制作步骤】　①将西芹择洗干净,下入沸水锅中焯透捞出,放入凉水中投凉捞出,沥去水分,斜切成 1 厘米长的段。　②锅内放入植物油烧热,关火后下入红干辣椒段煸炒至酥脆,晾凉。　③西芹段放入容器内,加入精盐、味精、白糖拌匀,再加入红油及红干辣椒段、蒜末拌匀,装盘即成。

【特　点】　色泽美观,清爽嫩脆,咸鲜微辣。

【操作提示】　植物油入锅烧至刚刚起烟,立即关火。

【营养功效】　西芹味甘、苦,性凉,可清热利湿,健脑醒神,润肺止咳,补血健脾。西芹配以可健胃、燥湿的红干辣椒同食,有清心除烦,醒脑提神,开胃增食,健脾祛湿的功效,是夏日一款解暑祛湿凉拌小菜。

桃仁西芹

【原　料】　西芹 300 克,核桃仁 75 克,精盐 3 克,味精、白糖各 2 克,香油 10 克,植物油 100 克。

【制作步骤】　①将西芹去根、叶,洗净,下入沸水锅中焯透捞出,放入凉水中投凉捞出,沥去水分,斜切成 1 厘米长的段。②核桃仁择去杂质,洗净,沥去水分。锅内放入植物油烧至四成热,下入核桃仁炸酥,出锅倒入漏勺,沥去油,晾凉。　③西芹段放入容器内,加入核桃仁、精盐、味精、白糖、香油拌匀,装盘即成。

【特　点】　西芹嫩脆,桃仁酥香,清爽利口。

【操作提示】　核桃仁要用小火炸制,准确掌握油温。

【营养功效】　西芹富含维生素 C、胡萝卜素、钙、铁、膳食纤维等;其味甘、苦,性凉,可清热利湿,健脑醒神,润肺止咳,健胃下气。核桃仁味甘,性温,可补肾益精,温肺化痰,补气养血。二者同食具有消热泻火,养阴润燥,益气补虚的功效,是夏日解暑祛湿菜肴。

花生米拌芹菜

【原　料】　芹菜 300 克,花生米 100 克,精盐 3 克,味精、白糖各 2 克,花椒油 15 克,植物油 25 克。

【制作步骤】 ①将芹菜择去老根、老叶,洗净,下入沸水锅中焯透捞出,放入凉水中投凉捞出,沥去水分,切成 3 厘米长的段。②花生米择去杂质,洗净,沥去水分,下入锅中,加入植物油炒熟,倒入漏勺,晾凉。 ③芹菜段放入容器内,加入精盐、味精、白糖、花椒油、花生米拌匀,装盘即成。

【特　点】 芹菜嫩脆,花生酥脆,咸香清鲜。

【操作提示】 花生米先用中火炒至五成熟,再改用小火炒制。

【营养功效】 芹菜味甘、苦,性凉,可清热利湿,健脑醒神,润肺止咳,健胃下气。花生米富含脂肪、蛋白质、钙、磷、铁及多种维生素等;其味甘,性平,可补脾益气,润肺化痰,养血止血,和胃。二者同食,可清热利水,润肺化痰,提神醒脑,是夏日消暑凉拌菜肴。

香菇炒芹菜

【原　料】 芹菜 300 克,水发香菇 100 克,火腿 25 克,蒜末、姜末各 5 克,料酒 8 克,精盐 3 克,味精 2 克,湿淀粉 6 克,清汤 50 克,植物油 20 克,香油 10 克。

【制作步骤】 ①将芹菜择去根、叶,洗净,切成 3.5 厘米长的段。香菇去蒂,洗净,挤去水分,切成丝。火腿切成丝。 ②锅内放入植物油烧热,下入火腿丝、香菇丝、蒜末、姜末炒匀,烹入料酒炒匀,加清汤炒透。 ③下入芹菜段炒匀,加入精盐翻炒至熟,加味精,用湿淀粉勾芡,淋入香油,出锅装盘即成。

【特　点】 色泽美观,清爽嫩脆,咸香清鲜。

【操作提示】 芹菜根略粗的部位要用刀剖开。

【营养功效】 芹菜味甘、苦,性凉,可清热利湿,健脑醒神,润肺止咳,健胃下气。香菇营养十分丰富,可益气补虚,益胃健脾。二者配以可滋阴润燥、健脾开胃、生津益血的火腿同烹成菜,具有补气滋阴,生津润燥,清热和血的功效,是夏日一款解暑滋补菜肴。

双丝炒芹菜

【原　料】　芹菜 300 克,水发香菇、牛肉各 50 克,葱末、姜末、蒜末各 5 克,料酒、酱油、湿淀粉各 10 克,精盐 3 克,味精 2 克,清汤 20 克,植物油 25 克。

【制作步骤】　①将芹菜择去根、叶,洗净,沥去水分,切成 3 厘米长的段。香菇去蒂,洗净,挤去水分,切成丝。牛肉洗净,沥去水分,切成丝。牛肉丝用湿淀粉 2 克拌匀上浆。　②锅内放入植物油烧热,下入葱末、姜末、蒜末炝香,下入牛肉丝煸炒至变色,烹入料酒、酱油炒匀,下入香菇丝炒匀,加清汤炒匀至熟。　③下入芹菜段,加入精盐炒匀至熟,加味精,用余下的湿淀粉勾芡,出锅装盘即成。

【特　点】　清爽脆嫩,咸香清新,芳香可口。

【操作提示】　芹菜段要用大火速炒,不可炒过火。

【营养功效】　芹菜味甘、苦,性凉;可清热利湿,润肺止咳,健胃下气,健脑醒神。香菇味甘,性平,可补脾益胃,益气补虚。牛肉营养丰富,是高蛋白、低脂肪食物,含有全部种类的氨基酸和丰富的铁、磷、铜、锌及多种维生素等;其味甘,性平,可健脾胃,益气血,强筋骨。三者同烹成菜,具有清热利湿,健脾益胃的功效,是夏日一款营养消暑菜肴。

金菇炒翠芹

【原　料】　芹菜 300 克,金针菇 150 克,葱末、蒜末各 5 克,精盐、鸡精各 3 克,香油 10 克,植物油 20 克。

【制作步骤】　①将芹菜择去根、叶,洗净,沥去水分,切成 3.5

厘米长的段。金针菇切去老根,洗净,沥去水分,从中间切成 2 段。②锅内放入植物油烧热,下入葱末、蒜末炝香,下入芹菜段煸炒至变色。 ③下入金针菇段炒匀,加入精盐炒熟,加鸡精炒匀,淋入香油,出锅装盘即成。

【特　点】 色泽鲜亮,清爽脆嫩,口味清新。

【操作提示】 要用大火速炒。

【营养功效】 芹菜味甘、苦,性凉,可清热利湿,润肺止咳,健胃下气,健脑醒神。金针菇富含蛋白质、人体必需的 8 种氨基酸、锌、钙、磷、铁、镁及多种维生素等;其味甘、咸,性寒,可抗菌消炎,健脑益智。二者同烹成菜,具有清热滋阴,解暑除湿的功效。

木耳炒西芹

【原　料】 西芹 250 克,水发木耳 75 克,红辣椒 30 克,蒜末、蚝油各 10 克,精盐、鸡精各 3 克,白糖 1 克,湿淀粉 5 克,清汤 20 克,植物油 25 克,熟鸡油 8 克。

【制作步骤】 ①将西芹择去根、叶,洗净,沥去水分,先斜切成 3.5 厘米长的段,再顺切成 1 厘米宽的条。木耳去根,洗净,切成 1 厘米宽的条。红辣椒去蒂,洗净,切成 1 厘米宽的条。 ②锅内放入植物油烧热,下入蒜末炝香,下入西芹条煸炒几下,下入木耳条炒匀。 ③下入红辣椒条,加入清汤、蚝油、精盐、白糖煸炒至熟,加鸡精,用湿淀粉勾薄芡,淋入熟鸡油,出锅装盘即成。

【特　点】 色泽鲜亮,脆嫩清鲜。

【操作提示】 要用大火炒制。

【营养功效】 西芹味甘、苦,性凉,可清热利湿,健脑醒神,润肺止咳,健胃下气。木耳味甘,性平,可润肺养阴,凉血止血,补气益肾。二者配以可健胃消食的红辣椒同烹成菜,具有润肺养阴,补肾止血,解暑除湿,开胃增食的功效。

瓜皮丝炒芹菜

【原　料】　芹菜、西瓜皮各 300 克,净鸭肉 50 克,蒜末 5 克,料酒、湿淀粉各 10 克,精盐 3 克,味精 2 克,植物油 25 克,香油 8 克。

【制作步骤】　①将芹菜去根、老叶,洗净,沥去水分,切成 3.5 厘米长的段。西瓜皮削去外层硬皮,洗净,切成条。鸭肉洗净,沥去水分,切成丝,用湿淀粉 2 克拌匀上浆。　②锅内放入植物油烧热,下入蒜末炝香,下入鸭肉丝炒至断生,烹入料酒炒匀。　③下入芹菜段、西瓜皮条炒匀,加入精盐炒熟,加味精,用余下的湿淀粉勾芡,淋入香油,出锅装盘即成。

【特　点】　清爽脆嫩,咸香清新。

【操作提示】　西瓜皮条要切得与芹菜段长短相等,粗细相近。

【营养功效】　芹菜味甘、苦,性凉,可清热利湿,健脑醒神,润肺止咳,健胃下气。西瓜皮味甘,性凉,可清暑解热,止渴,利尿。二者配以食性寒凉的鸭肉同烹成菜,具有清热滋阴,利尿除湿,止渴清暑的功效。

鞭笋炒芹菜

【原　料】　芹菜 250 克,鞭笋(罐装)150 克,蒜末 10 克,精盐、鸡精各 3 克,白糖 2 克,湿淀粉 5 克,清汤 15 克,熟鸡油 8 克,植物油 25 克。

【制作步骤】　①将鞭笋斜切成 3 厘米长的段,下入沸水锅中焯透捞出,沥去水分。芹菜择去老根、老叶,洗净,斜切成 3 厘米长的段。　②锅内放入植物油烧热,下入蒜末炝香,下入芹菜段略炒。　③下入鞭笋段炒匀,加清汤、精盐、白糖翻炒至熟,加鸡精,用湿淀粉勾芡,淋入熟鸡油,出锅装盘即成。

【特　点】　色泽鲜亮,脆嫩清爽,咸鲜清香。

【操作提示】　要用大火速炒,勾芡一定要薄。

【营养功效】　芹菜味甘、苦,性凉,可清热利湿,健脑醒神,润肺止咳,健胃下气。鞭笋味甘、微苦,性凉,可清热化痰,利膈爽胃,除烦解渴,通利大便。二者同烹成菜,具有清心除烦,醒脑提神,开胃增食,健脾去湿的功效。

鲜味莴笋

【原　料】　莴笋 500 克,精盐 2 克,味精、白糖各 1 克,蚝油 15 克,香油 10 克。

【制作步骤】　①将莴笋去叶,洗净,削去外皮,切成丝。②莴笋丝放入容器内,加入精盐拌匀,腌渍 10 分钟,滗去水分。③味精、白糖、蚝油、香油均放入莴笋丝内拌匀,装盘即成。

【特　点】　色泽嫩绿,晶莹剔透,口感清爽,味美咸鲜。

【操作提示】　莴笋丝要切得细而匀。

【营养功效】　莴笋含有蛋白质、脂肪、糖类、膳食纤维、钙、磷、铁、锌、碘、胡萝卜素、维生素(C、B_5)、苹果酸、琥珀酸、莴苣素、天冬碱、精油、甘露醇等;其味苦、甘,性寒,可刺激食欲,帮助消化,清热利尿,安神镇静。莴笋配以可滋阴益气、清热除湿的蚝油同食,具有清心除烦,醒脑提神,开胃增食,健脾祛湿的功效,是夏日里的一款解暑祛湿凉拌小菜。

姜醋莴笋

【原　料】　莴笋 400 克,水发木耳 30 克,水发银耳 25 克,生姜 20 克,醋 8 克,精盐 3 克,味精、白糖各 2 克,香油、辣椒油各 10

克。

【制作步骤】 ①将莴笋去叶、皮,洗净,沥去水分,切成菱形片,放入容器内,加入精盐 1 克拌匀,腌渍 10 分钟,滗去水分。②木耳、银耳去根,洗净,沥去水分,撕成小片,下入沸水锅中焯透捞出,放入凉水中投凉捞出,沥去水分,放入莴笋片内拌匀。③生姜洗净,削去外皮,用刀拍松,再放入容器内捣成细泥,加入醋、余下的精盐、味精、白糖、香油、辣椒油调匀成味汁,浇在莴笋片内拌匀,装盘即成。

【特　　点】 色泽素雅,清新嫩脆,咸鲜微酸,姜香浓郁。

【操作提示】 莴笋片一定要切得薄厚均匀。

【营养功效】 莴笋含有丰富的维生素(E、C、K)、胡萝卜素、钙、铁、钾、锌、有机酸、膳食纤维等;其味苦、甘,性寒,可刺激食欲,帮助消化,清热利尿,安神镇静。生姜味辛、性温,可补益肺气,温阳祛湿,有利于散热。醋可健胃消食,杀菌解毒。此菜具有健胃消食,健脾祛湿,健脑安神的功效,是夏日一款清淡消暑小菜,对胃口不好、食欲不振、咽干口渴、烦躁失眠等症状,也有食疗改善作用。

蒜椒笋丝

【原　　料】 莴笋 425 克,红辣椒 50 克,大蒜 20 克,醋 5 克,精盐 3 克,味精 2 克,香油 15 克。

【制作步骤】 ①将莴笋削去外皮,洗净,沥去水分,切成丝。红辣椒去蒂、子,洗净,切成丝。大蒜去皮,洗净,剁成细末。②莴笋丝放入容器内,加入精盐 1.5 克拌匀腌渍 10 分钟,滗去水分。　③红辣椒丝放入莴笋丝内,加入醋、余下的精盐、味精拌匀,再加入香油、蒜末拌匀,装盘即成。

【特　　点】 色调明亮,脆嫩清新,咸鲜爽辣。

【操作提示】 洗净的莴笋要先斜切成 0.3 厘米厚的片,再改切成 0.3 厘米宽的丝。

【营养功效】 莴笋味苦、甘,性寒,可清热化痰,利气宽胸,利尿通乳,强筋健胃,安神镇静。红辣椒富含胡萝卜素、维生素 C、铁、钙、辣椒碱等;其味辛,性热,可温中健胃,散寒燥湿。二者配以可健胃消食、抗菌消炎的大蒜同食,具有滋阴清热,温阳祛湿,健胃消食,安神镇静的功效,是夏日一款日常消暑小菜,对心烦、失眠、口渴等症状,也有食疗改善作用。

猪心炒莴笋

【原　料】 莴笋 350 克,猪心 100 克,蒜末、姜末各 5 克,料酒、酱油各 10 克,醋 1 克,精盐 3 克,白糖、味精各 2 克,湿淀粉 6克,清汤 25 克,植物油 20 克,香油 8 克。

【制作步骤】 ①将莴笋削去叶、皮,洗净,沥去水分,先横切成 3.5 厘米长的段,再顺切成 0.6 厘米见方的条。猪心洗净,挤去血水,切成条。 ②锅内放入植物油烧热,下入蒜末、姜末炝香,下入猪心条用大火爆炒至变色,烹入醋、料酒、酱油炒匀,加清汤炒至微熟。 ③下入莴笋条炒匀,加入精盐、白糖炒匀至熟,加味精,用湿淀粉勾芡,淋入香油,出锅装盘即成。

【特　点】 色泽微红,鲜嫩爽脆,咸香清新。

【操作提示】 猪心要切得与莴笋条粗细相近。

【营养功效】 莴笋味苦、甘,性寒,可刺激食欲,帮助消化,清热利尿,安神镇静。猪心味甘、咸,性平,可补血养心,安神定惊。二者同烹成菜,具有清热滋阴,补养心血的功效,是夏日一款美味消暑菜肴,对烦躁不安、心悸失眠、食欲不振等症状,也有食疗改善作用。

香菇炒莴笋

【原　料】　莴笋 350 克,鲜香菇 150 克,胡萝卜 20 克,蒜末 5
克,蚝油 15 克,精盐、鸡精各 2 克,湿淀粉 6 克,清汤 20 克,植物油
25 克,香油 10 克。

【制作步骤】　①将莴笋削去叶、皮,洗净,沥去水分,切成菱形
片。胡萝卜洗净,去皮,切成菱形片。香菇去蒂,洗净,下入沸水锅
中焯透捞出,沥去水分,切成均匀的块。　②锅内放入植物油烧
热,下入蒜末炝香,下入香菇块略炒,下入胡萝卜片炒匀,加入清
汤、蚝油炒匀至熟。　③下入莴笋片,加入精盐、鸡精炒匀,用湿淀
粉勾芡,淋入香油,出锅装盘即成。

【特　点】　色泽鲜亮,脆嫩柔滑,清新鲜美。

【操作提示】　香菇块要热油入锅,大火煸炒,使原料的香味充
分渗入其中。

【营养功效】　莴笋味苦、甘,性寒,可刺激食欲,帮助消化,清
热利尿,安神镇静。香菇味甘,性平,可健脾益胃,益气补虚。二者
同烹成菜,具有清热解毒,健脾养胃,益气补虚的功效,是夏日一款
清淡消暑菜肴,对高血压、高脂血症、便秘等症患者,也有较好的辅
助食疗作用。

木耳炒莴笋

【原　料】　莴笋 350 克,水发木耳 100 克,胡萝卜、猪瘦肉各
50 克,蒜末、姜末各 5 克,料酒、香油各 10 克,精盐 3 克,味精 2
克,湿淀粉 12 克,清汤 15 克,植物油 25 克。

【制作步骤】　①将木耳去根,洗净,撕成小片。猪瘦肉洗净,
沥去水分,切成片,用湿淀粉 2 克拌匀上浆。莴笋去叶、皮,洗净,

与洗净去皮的胡萝卜均切成菱形片。 ②锅内放入植物油烧热，下入蒜末、姜末炝香，下入猪肉片炒至变色，烹入料酒炒匀，下入木耳片、胡萝卜片，加入清汤炒匀至熟。 ③下入莴笋片，加入精盐炒匀，加味精，用余下的湿淀粉勾芡，淋入香油，出锅装盘即成。

【特　　点】 色彩鲜艳，清爽嫩脆，咸香清新。

【操作提示】 原料片一定要切得薄厚均匀。

【营养功效】 莴笋味甘、苦，性寒，可清热利尿，安神镇静。木耳味甘，性平，可润肺养阴，补肾止血，补气益胃。胡萝卜味甘，性平，可健脾消食，补肝明目，下气止咳，清热解毒。三者配以可滋阴润燥、补血的猪瘦肉同烹成菜，具有清热化痰，滋阴润燥，补肾利水的功效，是夏日一款美味营养消暑菜肴。

蚝油草菇莴笋

【原　　料】 莴笋 350 克，草菇 150 克，蒜末 10 克，蚝油 20 克，精盐 1 克，鸡精 3 克，白糖 2 克，湿淀粉 5 克，汤 15 克，植物油 25 克。

【制作步骤】 ①将草菇去根，洗净，下入沸水锅中焯透捞出，沥去水分，切成片。莴笋去叶、皮，洗净，切成菱形片。 ②锅内放入植物油烧热，下入蒜末炝香，下入草菇片煸炒几下，加入汤、蚝油炒匀至熟。 ③下入莴笋片，加入精盐、白糖、鸡精炒匀，用湿淀粉勾芡，出锅装盘即成。

【特　　点】 清爽脆滑，鲜美清新。

【操作提示】 要用大火煸炒。

【营养功效】 莴笋味苦、甘，性寒，可清热利尿，安神镇静。草菇富含维生素 C、赖氨酸等；其味甘，性凉，可补脾益气，消暑清热。二者配以可滋阴益血、清热除湿的蚝油同烹成菜，具有清热泻火，润阴生津，消暑祛湿的功效。

鸡丝莴笋

【原　料】　莴笋 400 克,净仔鸡肉 75 克,水发木耳 50 克,葱丝、姜丝各 5 克,料酒、湿淀粉各 6 克,精盐 3 克,味精 2 克,干淀粉 1.5 克,鸡蛋清 1/3 个,清汤 15 克,植物油 30 克。

【制作步骤】　①将莴笋去叶,洗净,削去外皮,木耳去根,洗净,鸡肉洗净,分别切成丝。鸡丝用料酒、精盐 0.5 克拌匀腌渍入味,再用鸡蛋清、干淀粉拌匀上浆。　②锅内放入植物油烧热,下入葱丝、姜丝炝香,下入鸡丝炒至断生,下入木耳丝炒透,加清汤炒匀至熟。　③下入莴笋丝,加入余下的精盐炒匀,加味精,用湿淀粉勾芡,出锅装盘即成。

【特　点】　清爽嫩脆,清新鲜美。

【操作提示】　原料丝一定要切得粗细均匀。

【营养功效】　莴笋味苦、甘,性凉,可清热凉血,利尿,强筋骨,通血脉。木耳味甘,性平,可润肺养阴,凉血止血,补气益胃。二者配以可健脾益胃、益气补血、补肾益精的仔鸡肉同烹成菜,具有清心除烦,生津止渴,醒脑提神,健脾祛湿的功效,是夏日一款日常解暑菜肴。

干椒莴笋叶

【原　料】　嫩莴笋叶 400 克,红干辣椒 15 克,大蒜 10 克,醋 5 克,酱油 8 克,精盐 3 克,味精 2 克,植物油 25 克。

【制作步骤】　①将莴笋叶洗净,下入沸水锅中焯透捞出,放入凉水中投凉捞出,挤去水分,切成 2 厘米长的段。红干辣椒洗净,沥去水分,去蒂,斜切成 1 厘米长的段。大蒜去皮,剁成末。②锅内放入植物油烧热,下入红干椒段用小火炸香,出锅倒入小碗内备用。　③莴笋叶段放入容器内,加入精盐、醋、酱油、味精、蒜末拌匀,装入盘中,再浇上炸好的辣椒油,食时拌匀即成。

【特　点】　红绿相衬,脆嫩香辣,口味清新。

【操作提示】　莴笋叶要用大火焯至断生立即捞出。

【营养功效】　莴笋叶营养丰富,维生素、钙、铁的含量均高于莴笋肉质茎,尤其含有大量胡萝卜素,有止渴的功能。莴笋叶与可健胃消食、燥湿散寒的红辣椒同食,具有生津止渴,清热解毒,健脾祛湿的功效,是夏日一款物美价廉的消暑小菜。

蚬肉拌青椒

【原　料】　青椒 300 克,熟蚬肉 125 克,蒜末 10 克,精盐 3 克,味精、醋各 2 克,香油 15 克。

【制作步骤】　①将青椒去蒂、子,洗净,切成丝。蚬肉下入加有醋的 300 克沸水锅中焯透捞出,沥去水分,晾凉。　②青椒丝放入容器内,加入精盐 1.5 克拌匀,腌渍 5 分钟,滗去水分。　③青椒丝内加入蚬肉、余下的精盐、味精、香油拌匀,再加入蒜末拌匀,装盘即成。

【特　点】　白绿相间,清爽脆嫩,咸鲜清香。

【操作提示】　青椒丝一定要切得粗细均匀。

【营养功效】　青椒富含维生素 C、胡萝卜素、钙、铁等,其味甘、辛,性温,可温中散寒,除湿开胃。蚬肉味甘、咸,性寒,可清热,利湿,解毒,消肿。二者配以可健胃消食、杀菌解毒的大蒜同食,具有开胃健脾,清热利湿的功效,对夏季暑热所致食欲不振、消化不良等症状患者十分有益。

香辣茄泥

【原　料】　茄子 400 克,青辣椒、红辣椒各 30 克,猪瘦肉末 50 克,葱末、姜末各 5 克,蒜末、料酒、酱油各 12 克,精盐 3 克,味精 2 克,湿淀粉 10 克,植物油 30 克。

【制作步骤】　①将茄子去蒂,洗净,放入蒸锅内,用大火蒸至熟烂取出,放入容器内制成泥,再放入盘中。青辣椒、红辣椒均去蒂、子,洗净,切成粒状。　②锅内放入植物油烧热,下入葱末、姜末炝香,下入猪肉末煸炒至熟,烹入料酒、酱油炒匀,加清水 100 克烧开。　③下入青辣椒粒、红辣椒粒,加入精盐烧开,加味精,用湿淀粉勾芡,出锅浇在盘内茄泥上,再撒上蒜末,食时拌匀即成。

【特　点】　色泽红润,柔嫩滑润,咸香清新。

【操作提示】　芡汁炒制要稠稀适中。

【营养功效】　茄子富含维生素(P、E、C)、钙、磷、铁、锌、锗及蛋白质、脂肪、糖类、胡萝卜素、维生素(B_1、B_2、B_5)及大量膳食纤维、皂苷、生物碱等,其味甘,性寒,具有清热活血,止痛消肿,利尿宽肠的功能。青辣椒、红辣椒均富含维生素 C、胡萝卜素等,可温中散寒,除湿开胃。三者配以可滋阴润燥、益气补虚的猪肉同烹成菜,具有健脾开胃,清热祛湿,润阴生津的功效,是夏日一款日常消暑菜肴。

肉片烧茄子

【原　料】　茄子 350 克,净兔肉 75 克,蒜末 15 克,料酒、酱油、湿淀粉各 13 克,精盐、鸡精各 3 克,面粉 20 克,清汤 200 克,植物油 500 克。

【制作步骤】　①将茄子去蒂,洗净,切成滚刀块。兔肉洗净,切成片,用料酒 3 克、精盐 0.5 克拌匀腌渍入味,再用湿淀粉 3 克拌匀上浆。　②锅内放入植物油烧至七成热,将茄块蘸匀面粉,下入油锅中用大火炸透捞出,沥去油。　③锅内留油 20 克,下入蒜末焅香,下入兔肉片炒至断生,烹入余下的料酒、酱油炒匀,加清汤,下入茄块、余下的精盐炒开,烧至熟烂,加鸡精,用余下的湿淀粉勾芡,出锅装盘即成。

【特　点】　色泽红润,柔嫩滑爽,咸香醇美。

【操作提示】　准确掌握油温和火候,油温过低会使茄块浸油。

【营养功效】　茄子味甘,性寒,可清热活血,止痛消肿,利尿宽肠。兔肉味甘,性凉,可健脾益气,滋阴生津,凉血解毒。二者同烹成菜,具有清热泻火,滋阴生津,祛痼解毒的功效。

鸭肉炒茄丝

【原　料】　茄子 250 克,净鸭肉 75 克,青椒 30 克,蒜丝、葱丝、姜丝各 5 克,料酒、湿淀粉各 10 克,精盐 3 克,味精 2 克,清汤25 克,植物油 30 克。

【制作步骤】　①将茄子去蒂,洗净,切成均匀的粗丝。青椒去蒂、子,洗净,切成丝。鸭肉洗净,切成丝,用料酒 5 克、精盐 0.5 克拌匀腌渍入味,再用湿淀粉 3 克拌匀上浆。　②锅内放入植物油烧热,下入蒜丝、葱丝、姜丝焅香,下入鸭肉丝炒至断生,烹入余下的料酒炒匀。　③下入茄子丝炒匀,加入清汤、余下的精盐炒熟,下入青椒丝、味精炒匀,用余下的湿淀粉勾芡,出锅装盘即成。

【特　点】　软嫩柔滑,咸香清新。

【操作提示】　鸭肉丝、青椒丝要比茄子丝切得稍细一些。

【营养功效】　茄子味甘,性寒,可清热活血,止痛消肿,利尿宽肠。鸭肉味甘、咸,性微寒,可滋阴养胃,利水消肿,健脾补虚。二者配以可健胃消食的青椒同烹成菜,具有滋阴清热,健脾开胃,利尿消肿的功效,是夏日一款日常消暑菜肴。

荸荠炒茄丝

【原　料】　茄子 200 克,荸荠 125 克,猪瘦肉 50 克,蒜末、料酒各 10 克,精盐 3 克,味精、湿淀粉各 2 克,清汤 30 克,植物油 25 克。

【制作步骤】　①将茄子去蒂,洗净,切成丝。荸荠洗净,去皮,切成丝。猪瘦肉洗净,沥去水分,切成丝,用湿淀粉拌匀上浆。②锅内放入植物油烧热,下入蒜末炝香,下入猪肉丝炒至变色,下入茄子丝炒至变软,烹入料酒炒匀。　③下入荸荠丝,加清汤炒熟,加精盐、味精炒匀,出锅装盘即成。

【特　点】　清爽滑嫩,咸香可口。

【操作提示】　原料丝一定要切得粗细均匀。

【营养功效】　茄子味甘,性微寒,可清热凉血,化瘀止痛,利便宽中。荸荠味甘,性寒,可清热生津,化痰消积,凉血明目。二者配以可滋阴润燥的猪瘦肉同烹成菜,具有清热泻火,润阴生津,祛痈解毒的功效,是夏日一款日常消暑菜肴。

蒸酿茄夹

【原　料】　长茄子 300 克,净蚌肉 150 克,猪肥瘦肉末 50 克,料酒 15 克,葱姜汁 25 克,醋 2 克,精盐、鸡精各 3 克,胡椒粉 0.5 克,湿淀粉 10 克,鸡蛋清 1 个,清汤 100 克,香油 18 克。

【制作步骤】　①将茄子去蒂,洗净,斜切成 0.5 厘米厚的夹刀片。蚌肉洗净,剁成末,放入容器内,加入醋、料酒、猪肉末搅匀,加入葱姜汁、精盐 2 克、胡椒粉、鸡蛋清、香油 10 克搅匀上劲至黏稠。②取一夹刀茄子片,将适量调好的蚌肉末,酿入茄子片的夹层内,涂匀、抹平,摆入盘中。全部制好后放入蒸锅内,用大火蒸至熟透取出。　③锅内放入清汤、余下的精盐烧开,加鸡精,用湿淀粉勾芡,淋入余下的香油炒匀,出锅浇在盘内蒸熟的蚌肉酿茄夹上即成。

【特　点】　色泽油亮,口感柔嫩,咸鲜香醇。

【操作提示】　茄子要先斜切成 1 厘米厚的片,再逐片从中间片开成有一侧相连的夹刀片。

【营养功效】　茄子味甘,性寒,可清热活血,止痛消肿,利尿宽肠。蚌肉富含蛋白质、钙、磷、铁、锌及糖类、脂肪、维生素(A、B_1、B_2)等;其味甘、咸,性寒,可滋阴清热,养肝明目,除烦止渴,常食还可有助于保持皮肤弹性和光泽。二者配以可滋阴润燥、益气补血的猪肉同烹成菜,具有清热泻火,润阴生津,润肤美容的功效,是夏日一款美味消暑菜肴。

口蘑茄子大肉圆

【原　料】　茄子、猪瘦肉末各 150 克,口蘑(罐装)75 克,油菜心 50 克,葱末、姜末各 10 克,料酒 15 克,精盐 4 克,味精 2 克,五香粉 0.5 克,湿淀粉、香油各 25 克,清汤 100 克。

【制作步骤】　①将茄子去皮,洗净,切成末。口蘑切成末。油菜心洗净,从中间对剖成两条,下入沸水锅中焯透捞出,放入凉水中投凉捞出,挤去水分,放入碗内,加入精盐 1 克、香油 5 克拌匀备用。　②猪肉末放入容器内,加入葱末、姜末、料酒、余下的精盐、味精、五香粉、口蘑罐头汁 50 克、香油 10 克搅匀上劲至黏稠,再加入湿淀粉 10 克、茄子末、口蘑末搅匀成馅料。　③将调好的馅料分成 10 等份,逐一团成圆球状,摆入盘中,入蒸锅内蒸至熟透取出,逐一在顶上剞上一个十字花刀,摆入净盘内。锅内放入清汤烧开,用余下的湿淀粉勾芡,淋入余下的香油炒匀,出锅浇在盘内肉圆上,再将油菜心相互叠压围摆在肉圆周围即成。

【特　点】　色泽油亮,软嫩香鲜。

【操作提示】　芡汁要炒得稀稠适度。

【营养功效】　茄子营养丰富,性寒凉,可清热活血,止痛消肿,利尿宽肠。猪瘦肉味甘、咸,性平,可滋阴润燥,益气补血。口蘑味甘,性平,可健脾益胃,化痰理气,补肝益肾,强身补虚。三者配以可清热解毒的油菜同烹成菜,具有清热解毒,润肺益肾,滋阴补虚,活血消肿的功效,是夏季消暑营养菜肴。

煎西红柿蛋饼

【原　料】　西红柿 150 克,鸡蛋 3 个,葱末 10 克,料酒 5 克,精盐、鸡精各 3 克,白糖 2 克,植物油 50 克。

【制作步骤】　①将西红柿去蒂,洗净,切成丁。鸡蛋磕入容器内,用筷子充分搅打均匀。　②鸡蛋液内加入料酒、精盐、鸡精、白糖搅匀至溶化,再加入葱末、西红柿丁搅匀。　③锅烧热,加入植物油烧热,用手勺舀西红柿丁鸡蛋液入锅摊成均匀的小圆饼,煎至底面金黄、酥脆、熟透时铲出,装盘即成。

【特　点】　色彩鲜亮,软嫩咸香,微酸适口。

【操作提示】　煎蛋饼时要用小火。

【营养功效】　西红柿(番茄)富含维生素 C、胡萝卜素、维生素(B_1、B_2、C、P、K)、钙、钾、铁、锌、镁、硒、番茄红素、多种有机酸等;其味甘、酸,性微寒,可生津止渴,健胃消食,清热解毒,凉血平肝,利尿降压。鸡蛋富含优质蛋白质、脂肪、铁、钙、磷、锌、维生素(A、E、D、B 族)、卵磷脂等;其味甘,性平,可滋阴润燥,补血养心,定魄宁神。二者同烹成菜,既可为机体提供全面的营养,又可补血养心,生津止渴,健胃消食,补肾利尿,是夏季消暑菜肴,对暑热烦闷、烦渴、食欲不振、消化不良等症状,也有食疗改善作用。

荷兰豆炒番茄

【原　　料】　番茄 200 克,荷兰豆荚 125 克,猪瘦肉 50 克,蒜末、葱末、姜末各 5 克,料酒、湿淀粉各 10 克,精盐 3 克,味精、白糖各 2 克,汤 15 克,植物油 25 克。

【制作步骤】　①将番茄去蒂,洗净,切成滚刀块。荷兰豆荚掐去两头尖角、边筋,洗净,斜切成 3.5 厘米长的段。猪瘦肉洗净,沥去水分,切成小片,用湿淀粉 2 克拌匀上浆。　②锅内放入植物油烧热,下入蒜末、葱末、姜末炝香,下入猪肉片炒至变色,下入荷兰豆荚炒开,加料酒、汤炒匀。　③下入番茄块,加入精盐、白糖炒匀熟,加味精,用余下的湿淀粉勾芡,出锅装盘即成。

【特　　点】　番茄柔嫩,豆荚脆嫩,咸鲜微酸。

【操作提示】　肉片用小火炒制,下入荷兰豆荚后改用大火炒熟。

【营养功效】　番茄味甘、酸,性微寒;可生津止渴,健胃消食,清热解毒,凉血平肝,利尿降压。荷兰豆荚富含蛋白质、糖类、膳食纤维、植物凝集素、胡萝卜素、维生素(B_1、B_2、C)、钙、磷、铁、锌等,可健脾利湿,生津止渴,通乳利尿。二者配以可滋阴润燥的猪瘦肉同烹成菜,具有清热解暑,健脾利湿,消除疲劳的功效。

蜜汁番茄

【原　　料】　番茄(西红柿)400 克,蜂蜜 20 克。

【制作步骤】　①将番茄去蒂,洗净,放入容器内,浇入沸水略烫取出,剥去外皮。　②剥去外皮的西红柿放入容器内,用汤勺铲成泥状。　③蜂蜜加入番茄泥内拌匀,装入汤盘即成。

【特　　点】　色泽鲜红,口感滑润,甜酸清凉。

【操作提示】 加入蜂蜜的番茄泥要放入冰箱冷藏 1 小时左右。

【营养功效】 番茄(西红柿)味甘、酸,性微寒,可生津止渴,健胃消食,清热解毒,凉血平肝,利尿降压。蜂蜜味甘,性平,可润燥解毒,营养心肌。二者搭配食用,既可敛汗止泻,防止汗多耗气伤阴,又能生津止渴,健胃消食,还可补养心血,是夏日一款清凉甜品菜肴,对暑热烦渴、食欲不振、消化不良、多汗等症状,也有较好的食疗改善作用。

糖拌西红柿

【原　　料】 西红柿 400 克,白糖 50 克。

【制作步骤】 ①将西红柿去蒂,洗净,放入容器内,浇入沸水略烫取出,剥去外皮。 ②去皮的西红柿切成滚刀块,放入盘内。③白糖撒在西红柿块上即成。

【特　　点】 红白相衬,柔嫩甜酸,清爽利口。

【操作提示】 切好的西红柿块如能放入冰箱冷藏 1 小时左右,口感更好。

【营养功效】 西红柿味甘、酸,性微寒,可生津止渴,健胃消食,清热解毒,凉血平肝,利尿降压。白糖味甘,性平,可润肺生津,补中缓急。二者搭配成菜,具有清暑止渴的功效,对暑热烦渴者有食疗改善作用。

番茄蛋奶露

【原　　料】 番茄 100 克,鸡蛋 1 个,牛奶 500 克,白糖 30 克,湿淀粉 25 克。

【制作步骤】 ①将番茄去蒂,洗净,切成小丁。鸡蛋磕入容器内搅打均匀。　②锅内放入清水 100 克烧开,加入牛奶,待烧开时,再下入番茄丁,淋入鸡蛋液搅匀,烧开。　③加入白糖,用湿淀粉勾芡,使汤汁呈稀糊状,出锅装碗即成。

【特　点】　色泽美观,软烂稠滑,香甜润口。

【操作提示】　湿淀粉要先用清水 20 克调匀成稀糊状。

【营养功效】　番茄味甘、酸,性微寒,可生津止渴,健胃消食,清热解毒,凉血平肝,利尿降压。鸡蛋味甘,性平,可滋阴润燥,补血养心,定魄宁神。牛奶营养全面而丰富,优质蛋白质、钙、磷、维生素(A、D)的含量较高,其味甘,性平,可滋养补虚,益肾生津。二者配以可润肺生津的白糖同食,具有解暑清热,补虚润燥的功效,是夏日一款甜品消暑菜肴。

凉拌芦荟西红柿

【原　料】　西红柿 225 克,芦荟 125 克,香菜、葱白各 10 克,海鲜酱油、香油各 15 克,精盐 1 克,味精 2 克,白糖 20 克。

【制作步骤】　①将芦荟削去外皮,下入沸水锅中煮 3 分钟捞出,沥去水分,切成三角形的块。西红柿去蒂,洗净,切成橘瓣块,再从每块西红柿中间切开成三角形块。香菜择洗干净,切成 1 厘米长的段。葱白洗净,切成丝。　②西红柿块、芦荟块均放入容器内,加入精盐、白糖拌匀,装入盘中。　③海鲜酱油放入碗内,加入味精、香油、香菜段、葱丝调匀,浇在芦荟西红柿块上即成。

【特　点】　色泽美观,酸甜清口。

【操作提示】　原料块一定要切得大小均匀。

【营养功效】　西红柿味甘、酸,性微寒,可生津止渴,健胃消食,凉血平肝。芦荟味甘,性寒,可消炎杀菌,清热凉肝,泻下通便,消疳杀虫。二者搭配食用,具有清热解毒,生津止渴,消炎杀菌的功效,是夏日一款清爽消暑凉拌菜。

凉拌红椒扁豆丝

【原　料】　扁豆荚 300 克,红柿子椒 75 克,大蒜 10 克,精盐 4 克,味精、白糖各 2 克,花椒粒 10 粒,花生油 20 克。

【制作步骤】　①将扁豆荚掐去两端尖角、边筋,洗净,斜切成细丝。红柿子椒去蒂,洗净,去子,切成细丝。蒜去皮,剁成末。②锅内放入清水 400 克烧开,加入精盐 2 克,下入扁豆荚丝焯至熟透,下入红柿子椒丝烧开,捞出,沥去水分,放入容器内。　③锅内放入花生油烧热,下入洗净的花椒粒炸香,捞出花椒粒不用,花椒油倒入扁豆荚丝内拌匀,再加入余下的精盐、白糖、味精、蒜末拌匀,装盘即成。

【特　点】　色泽美观,清新脆嫩,蒜香味浓。

【操作提示】　扁豆荚丝一定要焯至熟透,以免引起食物中毒。

【营养功效】　扁豆荚营养丰富,含有大量蛋白质、糖类、膳食纤维、钙、磷、铁、锌、维生素(B_1、B_2、B_5、C)、胡萝卜素等;其味甘,性平,可健脾,化湿,消暑。红柿子椒富含维生素 C、胡萝卜素等,可温中散寒,除湿开胃。二者配以可杀菌解毒的大蒜同食,具有开胃增食,健脾化湿,消暑的功效,是夏日一款解暑祛湿凉拌小菜,对胃口不开、食少、便溏、吐泻等症状,也有食疗作用。

鸭肉烧扁豆

【原　料】　扁豆荚 250 克,净鸭肉 100 克,口蘑 30 克,葱段、姜片、料酒、酱油各 10 克,精盐 3 克,味精 2 克,湿淀粉 13 克,汤 200 克,植物油 25 克。

【制作步骤】　①将扁豆荚掐去两端尖角、边筋,洗净,斜切成 3 厘米长的段。口蘑洗净,切成片。鸭肉洗净,切成片,用湿淀粉 3

克拌匀上浆。 ②锅内放入植物油烧热，下入葱段、姜片炝香，下入鸭肉片炒至变色，下入扁豆荚段煸炒至变软，烹入料酒、酱油炒匀，加汤烧开。 ③下入口蘑片炒开，烧至微熟，加入精盐烧至熟烂，收浓汤汁，加味精，用余下的湿淀粉勾芡，出锅装盘即成。

【特 点】 色泽淡雅，爽嫩鲜香，清新利口。

【操作提示】 要用小火慢烧，勤晃动锅，以免煳底。

【营养功效】 扁豆荚营养丰富，含有大量的蛋白质、糖类、膳食纤维、钙、磷、铁、锌、维生素（B_1、B_2、B_5、C）、胡萝卜素等；其味甘，性平，可健脾，化湿，消暑。鸭肉味甘、咸，性凉，可滋阴养胃，利尿消肿，健脾补虚。二者同烹成菜，具有滋阴补虚，养胃益肾，清热利湿的功效，是夏日一款解暑祛湿菜肴。

鲜蘑菇炒扁豆

【原 料】 扁豆荚 200 克，鲜蘑菇 175 克，腊肠 50 克，蒜末 10 克，料酒 5 克，精盐、鸡精各 3 克，湿淀粉 8 克，清汤 50 克，植物油 20 克，熟鸡油 15 克。

【制作步骤】 ①将扁豆掐去两端尖角、边筋，洗净，下入沸水锅中焯透捞出，沥去水分，斜切成 3 厘米长的段。鲜蘑菇去老根，洗净，下入沸水锅中焯透捞出，沥去水分，从中间对剖成 4 块。腊肠斜切成 1 厘米长的段。 ②锅内放入植物油、熟鸡油 5 克烧热，下入蒜末炝香，下入扁豆荚段煸炒至透，下入蘑菇块炒匀。 ③下入腊肠段，加入清汤、精盐煸炒至熟烂，加鸡精，用湿淀粉勾芡，淋入余下的熟鸡油，出锅装盘即成。

【特 点】 扁豆爽嫩，蘑菇柔滑，咸鲜香浓。

【操作提示】 勾芡一定要薄。

【营养功效】 扁豆荚味甘，性平，可健脾，化湿，消暑。蘑菇营养全面而丰富，是高蛋白、低脂肪食用菌；其味甘，性凉，可补脾益气,润燥生津,开胃止泻,化痰解毒。二者配以可滋阴润燥的腊肠同烹成菜,具有补气滋阴,生津润燥,健脾化湿,消暑和中的功效,是夏日一款解暑祛湿菜肴,对暑湿所致吐泻、食欲不振等症状,也有食疗作用。

鸭肉烧芸豆

【原　料】　芸豆荚 200 克,净鸭肉 100 克,胡萝卜 50 克,葱段、姜片各 5 克,料酒、酱油、湿淀粉各 10 克,精盐 3 克,味精 2 克,清汤 200 克,植物油 30 克。

【制作步骤】　①将芸豆荚掐去两端尖角、边筋,洗净,沥去水分,斜切成 4 厘米长的段。胡萝卜洗净,去皮,先横切成 4 厘米长的段,再顺切成条。鸭肉洗净,切成条。　②锅内放入植物油烧热,下入鸭肉条炒至变色,下入芸豆荚煸炒至变软,下入葱段、姜片煸炒至出葱姜味,烹入料酒、酱油炒匀,加清汤烧开。　③下入胡萝卜条炒开,烧至熟透,加入精盐烧至熟烂,收浓汤汁,加味精,用湿淀粉勾芡,出锅装盘即成。

【特　点】　清爽软嫩,咸香可口。

【操作提示】　要用小火慢烧,大火收汁。

【营养功效】　芸豆荚富含蛋白质、糖类、钙、磷、铁、锌、维生素(B_1、B_2、B_5、C)、胡萝卜素、膳食纤维等;其味甘、淡,性平,可滋阴,解热,利尿,消肿。芸豆荚配以可健脾养胃、滋阴润肺的鸭肉同烹成菜,具有清热养阴,润肺止渴的功效,是夏日一款消暑滋补菜肴。

猪心炒芸豆丝

【原　料】　芸豆荚 250 克,猪心 100 克,葱段、姜片各 5 克,料酒 15 克,酱油、湿淀粉各 10 克,精盐 3 克,味精 2 克,汤 20 克,植物油 25 克。

【制作步骤】 ①将芸豆掐去两端尖角、边筋,洗净,下入沸水锅中焯透捞出,沥去水分,斜切成丝。猪心洗净,从中间剖开,挤净血水,切成丝。 ②锅内放入植物油烧热,下入猪心丝、葱段、姜片煸炒至猪心断生,拣出葱段、姜片不用,烹入料酒、酱油炒匀,加汤。③下入芸豆荚丝炒匀,加入精盐、味精炒熟,用湿淀粉勾芡,出锅装盘即成。

【特　点】 色泽微红,口感爽嫩,口味香鲜。

【操作提示】 要用大火炒制。

【营养功效】 芸豆荚味甘、淡,性平,可滋阴,解热,利尿,消肿。猪心富含优质蛋白质,脂肪含量少,并含有较多的铁、磷、锌、铜等;其味甘、咸,性平,可补虚,养心安神。二者同烹成菜,具有清热利尿,补血养心的功效,是夏日一款消暑菜肴,对烦躁不安、心悸失眠、口渴咽干等症状,也有食疗改善作用。

沙锅鸭胗炖菜豆

【原　料】 菜豆(芸豆)300 克,净鸭胗 125 克,口蘑 50 克,葱段、姜片、料酒各 15 克,精盐、鸡精各 3 克,清汤 500 克,植物油 800 克。

【制作步骤】 ①将菜豆掐去两端尖角、边筋,洗净,沥去水分。口蘑去根,洗净。鸭胗洗净,切成厚片,下入沸水锅中汆去血污捞出。 ②锅内放入植物油烧至六成热,下入菜豆炸至表面泛起小泡泡时捞出,沥去油。锅内留油 15 克,下入葱段、姜片炝香,下入鸭胗片略炒,烹入料酒炒匀,出锅倒入沙锅内。 ③将清汤、菜豆、口蘑均加入沙锅内用大火烧开,改用小火炖至熟透,加入精盐,炖至熟烂,加鸡精即成。

【特　点】 菜豆软烂,汤汁浓鲜,清香可口。

【操作提示】 菜豆要用大火炸制，油温不要过低。

【营养功效】 菜豆味甘、淡，性平，可滋阴，解热，利尿，消肿。鸭胗富含蛋白质，脂肪含量少；其味甘、咸，性微寒，可健脾胃，补虚损。二者配以可健脾益胃、化痰理气、补肝益肾、强身补虚的口蘑同烹成菜，具有健脾开胃，清热利湿的功效，是夏日一款解暑祛湿菜肴，对暑热所致食欲不振、消化不良等症状，也有食疗改善作用。

鸭丝炒豇豆

【原　料】 嫩豇豆 250 克，净鸭肉 100 克，胡萝卜 25 克，姜丝、葱丝各 5 克，料酒、湿淀粉各 10 克，精盐 3 克，味精 2 克，清汤 30 克，植物油 20 克。

【制作步骤】 ①将豇豆掐去两端尖角、边筋，洗净，切成 3.5 厘米长的段。胡萝卜洗净，去皮，鸭肉洗净，沥去水分，分别切成丝。鸭肉丝用湿淀粉 3 克拌匀上浆。　②锅内放入植物油烧热，下入姜丝、葱丝炝香，下入鸭丝炒至变色，下入豇豆段煸炒至变软，烹入料酒，加清汤炒开。　③下入胡萝卜丝，加入精盐炒匀至熟，加味精，用余下的湿淀粉勾芡，出锅装盘即成。

【特　点】 色泽美观，清爽嫩滑，咸香鲜美。

【操作提示】 鸭肉、胡萝卜均切成与豇豆粗细相近的丝。

【营养功效】 豇豆含蛋白质、脂肪、糖类、膳食纤维、钙、磷、铁、胡萝卜素、维生素（B_1、B_2、B_5、C）等；其味甘，性平，可补脾健胃，利尿除湿。鸭肉味甘、咸，性微寒，可滋阴养胃，利水消肿，健脾补虚。二者同烹成菜，具有滋阴益肾，生津止渴，健脾利湿的功效，是夏日一款解暑祛湿菜肴，对消化不良、胃口不开、少食腹胀、腹泻、湿热尿浊等症状，也有食疗改善作用。

干贝排骨炖萝卜

【原　料】　萝卜 400 克,猪排骨 300 克,干贝 20 克,葱段、姜片、料酒各 10 克,精盐、鸡精各 3 克,白糖 2 克。

【制作步骤】　①将猪排骨洗净,沥去水分,先顺骨缝逐根剖开,再剁成块。干贝洗净,放入碗内,加入温水 100 克浸泡至透。萝卜切去顶樱,削去根须,洗净,切成 2 厘米见方的块。　②沙锅内放入清水 700 克,下入排骨块用大火烧开,煮 3 分钟,撇净浮沫,下入干贝及泡干贝的原汁、葱段、料酒、姜片烧开,改用小火炖至微熟。　③下入萝卜块,加入精盐、白糖烧开,炖至熟烂,加鸡精即成。

【特　点】　萝卜爽嫩,肉烂汤浓,咸香鲜美。

【操作提示】　猪排骨块不能超过 4 厘米长。

【营养功效】　萝卜营养十分丰富,富含糖类、氨基酸、维生素、膳食纤维、无机盐和各种酶类等;其味辛、甘,性凉,可清热化痰,凉血利尿,益胃消食,下气宽中。猪排骨味甘、咸,性平,可滋阴润燥,补肾益肝,强筋壮骨。二者配以可滋阴补肾、调中的干贝同烹成菜,具有滋阴生津,清热凉血,益气补虚的功效,是夏日一款营养消暑菜肴。

鲍鱼煮萝卜

【原　料】　大萝卜 350 克,水发鲍鱼肉 150 克,葱段、姜片、料酒各 10 克,精盐、鸡精各 3 克,胡椒粉 0.5 克,清汤 800 克,熟鸡油 15 克。

【制作步骤】　①将大萝卜洗净,沥去水分,切成 2 厘米见方的块。鲍鱼肉洗净,切成片。　②锅内放入清水烧开,下入大萝卜块用大火焯透捞出,沥去水分。另将锅内放入熟鸡油烧热,下入葱段、姜片炝香,烹入料酒,加清汤烧开。 ③下入鲍鱼片、大萝卜块,加入精盐煮至熟烂,加鸡精、胡椒粉,出锅装碗即成。

【特　点】　萝卜爽嫩,汤宽味鲜。

【操作提示】　鲍鱼肉要抹刀切成薄厚均匀的片。

【营养功效】　大萝卜营养十分丰富,其味辛、甘、性凉,可清热化痰,凉血利尿,益胃消食,下气宽中。鲍鱼肉味甘、咸,性温,可滋阴清热,益精明目。二者同烹成菜,具有滋阴清热,消食化滞,降压降脂的功效,是夏日一款滋补消暑汤菜。

牡蛎银丝汤

【原　料】　白萝卜250克,牡蛎肉150克,粉丝30克,姜丝5克,料酒10克,醋2克,精盐、鸡精各3克,胡椒粉0.5克,清汤700克,熟猪油15克。

【制作步骤】　①将白萝卜洗净,切成丝,下入沸水锅中焯透捞出,沥去水分。牡蛎肉去杂,洗净,沥去水分。粉丝剪成8厘米长的段,洗净,用温水浸泡至回软捞出。 ②锅内放入熟猪油烧热,下入姜丝炝香,下入牡蛎肉略炒,烹入醋、料酒炒匀,加清汤。③下入粉丝、萝卜丝烧开,煮至熟烂,加精盐、鸡精、胡椒粉,出锅装碗即成。

【特　点】　清爽鲜嫩,汤汁清澈,滋味鲜美。

【操作提示】　白萝卜丝一定要切得细而匀。

【营养功效】　白萝卜味辛、甘,性凉,可清热化痰,凉血利尿,益胃消食,下气宽中。牡蛎肉营养十分丰富,味甘、咸,性平,可滋阴益血,清热除湿。二者同烹成菜,具有健脾胃,除烦渴,消积滞,清湿热的功效,是夏日一款解暑祛湿滋补汤菜。

红油萝卜丝

【原　料】　白萝卜 400 克,红干辣椒 10 克,葱丝 15 克,精盐、白糖各 5 克,味精 2 克,植物油 20 克。

【制作步骤】　①将白萝卜切去顶樱,削去根,洗净,沥去水分,切成丝。红干辣椒洗净,去蒂,沥去水分,剁成末。　②萝卜丝放入容器内,加入精盐拌匀腌渍 25 分钟,取出挤去水分,放入容器内,加入味精、白糖拌匀,装入盘中,再将葱丝放在萝卜丝上。③锅内放入植物油烧热,下入红干辣椒末炸香,出锅浇在盘内葱丝上,食时拌匀即成。

【特　点】　色泽红亮,清爽脆嫩,咸香爽辣。

【操作提示】　炸辣椒油时要温油小火炸制。

【营养功效】　白萝卜营养十分丰富,含有葡萄糖、蔗糖、果糖、腺嘌呤、多种氨基酸、各种酶类、维生素(B_1、C)、胡萝卜素、钙、磷、锰、硼、铁、芥子油、木质素、膳食纤维等;其味辛、甘,性凉,可清热化痰,凉血利尿,益胃消食,下气宽中,抗菌解毒,防癌抗癌。白萝卜配以味辛、性温的红干辣椒食用,既可健脾开胃,又可补益肺气,温阳祛湿,是夏日一款消暑祛湿、防病健身日常小菜。

双菇拌银丝

【原　料】　白萝卜 300 克,金针菇(罐装)100 克,水发香菇 75克,葱丝 10 克,精盐 4 克,味精、白糖各 2 克,香油 15 克。

【制作步骤】　①将白萝卜洗净,削去外皮,切成丝。金针菇掐去老根,洗净,挤去水分,从中间切成 2 段。香菇去蒂,洗净,挤去水分,切成丝。　②萝卜丝放入容器内,加入精盐 2 克拌匀,腌渍 10 分钟,取出挤去水分。香菇丝下入沸水锅中焯透捞出,放入凉水中投凉捞出,挤去水分。　③将萝卜丝、金针菇段、香菇丝均放入容器内,加入白糖、余下的精盐、味精拌匀,装入盘中,再将葱丝放在上面。香油放入小碗内,放入微波锅内加热后取出,浇在盘内葱丝上,食时拌匀即成。

【特　点】　清爽脆嫩,清香鲜美,葱香浓郁。

【操作提示】　金针菇要用温水洗净。

【营养功效】　白萝卜味辛、甘,性凉,可清热化痰,凉血利尿,益胃消食,下气宽中。金针菇营养丰富,其性寒凉,可抗菌消炎,抗疲劳。香菇味甘,性平,可益气补虚,益胃健脾。三者搭配成菜,具有清火化痰,顺气消食的功效,是夏日一款消暑清热菜肴。

糖醋萝卜丝

【原　料】　心里美萝卜400克,白糖30克,醋15克,精盐2克。

【制作步骤】　①将心里美萝卜切去顶樱,削去根,洗净,切成丝。　②萝卜丝放入容器内,加入精盐拌匀,腌渍10分钟,取出萝卜丝,沥去水分。　③萝卜丝放入盘中,加入醋、白糖拌匀即成。

【特　点】　色彩鲜艳,清爽脆嫩,甜酸适口。

【操作提示】　萝卜丝一定要切得细而均匀。

【营养功效】　心里美萝卜富含糖类、膳食纤维、钙、磷、铁、钾、钠、锰、碘、硼、维生素(C、B族)、胡萝卜素、多种酶类、胆碱、木质素、芥子油等;其味甘、辛,性凉,可清热化痰,凉血利尿,益胃消食,下气宽中。心里美萝卜配以可润肺生津的白糖和可防腐杀菌、健胃消食的醋同组成菜,具有除燥生津,清凉止渴,健胃消食,抗菌消炎的功效,是夏日一款清暑甜品凉拌菜。

清拌水萝卜

【原　料】　水萝卜 350 克,酱油 25 克,精盐、味精各 2 克,醋 5 克,香油 10 克。

【制作步骤】　①将水萝卜切去顶樱,削去根须,洗净,放在案板上,用刀拍碎,切成小块。　②水萝卜块放入容器内,加入精盐拌匀,腌渍 10 分钟,滗去水分。　③将酱油、醋、味精、香油均加入水萝卜块内,拌匀后倒入汤盘即成。

【特　点】　清爽脆嫩,清新利口。

【操作提示】　水萝卜皮营养丰富,食用时不要切除。

【营养功效】　水萝卜富含葡萄糖、蔗糖、果糖、维生素(C、B_1)、胡萝卜素、钙、磷、锰、硼、铁、膳食纤维等;其味辛、甘,性凉,可清热化痰,凉血利尿,益胃消食,下气宽中。夏季常食此菜,可止渴,清内热,化痰,助消化。

鸡油蘑菇炒冬瓜

【原　料】　冬瓜 300 克,鲜蘑菇 200 克,火腿 50 克,蒜末、葱末、姜末各 5 克,料酒 8 克,精盐、鸡精各 3 克,湿淀粉 6 克,植物油 20 克,熟鸡油 10 克。

【制作步骤】　①将冬瓜去皮、瓤,洗净,沥去水分,切成菱形片。蘑菇去蒂,洗净,切成片。火腿切成小片。　②锅内放入清水烧开,下入冬瓜片用大火焯透,去除青味捞出,再下入蘑菇片烧开,焯透捞出。　③另将锅内放入植物油烧热,下入火腿片、蒜末、葱末、姜末煸香,烹入料酒炒匀,下入蘑菇片、冬瓜片,加入精盐翻炒至熟,加鸡精,用湿淀粉勾芡,淋入熟鸡油,出锅装盘即成。

【特　点】　色泽淡雅,口感嫩滑,咸香鲜美。

【操作提示】 原料片的厚度约为 0.3 厘米。

【营养功效】 冬瓜不含脂肪,含糖量低,是高钾低钠食物,维生素(C、B_1、B_2)的含量较高,所含丙醇二酸可使体内淀粉、糖转化为热能,而不转变为脂肪;其味甘,性微寒,可利尿消肿,解暑止渴,清热化痰,润肤减肥。蘑菇营养丰富,含有大量无机盐、维生素、优质蛋白质等;其味甘,性微寒,可补脾益肺,润燥化痰。二者配以可健脾开胃、生津益气的火腿同烹成菜,具有清热去火,除烦止渴,润燥滋阴的功效。

火腿烧冬瓜

【原　　料】 冬瓜 500 克,火腿 75 克,葱末、蒜末各 5 克,料酒 8 克,精盐、鸡精各 3 克,湿淀粉 10 克,清汤 75 克,植物油 25 克。

【制作步骤】 ①将冬瓜去皮、瓤,洗净,沥去水分,切成 2 厘米见方的块。火腿切成粒状。　②锅内放入清水烧开,下入冬瓜块用大火烧开,焯去青味捞出,沥去水分。另将锅内放入植物油烧热,下入葱末、蒜末炝香,下入火腿粒炒匀,烹入料酒,加清汤烧开。③下入冬瓜块,加入精盐炒开,烧至熟烂,加鸡精,用湿淀粉勾芡,出锅装盘即成。

【特　　点】 柔嫩清爽,咸香清新。

【操作提示】 勾芡一定要稠稀适中。

【营养功效】 冬瓜味甘,性微寒,可利尿消肿,解暑止渴,清热化痰,润肤美白,减肥祛脂。火腿营养丰富,含有人体必需的 8 种氨基酸;其味甘、咸,性温,可健脾开胃,生津益血。二者同烹成菜,具有清热解毒,健脾开胃,消暑祛湿的功效,对烦渴、胃口不开、体虚乏力等症状者,也有较好的食疗改善作用。

冬瓜烧猪肚

【原　料】　冬瓜 350 克,熟猪肚 125 克,蒜末、姜末各 5 克,料酒、酱油各 8 克,醋、味精各 2 克,精盐 3 克,湿淀粉 10 克,清汤 25 克,植物油 30 克。

【制作步骤】　①将冬瓜去皮、瓤,洗净,切成 3 厘米长、2 厘米宽的块。猪肚切成 3 厘米长、2 厘米宽的块。　②锅内放入植物油 20 克烧热,下入蒜末、姜末炝香,下入猪肚条略炒,烹入醋、料酒、酱油炒匀,加清汤炒开。　③下入冬瓜块,加入精盐炒开,烧至熟烂,加味精,用湿淀粉勾芡,淋入余下的油,出锅装盘即成。

【特　点】　色泽红润,冬瓜爽嫩,汁浓清香。

【操作提示】　用中火烧制,勾芡一定要稠稀适中。

【营养功效】　冬瓜味甘,性微寒,可利尿消肿,解暑止渴,清热化痰,润肤减肥。猪肚是一种高蛋白、低脂肪食物,并富含钙、磷、铁、维生素(B_1、B_2、B_{12})等;其味甘,性温,可益胃补虚,健脾止泻,助气消渴。二者同烹成菜,具有消暑解渴,健脾开胃的功效,对暑夏胃口不开、食欲不振、消化不良等症状,也有较好的食疗改善作用。

清蒸冬瓜夹

【原　料】　冬瓜 500 克,火腿肠 100 克,葱末 10 克,精盐、鸡精各 3 克,白糖 2 克。

【制作步骤】　①冬瓜去皮、瓤,洗净,沥去水分,切成 4 厘米长、0.5 厘米厚的夹刀片。火腿肠切成薄片。　②将冬瓜片放入容器内,加入精盐拌匀腌渍 10 分钟,滗去水分,再加入鸡精、白糖拌匀。　③每一冬瓜夹刀片的夹层中放上一片火腿肠,整齐地摆在蒸盘内,放入蒸锅内用大火蒸 10 分钟,至熟透取出,撒上葱末即成。

【特　点】　色淡清爽,柔嫩清新。

【操作提示】　火腿肠要切成与冬瓜片长短、宽窄均相等的薄片。

【营养功效】　冬瓜味甘,性微寒,可利尿消肿,解暑止渴,清热化痰,润肤美白,祛脂减肥。火腿肠含蛋白质、脂肪、钙、磷、铁及维生素等,可健脾开胃,生津益血。二者同烹成菜,具有益气养胃,生津止渴,利水祛湿的功效,是夏日一款清淡消暑菜肴。

冬瓜丸子汤

【原　料】　冬瓜 300 克,净兔肉 125 克,葱姜汁 25 克,料酒15 克,精盐、鸡精各 3 克,鸡蛋清半个,清汤 600 克,香油 10 克。

【制作步骤】　①将冬瓜去皮、瓤,洗净,沥去水分,切成片。兔肉洗净,沥去水分,剁成细末,放入容器内,加入料酒 5 克、精盐 1克、鸡蛋清、葱姜汁 15 克、香油、清水 15 克,用筷子顺一个方向充分搅匀上劲至呈稠糊状。　②锅内放入清汤,余下的料酒和葱姜汁烧开,下入冬瓜片烧至微熟。　③兔肉末挤成均匀的丸子,下入汤锅内用小火烧开,撇净浮沫,加余下的精盐煮至熟透,加鸡精,出锅装碗即成。

【特　点】　色泽淡雅,冬瓜柔滑,肉丸细嫩,汤汁咸鲜。

【操作提示】　兔肉丸的大小不能超过 3 厘米。

【营养功效】　冬瓜味甘,性微寒,可利尿消肿,解暑止渴,清热化痰,润肤美白,减肥瘦身。兔肉是一种高蛋白、低脂肪、低胆固醇肉食,并富含钙、磷、铁、锌、硒、硫及多种维生素、卵磷脂等;其味甘,性凉,可健脾益气,滋阴生津,凉血解毒。二者同烹成菜,可清热泻火,滋阴生津,祛痈解毒,是夏日一款美味消暑汤菜。

赤豆煲冬瓜

【原　料】　冬瓜 450 克,赤豆 50 克,口蘑 20 克,葱末 5 克,精盐、鸡精各 3 克,清汤 650 克,熟鸡油 6 克。

【制作步骤】　①将赤豆择去杂质,洗净,放入容器内,加入温水浸泡至涨起捞出,沥去水分。冬瓜洗净,去瓤,削下瓜皮切成菱形片。冬瓜肉切成 2 厘米见方的块。口蘑洗净,切成小片。②沙锅内放入清汤,下入赤豆、冬瓜皮片用大火烧开,改用小火煲半小时。　③下入口蘑片、冬瓜块,加入精盐烧开,煲至熟烂,加鸡精、葱末,淋入熟鸡油即成。

【特　点】　冬瓜爽嫩,赤豆软烂,汤汁香鲜。

【操作提示】　煲制时要随时撇去汤中浮沫,以保持汤汁的清澈。

【营养功效】　冬瓜味甘,性微寒,可清热化痰,除烦止渴,利尿消肿。赤豆富含糖类、蛋白质、钙、磷、钾、镁、维生素（B_1、B_2、C）等;其味甘、微酸,性平,可利水除湿,解毒排脓。二者同烹成菜,具有清热解毒,清暑祛湿的功效。

口蘑烧冬瓜

【原　料】　冬瓜(去皮、瓤)300 克,口蘑 100 克,葱末 8 克,蚝油 15 克,精盐 2 克,鸡精 3 克,湿淀粉 10 克,鸡清汤 200 克,植物油 25 克。

【制作步骤】　①将冬瓜洗净,沥去水分,切成菱形块。口蘑洗净,略大一些的从中间对剖成两半。　②锅内放入清水烧开,下入冬瓜块焯透捞出,沥去水分。另将锅内放入植物油烧热,下入葱末炝香,加鸡清汤、蚝油烧开。　③下入口蘑、冬瓜,加入精盐炒开,盖上锅盖,用小火烧至熟烂入味,加鸡精,用湿淀粉勾芡,出锅装盘即成。

【特　点】　色淡清爽,细嫩香鲜。

【操作提示】　冬瓜块要用大火焯制。

【营养功效】　冬瓜味甘,性微寒,可清热化痰,除烦止渴,利尿消肿。口蘑营养丰富,味甘,性平,可健脾益胃,化痰理气,补肝益肾,强身补虚。二者配以可滋阴益血、清热除湿的蚝油同烹成菜,具有补气滋阴,生津润燥,清热利尿的功效,是夏日一款清爽消暑菜肴。

猪心炒丝瓜

【原　料】　丝瓜 300 克,猪心 100 克,蒜末、姜末各 5 克,料酒10 克,醋 1 克,精盐 3 克,味精 2 克,湿淀粉 8 克,清汤 25 克,植物油 30 克。

【制作步骤】　①将猪心洗净,挤去血水,切成薄厚均匀的片。丝瓜洗净,去皮,先斜切成 2 厘米长的段,再顺切成片。　②锅内放入植物油烧热,下入蒜末、姜末炝香,下入猪心片炒至断生,烹入醋、料酒炒匀。　③下入丝瓜片,加入精盐、清汤炒匀至熟,加味精,用湿淀粉勾芡,出锅装盘即成。

【特　点】　清爽嫩脆,咸香鲜美。

【操作提示】　猪心片要用大火爆炒。

【营养功效】　丝瓜富含钙、磷、铁、胡萝卜素、维生素(C、A、B_1、B_2、B_5)、皂苷、磷脂、亚油酸等;其味甘,性凉,可清热化痰,凉血解毒,通络行脉,生津止渴,解暑除烦。猪心是一种高蛋白、低脂肪食物,并富含铁、磷、锌、铜、B 族维生素等;其味甘、咸,性平,可补虚,养心安神。二者同烹成菜,既有利于机体对营养素的吸收,又可清热解暑,养心补血,增强心肌收缩力,是夏季心气虚弱多汗、失眠、烦渴患者的一款食疗保健菜肴,更是健康者的消暑美味菜肴。

肉片炒丝瓜

【原　料】　丝瓜300克,猪瘦肉75克,蒜末、姜末各5克,料酒10克,精盐3克,味精2克,湿淀粉8克,清汤20克,植物油25克。

【制作步骤】　①将猪瘦肉洗净,沥去水分,切成小片,用料酒5克、精盐0.5克拌匀腌渍入味,再用湿淀粉2克拌匀上浆。丝瓜洗净,去皮,横切成0.25厘米厚的片。　②锅内放入植物油烧热,下入蒜末、姜末炝香,下入猪肉片用小火炒至断生,烹入余下的料酒、清汤炒匀。　③下入丝瓜片,加入余下的精盐用大火煸炒至熟,加味精,用余下的湿淀粉勾芡,出锅装盘即成。

【特　点】　丝瓜脆嫩,肉片滑嫩,味道清新。

【操作提示】　猪瘦肉要顶刀切成薄厚均匀的片。

【营养功效】　丝瓜味甘,性凉,可清热化痰,凉血解毒,通络行脉,生津止渴,解暑除烦。猪瘦肉味甘、咸,性平,可滋阴润燥,补血。二者同烹成菜,具有清热利肠,解暑除烦的功效。

丝瓜煎蛋饼

【原　料】　丝瓜300克,鸭蛋3个,葱末、料酒各10克,精盐3克,鸡精2克,植物油50克。

【制作步骤】　①将丝瓜洗净,去皮,切成丝。鸭蛋磕开,蛋液放入碗内用筷子充分搅打均匀。　②鸭蛋液内加入料酒、精盐、鸡精、清水25克搅匀,再加入葱末、丝瓜丝搅开。　③锅烧热,加入植物油烧热,倒入丝瓜鸭蛋液摊成圆形蛋饼,用小火煎至底面能转

动、上面凝固时,翻个,煎至底面金黄,再翻个,继续煎至两面均呈
金黄色、熟透,装盘即成。

【特　点】　蛋饼圆润金黄,柔嫩清香。

【操作提示】　锅内加入植物油后,要轻轻转动锅身,使油在锅
中滑匀。

【营养功效】　丝瓜味甘,性凉,可清热化痰,凉血解毒,通络行
脉,生津止渴,解暑除烦。鸭蛋味甘,性凉,可滋阴清肺,补血养心。
二者同烹成菜,不仅大大提高了此菜的营养价值,而且具有清暑凉
血,清热解毒,滋阴润燥,疏通经脉的功效。

丝瓜鸭丸汤

【原　料】　丝瓜200克,净鸭肉100克,葱段、姜片各5克,料
酒10克,精盐、鸡精各3克,白糖1克,鸡蛋清半个,清汤600克,
香油15克。

【制作步骤】　①将鸭肉洗净,沥去水分,先用刀片成大片,再
用刀背砸成细蓉,放入容器内,加入料酒、白糖、鸡蛋清、精盐1克、
清水15克、香油10克,用筷子顺一个方向充分搅匀上劲至黏稠。
丝瓜洗净,去皮,切成菱形片。　②锅内放入清汤,下入葱段、姜片
烧开,再将调好的鸭肉蓉挤成直径2厘米的小丸子,下入清汤锅中
用小火烧开,煮2分钟,拣出葱段、姜片不用。　③下入丝瓜片,加
入余下的精盐烧开,煮至熟透,加鸡精,淋入余下的香油,出锅装碗
即成。

【特　点】　色泽淡雅,脆爽细嫩,汤清味鲜。

【操作提示】　煮鸭肉丸时要随时撇去汤中的浮沫,以保持汤
汁的清澈。

【营养功效】　丝瓜味甘,性凉,可清热化痰,凉血解毒,通络行
脉,生津止渴,解暑除烦。鸭肉味甘、咸,性微寒,可滋阴养胃,利水

消肿。二者同烹成菜,具有滋阴润肺,清热利肠,清暑解热,消肿利尿的功效。

鲜蘑丝瓜片

【原　料】　嫩丝瓜 300 克,鲜蘑菇 175 克,净鸭肉 50 克,葱末、蒜末各 5 克,料酒、酱油、湿淀粉、香油各 10 克,精盐、鸡精各 3 克,白糖 1 克,清汤 25 克,植物油 20 克。

【制作步骤】　①将嫩丝瓜洗净,去皮,从中间对剖成两半,再斜切成片。鲜蘑菇去蒂,洗净,下入沸水锅中焯透捞出,沥去水分,切成均匀的块。鸭肉洗净,沥去水分,切成片,用湿淀粉 2 克拌匀上浆。　②锅内放入植物油烧热,下入葱末、蒜末炝香,下入鸭肉片炒至断生,烹入料酒、酱油炒匀,加清汤炒开。　③下入丝瓜片、蘑菇块,加入精盐、白糖炒匀至熟,加鸡精,用余下的湿淀粉勾芡,淋入香油,出锅装盘即成。

【特　点】　色泽淡雅,口感嫩滑,清香鲜美。

【操作提示】　丝瓜片的厚度为 0.3 厘米,用大火炒制。

【营养功效】　丝瓜营养丰富,味甘,性凉,可清热化痰,凉血解毒,通络行脉,生津止渴,解暑除烦。蘑菇味甘,性凉,可补脾益气,润燥生津,开胃止泻,解毒化痰。二者配以可以滋阴养胃、利水消肿、健脾补虚的鸭肉同烹成菜,具有清湿热,健脾胃,除烦渴的功效,是夏日一款解暑除湿菜肴。

虾米瓜片汤

【原　料】　黄瓜 150 克,虾米(干虾仁)20 克,紫菜 10 克,葱末、姜末各 5 克,料酒 8 克,醋 1 克,精盐 3 克,鸡精、白糖各 2 克,清汤 600 克,植物油 15 克。

【制作步骤】 ①将黄瓜洗净,沥去水分,切成菱形片。虾米洗净。紫菜撕成小片。 ②锅内放入植物油烧热,下入葱末、姜末炝香,下入虾米煸炒出鲜香味,烹入醋、料酒炒匀,加入清汤烧开,煮至虾仁回软。 ③下入黄瓜片、紫菜片,加入精盐、白糖、鸡精烧开,出锅装碗即成。

【特 点】 色泽素雅,清爽咸鲜。

【操作提示】 黄瓜片入锅烧开后立即出锅,煮制时间过长会破坏多种维生素,使营养成分降低。

【营养功效】 黄瓜富含糖类、胡萝卜素、维生素(B_1、B_2、C、A、E)、铁、钙、磷、钾等;其味甘,性凉,可清热解毒,利尿消肿。虾米富含优质蛋白质、钙、磷、铁、维生素(A、D)等;其味甘、咸,性温,可补肾壮阳,开胃化痰。二者配以具有清热化痰,补肾利尿,软坚散结的紫菜同烹成菜,具有清热,利尿,补肾的功效,对烦热口渴、咽喉肿痛、腰膝酸软、水肿等症状,有较好的疗效。

肉丸老黄瓜汤

【原 料】 老黄瓜 500 克,猪瘦肉末 100 克,葱姜汁 25 克,料酒 15 克,精盐、鸡精各 3 克,白糖、味精各 1 克,鸡蛋清半个,清汤 600 克,香油 10 克。

【制作步骤】 ①将老黄瓜洗净,削去外皮,从中间顺长对剖成两半,挖去子,再切成菱形片。猪肉末放入容器内,加入葱姜汁 15 克、料酒 10 克、精盐 1 克、白糖、味精、鸡蛋清、香油、清水 15 克搅匀。 ②锅内放入清汤、余下的料酒和葱姜汁老黄瓜片烧开。③调好的猪肉末挤成均匀的丸子,下入汤锅内用小火烧开,撇净浮沫,加入余下的精盐煮至熟透,加鸡精,出锅装碗即成。

【特 点】 瓜片滑嫩,肉丸爽嫩,汤鲜味美。

【操作提示】 猪肉末内加入调料后,要用筷子顺一个方向充分搅匀上劲至黏稠。

【营养功效】 老黄瓜味甘、酸,性凉,可清热解毒,利尿消肿。猪瘦肉末营养丰富,含有丰富的优质蛋白质、铁、磷、锌、B族维生素等;其味甘、咸,性平,可滋阴润燥,补血。二者同烹成菜,具有清热解毒,滋阴润燥,利湿消肿的功效。

蒜拌黄瓜

【原　料】 嫩黄瓜400克,大蒜20克,米醋10克,精盐3克,味精2克,香油15克。

【制作步骤】 ①将嫩黄瓜洗净,沥去水分,放在案板上,用刀面拍碎成不规则的条状,再横切成2厘米长的段。大蒜去皮,剁成末。 ②黄瓜段放入容器内,加入精盐拌匀,腌渍10分钟,滗去水分。 ③再将大蒜末、米醋、味精、香油加入黄瓜段内拌匀,装盘即成。

【特　点】 清爽脆嫩,清新微酸,蒜香浓郁。

【操作提示】 拍黄瓜时用力要适中,既不能拍得太碎,也不能用力太小。

【营养功效】 黄瓜味甘,性凉,可清热解毒,利尿消肿。大蒜味辛、甘,性温,可温中健胃,解毒杀虫,有利于散热。二者搭配食用,具有清热止渴,健胃消食,消暑祛湿的功效。

瓜丁拌豆腐

【原　料】 黄瓜、豆腐各200克,猪瘦肉末50克,葱末、姜末各5克,料酒10克,甜面酱20克,精盐1.5克,味精2克,植物油20克。

【制作步骤】 ①将黄瓜洗净,沥去水分,与豆腐分别切成1厘米见方的丁。 ②黄瓜丁放入盘内。豆腐丁下入沸水锅中焯透捞出,沥去水分,放在盘内黄瓜丁上。 ③锅内放入植物油烧热,下入葱末、姜末炝香,下入猪肉末煸炒至散开,烹入料酒炒熟,下入甜面酱、精盐炒匀,加味精炒开,出锅浇在盘内豆腐丁上,食时拌匀即成。

【特　点】 清脆柔嫩,咸香清新,酱香浓郁。

【操作提示】 豆腐丁要用小火焯制。

【营养功效】 黄瓜味甘,性凉,可清热解毒,利尿消肿。豆腐味甘,性凉,可益气和中,生津润燥,清热解毒,宽肠降浊,止咳消痰。二者配以可滋阴润燥、补血的猪瘦肉同食,具有清热解毒,除烦止渴,利湿消暑的功效。

酱肉拌黄瓜

【原　料】 黄瓜 250 克,酱猪肉 100 克,葱白 30 克,甜面酱 25 克,精盐 1 克,味精、白糖各 2 克,香油 10 克。

【制作步骤】 ①将黄瓜洗净,沥去水分,先斜切成片,再切成丝。酱猪肉切成丝。葱白洗净,先横切成 3.5 厘米长的段,再顺切成丝。 ②黄瓜丝平铺在盘中,再将酱猪肉丝放在黄瓜丝上,再把葱白丝放在酱猪肉丝上。 ③甜面酱放入小碗内,加入精盐、味精、白糖、香油调匀,浇在盘内葱丝上,食时拌匀即成。

【特　点】 脆嫩清爽,咸香清鲜,酱香浓郁。

【操作提示】 原料丝不要切得太细。

【营养功效】 黄瓜味甘,性凉,可清热解毒,利尿消肿。猪肉味甘、咸,性平,可滋阴润燥,补血。二者配以可发汗解表、通阳散寒的大葱白同食,具有清热解毒,滋阴润燥的功效,同时可补益肺气,温阳祛湿,有利于散热,并可防病健身。

清汤黄瓜肉墩

【原　料】　黄瓜、猪瘦肉末各 150 克,胡萝卜、香菇各 25 克,香菜梗、姜丝、葱丝各 5 克,料酒、葱姜汁各 10 克,精盐、鸡精各 3 克,味精 1 克,鸡蛋清 1 个,清汤 400 克,香油 15 克。

【制作步骤】　①将黄瓜洗净,削去外皮,横切成 4 厘米长的段,挖去中心瓜瓤成圆筒形。胡萝卜洗净,去皮,剁成末。香菇去蒂,洗净,切成细丝。香菜梗洗净,切成 3 厘米长的段。　②猪肉末放入容器内,加入料酒、葱姜汁、精盐 1.5 克、味精、鸡蛋清、清水 25 克、香油 10 克搅匀,再加入胡萝卜末搅匀成馅,逐一酿入黄瓜筒内,再摆入汤盘中。　③香菇丝、葱丝、姜丝均匀地撒在汤盘内,再加入余下的精盐、清汤,放入蒸锅内,用大火蒸至熟透取出,加入鸡精,淋入余下的香油,撒上香菜梗段即成。

【特　点】　色形美观,爽嫩咸香,汤清味鲜。

【操作提示】　黄瓜皮要薄薄的削下,使黄瓜筒的外壁呈白绿相间状。

【营养功效】　黄瓜味甘,性凉,可清热止渴,利水消肿。猪瘦肉味甘、咸,性平,可滋阴润燥,益气补血。胡萝卜富含胡萝卜素、维生素(C、E)等;其味甘,性平,可健脾消食,补肝明目,清热解毒。香菇营养十分丰富,含有丰富的氨基酸、无机盐、维生素、膳食纤维、多糖等;其味甘,性平,可益气补虚,健脾益胃。诸物同烹成菜,具有健脾益气,滋阴补虚,清热消暑的功效。

红椒拌苦瓜

【原　料】　苦瓜 275 克,红柿子椒 100 克,精盐 5 克,味精 2 克,香油 15 克。

【制作步骤】 ①将苦瓜洗净,从中间顺长对剖成两半,挖净瓜瓤,先横切成 3 厘米长的段,再顺切成 0.5 厘米宽的条。红柿子椒去蒂、子,洗净,切成 3 厘米长、0.5 厘米宽的条。 ②锅内放入清水 400 克烧开,加入精盐,下入苦瓜条烧开,焯透,下入红柿子椒条烧开,捞出,放入凉水中投凉捞出,沥去水分。 ③苦瓜条、红柿子椒条放入容器内,加入味精、香油拌匀,装盘即成。

【特 点】 色泽美观,清爽脆嫩,咸鲜微苦。

【操作提示】 苦瓜条要用大火焯至刚熟透立即捞出。

【营养功效】 苦瓜富含维生素(C、B_1、B_2)、胡萝卜素、钙、磷、铁、苦瓜苷、果胶等,尤以维生素 C 的含量最为丰富;其味苦,性寒,可清热解暑,明目解毒。红椒富含胡萝卜素、维生素 C 等;其味甘、辛,性温,可温中散寒,除湿开胃。二者搭配成菜,既可清心除烦,提神醒脑,又可增进食欲,健脾祛湿,是夏季一款清淡消暑小菜。

红杞炒苦瓜

【原 料】 苦瓜 350 克,枸杞子 30 克,葱末 5 克,蚝油 15 克,精盐 2 克,味精 1 克,湿淀粉 6 克,植物油 20 克。

【制作步骤】 ①将枸杞子洗净,放入碗内,加入清水浸泡至回软捞出,沥去水分。苦瓜洗净,切成丝。 ②锅内放入植物油烧热,下入葱末炝香,下入苦瓜丝略炒。 ③下入枸杞子炒匀,加蚝油、精盐翻炒至熟,加味精,用湿淀粉勾芡,出锅装盘即成。

【特 点】 红绿相衬,清新脆嫩,咸鲜微苦。

【操作提示】 苦瓜要先从中间顺长剖开,挖去瓤,横切成 3.5 厘米长的段,再顺切成细丝。

【营养功效】 苦瓜味苦,性寒,可清热解暑,明目解毒。枸杞子味甘,性平,可滋肾补肝,益精明目,生津止渴,润肺止咳。二者配以可滋阴益血、清热除湿的蚝油同烹成菜,具有滋阴补肾,清心除烦,醒脑提神,健脾祛湿的功效,是夏日一款解暑祛湿菜肴。

苦瓜炒肉丝

【原　料】　苦瓜 275 克,猪瘦肉 75 克,姜丝、蒜丝各 5 克,料酒、湿淀粉各 10 克,精盐 1.5 克,白糖 5 克,味精 2 克,汤 15 克,植物油 125 克。

【制作步骤】　①将苦瓜洗净,从中间顺长对剖成两半,挖去瓜瓤,先横切成 3.5 厘米长的段,再顺切成细条。猪瘦肉洗净,沥去水分,切成丝。　②猪肉丝放入容器内,加入料酒 5 克、精盐 0.5 克拌匀腌渍入味,再加入湿淀粉 2 克拌匀上浆,下入烧至四成热的 100 克植物油中滑炒至熟,倒入漏勺。　③锅内放入余下的油烧热,下入姜丝、蒜丝炝香,下入苦瓜条煸炒至断生,加入白糖、余下的料酒和精盐、汤炒熟,下入猪肉丝炒匀,加味精,用余下的湿淀粉勾芡,出锅装盘即成。

【特　点】　清爽嫩脆,咸香微苦,口味清新。

【操作提示】　猪肉丝要切得粗细均匀,长度不能超过 3.5 厘米。

【营养功效】　苦瓜味甘,性寒,可清热解暑,明目解毒。猪瘦肉味甘、咸,性平,可滋阴润燥,补血。二者同烹成菜,具有清热消暑,开胃去湿,益脾补肾的功效。

苦瓜鸡蛋汤

【原　料】　苦瓜 150 克,鸡蛋 1 个,葱末、姜末各 5 克,精盐 3 克,味精 2 克,清汤 600 克,香油 4 克。

【制作步骤】　①将苦瓜洗净,从中间顺长对剖成两半,挖去瓜瓢,再横切成半圆形的片。鸡蛋磕入容器内,用筷子充分搅打均匀。　②锅内放入清汤,下入葱末、姜末、苦瓜片、精盐烧开。③淋入鸡蛋液烧开,加味精,淋入香油,出锅装碗即成。

【特　　点】　色泽淡雅,脆嫩柔滑,汤清味鲜。

【操作提示】　苦瓜片一定要切得薄而匀。

【营养功效】　苦瓜味苦,性寒,可清热解暑,明目解毒。鸡蛋味甘,性平,可滋阴润燥,补血养心。二者同烹成菜,具有清热祛暑,下火去毒的功效。

茶汁苦瓜汤

【原　　料】　苦瓜 200 克,绿茶 3 克,冰糖 20 克。

【制作步骤】　①将绿茶装入纱布口袋内扎严口成茶包。苦瓜洗净,从中间对剖成两半,挖去瓜瓢,再斜切成薄片。　②锅内放入清水 600 克,下入苦瓜片烧开,下入茶包,煮至苦瓜熟透,拣出茶包不用。　③下入冰糖煮至溶化,出锅装碗即成。

【特　　点】　苦瓜脆嫩,汤汁甜润,茶香浓郁。

【操作提示】　冰糖要砸碎后再下入锅中。

【营养功效】　苦瓜味甘,性寒,可清热解暑,明目解毒。绿茶味微苦、甘,性凉,可清头目,解烦渴,消食,利尿,解毒。二者配以可润肺生津的冰糖同食,具有清热祛暑,润肺养阴,生津止渴的功效,对中暑发热症状有较好的改善作用。

辣子鞭笋

【原　　料】　鞭笋 350 克,红辣椒 25 克,葱段、姜片各 5 克,蚝油 15 克,精盐、鸡精各 2 克,植物油 20 克,香油 10 克。

【制作步骤】　①将鞭笋洗净,沥去水分,斜切成 2 厘米长的段。红辣椒去蒂、子,洗净,切成菱形条片。 ②锅内放入清水烧开,下入鞭笋段用大火烧开,焯透捞出,沥去水分。 ③锅内放入植物油烧热,下入葱段、姜片炝香,下入鞭笋段略炒,拣出葱段、姜片不用,下入红椒片,加入蚝油、精盐炒匀至入透味,加鸡精,淋入香油,出锅装盘即成。

【特　点】　色彩鲜亮,脆嫩咸鲜。

【操作提示】　要用大火煸炒。

【营养功效】　鞭笋是一种高蛋白、低脂肪、多膳食纤维、低淀粉食品,并含有较多的钙、磷、铁、胡萝卜素、维生素(B_1、B_2、C)和丰富的氨基酸等;其味甘、微苦,性寒,可清热化痰,利膈爽胃,除烦止渴,通利大便。红辣椒富含胡萝卜素、维生素 C 等;其味辛,性热,可温中健胃,散寒燥湿,发汗解表。二者同烹成菜,具有清热生津,开胃祛湿的功效,是夏日一款清爽消暑菜肴,并具减肥功效。

□蘑炒鞭笋

【原　　料】　鞭笋(罐装)200 克,口蘑(罐装)125 克,火腿 25克,料酒 5 克,精盐、鸡精各 3 克,白糖 2 克,湿淀粉 6 克,清汤 25克,植物油 25 克,香油 10 克。

【制作步骤】　①将鞭笋斜切成片。口蘑切成片。火腿切成小片。 ②锅内放入植物油烧热,下入火腿片煸炒至透,烹入料酒炒匀。 ③下入鞭笋片、口蘑片炒匀,加清汤、精盐、白糖炒熟,加鸡精,用湿淀粉勾芡,淋入香油,出锅装盘即成。

【特　点】　色泽鲜亮,清爽脆嫩,口味鲜香。

【操作提示】　鞭笋片、口蘑片的厚度为 0.3 厘米。

【营养功效】　鞭笋味甘、微苦,性寒,可清热化痰,利膈爽胃,除烦止渴,通利大便。口蘑味甘,性平,可健脾益胃,解表透疹,化痰理气,补肝益肾,强身补虚。二者配以可滋阴润燥、生津益血、健脾开胃的火腿同烹成菜,具有清热泻火,滋阴生津,开胃增食的功效,是夏日一款清爽解暑菜肴。

鲫鱼丸煮莼菜

【原　料】　莼菜 200 克,净鲫鱼肉 150 克,葱姜汁 30 克,料酒 15 克,醋 2 克,精盐、鸡精各 3 克,味精、白糖各 1 克,胡椒粉 0.5 克,湿淀粉 10 克,鸡蛋清 1 个,清汤 600 克,香油 4 克。

【制作步骤】　①将莼菜洗净,沥去水分。鱼肉洗净,沥去水分,制成蓉,放入容器内,加入葱姜汁、料酒、精盐各半,再加入醋、白糖、味精、胡椒粉、鸡蛋清、清水 50 克搅匀,再加入湿淀粉搅开。②锅内放入清水,将调好的鱼蓉挤成均匀的丸子,下入清水锅中用小火烧开,煮至熟透捞出,沥去水分。　③锅内放入清汤和余下的葱姜汁、料酒烧开,下入莼菜烧开后再下入鱼丸烧开,加入余下的精盐、鸡精,淋入香油,出锅装盘即成。

【特　点】　莼菜嫩滑,鱼丸细嫩,汤汁咸鲜。

【操作提示】　鱼蓉内加入调味料后,要顺一个方向充分搅匀上劲至呈稠糊状。

【营养功效】　莼菜含蛋白质、脂肪、糖类、胡萝卜素、维生素(B_1、B_2、B_5、E)、钙、磷、铁、锌、硒等;其味甘,性寒,可清热解毒,利水消肿,止呕止泻。鲫鱼味甘,性微温,可健脾利湿,和中开胃,利尿消肿,通络下乳。二者同烹成菜,具有和胃调中,清热泻火,消炎解毒,健脾祛湿的功效。

糖醋果蔬

【原　料】　茭白 300 克,菠萝 125 克,蒜末 10 克,精盐 1 克,白醋 10 克,白糖 25 克,湿淀粉 8 克,植物油 20 克。

【制作步骤】 ①将茭白去杂,洗净,从中间对剖成两半,再斜切成片。菠萝去皮,洗净,切成片。 ②锅内放入清水烧开,下入茭白片焯透捞出,沥去水分。另将锅内放入植物油烧热,下入蒜末炝香,下入茭白片炒匀,加精盐、白糖、清水 25 克炒匀,烧至熟透。③加入白醋、菠萝片炒匀,用湿淀粉勾芡,出锅装盘即成。

【特　点】 黄白相间,软嫩甜酸。

【操作提示】 茭白要用小火慢烧,使之充分入味。

【营养功效】 茭白味甘、性凉,可清热生津,利二便,解热毒。菠萝味甘,微酸,性微寒,可生津止渴,利尿,清暑悦神。二者同烹成菜,具有清热解毒,生津止渴,清暑悦神的功效,是夏日一款别具风味的消暑菜肴,对暑热所致烦躁不安、口渴咽干、烦热等症状,也有食疗效果。

鸡油茭菇

【原　料】 茭白、蘑菇各 200 克,蚝油 15 克,精盐、鸡精各 2 克,湿淀粉 5 克,熟鸡油 10 克,植物油 20 克,清汤 25 克。

【制作步骤】 ①将茭白去杂,洗净,沥去水分,切成片。蘑菇去老根,洗净,下入沸水锅中焯透捞出,沥去水分,切成片。 ②锅内放入植物油烧热,下入茭白片略炒。 ③下入蘑菇片炒匀,加蚝油、精盐、清汤炒熟,加鸡精,用湿淀粉勾芡,淋入熟鸡油,出锅装盘即成。

【特　点】 色泽淡雅,清爽嫩滑,咸香清鲜。

【操作提示】 要用大火炒制,勾芡一定要薄。

【营养功效】 茭白富含糖类、蛋白质、维生素(B_1、B_2、E)及微量胡萝卜素、无机盐等;其味甘,性凉,可清热生津,利二便,解热毒。蘑菇是一种高蛋白、低脂肪食用菌,含有人体必需的 8 种氨基酸和丰富的无机盐、维生素等;其味甘,性微寒,可补脾益肺,润燥化痰。二者同烹成菜,具有清热润燥,化痰宽中,健脾益胃,除湿利尿的功效,是夏日一款清淡消暑菜肴。

凉拌银耳西兰花

【原　料】　西兰花 200 克,水发银耳 100 克,枸杞子、醋各 10 克,精盐 4 克,味精、白糖各 2 克,香油 15 克。

【制作步骤】　①将西兰花洗净,沥去水分,切成块。银耳去根,洗净,撕成小朵。枸杞子洗净,放入碗内,加入清水浸泡至回软捞出,沥去水分。　②锅内放入清水烧开,加入精盐 2 克,下入西兰花块、银耳烧开,焯透捞出,放入凉水中投凉捞出,沥去水分。③西兰花块、银耳放入容器内,加入枸杞子、余下的精盐、醋、味精、白糖、香油拌匀,装盘即成。

【特　点】　色调明朗,清爽滑脆,咸鲜清香。

【操作提示】　西兰花块要用大火焯至刚熟透立即捞出,以保持其翠绿的色泽和爽嫩的口感。

【营养功效】　西兰花富含维生素、膳食纤维、胡萝卜素、钙、磷、铁、糖类、蛋白质、脂肪等;其味甘,性平,可补脑髓,利脏腑,开胸膈,益心力,强筋骨。银耳味甘,性平,可养阴润燥,益胃生津,益气和血,补脑强心。二者配以可补肝滋肾、益精明目、润肺止咳、生津止渴的枸杞子同食,具有补气滋阴,生津润燥,补脑强心的功效,是夏日一款清爽消暑凉拌菜。

鸭丝炒金针菜

【原　料】　鲜金针菜 250 克,净鸭肉 75 克,水发香菇 40 克,葱丝、姜丝、蒜丝各 5 克,料酒 10 克,精盐 3 克,味精、白糖各 2 克,湿淀粉 13 克,汤 20 克,植物油 25 克。

【制作步骤】 ①将金针菜掐去根,洗净,沥去水分。香菇去蒂,洗净,挤去水分,切成丝。鸭肉洗净,沥去水分,切成丝,用料酒5克、精盐0.5克拌匀腌渍入味,再用湿淀粉3克拌匀上浆。②锅内放入清水烧开,下入金针菜用大火烧开,焯透捞出,放入凉水中投凉捞出,沥去水分。另将锅内放入植物油烧热,下入葱丝、姜丝、蒜丝炝香。 ③下入鸭丝用小火炒至断生,烹入余下的料酒炒匀,下入香菇丝炒开,加汤炒熟,下入金针菜,加入白糖、余下的精盐炒匀至入透味,加味精,用余下的湿淀粉勾芡,出锅装盘即成。

【特 点】 脆嫩柔滑,咸香鲜美,芳香四溢。

【操作提示】 金针菜一定要焯至熟透,以免引起食物中毒。

【营养功效】 金针菜(黄花菜)富含蛋白质、脂肪、糖类、膳食纤维、胡萝卜素、维生素(A、B_1、B_2、C、E、B_5)、钙、铁、镁、钠、钾、锌、硒等;其味甘,性微寒,可清热利湿,安神除烦,凉血明目,利尿消肿。香菇味甘,性平,可健脾益胃,益气补虚。二者配以可滋阴养胃、利水消肿、健脾补虚的鸭肉同烹成菜,具有健脾养胃,益肾利水,清热除湿,安神除烦的功效,是夏日一款美味消暑菜肴。

肉末炒黄花

【原 料】 水发黄花菜300克,猪瘦肉末50克,胡萝卜25克,蒜末、姜末各5克,料酒、湿淀粉、香油各8克,精盐3克,味精2克,汤20克,植物油25克。

【制作步骤】 ①将黄花菜掐去老根,洗净,挤去水分。胡萝卜洗净,去皮,切成丝。 ②锅内放入植物油烧热,下入蒜末、姜末炝香,下入猪肉末煸炒至散开,下入胡萝卜丝炒匀,烹入料酒,加汤炒开。 ③下入黄花菜炒匀,加入精盐炒熟,加味精,用湿淀粉勾芡,淋入香油,出锅装盘即成。

【特 点】 色泽油亮,清爽脆嫩,咸香清鲜。

【操作提示】　勾芡一定要薄。

【营养功效】　黄花菜味甘,性微寒,可清热利湿,安神除烦,凉血明目,利尿消肿。猪瘦肉味甘、咸,性平,可滋阴润燥,补血益气。二者配以可清热解毒、健脾消食、补肝明目的胡萝卜同烹成菜,具有清热除烦,补气益血,益精填髓的功效,是夏日一款消暑菜肴,对因暑热所至头晕目眩、烦躁不安、失眠、口渴等症状,也有食疗效果。

黄花菜炒鸡蛋

【原　料】　水发黄花菜 200 克,鸡蛋 3 个,油菜 30 克,葱末10 克,料酒 5 克,精盐、鸡精各 3 克,湿淀粉 6 克,汤 20 克,植物油50 克。

【制作步骤】　①将黄花菜洗净,去老根,挤去水分,从中间切成 2 段。油菜择洗干净,沥去水分,切成 3 厘米长的段。鸡蛋磕入容器内,加入料酒、精盐 1 克用筷子充分搅打均匀。　②锅内放入植物油 30 克烧热,下入鸡蛋液煎熟成均匀的片,出锅盛入盘中备用。　③锅内放入余下的油烧热,下入葱末炝香,下入黄花菜段略炒,加汤炒匀,下入油菜段、余下的精盐炒熟,下入鸡蛋片炒匀,加鸡精,用湿淀粉勾芡,出锅装盘即成。

【特　点】　黄花嫩脆,鸡蛋柔嫩,咸香清鲜。

【操作提示】　煎鸡蛋时要先将锅烧热,再倒入植物油滑匀。

【营养功效】　黄花菜营养丰富,日本医学家将其列为 8 种健脑食品之首;其味甘,性微寒,可清热利湿,安神除烦,凉血明目,利尿消肿。鸡蛋味甘,性平,可滋阴润燥,补血养心,安神定惊。二者同烹成菜,具有清热解毒,滋阴润肺,补肾利尿,养心补血的功效,是夏日一款营养消暑菜肴,对暑热所致心烦、失眠、胸闷、头晕等症状,也有食疗改善作用。

金针笋片

【原　料】　鲜金针菜、芦笋各 200 克,净兔肉 50 克,葱末、姜末、蒜末各 5 克,料酒、熟鸡油各 10 克,精盐 3 克,味精 2 克,湿淀粉 12 克,汤 20 克,植物油 25 克。

【制作步骤】　①将兔肉洗净,沥去水分,切成丝,用料酒 5 克、精盐 0.5 克拌匀腌渍入味,再用湿淀粉 2 克拌匀上浆。金针菜择洗净,沥去水分。芦笋洗净,削去老皮,斜切成片。　②锅内放入清水烧开,下入金针菜用大火焯透捞出,放入凉水中投凉捞出,挤去水分。　③锅内放入植物油烧热,下入葱末、姜末、蒜末炝香,下入兔肉丝炒至断生,烹入余下的料酒和芦笋片炒匀,下入金针菜,加汤,余下的精盐炒匀至熟,加味精,用余下的湿淀粉勾芡,淋入熟鸡油,出锅装盘即成。

【特　点】　色泽美观,清爽嫩脆,咸香清新。

【操作提示】　兔肉丝用小火炒制,下入芦笋片后改用大火炒熟。

【营养功效】　金针菜(黄花菜)味甘,性微寒,可清热利湿,安神除烦,凉血明目,益气补虚。芦笋味甘,性寒,可清热解毒,利尿通淋。二者配以可补中益气、凉血解毒、滋阴生津、止渴健脾的兔肉同烹成菜,具有清热除烦,凉血止血,益气养血,安神除烦的功效,对暑热所致头晕、失眠、口渴、食欲不振、体倦乏力等症状,也有食疗效果。

落葵蹄花汤

【原　料】　落葵 200 克,熟猪蹄 1 只,葱末、姜末各 5 克,料酒 10 克,醋 1 克,精盐 3 克,味精 2 克,胡椒粉 0.5 克,清汤 600 克,植物油 15 克。

【制作步骤】 ①将落葵洗净,沥去水分。猪蹄剔去大骨,切成小块。 ②锅内放入植物油烧热,下入猪蹄块略炒,烹入醋、料酒炒匀,加清汤烧开,煮至熟烂。 ③下入落葵,加入精盐烧开煮透,加味精、胡椒粉,撒入葱末、姜末,出锅装碗即成。

【特 点】 蹄块滑糯,落葵滑嫩,汤鲜香醇。

【操作提示】 猪蹄先用刀顺骨缝竖着劈开,就可剔去大骨。

【营养功效】 落葵(木耳菜)富含胡萝卜素、维生素(C、B_1、B_2、B_6、B_5)、钙、磷、铁、菊糖、黏多糖、皂苷等;其味甘、酸,性寒,可清热润肠,凉血解毒,消炎解暑。猪蹄富含蛋白质、钙、磷、铁、糖类、维生素(A、B族、C)、胶原蛋白等,可滋补阴液,补益气血。二者同烹成菜,具有清热解毒,补脾健胃,补充体液的功效,是夏日一款清热解暑美味汤菜。

绿豆芽拌马齿苋

【原 料】 嫩马齿苋、绿豆芽各 150 克,粉丝 30 克,蒜末 15 克,精盐 3 克,味精、白糖各 2 克,香油 10 克。

【制作步骤】 ①将马齿苋择洗干净,下入沸水锅中焯透捞出,放入凉水中投凉捞出,挤去水分,切成 3 厘米长的段。 ②粉丝洗净,剪成 8 厘米长的段,与掐去根须、洗净的绿豆芽分别下入沸水锅中焯透捞出,放入凉水中投凉捞出,沥去水分。 ③马齿苋段、粉丝段、绿豆芽均放入容器内,加入精盐、味精、白糖、香油、蒜末拌匀,装盘即成。

【特 点】 清爽脆嫩,咸鲜微酸。

【操作提示】 马齿苋、绿豆芽均用大火焯至断生,立即捞出,以保持其脆嫩的口感。

【营养功效】 马齿苋营养丰富,其性寒凉,可清热解毒,利水除湿,凉血止痢,灭菌消炎,散瘀消肿。绿豆芽味甘,性凉,可清热解毒,利水祛湿。二者配以可健胃消食、抗菌消炎的大蒜同食,具有清热解毒,消暑止痢的功效,是夏日一款祛湿解暑凉拌菜,对肠炎、菌痢等症也有防治作用。

豆干木耳炒齿苋

【原　料】　嫩马齿苋 150 克,水发木耳、豆腐干各 100 克,净兔肉 50 克,葱末、蒜末各 5 克,料酒、湿淀粉各 10 克,精盐、鸡精各 3 克,白糖 2 克,清汤 25 克,植物油 30 克。

【制作步骤】　①将兔肉洗净,木耳去根,洗净,与豆腐干均切成丝。马齿苋择洗干净,沥去水分,切成 3.5 厘米长的段。兔肉丝用料酒 5 克、精盐 0.5 克、湿淀粉 2 克拌匀入味上浆。　②锅内放入植物油烧热,下入葱末、蒜末炝香,下入兔肉丝用小火炒至断生,烹入余下的料酒炒匀,加清汤。　③下入木耳丝、豆腐干丝炒匀至透,下入马齿苋段,加入白糖、余下的精盐炒匀至熟,加鸡精,用余下的湿淀粉勾芡,出锅装盘即成。

【特　点】　清爽滑嫩,咸香微酸。

【操作提示】　木耳等原料均切成粗而匀的丝。

【营养功效】　马齿苋为野生蔬菜,含有大量的去甲肾上腺素、钾盐、多种有机酸、氨基酸、钙、磷、铁、胡萝卜素、维生素 C 等;其味酸,性寒,可清热解毒,宽中下气,利水除湿,凉血止痢,灭菌消炎,散瘀消肿。马齿苋配以可润肺养阴、凉血止血、补气益胃的木耳,可益气和中、清热润燥的豆腐干,可补脾益气、凉血解毒的兔肉同烹成菜,具有清热解毒,滋阴凉血的功效,是夏日一款解暑祛湿菜肴。

金针马齿苋汤

【原　料】　嫩马齿苋、水发金针菜（黄花菜）各 100 克,火腿 20 克,葱末、料酒各 8 克,精盐、鸡精各 3 克,白糖 2 克,清汤 600 克,植物油 15 克。

【制作步骤】　①将马齿苋择洗干净,沥去水分,切成 2 厘米长的段。金针菜掐去老根,洗净,挤去水分,切成 2 厘米长的段。火腿切成丝。　②锅内放入植物油烧热,下入葱末炝香,下入火腿丝略炒,烹入料酒炒匀,加清汤烧开。　③下入金针菜段烧开,煮约 2 分钟,再下入马齿苋段煮至熟透,加精盐、白糖煮至熟烂,加鸡精,出锅装碗即成。

【特　点】　清新爽嫩,汤汁鲜香。

【操作提示】　火腿丝一定要切得细而匀。

【营养功效】　马齿苋味酸,性寒,可清热解毒,宽中下气,利水除湿,凉血止痢,灭菌消炎,散瘀消肿。金针菜营养丰富,味甘,性凉,可清热凉血,清湿热,安神,明目。二者配以可滋阴润燥、健脾开胃、生津益血的火腿同烹成菜,具有补充体液,健脾利湿,凉血解毒的功效,是夏日里一款解暑祛湿滋补汤菜,对热痢脓血、湿热腹泻、急性肠炎等,也有食疗效果。

鞭笋炒香椿

【原　料】　鲜香椿 200 克,净鞭笋 150 克,蚝油 15 克,精盐 2 克,鸡精 3 克,湿淀粉 8 克,香油 10 克,植物油 20 克。

【制作步骤】　①将鞭笋洗净,下入沸水锅中煮 3 分钟捞出,沥去水分,斜切成片。香椿择洗干净,沥去水分,切成 3 厘米长的段。②锅内放入植物油烧热,下入香椿段煸炒至变色。　③下入鞭笋片炒匀,加入蚝油、精盐炒熟,加鸡精,用湿淀粉勾芡,淋入香油,出锅装盘即成。

【特　点】　色调明亮,清爽嫩脆,咸鲜清香。

【操作提示】　要用大火炒制,勾芡一定要薄。

【营养功效】　香椿味甘,性平,可清热解毒,健胃化湿,止血,杀虫。鞭笋是一种高蛋白、低脂肪、低淀粉、多膳食纤维食品,含有丰富的氨基酸;其味甘、微苦,性寒,可清热化痰,利膈爽胃,除烦止渴,通利大便。二者同烹成菜,具有清热解毒,利湿化痰的功效,是夏日一款清淡美味消暑菜肴,对脾胃湿热内蕴所致的赤白痢疾也有食疗效用。

香椿炒豆芽

【原　料】　鲜香椿 200 克,绿豆芽 125 克,净鸭肉 50 克,蒜末、葱末、姜末各 5 克,料酒、湿淀粉各 10 克,精盐、鸡精各 3 克,汤15 克,植物油 25 克。

【制作步骤】　①将香椿择洗干净,沥去水分,切成 3 厘米长的段。绿豆芽掐去根须,洗净,沥去水分。鸭肉洗净,沥去水分,切成丝,用料酒 5 克、精盐 0.5 克拌匀腌渍入味,再用湿淀粉 2 克拌匀上浆。　②锅内放入植物油烧热,下入蒜末、葱末、姜末炝香,下入鸭肉丝炒至断生,烹入余下的料酒,加汤炒匀。　③下入香椿段、绿豆芽炒匀,加入余下的精盐炒熟,加鸡精,用余下的湿淀粉勾芡,出锅装盘即成。

【特　点】　白绿相衬,清鲜脆嫩。

【操作提示】　鸭肉丝用小火炒制,下入香椿段后改用大火速炒。

【营养功效】　香椿味甘,性平,可清热解毒,健胃化湿,止血,杀虫。绿豆芽味甘,性凉,可清热解毒,清暑热,调五脏,通经脉。

鸭肉营养全面而丰富,其味甘、咸,性微寒,可滋阴养胃,利水消肿,健脾补虚。三者同烹成菜,具有清热解毒,滋阴生津,消暑祛湿的功效。

香椿炒鸡蛋

【原　料】　鲜香椿 250 克,鸡蛋 3 个,葱末、料酒各 10 克,精盐 3 克,白糖 1 克,植物油 50 克。

【制作步骤】　①将香椿择洗干净,沥去水分,切成 3 厘米长的段。鸡蛋磕入容器内,加入料酒、精盐 0.5 克用筷子充分搅打均匀。　②锅内放入植物油 30 克烧热,倒入鸡蛋液煎熟成均匀的片,出锅盛入盘中备用。　③锅内放入余下的油烧热,下入葱末烀香,下入香椿段煸炒至熟,下入鸡蛋片,加入白糖、余下的精盐炒匀,出锅装盘即成。

【特　点】　软嫩清鲜,咸香爽口。

【操作提示】　鸡蛋液要用热油、大火煎制。

【营养功效】　香椿富含蛋白质、钙、维生素 C,还含有脂肪、糖类、磷、铁、维生素(B 族、E)、胡萝卜素、挥发油等;其味甘,性平,可清热解毒,健胃化湿,止血,杀虫。鸡蛋味甘,性平,可滋阴润燥,补血养心,定魄宁神。二者同烹成菜,具有清热滋阴,健脾开胃,增进食欲的功效。

皮蛋煮绿苋

【原　料】　绿苋菜 200 克,皮蛋 2 个,口蘑、胡萝卜各 20 克,蒜末、姜末各 5 克,精盐、鸡精各 3 克,清汤 400 克,熟鸡油 10 克,植物油 15 克。

【制作步骤】　①将绿苋菜择洗干净,下入沸水锅中焯透捞出,放入凉水中投凉捞出,挤去水分,切成 3 厘米长的段。口蘑洗净,切成片。胡萝卜洗净,去皮,切成菱形片。皮蛋去壳,切成橘瓣块。②锅内放入植物油、熟鸡油烧热,下入蒜末、姜末炝香,下入胡萝卜片、口蘑片略炒,加清汤烧开。　③下入皮蛋瓣、苋菜段烧开,用小火煮 3 分钟,加鸡精,出锅装碗即成。

　　【特　点】　苋菜滑嫩,皮蛋软韧,汤浓味美。

　　【操作提示】　皮蛋切成大小相等的 6 瓣。

　　【营养功效】　苋菜富含钙、磷、铁、维生素 C、胡萝卜素和较多的赖氨酸等,其味甘,性微寒,可清热解毒,利尿除湿,通利大便。松花蛋味辛、涩、甘、咸,性寒,可健脾胃,助消化,清虚热,凉肝明目。二者同烹成菜,具有清热泻火,解暑除湿,健脾消食的功效,是夏日一款别具风味的消暑菜肴,对痢疾、湿热腹泻、肠燥便秘等症,也有食疗效果。

海蜇拌苋菜

　　【原　料】　嫩苋菜 250 克,海蜇皮 125 克,蒜末、醋各 10 克,精盐、白糖各 3 克,味精 2 克,香油 15 克。

　　【制作步骤】　①将苋菜择洗干净,下入沸水锅中用大火烧开,焯透捞出,放入凉水中投凉捞出,挤去水分。　②海蜇皮先用冷水冲洗去盐分,放入容器内,加入沸水浸泡 30 分钟捞出,再用温水反复冲洗,去净咸味,沥去水分。　③海蜇皮切成丝,苋菜切成 3 厘米长的段,均放入容器内,加入精盐、白糖、醋、味精、香油、蒜末拌匀,装盘即成。

　　【特　点】　苋菜滑嫩,蜇皮脆嫩,咸鲜微酸,蒜香浓郁。

　　【操作提示】　苋菜一定要焯至熟烂,才会有滑嫩的口感。

　　【营养功效】　苋菜味甘,性微寒,可清热解毒,利尿除湿,通利大便。海蜇皮是一种高蛋白、低脂肪海产品,并富含钙、铁、碘、糖类等;其味咸,性平,可清热解毒,化痰软坚,祛风除湿,消积润肠。二者配以可健胃消食,抗菌消炎的大蒜同组成菜,具有清热利湿,行水滑肠,抗菌消炎的功效,是夏日一款清淡解暑菜肴,对湿热腹泻、肠燥便秘等症状,也有食疗效果。

田螺苋菜汤

【原　料】　苋菜 150 克,净田螺肉 100 克,姜末、葱末各 5 克,料酒 10 克,醋 1 克,精盐、鸡精各 3 克,胡椒粉 0.5 克,清汤 600 克,植物油 15 克。

【制作步骤】　①将苋菜择洗干净,下入沸水锅中焯透捞出,放入凉水中投凉捞出,挤去水分,切成 3 厘米长的段。田螺肉洗净,切成片。　②锅内放入植物油烧热,下入姜末、葱末炝香,下入田螺片煸炒至透,烹入醋、料酒炒匀,加清汤烧开。　③下入苋菜段,加入精盐煮至熟烂,加鸡精、胡椒粉,出锅装碗即成。

【特　点】　清爽嫩滑,汤鲜味美。

【操作提示】　田螺片要用大火煸炒,使葱、姜的香味充分渗入其中。

【营养功效】　苋菜味甘,性微寒,可清热解毒,利尿除湿,通利大便。田螺肉是一种高蛋白、低脂肪、低热量美味食品;其味甘、咸,性寒,可清热利水,消暑解渴,滋阴养肝。二者同烹成菜,具有清热解毒,滋阴生津,解暑除湿的功效。对湿热、口渴、痢疾、腹泻等症状,也有食疗效果。

耳丝炒翠蕨

【原　料】　鲜蕨菜 200 克,水发木耳 100 克,猪瘦肉 50 克,姜丝、蒜丝各 5 克,料酒 10 克,精盐 3 克,味精 2 克,湿淀粉 8 克,植物油 25 克。

【制作步骤】 ①将蕨菜掐去老根,洗净,沥去水分,切成 3 厘米长的段。木耳去根,洗净,沥去水分,切成丝。猪瘦肉洗净,切成丝,用料酒 5 克、精盐 0.5 克、湿淀粉 2 克拌匀入味上浆。 ②锅内放入植物油烧热,下入姜丝、蒜丝炝香,下入猪肉丝炒至变色,烹入余下的料酒,下入木耳丝炒匀。 ③下入蕨菜段,加入清水 15 克、余下的精盐炒匀至熟,加味精,用余下的湿淀粉勾芡,出锅装盘即成。

【特 点】 清爽滑脆,咸香鲜美,风味独特。

【操作提示】 猪肉丝用小火炒制,下入蕨菜段后改用大火速炒。

【营养功效】 蕨菜含有大量的胡萝卜素、维生素 C、钙、磷、铁、膳食纤维以及蛋白质、脂肪、糖类、麦角甾醇、胆碱、苷类、鞣质、蕨素等,其味甘、微苦,性寒,可清热解毒,祛风化痰,润肠通便,利尿除黄,安神镇静。木耳味甘,性平,可润肺养阴,凉血止血,补气益胃。二者配以可滋阴润燥的猪瘦肉同烹成菜,具有清心除烦,润肠通便,健脾祛湿的功效。

香干炒蕨菜

【原 料】 蕨菜、香干各 150 克,胡萝卜 50 克,蒜末 10 克,料酒 5 克,蚝油 15 克,精盐 2 克,鸡精 3 克,湿淀粉 8 克,汤 25 克,植物油 30 克。

【制作步骤】 ①将蕨菜掐去老根,洗净,沥去水分,切成 3.5 厘米长的段。胡萝卜洗净,去皮,先横切成 3.5 厘米长的段,再顺切成粗丝。香干切成粗丝。 ②锅内放入植物油烧热,下入蒜末炝香,下入胡萝卜丝煸炒至透。 ③下入蕨菜段、香干丝炒匀,加汤、蚝油、料酒、精盐炒匀至熟,加鸡精,用湿淀粉勾芡,出锅装盘即成。

【特　点】　清爽滑嫩,咸鲜味美。

【操作提示】　胡萝卜和香干均切成与蕨菜粗细相近的丝。

【营养功效】　蕨菜味甘、微苦,性寒,可清热解毒,祛风化痰,润肠通便,利尿除黄,安神镇静。香干是大豆制品,富含优质蛋白质、不饱和脂肪酸、钙、磷、铁等,可生津润燥,清热解毒。二者配以可清热解毒、健脾消食的胡萝卜同烹成菜,具有和胃补肾,清热滋阴,健脾祛湿的功效,是夏日一款鲜美解暑祛湿菜肴。

虾仁炒蕨菜

【原　料】　蕨菜 300 克,干虾仁 20 克,火腿 15 克,蒜末、料酒各 10 克,精盐 3 克,味精 2 克,湿淀粉 8 克,植物油 25 克。

【制作步骤】　①将干虾仁洗净,放入容器内,加入清水 75 克浸泡至回软。火腿切成丝。蕨菜掐去老根,洗净,沥去水分,切成 3.5 厘米长的段。　②锅内放入植物油烧热,下入蒜末炝香,下入火腿丝煸炒至透,烹入料酒,加入虾仁及泡虾仁的原汁炒开。③下入蕨菜段,加入精盐炒匀至熟,加味精,用湿淀粉勾芡,出锅装盘即成。

【特　点】　色泽鲜艳,柔软鲜嫩,口味鲜香。

【操作提示】　干虾仁要用冷水冲洗,温水浸泡。

【营养功效】　蕨菜味道鲜美,风味独特,被称为“山菜之王”;其性寒凉,可安神镇静,消热解毒,活血消肿。虾仁富含优质蛋白质、钙、磷、锌、维生素 A 等,可补肾壮阳,开胃化痰。二者配以可健脾开胃、生津益血的火腿同烹成菜,具有消暑热,健脾胃,利尿道的功效。

口蘑蕨菜

【原　　料】　蕨菜 250 克,口蘑 100 克,蒜末、葱末各 5 克,精盐、鸡精各 3 克,白糖 2 克,熟鸡油 10 克,植物油 20 克。

【制作步骤】　①将蕨菜掐去老根,洗净,下入沸水锅中焯透捞出,沥去水分,切成 3 厘米长的段。口蘑洗净,切成片。　②锅内放入植物油、熟鸡油烧热,下入蒜末、葱末炝香,下入口蘑片煸炒至熟。　③下入蕨菜段,加入精盐、白糖翻炒至入透味,加鸡精,出锅装盘即成。

【特　　点】　白绿相间,脆嫩柔软,鲜美可口。

【操作提示】　蕨菜要用大火焯至断生立即捞出。

【营养功效】　蕨菜味甘、微苦,性寒,可清热解毒,利尿消肿,活血止痛,强健脾胃,祛风除湿。口蘑味甘,性平,可补肝益肾,健脾益胃,化痰理气,强身补虚。二者同烹成菜,具有清心除烦,醒脑提神,增进食欲,健脾祛湿的功效,是夏日一款解暑祛湿菜肴。

荠菜蛋皮汤

【原　　料】　荠菜 200 克,鸡蛋 2 个,葱末 10 克,料酒 5 克,精盐、鸡精各 3 克,湿淀粉 8 克,清汤 600 克,植物油 25 克。

【制作步骤】　①将鸡蛋磕入碗内,用筷子搅打均匀,再加入湿淀粉搅匀,分两次倒入烧热并刷有一层植物油的锅中,摊开成大而圆的蛋皮,至熟透取出。　②荠菜择洗干净,沥去水分,切成丝。鸡蛋皮切成丝。　③锅内放入余下的植物油烧热,下入葱末炝香,烹入料酒,加清汤烧开,下入荠菜丝、鸡蛋皮丝,加入精盐、鸡精烧开,出锅装碗即成。

【特　　点】　黄绿相间,口感嫩脆,汤汁清香。

【操作提示】 摊鸡蛋皮时要用小火。

【营养功效】 荠菜富含胡萝卜素、维生素（C、B_1、B_2、B_5）、钾、钠、钙、磷、铁、荠菜酸、皂苷、黄酮类、生物碱、胆碱等；其味甘，性凉，可清热利水，凉血止血，清肝明目。鸡蛋味甘，性平，可滋阴润燥，补血养心，定魄宁神。二者同烹成菜，具有清热泻火，养心安神，利尿除湿的功效，是夏日一款消暑滋补汤菜。

炸藕片

【原　料】 嫩莲藕 450 克，鸡蛋 2 个，葱姜汁 20 克，精盐 3 克，味精 2 克，湿淀粉 75 克，面粉 50 克，花生油 1 000 克。

【制作步骤】 ①将鸡蛋磕入容器内，加入湿淀粉、面粉 15 克，用筷子充分搅打均匀成蛋粉糊。　②莲藕洗净，切去两头，刮去外皮，横切成 0.5 厘米厚的片，下入沸水锅中焯透捞出，沥去水分，放入容器内，加入葱姜汁、精盐、味精拌匀腌渍 10 分钟，再逐片蘸匀面粉。　③锅内放入花生油烧至五成热，将莲藕片拖匀蛋粉糊，下入油锅中炸成金黄色、浮起、熟透捞出，沥去油，装盘即成。

【特　点】 色泽金黄，外焦里嫩，咸香可口。

【操作提示】 炸藕片时火不要过大，并用手勺勤在油锅中轻轻推搅，使其受热均匀。

【营养功效】 莲藕富含糖类、蛋白质、膳食纤维、钙、磷、铁、维生素等，尤以铁、维生素 C 的含量丰富；其味甘，性温，可补益脾胃，润燥养阴，养血安神。鸡蛋富含优质蛋白质、脂肪、铁、钙、磷、锌、维生素（B 族、A、E、D）、卵磷脂等；其味甘，性平，可滋阴润燥，补血养心，安神定魄。二者同烹成菜，具有补益脾肾，益肾养阴，补血养心的功效，对夏季酷热所致烦躁不安、心悸失眠、饮食不振等症状，有较好的预防和食物改善作用。

茄汁嫩藕

【原　料】 嫩莲藕300克,红辣椒、青辣椒、洋葱各15克,番茄汁25克,精盐2克,白糖、湿淀粉各10克,香油8克,植物油20克。

【制作步骤】 ①将红辣椒、青辣椒均去蒂,洗净,去子,横切成0.3厘米厚的圆形圈。洋葱剥去老皮,洗净,切成菱形片。莲藕洗净,刮去皮,横切成0.3厘米厚的片。　②锅内放入清水烧开,下入莲藕片用大火焯至断生捞出,放入凉水中投凉捞出,沥去水分。③锅内放入植物油烧热,下入洋葱片略炒,下入红辣椒圈、青辣椒圈炒匀,下入莲藕片,加入番茄汁、精盐、白糖炒匀至熟,用湿淀粉勾芡,淋入香油,出锅装盘即成。

【特　点】 色泽红亮,软嫩咸甜。

【操作提示】 莲藕切成片后要立即下入沸水锅中焯透,以免氧化颜色变黑。

【营养功效】 莲藕味甘,性温,可补益脾胃,润燥养阴,益血安神。番茄汁富含维生素(C、B_1、B_2)、钙、磷、铁、有机酸、糖类等;其味甘、酸,性微寒,可生津止渴,健胃消食,凉血平肝,补肾利尿。二者配以可温阳祛湿的青辣椒、红辣椒、洋葱同烹成菜,既可清热凉血,补肾填精,又有利于散热,是夏日一款消暑菜肴。

清香藕片

【原　料】 莲藕300克,芹菜100克,红甜椒25克,蒜末10克,精盐3克,味精、白糖各2克,湿淀粉5克,清汤15克,植物油25克,香油8克。

【制作步骤】 ①将芹菜择去根、叶,洗净,沥去水分,切成3.5

厘米长的段。红甜椒去蒂,洗净,去子,切成丝。莲藕洗净,刮去外皮,从中间对剖成两半,再横切成半圆形的片,放入清水中浸泡一会儿。 ②锅内放入清水烧开,下入莲藕片用大火焯透捞出,放入凉水中投凉捞出,沥去水分。 ③锅内放入植物油烧热,下入蒜末炝香,下入芹菜段、红椒丝煸炒至微熟,下入莲藕片,加清汤、精盐、白糖、味精炒匀至入透味,用湿淀粉勾芡,淋入香油,出锅装盘即成。

【特　点】 色调明朗,清新嫩脆,清爽利口。

【操作提示】 莲藕片焯至断生立即捞出。

【营养功效】 莲藕味甘,性温,可补益脾胃,润燥养阴,益血安神。芹菜味甘、苦,性凉,可清热利湿,润肺止咳,健胃下气,健脑醒神。二者同烹成菜,具有滋阴生津,清热利湿,健脾益胃的功效,是夏日一款清淡消暑菜肴,并具有美容养颜功效。

脆耳炒嫩藕

【原　料】 莲藕 250 克,水发木耳 75 克,猪瘦肉 50 克,葱末、姜末、蒜末各 5 克,料酒、湿淀粉、香油各 10 克,精盐 3 克,味精 2克,白糖 1 克,清汤 20 克,植物油 25 克。

【制作步骤】 ①将猪瘦肉洗净,沥去水分,切成小片,用料酒 5 克,精盐 0.5 克拌匀腌渍入味,再用湿淀粉 2 克拌匀上浆。木耳去根,洗净,切成小片。莲藕洗净,去皮,先从中间顺长对剖成 4瓣,再横切成片。 ②锅内放入清水烧开,下入莲藕片用大火焯至断生捞出,放入凉水中投凉捞出,沥去水分。 ③锅内放入植物油烧热,下入葱末、姜末、蒜末炝香,下入猪肉片炒至变色,烹入余下的料酒炒开,下入木耳片炒匀,加清汤炒匀,下入莲藕片,加入白糖、余下的精盐炒匀至熟,加味精,用余下的湿淀粉勾芡,淋入香油,出锅装盘即成。

【特　点】　脆嫩清爽,咸香鲜美。

【操作提示】　切好的莲藕片要迅速放入清水中浸泡,以免颜色变黑。

【营养功效】　莲藕味甘,性温,可补益脾胃,润燥养阴,益血安神。木耳味甘,性平,可润肺养阴,凉血止血,补气益胃。二者配以可滋阴润燥的猪瘦肉同烹成菜,具有养阴清热,健脾补肾,补气益血的功效,是夏日一款消暑菜肴。

莲藕猪髓汤

【原　料】　莲藕 200 克,猪骨髓 100 克,红枣 50 克,姜片、料酒各 10 克,精盐 3 克,味精 2 克,胡椒粉 0.5 克。

【制作步骤】　①将红枣洗净。猪骨髓切成 3.5 厘米长的段。莲藕洗净,去皮,先斜切成 3 厘米长的段,再顺切成 1 厘米见方的条,放入冷水中浸泡一会儿。　②锅内放入清水烧开,下入莲藕条焯透捞出,放入凉水中投凉捞出,沥去水分。待锅内水再烧开时,下入猪骨髓段烧开,焯 3 分钟捞出,沥去水分。　③沙锅内放入清水 800 克,下入姜片、红枣、料酒烧开,下入猪骨髓段、莲藕条,盖上锅盖用大火烧开,改用小火煲 40 分钟,拣出姜片不用,加入精盐烧开,继续煲 5 分钟,加味精、胡椒粉即成。

【特　点】　口感软烂,汤汁乳白,味美浓香。

【操作提示】　原料焯水时要用大火。

【营养功效】　莲藕味甘,性温,可补益脾胃,润燥养阴,益血安神。猪骨髓味甘,性寒,可补阴益髓,止渴,抗衰。二者配以可益心润肺,合脾健胃,益气生津,养血安神的红枣同烹成菜,具有养阴润燥,补血安神,健脾养肾,益气强精的功效,是夏日一款美味滋补汤菜,对心烦口渴、心悸失眠、食欲不振等症状,也有食疗改善作用。

糖醋莲藕

【原　料】　莲藕 350 克,红辣椒 25 克,精盐 2.5 克,白糖 30克,醋 15 克。

【制作步骤】　①将红辣椒去蒂,洗净,去子,切成菱形片。莲藕洗净,去皮,切成圆形,放入冷水中浸泡一会儿。　②锅内放入清水 400 克烧开,加入精盐,下入莲藕焯至断生立即捞出,放入凉水中投凉捞出,沥出水分。　③莲藕片放入容器内,加入醋、白糖、红椒片拌匀,装盘即成。

【特　点】　色彩分明,口感嫩脆,甜酸适口。

【操作提示】　莲藕片的厚度以 0.25 厘米为佳。

【营养功效】　莲藕味甘,性温,可补益脾胃,润燥养阴,益血安神。红辣椒味辛,性热,可温中健胃,散寒燥湿。二者配以可润肺生津的白糖组成菜,具有养阴生津,补虚醒胃的功效,是夏日一款清淡消暑菜肴。

二、豆制品类

凉拌金菇绿豆芽

【原　料】　绿豆芽 250 克,金针菇(罐装)200 克,醋 10 克,精盐 3 克,味精 2 克,香油 15 克。

【制作步骤】　①将金针菇切去老根,洗净,放入容器内,加入热水浸泡 5 分钟捞出,放入凉水中投凉捞出,挤去水分,从中间切成两段。　②绿豆芽掐去根须,洗净,下入沸水锅中焯透捞出,放入凉水中投凉捞出,沥去水分。　③绿豆芽放入容器内,加入金针菇段拌匀,再加入精盐、醋、味精、香油拌匀,装盘即成。

【特　点】　清新爽利,咸鲜微酸。

【操作提示】　绿豆芽要用大火焯至刚熟透即可。

【营养功效】　绿豆芽富含维生素(C、B_1、B_2、B_{12})、胡萝卜素、钙、磷、锌、叶酸等;其味甘,性凉,可清热解毒,清暑热,调五脏,通经脉,并可清除疲劳,防癌。金针菇富含锌、钙、铁、磷、蛋白质、糖类、胡萝卜素、维生素(B_1、B_2、E)等;其味甘、咸,性寒,可抗疲劳,抗菌消炎,防癌抗癌。此菜具有清热解暑的功效,是夏日一款消暑小菜,对中暑、肠炎也有预防和辅助食疗作用。

凉拌什锦绿豆芽

【原　料】　绿豆芽 150 克,嫩白菜心 75 克,干豆腐 50 克,水发木耳 25 克,红甜椒 20 克,猪瘦肉 50 克,葱丝、姜丝各 10 克,料酒 8 克,酱油 12 克,精盐 4 克,味精、湿淀粉各 2 克,植物油 20 克,香油 15 克。

【制作步骤】　①将绿豆芽掐去根须,洗净,沥去水分。白菜心洗净,沥去水分,切成丝,放入容器内,加入精盐 1.5 克拌匀腌渍10 分钟,滗去水分。木耳去根,洗净,切成丝。红甜椒去蒂、子,洗净,切成丝。干豆腐切成丝。猪瘦肉洗净,切成丝。　②猪肉丝放入容器内,加入料酒、精盐 0.5 克拌匀腌渍入味,再加入湿淀粉拌匀上浆。锅内放入植物油烧热,下入猪肉丝炒至变色,下入葱丝、姜丝炒开,烹入酱油炒匀,出锅装碗备用。　③锅内放入清水烧开,下入绿豆芽、木耳丝焯至熟透,下入红椒丝,捞出,放入凉水中投凉捞出,沥去水分,放入白菜丝内,加入干豆腐丝、猪肉丝拌匀,再加入味精、余下的精盐、香油拌匀,装盘即成。

【特　点】　色泽美观,清爽脆嫩,咸香清鲜。

【操作提示】　白菜心要横切成细丝。

【营养功效】　绿豆芽味甘,性凉,可清热解毒,清暑热,调五脏,通经脉。白菜心富含维生素 C、钙、铁、膳食纤维等;其味甘,性微寒,可清热除烦,解毒养胃,利大小便。干豆腐味甘,性凉,可益气和中,生津润燥,清热解毒,宽肠降浊。此菜具有清热解毒,消暑涤热,降火利尿,除烦止渴的功效。

素炒绿豆芽

【原　料】　绿豆芽 350 克,醋、酱油各 10 克,精盐 3 克,味精

2 克,植物油 20 克。

【制作步骤】 ①将绿豆芽掐去根须,洗净,沥去水分。 ②锅内放入植物油烧热,下入绿豆芽煸炒至断生,烹入醋、酱油,加入精盐翻炒至熟,加味精炒匀,出锅装盘即成。

【特　点】 清爽脆嫩,清鲜咸酸。

【操作提示】 要用大火速炒。

【营养功效】 绿豆芽富含维生素、膳食纤维,其味甘,性凉,可清热解毒,清暑热,调五脏,通经脉,并可消除疲劳。绿豆芽配以可消食开胃的醋同烹食用,具有清热解暑,开胃增食,明目降压,减肥祛脂的功效,对暑热烦渴、食欲不振、高血压等症,有食疗作用。

马齿苋炒黄豆芽

【原　料】 黄豆芽 200 克,鲜马齿苋 100 克,净兔肉 50 克,蒜末、料酒各 10 克,精盐 3 克,味精 2 克,湿淀粉 8 克,清汤 25 克,植物油 30 克。

【制作步骤】 ①将黄豆芽掐去根须,洗净,沥去水分。马齿苋择洗干净,沥去水分,切成 3 厘米长的段。兔肉洗净,沥去水分,切成丝,用湿淀粉 2 克拌匀上浆。 ②锅内放入植物油烧热,下入兔肉丝炒至变色,下入蒜末炒匀,烹入料酒炒开,加清汤炒匀至熟。③下入黄豆芽炒至五成熟,下入马齿苋段炒匀,加入精盐炒匀至熟,加味精,用余下的湿淀粉勾芡,出锅装盘即成。

【特　点】 清爽嫩脆,咸香清新。

【操作提示】 兔肉丝一定要切得细而均匀。

【营养功效】 黄豆芽富含胡萝卜素、维生素(B 族、PP、C、E)、膳食纤维、蛋白质等;其味甘,性寒,可清热解毒,利湿消积。马齿苋含去甲肾上腺素、钾盐、多种有机酸、氨基酸、糖类、钙、磷、铁、多种维生素、蛋白质、脂肪等;其味酸,性寒,可清热解毒,凉血止痢。

二者配以可补脾益气、凉血解毒的兔肉同烹成菜,具有清热解暑,健脾利湿的功效。

黄豆芽鲜蘑汤

【原　料】　黄豆芽、鲜蘑菇各 150 克,净鸭肉 50 克,姜丝、葱丝各 5 克,料酒 10 克,精盐、鸡精各 3 克,湿淀粉 2 克,清汤 600克,植物油 20 克。

【制作步骤】　①将鸭肉洗净,沥去水分,切成丝,用湿淀粉拌匀上浆。鲜蘑菇去老根,洗净,下入沸水锅中焯透捞出,沥去水分,切成丝。黄豆芽掐去根须,洗净。　②锅内放入植物油烧热,下入姜丝、葱丝炝香,下入鸭肉丝炒至断生,烹入料酒炒匀,加清汤烧开。　③下入黄豆芽、蘑菇丝,加入精盐煮至熟透,加鸡精,出锅装碗即成。

【特　点】　清爽脆嫩,汤汁香鲜。

【操作提示】　鸭肉要切成细而匀的丝。

【营养功效】　黄豆芽味甘,性寒,可清热解毒,利湿消积。蘑菇营养全面而丰富,其味甘,性凉,可补脾益肺,润燥化痰。二者配以可滋阴养胃、利水消肿、健脾补虚的鸭肉同烹成菜,具有清热泻火,滋阴生津,健脾利湿的功效,是夏日一款解暑祛湿汤菜。

黄豆芽猪血汤

【原　料】　黄豆芽、猪血块各 200 克,蒜末、葱末、姜末各 5克,料酒 10 克,精盐、鸡精各 3 克,胡椒粉 0.5 克,清汤 600 克,植物油 15 克。

【制作步骤】　①将黄豆芽掐去根须,洗净,沥去水分。猪血块切成 2 厘米见方的块,下入沸水锅中略焯捞出,沥去水分。　②锅内放入植物油烧热,下入蒜末、葱末、姜末炝香,下入猪血块炒匀,烹入料酒,加清汤烧开。 ③下入黄豆芽烧开,加入精盐煮至熟透,加鸡精、胡椒粉,出锅装碗即成。

【特 点】 豆芽脆嫩,猪血滑嫩,红黄相间,清香爽口。

【操作提示】 猪血块柔嫩,烹制时动作要轻。

【营养功效】 黄豆芽味甘,性寒,可清热解毒,利湿消积。猪血是一种高蛋白、低脂肪食品,富含铁、锌、铜、维生素（A、E、B_1、B_2、B_5、C）、卵磷脂等;其味咸,性平,可补血,生血,解毒,滑肠。二者同烹成菜,具有清热解毒,润肺补血,补充体液的功效,是夏日一款滋补消暑汤菜。

猪心炒黑豆苗

【原 料】 黑豆苗250克,猪心125克,蒜丝、料酒各10克,精盐3克,味精、白糖各2克,湿淀粉5克,清汤25克,植物油30克。

【制作步骤】 ①将黑豆苗掐去老根,洗净,沥去水分。猪心洗净,从中间剖开,挤净血水,切成丝。 ②锅内放入植物油烧热,下入猪心,用大火煸炒至变色,下入蒜丝煸炒至出蒜香味,烹入料酒炒匀。 ③下入黑豆苗炒匀,加精盐、白糖、清汤炒熟,加味精,用湿淀粉勾芡,出锅装盘即成。

【特 点】 清爽嫩脆,清新咸香。

【操作提示】 黑豆苗要用大火炒至刚熟透立即出锅。

【营养功效】 黑豆苗富含胡萝卜素、维生素（C、E、B_2、B_1、B_{12}）、叶酸、钙、磷、铁、锌、蛋白质、糖类、膳食纤维等;其味甘,性寒,可清热解毒,健脾利湿。猪心味甘、咸,性平,可补血养心,安神定惊。二者同烹成菜,具有补血安神,清热解毒的功效,是夏日一款清心消暑营养菜肴。

火腿炒黑豆苗

【原　料】　黑豆苗 250 克,火腿 75 克,葱丝、姜丝、湿淀粉各 5 克,料酒 8 克,精盐 3 克,味精 2 克,清汤 20 克,植物油 25 克。

【制作步骤】　①将黑豆苗掐去老根,洗净,沥去水分。火腿切成丝。　②锅内放入植物油烧热,下入葱丝、姜丝炝香,下入火腿丝煸炒至透,烹入料酒炒匀,加清汤炒开。　③下入黑豆苗炒匀,加入精盐炒熟,加味精,用湿淀粉勾芡,出锅装盘即成。

【特　点】　色泽翠绿,口感脆嫩,咸香清鲜。

【操作提示】　勾芡一定要薄。

【营养功效】　黑豆苗营养丰富,其性寒凉,可清热解毒,健脾利湿。火腿富含优质蛋白质、铁、磷、锌、B 族维生素等,可健脾开胃,生津益血,滋肾填精。二者同烹成菜,具有健脾开胃,祛湿除烦的功效,是夏日一款清爽消暑菜肴,对暑热所致气血两虚、疲乏无力、食欲不振、消化不良等症状,也有食疗改善作用。

蛋炒黑豆苗

【原　料】　黑豆苗 200 克,鸭蛋 3 个,胡萝卜 25 克,葱丝 10 克,料酒、湿淀粉、香油各 8 克,精盐、鸡精各 2 克,清汤 20 克,植物油 50 克。

【制作步骤】　①将黑豆苗掐去老根,洗净,沥去水分。胡萝卜洗净,去皮,切成丝。鸭蛋磕入容器内,加入料酒、精盐 1.5 克用筷子充分搅打均匀。　②锅内放入植物油 35 克烧热,倒入鸭蛋液煎炒成片,出锅倒入漏勺,沥去油。　③锅内放入余下的油烧热,下入葱丝炝香,下入胡萝卜丝炒匀,加清汤,下入黑豆苗炒至微熟,加入余下的精盐、鸭蛋片炒匀,加鸡精,用湿淀粉勾芡,淋入香油,出锅装盘即成。

【特　点】　色泽鲜亮,脆嫩柔软,咸香清新。

【操作提示】　煎鸭蛋前要先将锅烧热,再加入油,晃动锅使油在锅中滑匀。

【营养功效】　黑豆苗营养丰富,含有大量维生素,其性寒凉,可清热解毒、健脾利湿。鸭蛋富含优质蛋白质、铁、钙、磷、锌及多种维生素等,其味甘,性凉,可滋阴清肺,止痢。二者配以可健脾消食、补肝明目、清热解毒的胡萝卜同烹成菜,具有清肺补心,滋阴润燥,清热解暑的功效。

凉拌鸭丝黑豆苗

【原　料】　黑豆苗 200 克,烤鸭脯肉 75 克,红柿子椒 25 克,葱丝 10 克,精盐 4 克,味精、白糖各 2 克,醋 5 克,香油 15 克。

【制作步骤】　①将黑豆苗掐去老根,洗净。红柿子椒去蒂,洗净,去子,切成丝。鸭脯肉撕成丝。　②锅内放入清水 400 克烧开,加入精盐 2 克,下入黑豆苗、红椒丝烧开,焯透捞出,放入凉水中投凉捞出,沥去水分。　③黑豆苗、红椒丝放入容器内,加入鸭脯丝拌匀,再加入余下的精盐、味精、白糖、醋拌匀,装入盘中,再放上葱丝。香油放入碗内,放入微波炉加热,取出将香油浇在葱丝上,食时拌匀即成。

【特　点】　色泽鲜亮,清爽脆嫩,清新鲜美。

【操作提示】　黑豆苗要用大火焯至断生立即捞出,以保持其脆嫩的口感。

【营养功效】　黑豆苗味甘,性寒,可清热解毒,健脾利湿。鸭肉营养比较全面,属高蛋白、低脂肪食物;其味甘、咸,性微寒,可滋阴养胃,利水消肿,健脾补虚。二者搭配成菜,具有滋阴清热,健脾利湿的功效,是夏日一款清爽消暑营养菜肴。

生煸豌豆苗

【原　料】　豌豆苗300克,火腿25克,葱末、料酒各10克,精盐3克,味精2克,湿淀粉5克,汤15克,植物油20克。

【制作步骤】　①将豌豆苗洗净,沥去水分。火腿切成末。②锅内放入植物油烧热,下入葱末炝香,下入火腿末煸熟,烹入料酒,加汤。　③下入豌豆苗煸炒至断生,加入精盐、味精炒匀,用湿淀粉勾芡,出锅装盘即成。

【特　点】　色泽翠绿,清爽脆嫩,清新鲜美。

【操作提示】　豌豆苗需用大火速炒。

【营养功效】　豌豆苗富含胡萝卜素、维生素(B_1、B_2、B_5、C)、叶酸、钙、磷、铁、钾等,可补脾益气,清热解毒,生津止渴,利尿消肿。豌豆苗配以可滋阴润燥、健脾开胃、生津益血、滋肾填精的火腿同烹成菜,具有清热生津,健脾益气,滋阴益血,利尿消肿的功能,是夏日一款清爽解暑菜肴。

嫩蚕豆炒苋菜

【原　料】　嫩蚕豆瓣(去壳)、嫩苋菜各200克,葱末、蒜末各5克,精盐4克,鸡精2克,湿淀粉6克,清汤15克,植物油20克,熟鸡油10克。

【制作步骤】　①将蚕豆瓣洗净,沥去水分。苋菜择洗干净,下入沸水锅中焯透捞出,放入凉水中投凉捞出,挤去水分,切成3厘米长的段。　②锅内放入清水烧开,加入精盐2克,下入蚕豆仁焯透捞出,沥去水分。　③锅内放入植物油烧热,下入葱末、蒜末炝香,下入蚕豆仁煸炒几下,加清汤炒至熟透。　④下入苋菜段,加入余下的精盐炒匀至入味,加鸡精,用湿淀粉勾芡,淋入熟鸡油,出锅装盘即成。

【特　点】　柔软嫩滑,口味鲜美。

【操作提示】　苋菜一定要焯至熟烂。

【营养功效】　蚕豆味甘,性平,可补中益气,健脾利湿。苋菜富含钙、铁、维生素 C、胡萝卜素、蛋白质和较多的氨基酸等;其味甘,性微寒,可清热解毒,利尿除湿,通利大便。二者同烹成菜,具有清热解毒,抗菌止痢,解暑除湿的功效,对急性肠炎、细菌性痢疾等症,也有食疗效果。

嫩蚕豆炒小白菜

【原　料】　嫩蚕豆瓣(去壳)、小白菜各 200 克,蒜末 6 克,精盐 4 克,味精 2 克,湿淀粉 8 克,植物油 20 克,香油 10 克。

【制作步骤】　①将蚕豆瓣洗净。小白菜择洗干净,沥去水分,切成 3 厘米长的段。　②锅内放入清水 300 克烧开,加入精盐 2 克,下入蚕豆瓣焯透捞出,沥去水分。　③锅内放入植物油烧热,下入蒜末炝香,下入蚕豆瓣略炒,下入小白菜段炒匀,加入余下的精盐炒匀至熟,加味精,用湿淀粉勾芡,淋入香油,出锅装盘即成。

【特　点】　蚕豆柔嫩,白菜肥嫩,清爽咸鲜。

【操作提示】　小白菜段要用大火速炒。

【营养功效】　小白菜肥嫩甜美,营养丰富,含有大量维生素 C、胡萝卜素、钙、膳食纤维等;其味甘,性微寒,可清热解毒,通利肠胃。蚕豆瓣富含维生素(A、C、B_1、B_2、P)、糖类、蛋白质、膳食纤维、铁、钾、磷等;其味甘,性平,可补中益气,健脾利湿。二者同烹成菜,具有解暑除湿的功效。

肉末炒蚕豆

【原　料】　嫩蚕豆仁 300 克,猪瘦肉末 100 克,葱末、姜末各 5 克,料酒、酱油、湿淀粉各 10 克,精盐 3 克,味精 2 克,植物油 25 克。

【制作步骤】　①将蚕豆仁洗净,下入沸水锅中焯透捞出,沥去水分。　②锅内放入植物油烧热,下入葱末、姜末炝香,下入猪肉末炒至变色,烹入料酒、酱油炒匀。　③下入蚕豆仁炒匀,加清水 25 克炒至熟透、入透味,加精盐、味精炒匀,用湿淀粉勾芡,出锅装盘即成。

【特　点】　软嫩咸香,清香宜人。

【操作提示】　锅烧热后再加入植物油滑匀,以免炒肉末时粘底。

【营养功效】　蚕豆味甘,性平,可补中益气,健脾利湿。猪瘦肉富含优质蛋白质、铁、铜、磷、锌、维生素(B 族、A、E、D)等;其味甘、咸,性平,可健脾益气,滋阴补血。二者同烹成菜,具有健脾益胃,润燥化痰,利水除湿的功效,是夏日一款祛湿解暑菜肴。

豌豆三丁

【原　料】　嫩豌豆粒 150 克,草菇 125 克,净鸭肉 75 克,胡萝卜 25 克,蒜丁、料酒、酱油各 10 克,精盐、鸡精各 3 克,湿淀粉 13 克,植物油 25 克。

【制作步骤】　①将豌豆粒洗净,沥去水分。草菇去根,洗净,胡萝卜洗净,去皮,鸭肉洗净,分别切成丁。鸭肉丁用湿淀粉 3 克拌匀上浆。　②锅内放入植物油烧热,下入蒜丁炝香,下入鸭肉丁炒至变色,烹入料酒、酱油炒匀,加清水 200 克炒开。　③下入豌豆粒、草菇丁、胡萝卜丁、精盐炒开,用小火烧至熟烂,收浓汤汁,加鸡精,用余下的湿淀粉勾芡,出锅装盘即成。

【特　　点】　色泽红润,口感滑嫩,味道鲜美。

【操作提示】　原料丁要切得比豌豆粒稍大一些。

【营养功效】　豌豆含蛋白质、脂肪、糖类、膳食纤维、胡萝卜素、维生素(B_1、B_2、C)、钙、磷、铁、锌等,可健脾利湿,生津止渴,通乳利尿。草菇味甘,性凉,可补脾益气,消暑清热。二者配以营养丰富、其性寒凉的鸭肉同烹成菜,具有健脾开胃,滋阴生津,祛热解暑的功效。

玉米烩豌豆

【原　　料】　嫩玉米、嫩豌豆各 150 克,净鸭肉 75 克,葱末 5 克,料酒 10 克,酱油 12 克,精盐 3 克,味精 2 克,湿淀粉 20 克,清汤 400 克,植物油 25 克。

【制作步骤】　①将玉米、豌豆均洗净,沥去水分。鸭肉洗净,切成丁,用湿淀粉 2 克拌匀上浆。　②锅内放入植物油烧热,下入葱末炝香,下入鸭肉丁炒至断生,烹入料酒、酱油炒匀,加清汤烧开。　③下入玉米、豌豆烧开,用小火烩至熟烂,加精盐、味精,用余下的湿淀粉勾芡,使汤汁呈稀糊状,出锅装碗即成。

【特　　点】　软嫩柔滑,汁稠味鲜。

【操作提示】　鸭肉切成 1 厘米见方的丁。

【营养功效】　嫩玉米富含胡萝卜素、维生素(E、B_1、B_2、B_6、A)、糖类、膳食纤维及多种无机盐、不饱和脂肪酸、蛋白质等;其味甘,性平,可健脾利湿,开胃益智,宁心安神,活血止血,利尿降压。豌豆味甘,性平,可健脾利湿,生津止渴,利尿通乳。二者配以可滋阴养胃、利尿消肿、健脾补虚的鸭肉同烹成菜,具有清热利尿,和中健脾,生津止渴的功效,是夏日一款解暑汤菜。

红杞翡翠白玉汤

【原　料】　枸杞子 10 克,莲藕、山药各 150 克,油菜心 50 克,姜末 5 克,精盐、鸡精各 3 克,白糖 1 克,清汤 600 克,香油 6 克,植物油 15 克。

【制作步骤】　①将枸杞子洗净。油菜心洗净,沥去水分,从中间顺长对剖成 2 条。山药、莲藕均洗净,去皮,切成菱形片,放入清水中浸泡一会儿。　②锅内放入植物油、香油烧热,下入姜末炝香,下入莲藕片、山药片炒匀,加清汤烧开,煮至熟透。　③下入油菜、枸杞子、精盐、白糖烧开,煮熟,加鸡精,出锅装碗即成。

【特　点】　色泽美观,柔软嫩脆,汤清味鲜。

【操作提示】　山药片、莲藕片的厚度以 0.3 厘米为宜。

【营养功效】　枸杞子味甘,性平,可滋肾补肝,益精明目,润肺止咳,生津止渴。莲藕味甘,性温,可补益脾胃,润燥养肝,益血安神。山药味甘,性平,可补肺健脾,固肾益精,益气养阴。油菜味辛,性凉,可清热解毒,散瘀消肿,和中润肠。诸物同烹成菜,具有补气养阴,生津润燥,滋肾健脾的功效,是夏日一款清爽滋补药膳。

双菌煲豆腐

【原　料】　豆腐 300 克,鲜蘑菇 200 克,水发银耳 50 克,姜片 10 克,葱末 5 克,蚝油 20 克,精盐 1 克,鸡精 3 克,清汤 600 克,香油 4 克。

【制作步骤】　①将蘑菇去老根,洗净,下入沸水锅中焯透捞出,沥去水分,切成片。银耳去根,洗净,撕成小片。豆腐切成 1 厘米厚、2 厘米见方的片。　②锅内放入清汤、蚝油、姜片烧开,下入豆腐块,加入精盐烧开。　③下入蘑菇片、银耳片烧开,用小火炖

10 分钟,加鸡精,淋入香油,撒入葱末,出锅装碗即成。

【特　点】　色泽淡雅,细嫩滑脆,汤清味鲜。

【操作提示】　蘑菇要蒂朝下放在案板上顺切成片。

【营养功效】　豆腐富含优质蛋白质、不饱和脂肪酸、铁、钙、磷、维生素(B_1、B_2)等;其味甘,性凉,可益气和中,生津润燥,清热解毒,止咳消痰,宽肠降浊。蘑菇味甘,性微寒,可补脾益肺,润燥化痰。银耳味甘,性平,可养阴润燥,益胃生津。三者同烹成菜,可健脾益气,滋阴生津,清热解毒,是夏日一款清爽消暑汤菜。

翠芹拌豆腐

【原　料】　豆腐 250 克,芹菜 150 克,蒜末、醋各 10 克,精盐 4 克,味精 2 克,香油 15 克。

【制作步骤】　①将豆腐切成 1.5 厘米见方的丁。芹菜去根、叶,洗净,沥去水分。　②锅内放入清水 350 克,加入精盐 2 克,下入豆腐丁用小火烧开,焯透捞出,沥去水分。等锅内的水再烧开时,下入芹菜用大火烧开,焯透捞出,沥去水分,切成 1.5 厘米长的段。　③豆腐丁放入容器内,加入芹菜段拌匀,装入盘中。再将蒜末放入小碗内,加入醋、味精、余下的精盐、香油调匀,浇在盘内芹段豆腐丁上,食时拌匀即成。

【特　点】　豆腐柔滑,芹菜爽脆,清鲜咸酸。

【操作提示】　芹菜略粗的根部要用刀顺长剖开。

【营养功效】　豆腐味甘,性凉,可清热解毒,生津润燥,益气和中,止咳消痰,宽肠降浊。芹菜味甘、苦,性凉,可清热祛湿,健胃下气,利尿降压。二者搭配食用,具有清热利湿,生津润燥的功效,是夏日一款清淡消暑凉拌小菜。

小白菜豆腐汤

【原　料】　豆腐 200 克,小白菜 150 克,虾皮、葱末、姜末各 5 克,料酒 8 克,精盐、鸡精各 3 克,清汤 600 克,植物油 15 克。

【制作步骤】　①将豆腐切成 1 厘米厚、2 厘米见方的片。小白菜择洗干净,沥去水分,切成 2 厘米长的段。　②锅内放入植物油烧热,下入葱末、姜末炝香,下入虾皮煸炒至出香鲜味,烹入料酒炒匀,加清汤。　③下入豆腐片,加入精盐炖至入味,下入白菜段烧开,炖熟,加鸡精,出锅装碗即成。

【特　点】　色调明亮,滑嫩爽脆,汤汁鲜美。

【操作提示】　要用小火慢炖,使豆腐充分入味。

【营养功效】　豆腐味甘,性凉,可益气和中,生津润燥,清热解毒,止咳化痰,宽肠降浊。小白菜味甘,性微寒,可清热解毒,通利肠胃。二者同烹成菜,具有补气滋阴,生津润燥,清暑解热,利尿消肿的功效。

嫩蚕豆烧豆腐

【原　料】　豆腐 300 克,嫩蚕豆仁 100 克,鲜虾仁 25 克,葱末、姜末各 5 克,料酒、湿淀粉各 10 克,精盐、鸡精各 3 克,植物油 650 克。

【制作步骤】　①将豆腐切成 3 厘米长、1.5 厘米见方的长方形块。蚕豆仁洗净。鲜虾仁洗净,沥去水分,切成丁。　②锅内放入清水烧开,下入蚕豆仁焯透捞出,沥去水分。另将锅内放入植物油烧至七成热,下入豆腐块炸至外表呈淡黄色时捞出,沥去油。③锅内留油 15 克,下入虾仁丁、葱末、姜末,煸炒至虾仁丁变红,烹入料酒,下入蚕豆仁炒匀,加入清水 200 克烧开,下入豆腐块,加入精盐炒开,烧至汤汁浓稠,加鸡精,用湿淀粉勾芡,出锅装盘即成。

【特　点】 色泽油亮,口感嫩滑,咸香鲜美。

【操作提示】 豆腐块要用大火炸制,小火慢烧。

【营养功效】 豆腐味甘,性凉,可益气和中,生津润燥,清热解毒,止咳消痰,宽肠降浊。蚕豆味甘,性平,可补中益气,健脾利湿。二者同烹成菜,具有滋阴润燥,健脾利湿的功效,是夏日一款消暑营养菜肴。

紫菜炖豆腐

【原　料】 豆腐 300 克,紫菜 30 克,干虾仁 15 克,油菜 20 克,葱末、姜末各 5 克,料酒 10 克,精盐、鸡精各 3 克,清汤 500 克,植物油 20 克。

【制作步骤】 ①将干虾仁洗净,放入容器内,加入温水 100 克浸泡至回软。豆腐切成 2 厘米见方的丁。紫菜撕成小片。油菜择洗干净,沥去水分,切成 2 厘米长的段。　②锅内放入植物油烧热,下入葱末、姜末炝香,下入沥干水分的虾仁,煸炒至出鲜香味,烹入料酒炒匀,加清汤、泡虾仁的原汁烧开。　③下入豆腐块,加入精盐烧开,炖至入透味,下入油菜段烧开,下入紫菜片烧开略炖,加鸡精,出锅装碗即成。

【特　点】 色泽素雅,豆腐嫩滑,汤鲜味美。

【操作提示】 要用小火慢炖,使豆腐充分入味。

【营养功效】 豆腐味甘,性凉,可益气和中,生津润燥,清热解毒,止咳消痰,宽肠降浊。紫菜味甘、咸,性寒,可软坚散结,清热化痰,利尿补肾,养心清咽。此菜具有补肾润肺,益气和中,清热养心的功效,是夏日一款日常消暑菜肴,对暑热所致咽干口渴、烦躁不安、失眠等症状,也有食疗改善作用。

鲜香椿拌嫩豆腐

【原　料】　豆腐 300 克,鲜香椿 75 克,红辣椒、水发木耳各 15 克,海鲜酱油 18 克,精盐 4 克,味精、白糖各 2 克,香油 20 克。

【制作步骤】　①将豆腐切成 1.5 厘米见方的丁。红辣椒去蒂、子,洗净,切成粒状。木耳去根,洗净,切成粒状。香椿择洗干净,下入沸水锅中焯透捞出,放入凉水中投凉捞出,沥去水分,切成末。　②锅内放入清水 400 克烧开,加入精盐 2 克,下入豆腐丁烧开,焯透捞出,沥去水分,放入盘中。　③香椿末、红辣椒粒、木耳粒均放入容器内,加入海鲜酱油、味精、白糖、余下的精盐、香油调匀,浇在盘内豆腐丁上,食时拌匀即成。

【特　点】　色泽美观,清爽滑嫩,清香咸鲜。

【操作提示】　豆腐丁要用小火慢慢焯至入透味。

【营养功效】　豆腐是大豆制品,营养丰富,营养价值高,含有大量优质蛋白质、不饱和脂肪酸、铁、钙、磷、维生素(B_1、B_2)等;其味甘,性凉,可清热解毒,生津润燥,益气和中,止咳消痰,宽肠降浊。香椿味辛、甘,性平,可清热解毒,化湿,健胃理气,涩肠止泻,杀虫固精。二者搭配成菜,具有清热利湿,健胃消胀,宽肠降浊,润肤美容的功效,是夏日一款清爽消暑凉拌菜。

蚬肉木耳炖豆腐

【原　料】　豆腐 300 克,水发木耳 75 克,净蚬肉 50 克,油菜 30 克,葱段、料酒各 10 克,醋 1 克,精盐、鸡精各 3 克,清汤 500 克,植物油 20 克。

【制作步骤】　①将豆腐切成 2 厘米见方的块。木耳去根,洗净,撕成小片。油菜择洗干净,沥去水分,切成 3 厘米长的段。蚬肉洗净,沥去水分。 ②锅内放入清水烧开,下入蚬肉汆烫捞出,沥去水分。另将锅内放入植物油烧热,下入蚬肉煸炒至出鲜香味,下入葱段炒香,烹入料酒、醋炒匀,加清汤。 ③下入豆腐块、木耳片烧开,用小火炖至豆腐入透味,下入油菜段,加入精盐炖熟,加鸡精,出锅装碗即成。

【特 点】 色泽素雅,口感嫩滑,香浓咸鲜。

【操作提示】 蚬肉要热油入锅,大火煸香。

【营养功效】 豆腐味甘,性凉,可益气和中,生津润燥,清热解毒,止咳消痰,宽肠降浊。木耳味甘,性平,可润肺养阴,凉血止血,补气益胃。蚬肉富含蛋白质、铁、钙、钴、牛磺酸、维生素(A、C、B_1、B_2、B_{12})等;其味甘、咸,性寒,可清热,利湿,解毒,消肿。二者同烹成菜,具有清热泻火,滋阴生津,祛痛解毒的功效,是夏日一款日常消暑菜肴。

豆腐彩球

【原 料】 豆腐 250 克,猪瘦肉末 100 克,油菜叶、胡萝卜、鲜黄花菜各 20 克,紫菜、葱末、姜末、蒜末、料酒、香油、湿淀粉各 10 克,精盐 3 克,味精、鸡精各 2 克,蚝油 15 克,面粉、干淀粉各 30 克,清汤 125 克,植物油 25 克。

【制作步骤】 ①将豆腐压成细泥。猪肉末放入容器内,加入葱末、姜末、料酒、精盐、味精、清汤 25 克、植物油 15 克搅匀至黏稠,再加入豆腐泥、面粉、干淀粉拌匀。 ②黄花菜洗净,下入沸水锅中焯透捞出,投凉捞出,挤去水分,与洗净的油菜叶、胡萝卜、紫菜均切成末,放入容器内拌匀。再将调好的肉末豆腐泥分成 10 等份,逐一搓成小圆球状,再在菜末内滚匀成豆腐彩球生坯。 ③彩球生坯摆入盘中,入蒸锅内用大火蒸至熟透取出,摆入净盘中。锅内放入余下的植物油烧热,下入蒜末炝香,加入余下的清汤烧开,加鸡精、蚝油,用湿淀粉勾芡,淋入香油,出锅浇在盘内豆腐彩球上即成。

【特　　点】　色彩斑斓,油亮软嫩,咸香鲜美。

【操作提示】　蒜末入锅时油不能太热,以免炝煳。

【营养功效】　豆腐是大豆制品,营养丰富,其味甘,性凉,可益气和中,生津润燥,清热解毒,止咳消痰,宽肠降浊。猪瘦肉味甘、咸,性平,可健脾益气,滋阴补血。二者配以油菜叶等同烹成菜,具有清热润燥,益气补血的功效,是夏日一款清热消暑菜肴。

生菜拌豆腐

【原　　料】　豆腐 250 克,生菜 150 克,虾皮 10 克,精盐 4 克,味精、白糖各 2 克,香油 15 克。

【制作步骤】　①将豆腐切成 1.5 厘米见方的小丁。生菜择洗干净,沥去水分,撕成小片。虾皮洗净,沥去水分。　②锅内放入清水 400 克烧开,加入精盐 2 克,下入豆腐丁烧开,焯透捞出,沥去水分,晾凉。　③豆腐丁放入容器内,加入生菜片、虾皮、余下的精盐、味精、白糖、香油拌匀,装盘即成。

【特　　点】　清爽嫩脆,咸鲜清香。

【操作提示】　豆腐丁要用小火焯 5 分钟。

【营养功效】　豆腐是大豆制品,营养丰富,其味甘,性凉,可益气和中,生津润燥,清热解毒,宽肠降浊,止咳消痰。生菜富含维生素、膳食纤维、无机盐等,其味甘,性凉,可清热爽神,清肝利胆,健脾养胃。二者同烹成菜,具有清心泻火,润阴生津,祛痈解毒的功效,是夏日一款清热祛暑营养菜肴。

草菇豆腐汤

【原　料】　豆腐 200 克,草菇 100 克,冬笋、生菜各 25 克,火腿 20 克,葱段、料酒各 10 克,精盐、鸡精各 3 克,白糖 2 克,清汤 600 克,植物油 20 克。

【制作步骤】　①将豆腐切成 1 厘米见方的丁。草菇去根,洗净,切成丝。冬笋洗净,切成丝。火腿切成细粒。生菜择洗干净,切成条片。　②锅内放入植物油烧热,下入葱段炝香,下入火腿丝煸炒几下,烹入料酒炒匀,下入草菇丝、冬笋丝炒匀,加清汤烧开。拣出葱段不用。　③下入豆腐丁,加入精盐、白糖烧开,煮至熟透,下入生菜片烧开,加鸡精,出锅装碗即成。

【特　点】　色泽美观,口感滑嫩,滋味鲜美。

【操作提示】　豆腐丁要用小火煮制,生菜片不能入锅过早。

【营养功效】　豆腐营养丰富,味甘,性凉,可益气和中,生津润燥,清热解毒,止咳消痰,宽肠降浊。草菇味甘,性凉,可补脾益气,消暑清热。二者配以食性寒凉的冬笋、生菜同烹成菜,具有补脾健胃,清肺润燥,补肾益气,清热消暑的功效。

紫菜兔肉豆腐汤

【原　料】　豆腐 200 克,净兔肉 100 克,紫菜 30 克,香菜 5 克,葱末、姜末各 6 克,料酒 10 克,湿淀粉、精盐、鸡精各 3 克,清汤 700 克,植物油 20 克。

【制作步骤】　①将豆腐切成 1 厘米厚、2 厘米见方的片。兔肉洗净,切成片,用湿淀粉拌匀上浆。紫菜撕成小片。香菜择洗干净,切成 1 厘米长的段。　②锅内放入植物油烧热,下入葱末、姜末炝香,下入兔肉片炒至断生,烹入料酒炒匀,加清汤烧开。

③下入豆腐片,加入精盐烧开,炖至入透味,下入紫菜片烧开,加鸡精,出锅装碗,撒入香菜段即成。

【特　　点】 色泽素雅,清爽嫩滑,滋味鲜美。

【操作提示】 豆腐片要用小火慢炖,使其充分入味。

【营养功效】 豆腐营养丰富,味甘,性凉,可益气和中,生津润燥,清热解毒,止咳消痰,宽肠降浊。兔肉是一种高蛋白、低脂肪、低胆固醇食物,其性凉,可健脾益气,滋阴生津,凉血解毒。二者配以可软坚散结、清热化痰、补肾养心的紫菜同烹成菜,具有清热利水,补肾养心的功效,是夏日一款清热消暑汤菜。

什锦豆腐羹

【原　　料】 豆腐100克,水发银耳、嫩玉米粒各50克,甜杏仁、火腿各25克,葱末5克,料酒、酱油各10克,精盐3克,味精2克,湿淀粉30克,清汤800克,植物油20克。

【制作步骤】 ①将豆腐放入锅内,加入清水烧开,煮透捞出,沥去水分,切成1厘米见方的丁。银耳去根,洗净,撕成小片。火腿切成粒状。嫩玉米、甜杏仁洗净。　②锅内放入植物油烧热,下入葱末炝香,下入火腿粒略炒,烹入料酒、酱油炒匀,加清汤烧开。③下入豆腐丁、银耳片、嫩玉米粒、甜杏仁烧开,加入精盐煮至熟透入味,加味精,用湿淀粉勾芡,出锅装碗即成。

【特　　点】 色泽鲜亮,口感柔滑,清鲜可口。

【操作提示】 羹汁勾芡要稠稀适中。

【营养功效】 豆腐味甘,性凉,可补中益气,清热解毒,生津润燥,止咳消痰,宽肠降浊。嫩玉米富含维生素、无机盐、膳食纤维、糖类等;其味甘,性平,可健脾利湿,开胃益智,宁心活血,利尿降压。甜杏仁味甘,性平,可除痰润燥。三者同烹成菜,具有健脾开胃,清热润燥的功效,是夏日一款消暑汤菜。

荠菜肉末豆腐

【原　　料】　豆腐 250 克,荠菜 150 克,猪瘦肉末 25 克,葱末、姜末各 5 克,料酒 6 克,酱油、湿淀粉各 10 克,精盐 3 克,味精 2 克,清汤 100 克,植物油 20 克。

【制作步骤】　①将豆腐放入锅中,加入清水烧开,煮透捞出,沥去水分,切成 1.5 厘米见方的丁,放入盘中。　②荠菜择去老根、老叶,洗净,沥去水分,切成 1 厘米见方的丁。　③锅内放入植物油烧热,下入猪肉末炒至散开,下入葱末、姜末炒香,烹入料酒、酱油炒匀,加清汤烧开,下入荠菜丁,加入精盐烧开,加味精,用湿淀粉勾芡,出锅浇在盘内豆腐丁上,食时拌匀即成。

【特　　点】　色泽红润,脆嫩柔滑,清鲜咸香。

【操作提示】　豆腐要用中火烧开,小火煮透。

【营养功效】　豆腐是大豆制品,营养丰富,味甘,性凉,可益气和中,清热润燥,止咳消痰,宽肠降浊。荠菜味甘,性凉,可清热利水,凉血止血,清肝明目,和脾健胃,降压降脂。二者配以可滋阴补血、益气补虚、润肠通便、降压降脂的猪肉末同烹,是夏日一款解暑祛湿菜肴。

三、食用菌类

冬笋拌金针

【原　料】　金针菇(罐装)200克,冬笋150克,黄瓜50克,葱丝、姜丝各10克,精盐3克,味精、白糖各2克,植物油20克。

【制作步骤】　①将金针菇切去老根,洗净,放入容器内,加入热水浸泡5分钟捞出,放入凉水中投凉捞出,挤去水分。冬笋、黄瓜均洗净,切成丝。　②锅内放入清水烧开,下入冬笋丝烧开,焯透捞出,放入凉水中投凉捞出,沥去水分,放入容器内,加入金针菇、黄瓜丝、精盐、味精、白糖拌匀,装入盘中,再将葱丝、姜丝放在上面。　③锅内放入植物油烧热,出锅浇在盘内葱丝、姜丝上,食时拌匀即成。

【特　点】　清爽嫩脆,咸鲜清新。

【操作提示】　冬笋、黄瓜均切成与金针菇粗细相近的丝。

【营养功效】　金针菇是一种高蛋白、低脂肪食用菌,并富含锌、钙、磷、铁、钾、胡萝卜素、维生素(B_1、B_2、E)、赖氨酸等;其味甘、咸,性寒,有抗菌消炎,抗疲劳,抗癌防癌等作用,对肝炎、胃炎、消化道溃疡、高血压、肥胖症等有治疗作用。冬笋味甘、微苦,性寒,可清热化痰,利膈爽胃,除烦止渴,通利大便。二者配以可除烦止渴的黄瓜同食,具有清热解暑,除烦止渴,抗菌消炎,开胃增食的功效。

什锦拌金针

【原　料】　金针菇 200 克,绿豆芽、黄瓜、胡萝卜、水发木耳、水发腐竹各 30 克,香菜 10 克,蒜末 15 克,精盐 4 克,味精、白糖各 2 克,米醋 5 克,香油 15 克。

【制作步骤】　①将金针菇切去老根,洗净,从中间切成 2 段。绿豆芽掐去根须,洗净。胡萝卜洗净,去皮,木耳去根,洗净,腐竹洗净,均切成丝。香菜择洗干净,切成 3 厘米长的段。　②锅内放入清水烧开,加入精盐 2 克,下入木耳丝、胡萝卜丝、腐竹丝、绿豆芽、金针菇段烧开,焯至熟透捞出,放入凉水中投凉捞出,沥去水分。　③将焯过的原料放入容器内,加入黄瓜丝、香菜段、余下的精盐、白糖、米醋、味精、香油拌开,再加入蒜末拌匀,装盘即成。

【特　点】　清爽脆嫩,五彩斑斓,咸鲜微酸。

【操作提示】　原料焯至刚熟透立即捞出,不要焯过火。

【营养功效】　金针菇营养十分丰富,其性寒凉,有抗菌消炎,抗疲劳,防癌抗癌等作用。绿豆芽味甘,性凉,可清热解暑,利水祛湿。黄瓜味甘,性凉,可除烦止渴,清热解毒。木耳味甘,性平,可润肺养阴,凉血止血,补气养胃。腐竹味甘,性平,可益气和中,生津润燥,清热解毒,止咳化痰,宽肠降浊。诸物配以可健胃消食、抗菌消炎的大蒜同食,具有清热泻火,滋阴生津,祛痈解毒,开胃增食的功效。

金菇炒双丝

【原　料】　金针菇 200 克,冬笋 100 克,熟火腿 75 克,姜丝、蒜丝各 5 克,料酒、湿淀粉、熟鸡油各 10 克,精盐、鸡精各 3 克,清汤 20 克,植物油 25 克。

【制作步骤】 ①将金针菇切去老根,洗净,沥去水分,从中间切成 2 段。冬笋洗净,切成丝。熟火腿切成丝。 ②锅内放入清水烧开,下入金针菇段烧开,焯透捞出,再下入冬笋丝焯透捞出。③锅内放入植物油烧热,下入姜丝、蒜丝炝香,下入火腿丝炒透,烹入料酒,下入冬笋丝炒匀,下入金针菇、清汤、精盐翻炒至熟,加鸡精,用湿淀粉勾芡,淋入熟鸡油,出锅装盘即成。

【特　点】 清爽嫩脆,咸香鲜美。

【操作提示】 要用大火速炒,勾芡一定要薄。

【营养功效】 金针菇营养十分丰富,含有人体所需的 8 种氨基酸和丰富的无机盐、维生素等;其味甘、咸,性寒,有抗菌消炎,抗疲劳,防癌抗癌等作用,是夏季消暑食品。冬笋味甘、微苦,性寒,可清热化痰,利膈爽胃,除烦止渴,通利大便。二者配以可健脾开胃、生津益血、滋肾填精的火腿同烹成菜,具有清热解暑,除烦止渴,健脾益气,滋阴益血的功效。

金菇烩玉米

【原　料】 金针菇 200 克,嫩玉米粒 100 克,嫩豌豆 25 克,枸杞子 10 克,冰糖 50 克,精盐 1 克,湿淀粉 15 克,清汤 400 克,香油 8 克。

【制作步骤】 ①将金针菇切去老根,洗净,沥去水分。玉米粒、豌豆、枸杞子均洗净,沥去水分。 ②沙锅内放入清汤烧开,下入嫩玉米粒、嫩豌豆、枸杞子烧开,煮至熟透。 ③下入金针菇烧开,加入精盐、冰糖,煮至冰糖溶化,用湿淀粉勾芡,使汤汁呈稀糊状,淋入香油,炒匀即成。

【特　点】 色彩鲜亮,软烂柔滑,香甜润口。

【操作提示】 冰糖要砸成小块再下入锅中。

【营养功效】 金针菇营养丰富,其性寒凉,可抗菌消炎,抗疲劳,健脑益智。嫩玉米富含糖类、膳食纤维、维生素(E、B族、C、A)、胡萝卜素及多种无机盐等;其味甘,性平,可健脾利湿,开胃益智,宁心活血,利尿止血,降压降脂。豌豆味甘,性平,可健脾利湿,生津止渴,通乳,利尿。三者配以可生津止渴、润肺止咳、滋肾补肝、益精明目的枸杞子同食,具有润肺清燥,益智宁心,健脾利湿,清热解暑的功效。

杞叶双冬汤

【原　料】　水发冬菇75克,冬笋50克,枸杞叶(嫩)30克,精盐、鸡精各3克,清汤600克,香油15克。

【制作步骤】　①将枸杞叶洗净,沥去水分,斜切成3厘米长的段。冬菇去蒂,洗净,挤去水分,切成条片。冬笋洗净,切成小片。②锅内放入香油烧热,下入冬菇片、冬笋片略炒,加入清汤烧开,煮熟。　③下入枸杞叶段,加入精盐烧开,加鸡精,出锅装碗即成。

【特　点】　色泽素雅,柔滑爽脆,汤清味鲜。

【操作提示】　枸杞叶必须选择鲜嫩的为原料。

【营养功效】　冬菇富含优质蛋白质、钙、磷、铁、锌、硒、维生素(A、B族、C、E)、膳食纤维、糖类、多种酶类、麦角甾醇等,其味甘,性平,可健脾养胃,益气补虚。冬笋味甘、微苦,性寒,可清热化痰,除烦解渴,利膈爽胃,通利大便。二者配以可清退虚热、生津止渴、补肝明目的枸杞叶同烹成菜,具有滋阴生津,补益肝肾,清热化痰的功效,是夏日一款清淡消暑汤菜,对食欲不振、咽干口渴、烦躁不安、头晕等症状,也有食疗改善作用。

香菇莼菜汤

【原　料】　鲜香菇、莼菜各100克,火腿30克,葱末、姜末各

5克,料酒10克,精盐3克,味精2克,植物油20克。

【制作步骤】 ①将香菇去蒂,洗净,下入沸水锅中焯透捞出,放入凉水中投凉,捞出挤去水分,抹刀切片。莼菜洗净,沥去水分。火腿切成小片。 ②锅内放入植物油烧热,下入葱末、姜末炝香,下入火腿片炒透,烹入料酒炒匀,加清水600克烧开。 ③下入香菇片烧开,下入莼菜,加入精盐烧开,煮熟,加味精,出锅装碗即成。

【特 点】 细嫩柔滑,汤鲜味醇。

【操作提示】 火腿要切成小而薄的片。

【营养功效】 香菇味甘,性平,可益气补虚,益胃健脾。莼菜含蛋白质、脂肪、糖类、胡萝卜素、维生素(B_1、B_2、B_5、E)、钙、磷、铁、锌、硒等,其味甘,性寒,可清热解毒,利水消肿,止呕止泻。二者与可滋阴润燥的火腿同烹成菜,具有清热解毒,健脾开胃,益气补血的功效,是夏日消暑菜肴,对暑热所致气血两虚、身疲乏力、食欲不振、痢疾等症,也有食疗效用。

贝荠香菇汤

【原 料】 鲜香菇150克,荸荠75克,干贝25克,生菜20克,葱段10克,料酒8克,精盐、鸡精各3克,清汤600克,熟鸡油15克。

【制作步骤】 ①将香菇去蒂,洗净,沥去水分,抹刀切成片。荸荠洗净,去皮,切成片。生菜择洗干净,沥去水分,切成菱形条片。干贝洗净,放入碗内,加入葱段、料酒、清水50克,放入蒸锅内蒸15分钟取出,拣出葱段不用,干贝与蒸干贝的原汁备用。②锅内放入熟鸡油烧热,下入香菇片略炒,下入荸荠片炒匀,加清汤烧开。 ③倒入干贝及蒸干贝的原汁烧开,煮至香菇片熟烂,下入生菜片,加入精盐、鸡精烧开,出锅装碗即成。

【特 点】 香菇柔滑,汤鲜味美。

【操作提示】 干贝要用大火蒸制。

【营养功效】 香菇味甘,性平,可益气补虚,健脾养胃,托发痘疹。荸荠味甘,性凉,可清热化痰,生津止渴,消食化积。干贝味甘、咸,性平,可滋阴补肾,调中。三者配以可清热祛暑的生菜同烹成菜,具有健脾益胃,补肝益肾,清热解毒,化痰安神的功效,是夏日一款清热消暑汤菜。

蚝油三冬

【原　料】 水发冬菇、冬笋、冬瓜(去皮、瓤)各125克,蒜末、料酒各5克,蚝油15克,精盐2克,鸡精3克,湿淀粉10克,肉汤75克,植物油20克,香油8克。

【制作步骤】 ①将冬菇去蒂,洗净,挤去水分,抹刀切成片。冬笋洗净,切成片。冬瓜洗净,切成片。　②锅内放入植物油烧热,下入蒜末焆香,下入冬菇片煸炒至透,加入料酒、蚝油、肉汤炒开。　③下入冬笋片、冬瓜片,加入精盐炒开,烧至熟烂,收浓汤汁,加鸡精,用湿淀粉勾芡,淋入香油,出锅装盘即成。

【特　点】 色泽素雅,脆嫩柔滑,口味鲜美。

【操作提示】 冬瓜片厚0.5厘米,冬菇片、冬笋片要切得稍薄些。

【营养功效】 冬菇(香菇)营养丰富,味甘,性平,可益气补虚,益胃健脾,降压降脂,防癌抗癌。冬笋性寒凉,可清热化痰,利膈爽胃,除烦解渴,利大小便。冬瓜性寒凉,可清热化痰,除烦止渴,利尿消肿。三者配以可滋阴益血、清热除湿的蚝油同烹成菜,具有补气滋阴,生津润燥,清热除湿的功效。

豆腐烧鲜蘑

【原　料】　鲜蘑菇、豆腐各 200 克,葱末、蒜末各 5 克,海鲜酱油 15 克,精盐 2.5 克,鸡精 3 克,湿淀粉 10 克,汤 200 克,熟鸡油 8 克,植物油 20 克。

【制作步骤】　①将豆腐切成 1 厘米厚、2 厘米见方的片。鲜蘑菇去老根,洗净,下入沸水锅中焯透捞出,沥去水分,切成块。②锅内放入清水烧开,下入豆腐片焯透捞出。另将锅内放入植物油烧热,下入葱末、蒜末炝香,加汤、海鲜酱油烧开。　③下入豆腐片、蘑菇块,加入精盐炒开,烧至熟透入味,收浓汤汁,加鸡精,用湿淀粉勾芡,淋入熟鸡油,出锅装盘即成。

【特　点】　色泽黄亮,鲜香嫩滑。

【操作提示】　要用小火慢烧,使其充分入味。

【营养功效】　蘑菇营养十分丰富,含有大量蛋白质、钙、磷、铁、锌、硒、维生素(A、B_1、B_2、C、E、D)和人体必需的 8 种氨基酸等;其味甘,性微寒,可补脾益肝,润燥化痰。豆腐味甘,性凉,可益气和中,清热解毒,生津润燥,止咳消痰,宽肠降浊。二者同烹成菜,具有益气养阴,润燥生津,清热解毒的功效,是夏日一款美味消暑营养菜肴。

杞叶蘑菇汤

【原　料】　鲜蘑菇 200 克,嫩枸杞叶 100 克,火腿 30 克,葱末、姜末各 5 克,料酒 8 克,精盐 3 克,味精 2 克,清汤 600 克,植物油 20 克。

【制作步骤】　①将蘑菇去蒂,洗净,下入沸水锅中焯透捞出,沥去水分,切成丝。枸杞叶洗净,从中间切成 2 段。火腿切成小片。　②锅内放入植物油烧热,下入葱末、姜末炝香,下入火腿片炒透,烹入料酒炒匀,加清汤烧开。　③下入蘑菇丝、枸杞叶烧开,煮熟,加精盐、味精,出锅装碗即成。

【特　　点】　色泽美观,清爽滑嫩,汤汁鲜香。

【操作提示】　蘑菇要用大火焯制。

【营养功效】　鲜蘑菇是一种高蛋白、低脂肪食用菌,并富含膳食纤维、胡萝卜素、维生素(B_1、B_2、C、D、E)、烟酸、糖类及大量的无机盐等,其味甘,性凉,可补脾益气,润燥生津,开胃止泻,解毒化痰。枸杞叶味甘、苦,性凉,可清退虚热,补肝明目,生津止渴。二者配以可滋阴润燥的火腿同烹成菜,具有清热润燥,生津止渴,益气补虚,健脾开胃的功效,是夏日一款清爽消暑汤菜。

瓜片炒鲜蘑

【原　　料】　鲜蘑菇 200 克,黄瓜 125 克,净兔肉 50 克,葱末、姜末各 5 克,料酒、熟鸡油各 10 克,精盐、鸡精各 3 克,湿淀粉 12克,汤 15 克,植物油 25 克。

【制作步骤】　①将蘑菇去老根,洗净,下入沸水锅中焯透捞出,放入凉水中投凉捞出,挤去水分,切成片。黄瓜洗净,切成菱形片。兔肉洗净,沥去水分,切成小片。　②兔肉片放入容器内,加入料酒 5 克、精盐 0.5 克拌匀腌渍入味,再加入湿淀粉 2 克拌匀上浆。　③锅内放入植物油烧热,下入姜末、葱末炝香,下入兔肉片炒至断生,烹入余下的料酒炒匀,加汤,下入蘑菇片炒匀至熟,下入黄瓜片,加入余下的精盐、鸡精翻匀,用余下的湿淀粉勾芡,淋入熟鸡油,出锅装盘即成。

【特　　点】　色泽爽淡,口感嫩滑,咸香鲜美。

【操作提示】　黄瓜要先斜切成 2 厘米长的段,再顺切成 0.3厘米厚的片。

【营养功效】 蘑菇味甘,性微寒,可补脾益肺,润燥化痰。黄瓜味甘,性凉,可清热止渴,利水消肿。二者配以可健脾益气、滋阴生津、凉血解毒的兔肉同烹成菜,具有清热除烦,生津润燥,开胃健脾,补益气血的功效,是夏日消暑菜肴,对暑热烦渴、食欲不振、疲乏无力等症状,也有食疗效果。

鲜蘑炒菠菜

【原　料】 鲜蘑菇200克,菠菜150克,净兔肉50克,蒜末、料酒、湿淀粉、熟鸡油各10克,精盐、鸡精各3克,汤25克,植物油20克。

【制作步骤】 ①将鲜蘑菇去老根,洗净,菠菜择洗干净,分别下入沸水锅中焯透捞出,放入凉水中投凉捞出,挤去水分。 ②兔肉洗净,沥去水分,抹刀切成片,用料酒5克、精盐0.5克拌匀腌渍入味,再用湿淀粉2克拌匀上浆。蘑菇切成均匀的块。菠菜切成3厘米长的段。 ③锅内放入植物油烧热,下入蒜末炝香,下入兔肉片炒至断生,加入余下的料酒、汤炒匀,下入蘑菇块炒匀至熟,下入菠菜段,加入余下的精盐炒匀,加鸡精,用余下的湿淀粉勾芡,淋入熟鸡油,出锅装盘即成。

【特　点】 色泽淡雅,口感滑嫩,咸香鲜美。

【操作提示】 菠菜入沸水锅后要用大火焯透捞出。

【营养功效】 蘑菇味甘,性凉,可补脾益气,润燥生津,开胃止泻,解毒,化痰。菠菜味甘,性凉,可清热除烦,生津止渴,养肝明目,养血止血,润肠通便。兔肉味甘,性凉,可健脾益气,滋阴生津,凉血解毒。三者同烹成菜,具有补气滋阴,生津润燥,清热除烦,开胃增食的功效,是夏日一款消暑菜肴。

瓜竹炒鲜蘑

【原　料】　鲜蘑菇 200 克,黄瓜 150 克,水发腐竹 75 克,蒜末、蚝油各 15 克,精盐 2 克,鸡精 3 克,白糖 1 克,湿淀粉 8 克,清汤 20 克,植物油 25 克,香油 10 克。

【制作步骤】　①将蘑菇去老根,洗净,下入沸水锅中焯透捞出,放入凉水中投凉捞出,挤去水分,切成块。黄瓜洗净,切成厚菱形片。腐竹洗净,挤去水分,斜切成 2 厘米长的段。　②锅内放入植物油烧热,下入蒜末炝香,下入蘑菇块、腐竹段炒匀,加蚝油、清汤炒匀至熟。　③下入黄瓜片,加入精盐、白糖炒透,加鸡精,用湿淀粉勾芡,淋入香油,出锅装盘即成。

【特　点】　鲜嫩爽脆,咸鲜清香。

【操作提示】　黄瓜片要用大火炒至断生立即出锅,以免维生素遭到破坏。

【营养功效】　蘑菇是一种高蛋白、低脂肪、低热量、多维生素食用菌,素有"健康食品"的美称;其味甘,性凉,可补脾益气,润燥生津,开胃止泻,解毒化痰。黄瓜味甘,性凉,可清热止渴,利尿消肿。腐竹是大豆制品中的高营养食品,可益气和中,清热润燥,止咳消痰,宽肠降浊。三者同烹成菜,具有益气滋阴,生津润燥,消暑清热,健脾开胃的功效。

肉片慈姑

【原　料】　慈姑 300 克,猪瘦肉 100 克,蒜末、姜末各 5 克,料酒 10 克,精盐、鸡精各 3 克,白糖 2 克,湿淀粉 13 克,汤 20 克,植物油 25 克。

【制作步骤】　①将猪瘦肉洗净,沥去水分,切成片,放入容器内,加入料酒5克、精盐0.5克拌匀腌渍入味,再加入湿淀粉3克拌匀上浆。慈姑洗净,切成片。 ②锅内放入植物油烧热,下入蒜末、姜末炝香,下入猪肉片炒至断生,烹入余下的料酒、汤炒匀。③下入慈姑片,加入余下的精盐、白糖炒匀至熟,加鸡精,用余下的湿淀粉勾芡,出锅装盘即成。

【特　点】　滑嫩香鲜。

【操作提示】　猪瘦肉要顶刀切成薄厚均匀的片。

【营养功效】　慈姑含有多种氨基酸、脂肪、维生素(B族、C)、钙、磷、铁、胰蛋白酶抑制物等;其味苦、甘,性微寒,可行血通淋,润肺止咳,清热解毒。慈姑配以可滋阴润燥、补血益气的猪瘦肉同烹成菜,具有补气滋阴,生津润燥的功效,是夏日一款解暑营养菜肴,对暑热烦渴、便秘等症状,也有较好的食疗改善作用。

多彩口蘑汤

【原　料】　口蘑100克,生菜、胡萝卜、冬笋、水发木耳、鸡蛋皮、火腿各25克,葱段、姜片各5克,料酒10克,精盐、鸡精各3克,白糖2克,清汤600克,植物油15克。

【制作步骤】　①将口蘑洗净,切成片。生菜择洗干净,沥去水分,胡萝卜洗净,去皮,冬笋洗净,木耳去根,洗净,与鸡蛋皮、火腿分别切成丝。 ②锅内放入植物油烧热,下入葱段、姜片炝香,下入火腿丝、口蘑片炒透,烹入料酒炒匀,加清汤烧开,拣出葱段、姜片不用。 ③下入木耳丝、胡萝卜丝、冬笋丝、精盐、白糖煮熟,下入生菜丝、鸡蛋皮丝烧开,加鸡精,出锅装碗即成。

【特　点】　色彩斑斓,清爽细嫩,汤汁鲜美。

【操作提示】　口蘑要切成薄片。原料丝要切得细而均匀。

【营养功效】　口蘑质嫩,口味鲜香异常,营养全面而丰富,是高蛋白、低脂肪食用菌,并含有较多的糖类、维生素(B_1、B_2)、膳食纤维、钙、磷、钾、钠、锰、锌、铜等；其味甘,性平,可健脾益胃,解表透疹,化痰理气,补肝益肾,强身补虚。口蘑配以可清热祛暑、提神醒脑的生菜,可健脾消食、清热解毒的胡萝卜,可清热消痰、健胃益脾的冬笋,可滋阴润燥的木耳、鸡蛋、火腿同烹成菜,具有益气和中,滋阴润燥,清热祛暑的功效。

口蘑鸭腿

【原　料】　口蘑(罐装)16 枚,净鸭腿 10 只,枸杞子 16 粒,生菜叶 50 克,葱段、姜片、湿淀粉、香油各 10 克,料酒、老抽各 15 克,精盐 4 克,味精 3 克,白糖 5 克,植物油 500 克。

【制作步骤】　①将口蘑在顶部剞上一个大十字花刀。枸杞子洗净。生菜叶洗净,沥去水分,平铺在盘中。鸭腿洗净,沥去水分,逐一涂匀老抽。　②锅内放入植物油烧至七成热,下入鸭腿,用大火炸至呈红褐色捞出,沥去油。锅内留油 20 克,下入葱段、姜片炝香,烹入料酒,加清水 350 克、口蘑罐头原汁 50 克烧开。　③下入鸭腿,盖上锅盖烧开,用小火焖烧至鸭肉七成熟,拣出葱段、姜片不用,下入口蘑、枸杞子,加入精盐、白糖炒开,烧至熟烂,收浓汤汁,加味精,用湿淀粉勾芡,淋入香油,出锅取 6 枚口蘑呈梅花状摆入铺有生菜叶的盘中,鸭腿腿骨朝外呈放射状紧贴口蘑摆入盘中,余下的口蘑分别放在每只鸭腿腿骨边缘,枸杞子点缀在口蘑中心即成。

【特　点】　色形美观,口蘑滑润,鸭腿软烂,滋味鲜香。

【操作提示】　口蘑剞刀刀口长度约为口蘑菌盖的 2/3,深度为口蘑的 1/2。

【营养功效】　口蘑味甘,性平,可健脾益胃,化痰理气,补肝益肾,强身补虚。鸭肉味甘、咸,性微寒,可滋阴养胃,利水消肿,健脾补虚。二者配以可滋肾补肝、益精明目、润肺止咳、生津止渴的枸杞子同烹成菜,具有滋阴润燥,益气补虚,健脾利湿的功效,是夏日一款美味滋补菜肴。

翡翠草菇

【原　料】　草菇 250 克,油菜心 100 克,熟火腿 20 克,葱段、姜片、料酒、湿淀粉、熟鸡油各 10 克,蚝油 15 克,精盐 2 克,鸡精 3 克,白糖 1 克,清汤 350 克,植物油 25 克。

【制作步骤】　①将草菇去根洗净,在顶部剞一十字花刀,下入沸水锅中焯透捞出,沥去水分。油菜心洗净,沥去水分,在根部剞一十字花刀。火腿切成粒状。　②锅内放入植物油烧热,下入葱段、姜片炝香,加清汤、料酒、蚝油烧开,下入草菇烧开煮 10 分钟,拣出葱段、姜片不用。　③下入油菜心,加入白糖、精盐炒匀,烧至熟透入味,收浓汤汁,加鸡精,用湿淀粉勾芡,淋入熟鸡油,出锅将油菜心相互叠压围摆在盘的边缘,草菇剞刀的一侧朝上摆入盘中,再将火腿粒均匀地放在每一草菇的十字花刀中间即成。

【特　点】　色形美观,草菇细嫩,味道鲜美。

【操作提示】　草菇要用小火慢烧,使之充分入味。

【营养功效】　草菇是一种高蛋白、低脂肪食用菌,富含维生素、无机盐、氨基酸、膳食纤维等,尤以维生素 C、赖氨酸的含量多;其味甘,性凉,可益气补脾,消暑清热。油菜味辛,性凉,可清热解毒,散瘀消肿,和中润肠。二者配以可滋阴润燥、健脾开胃、生津益血的火腿同烹成菜,具有健脾胃,益气血,祛暑湿的功效。

肉片草菇

【原　料】　草菇 200 克,猪瘦肉 75 克,油菜 50 克,胡萝卜 25 克,蒜末、料酒、酱油、香油、湿淀粉各 10 克,精盐 3 克,味精 2 克,清汤 100 克,植物油 25 克。

　　【制作步骤】　①将草菇去根,洗净,切成片。胡萝卜洗净,去皮,切成菱形片。油菜择洗干净,切成 3 厘米长的段。猪瘦肉洗净,切成片,用湿淀粉 2 克拌匀上浆。　②锅内放入植物油烧热,下入蒜末炝香,下入猪肉片炒至断生,烹入料酒炒匀,加酱油、清汤炒开。　③下入草菇片、胡萝卜片炒开,烧至微熟,下入油菜段,加入精盐炒开,烧至熟透,加味精,用余下的湿淀粉勾芡,淋入香油,出锅装盘即成。

　　【特　　点】　色泽美观,清爽滑嫩,咸香鲜美。

　　【操作提示】　原料片要切得薄厚均匀。

　　【营养功效】　草菇味甘,性凉,可补脾益气,消暑清热。猪瘦肉营养丰富,可滋阴润燥,益气补血。油菜富含维生素 C、胡萝卜素、钙、铁、膳食纤维等,其味辛,性凉,可清热解毒,散瘀消肿,和中润肠。此菜具有滋阴补虚,益气祛湿,消暑清热的功效。

草菇鸡蛋汤

　　【原　　料】　草菇 125 克,鸡蛋 1 个,菠菜叶 50 克,葱末、料酒各 8 克,精盐、鸡精各 3 克,白糖 2 克,清汤 600 克,植物油 15 克。

　　【制作步骤】　①将草菇去根,洗净,切成片。菠菜叶洗净,沥去水分。鸡蛋磕入碗内,用筷子充分搅打均匀。　②锅内放入植物油烧热,下入葱末炝香,下入草菇片煸炒至透,烹入料酒炒匀,加清汤烧开。　③淋入鸡蛋液,下入菠菜叶,加入精盐、白糖烧开,加鸡精,出锅装碗即成。

　　【特　　点】　清爽嫩滑,口味鲜美。

　　【操作提示】　鸡蛋液淋入锅中后要用小火烧开,使蛋液成薄而匀的片状。

　　【营养功效】　草菇营养比较全面,含有大量维生素 C、赖氨酸、蛋白质、膳食纤维、糖类及维生素（B_1、B_2）、钙、磷、铁、钾、镁、铜、硒等；其味甘，性凉，可补脾益气，消暑清热。鸡蛋味甘，性平，可滋阴润燥，补血养心，安神定惊。二者配以可清热除烦、生津止渴、补血养肝的菠菜同烹成菜，具有滋阴补虚，清热消暑的功效。

什锦猴头菇汤

【原　料】　水发猴头菇 100 克，荸荠 50 克，紫菜、火腿、芹菜叶各 15 克，葱段、姜片、料酒各 8 克，精盐、鸡精各 3 克，白糖 1 克，鸭汤 600 克，植物油 20 克。

【制作步骤】　①将猴头菇洗净，挤去水分，从中间对剖成两半，再切成半圆形的薄片。荸荠洗净，去皮，切成片。火腿切成片。紫菜撕成小片。芹菜叶洗净。　②锅内放入植物油烧热，下入葱段、姜片炝香，下入火腿片略炒，烹入料酒炒开，下入猴头菇片炒匀，加鸭汤烧开。　③下入荸荠片煮至熟烂，下入紫菜片、芹菜叶，加入精盐、白糖烧开，加鸡精，出锅装碗即成。

【特　点】　色彩多样，滑嫩清爽，鲜美清新。

【操作提示】　猴头菇一定要切成薄片。

【营养功效】　猴头菇营养十分丰富，是高蛋白、低脂肪食用菌，含有较多的钙、磷、铁、糖类、膳食纤维、维生素（B_1、B_2）、胡萝卜素等；其味甘，性平，可助消化，利五脏。荸荠味甘，性寒，可清热生津，凉血止痢。紫菜味甘、咸，性寒，可清热散结，养心清咽，补肾利尿，止咳化痰。此菜具有健脾胃，助消化，补体液，清湿热的功效，是夏日一款营养滋补汤菜。

玉翠猴菇肉圆

【原　料】　水发猴头菇、猪瘦肉末、冬笋、油菜心各 100 克，葱末、姜末、蒜末各 5 克,料酒、蚝油、湿淀粉各 15 克,酱油、香油各 10 克,精盐、鸡精各 2 克,白糖、味精各 1 克,鸭肉汤 425 克,植物油 20 克。

【制作步骤】 ①将猴头菇洗净,挤去水分,切成细粒。冬笋洗净,切成小片。油菜心洗净,沥去水分,切成 3 厘米长的段。②猪肉末放入容器内,加入葱末、姜末、料酒 5 克、酱油、精盐 1 克、白糖、味精、香油、鸭肉汤 25 克搅匀,再加入湿淀粉、猴头菇粒搅匀,制成 10 个均匀的丸子,摆入汤盘内,入蒸锅内蒸至熟透取出。 ③锅内放入植物油烧热,下入蒜末炝香,下入冬笋片略炒,下入油菜心段炒匀,加入余下的鸭肉汤、料酒、精盐、蚝油烧开,加鸡精,出锅浇在盘内猴菇肉圆上即成。

【特 点】 色泽淡雅,味道鲜美。

【操作提示】 猪肉末内加入调味料后,要用筷子顺一个方向充分搅匀上劲至呈稠糊状。

【营养功效】 猴头菇营养丰富,味甘,性平,可健脾胃,助消化,利五脏。猪瘦肉富含优质蛋白质、铁、磷、锌、B 族维生素等,可滋阴润燥,补血益气。冬笋味甘、微苦,性寒,可清热化痰,利膈爽胃,除烦止渴,通利大便。油菜味辛,性凉,可清热止痢,和中润肠。诸物同烹成菜,具有清热解毒,健脾利湿,润肺滋阴,益气补血的功效,是夏日一款美味滋补菜肴。

贝珠烧竹荪

【原 料】 水发竹荪 150 克,胡萝卜、莴笋各 125 克,鲜贝 75 克,葱段、姜片各 10 克,料酒 8 克,精盐、鸡精各 3 克,白糖 2 克,湿淀粉 13 克,清汤 200 克,熟鸡油 15 克,植物油 20 克。

【制作步骤】 ①将竹荪去老根,洗净,斜切成 3 厘米长的段,下入沸水锅中焯透捞出。胡萝卜、莴笋均去皮,洗净,用挖球器挖成直径 2 厘米的小圆球。鲜贝洗净,沥去水分,用湿淀粉 3 克拌匀上浆。　②锅内放入植物油、熟鸡油 5 克烧热,下入葱段、姜片炝香,下入胡萝卜球、莴笋球略炒,加清汤烧开,烧至微熟。　③下入竹荪段、鲜贝,加入料酒、精盐、白糖炒开,烧至熟烂,收浓汤汁,加鸡精,用余下的湿淀粉勾芡,淋入余下的熟鸡油,出锅将竹荪段平铺在盘中,胡萝卜球、莴笋球、鲜贝盛放在竹荪段上面即成。

【特　点】 色彩鲜亮,清爽滑嫩,味极鲜美。

【操作提示】 准确掌握火候,竹荪段、鲜贝不能入锅过早。

【营养功效】 竹荪营养丰富,味道鲜美,其味甘,性平,可健脾益胃,补气止痛,解腻减肥。胡萝卜富含胡萝卜素、维生素(C、E)等,其味甘,性平,可清热解毒,健脾消食,补肝明目。莴笋味甘,性微寒,可清热化痰,利气宽胸,利尿通乳。诸物配以可滋阴补肾的鲜贝同烹成菜,具有健脾益气,滋阴补肾,润肺化痰,清热消暑的功效。

香菊蟹肉竹笋汤

【原　料】 干竹荪 12 只,净蟹肉 200 克,水发香菇、冬笋各50 克,芹菜 30 克,鲜菊花、料酒各 10 克,醋 1 克,精盐、鸡精各 3克,白糖 2 克,鸡蛋清 1 个,干淀粉 15 克,清汤 650 克,香油 20 克。

【制作步骤】 ①将竹荪洗净,放入容器内,加入温水浸泡至回软捞出,挤去水分,切去两端。香菇去蒂,洗净,与洗净的冬笋均剁成末。芹菜去根、叶,洗净,下入沸水锅中焯透捞出,沥去水分,顺长剖成 12 条细丝。　②净蟹肉放入容器内,加入料酒、醋、白糖、鸡蛋清、精盐 1 克、香油 15 克,搅匀上劲,再加入干淀粉、香菇末、冬笋末搅匀成馅。将鲜菊花瓣撕下放入碗内,先加入冷水洗净,沥去水后,再加入沸水焯透捞出,沥去水分。　③取一竹荪平铺在案板上,取 1/12 馅料放在竹荪的一端,然后卷起成蟹肉竹荪卷生坯,再取一条芹菜丝在蟹肉竹荪卷生坯的中间缠绕、扎牢,摆入碗中。全部制好后放入蒸锅内用大火蒸至熟透取出。锅内放入清汤烧开,加余下的精盐、鸡精,淋入余下的香油,撒入菊花瓣,出锅浇在盛有蟹肉竹荪卷的碗内即成。

【特　点】　色泽淡雅,鲜嫩清爽,味极鲜美。

【操作提示】　蟹肉竹荪卷生坯要卷紧系牢。

【营养功效】　竹荪营养丰富,味甘,性平,可健脾开胃,补气止痛,解腻减肥。蟹肉营养丰富,含有大量优质蛋白质、钙、磷、铁、维生素(A、B_1、B_2)等,其味咸,性寒,可清热散血,养筋益气,滋阴补髓。菊花含挥发油、菊苷、胆碱、氨基酸、维生素(A、B 族)、黄酮类、腺嘌呤等,其味辛、甘、苦,性微寒,可清热解毒,疏散风热,平肝明目。此菜具有疏风清热,滋阴补虚,消炎解毒,平肝明目的功效,是夏日一款美味滋补菜肴。

翠苗竹荪汤

【原　料】　水发竹荪、豌豆苗各 100 克,火腿 50 克,料酒 10 克,精盐、鸡精各 3 克,白糖 2 克,清汤 600 克,香油 5 克。

【制作步骤】　①将竹荪洗净,切去老根,斜切成 1 厘米宽的条。火腿切成柳叶形条片。豌豆苗洗净,沥去水分。　②锅内放入清水烧开,下入竹荪条焯透捞出,沥去水分。　③锅内放入清汤,下入火腿片烧开,煮熟,加入料酒,下入竹荪条、豌豆苗烧开,煮透,加精盐、鸡精、白糖略烧,淋入香油,出锅装碗即成。

【特　点】　清爽利口,味道鲜美。

【操作提示】　竹荪条要用大火焯制。

【营养功效】　竹荪味甘,性平,可健脾开胃,补气止痛,解腻减肥。豌豆苗富含胡萝卜素、维生素(C、B_1、B_2)、钙、铁等;其味甘,性平,可健脾利湿,生津止渴。二者配以可健脾开胃、生津益血的火腿同烹成菜,具有清热解毒,健脾开胃,益气补虚,解暑祛湿的功效。

翡翠竹荪汤

【原　料】　水发竹荪 100 克,油菜 75 克,火腿 25 克,葱段、姜片各 5 克,料酒 10 克,精盐、鸡精各 3 克,清汤 600 克,植物油 15 克。

【制作步骤】　①将竹荪洗净,切去老根,下入沸水锅中焯透捞出,沥去水分,切成 4 厘米长的段。火腿切成小片。油菜择洗干净,沥去水分,斜切成 2 厘米长的段。　②锅内放入植物油烧热,下入葱段、姜片炝香,下入火腿片煸炒至透,烹入料酒炒匀,加清汤烧开,拣出葱段、姜片不用。　③下入油菜段烧开,下入竹荪段烧开,加精盐略煮,加鸡精,出锅装碗即成。

【特　点】　色调明朗,清爽鲜香。

【操作提示】　火腿片一定要切得薄而匀。

【营养功效】　竹荪营养丰富,是一种高蛋白、低脂肪食用菌,含有较多的糖类、膳食纤维、多种无机盐和维生素等;其味甘,性平,可健脾开胃,补气止痛,解腻减肥。油菜味辛,性凉,可清热解毒,散瘀消肿,和中润肠。二者配以可健脾开胃、生津益血的火腿同烹成菜,具有清热泻火,健脾开胃,解暑祛湿的功效。

冰汁银荷

【原　料】　水发银耳 200 克,红番茄 1 个(重约 150 克),白糖 50 克,湿淀粉 20 克。

【制作步骤】　①将银耳去根,洗净,沥去水分,撕成均匀的片。番茄去蒂,洗净,蒂的一侧朝下放在案板上,用刀从顶部入刀,对剖

4 刀,成底部相连的荷花状。 ②锅内放入清水 400 克,下入番茄烧开,加入白糖煮至番茄熟透,捞出番茄,放入汤盘内,锅内汤汁用湿淀粉勾芡,使之成稀糊状,出锅装碗,晾凉后放入冰箱镇凉成冰汁。 ③锅内放入清水烧开,下入银耳片烧开,焯 5 分钟捞出,沥去水分,晾凉,均匀放在盘内番茄的周围,再将冰汁均匀地浇在银耳番茄上即成。

【特　　点】 色形美观,滑脆爽嫩,汁浓甜酸,清凉可口。

【操作提示】 煮番茄时,番茄蒂的一侧朝下放入锅中,煮透后仍保持原样放入盘中。

【营养功效】 银耳味甘,性平,可养阴润燥,益胃生津,益气和血,补脑强心。番茄味甘、酸,性微寒,可生津止渴,健胃消食,凉血平肝,补肾利尿。二者配以可润肺生津的白糖同食,具有益气养阴,生津润燥,补肾润肺的功效,是夏日一款消暑甜品菜肴。

白果煮银耳

【原　　料】 水发银耳 100 克,白果仁 50 克,枸杞子 10 克,冰糖 75 克。

【制作步骤】 ①将银耳去根,洗净,撕成小片。白果仁洗净。②锅内放入清水 600 克,下入银耳片、白果仁用大火烧开,改用小火煮 10 分钟。 ③下入枸杞子、冰糖烧开,继续用小火煮至白果仁熟烂,出锅装碗即成。

【特　　点】 银耳滑脆,果仁柔软,汁浓甘甜。

【操作提示】 要用铝锅或沙锅煮制。

【营养功效】 银耳味甘,性平,可养阴润燥,益胃生津,益气和血,补脑强心。白果仁(银杏仁)味甘,性温,可补气养心,益肾滋阴,止咳除烦。二者配以可补中益气、和胃润肺、止咳化痰的冰糖和可滋肾补肝、益精明目、润肺止咳、生津止渴的枸杞子同烹成菜,具有滋阴降火，润肺补肾的功效，是夏日一款清热消暑甜品菜肴。

木耳红枣露

【原　料】　水发木耳、红枣各 50 克，湿淀粉、蜂蜜各 20 克。

【制作步骤】　①将木耳去根，洗净，沥去水分，撕成小片。红枣洗净，去核，切成丁。　②锅内放入清水 650 克烧开，下入木耳片、红枣丁用大火烧开，改用小火煮 10 分钟。　③用湿淀粉勾芡，使汤汁呈稀糊状，出锅装碗，稍凉后加入蜂蜜调匀即成。

【特　点】　色彩厚重，柔润滑脆，甘甜润口。

【操作提示】　红枣要先用清水浸泡一会儿，以便洗去褶皱中的污物。

【营养功效】　木耳是一种高蛋白、低脂肪食用菌，并富含钙、铁、糖类、卵磷脂、脑磷脂等；其味甘，性平，可润肺养阴，凉血止血，补气益胃。大枣富含糖类、黏液质、蛋白质、钙、磷、铁及多种维生素等，其味甘，性温，可益心润肺，合脾健胃，益气生津，养血安神。二者配以可补中润燥、解毒止痛、营养心肌的蜂蜜同烹成菜，具有补心脾，益气血，清血热，润肺燥的功效，对夏日里出现心悸头晕、口燥咽干、神疲乏力、食欲不振等症状，有较好的食疗改善作用。

翡翠木耳蛋花汤

【原　料】　水发木耳 75 克，鸡蛋 1 个，菠菜 50 克，葱末 5 克，料酒 8 克，精盐、鸡精各 3 克，清汤 600 克，植物油 15 克。

【制作步骤】　①将木耳去根，洗净，沥去水分，撕成小片。菠菜择洗干净，下入沸水锅中焯透捞出，沥去水分，切成 3 厘米长的段。鸡蛋磕入容器内用筷子充分搅打均匀。　②锅内放入植物油烧热，下入葱末炝香，下入木耳片炒透，加清汤、料酒烧开。　③下入菠菜段烧开,淋入鸡蛋液,加精盐、鸡精,出锅装碗即成。

【特　点】　色彩分明,口感滑脆,汤清味鲜。

【操作提示】　木耳片要撕得小而均匀。

【营养功效】　木耳是一种高蛋白、低脂肪、多膳食纤维和无机盐食用菌,含有大量的胡萝卜素、铁、钙、维生素(B_1、B_2)、卵磷脂、脑磷脂等;其味甘,性平,可润肺养阴,凉血止血,补气益胃。鸡蛋味甘,性平,可滋阴润燥,补血养心。菠菜味甘,性凉,可润肠通便,清热除烦,补血养肝,生津止渴。三者同烹成菜,具有润肺养阴,补肾止血,补血养心的功效,是夏日一款清热消暑营养汤菜。

木耳炒鸭蛋

【原　料】　水发木耳200克,鸭蛋3个,油菜25克,葱末、蒜末各5克,料酒、湿淀粉各10克,精盐、鸡精各3克,白糖2克,汤15克,植物油50克。

【制作步骤】　①将木耳去根,洗净,沥去水分,撕成小片。油菜择洗干净,沥去水分,切成3厘米长的段。鸭蛋磕入容器内,加入料酒、精盐1克用筷子充分搅打均匀。　②锅烧热,加入植物油30克烧热,倒入鸭蛋液煎熟成均匀的片,出锅倒入漏勺,沥去油。③锅内放入余下的油烧热,下入葱末、蒜末炝香,下入木耳片煸炒至透,下入油菜段炒匀,加入汤、白糖、余下的精盐炒匀至熟,下入鸭蛋片,加入鸡精炒匀,用湿淀粉勾芡,出锅装盘即成。

【特　点】　色彩分明,柔嫩滑脆,咸香鲜美。

【操作提示】　鸭蛋液要用热油、大火煎熟。

【营养功效】　木耳是一种高蛋白、低脂肪、多膳食纤维和无机盐食用菌,含有较多的糖类、胡萝卜素、维生素(B_1、B_2)、钙、磷、铁、钾、镁、铜、锌、锰、卵磷脂、脑磷脂、麦角甾醇等;其味甘,性平,可润肺养阴,凉血止血,补气益胃。鸭蛋味甘,性凉,可滋阴,清肺,补心。二者同烹成菜,具有滋阴清热,润肺止咳,养心补血的功效,是夏日一款清热消暑营养菜肴。

麻油双耳

【原　料】　水发木耳 150 克,水发银耳 125 克,枸杞子 10 克,香菜 15 克,精盐 3 克,味精、白糖各 2 克,米醋 8 克,香油 20 克。

【制作步骤】　①将木耳去根,洗净,沥去水分,切成粗丝。银耳去根,洗净,撕成小片。香菜择洗干净,沥去水分,切成 2 厘米长的段。枸杞子洗净,用清水泡至涨起,沥去水分。　②锅内放入清水烧开,下入木耳丝、银耳片烧开,捞出,放入凉水中投凉捞出,沥去水分,放入盘中。　③枸杞子放入碗内,加入香菜段、精盐、味精、米醋、白糖、香油调匀,浇在盘内双耳上,食时拌匀即成。

【特　点】　色泽美观,鲜美滑脆,清凉爽口。

【操作提示】　银耳不要撕得太碎。

【营养功效】　木耳味甘,性平,可润肺养阴,凉血止血,补气益肾。银耳味甘,性平,可润肺化痰,养阴生津,益气和血,补脑强心。二者配以可滋肾补肝、益精明目、润肺止咳、生津止渴的枸杞子同食,具有养阴生津,益气和血,润肺补肾的功效,是夏日一款清爽消暑凉拌菜。

猪心炒木耳

【原　料】　水发木耳 200 克,猪心 125 克,油菜 50 克,蒜末、姜末各 5 克,料酒、湿淀粉各 10 克,精盐 3 克,味精 2 克,清汤 30 克,植物油 25 克。

【制作步骤】　①将木耳去根,洗净,沥去水分,撕成小片。油菜择洗干净,沥去水分,切成 3 厘米长的段。猪心从中间对剖成两半,洗净,挤去血水,切成片。　②锅内放入植物油烧热,下入猪心片,用大火煸炒至断生,下入姜末、蒜末炒香,烹入料酒炒匀,加清汤。　③下入木耳片炒匀,下入油菜段,加入精盐炒熟,加味精,用湿淀粉勾芡,出锅装盘即成。

【特　点】 木耳滑脆,猪心软嫩,咸香味美。

【操作提示】 猪心片一定要切得薄而匀。

【营养功效】 木耳性味甘、平,可润肺养阴,凉血止血,补气益胃。猪心富含优质蛋白质,脂肪含量少,并含有大量铁、磷、锌、铜及多种维生素等;其味甘、咸,性平,可补血养心,安神定惊。二者配以可清热解毒、散瘀消肿、和中润肠的油菜同烹成菜,具有清热除烦,养心润肺,补虚安神的功效,是夏日一款营养滋补菜肴。

肉片耳笋

【原　料】 水发木耳、莴笋(去皮)各150克,净鸭肉50克,葱末8克,姜末5克,料酒10克,精盐3克,味精、白糖各2克,湿淀粉12克,清汤50克,植物油25克。

【制作步骤】 ①将木耳去根,洗净,撕成小片。莴笋洗净,切成菱形片。鸭肉洗净,切成片,用湿淀粉2克拌匀上浆。　②锅内放入植物油烧热,下入葱末、姜末炝香,下入鸭肉片炒至断生,烹入料酒炒匀,加清汤炒开。　③下入木耳片煸炒至透,下入莴笋片炒匀,加入精盐、白糖炒熟,加味精,用余下的湿淀粉勾芡,出锅装盘即成。

【特　点】 木耳滑脆,莴笋嫩脆,咸香清鲜。

【操作提示】 鸭肉片用小火炒制,下入莴笋片后改用大火速炒。

【营养功效】 木耳味甘,性平,可润肺养阴,凉血止血,补气益胃。莴笋味苦、甘,性凉,可清热凉血,利尿,通乳。二者配以可滋阴养胃、利水消肿、健脾补虚的鸭肉同烹成菜,具有补气养阴,清热利尿的功效,是夏日一款清热消暑营养菜肴。

素炒三色

【原　料】　水发木耳、大白菜帮各 125 克,胡萝卜 100 克,姜末 5 克,精盐、鸡精各 3 克,湿淀粉 6 克,清汤 25 克,香油 10 克,植物油 20 克。

【制作步骤】　①将木耳去根,洗净,撕成小片。大白菜帮洗净,下入沸水锅中焯透捞出,放入凉水中投凉捞出,挤去水分,切成3.5 厘米长、1 厘米宽的条。胡萝卜洗净,去皮,切成菱形条片。②锅内放入植物油烧热,下入姜末炝香,下入木耳片略炒,下入胡萝卜片炒匀,加清汤炒开。　③下入白菜帮条炒匀,加精盐炒熟,加鸡精,用湿淀粉勾芡,淋入香油,出锅装盘即成。

【特　点】　色分三彩,清爽嫩脆,清新爽淡。

【操作提示】　用中火炒制,勾芡不可过稠。

【营养功效】　木耳味甘,性平,可润肺养阴,凉血止血,补气益胃。大白菜味甘,性微寒,可清热利尿,养胃解毒。胡萝卜味甘,性平,可健脾消食,补肝明目,下气止咳,清热解毒。三者同烹成菜,具有滋阴清热,除烦止渴,润肺益肾,补气生血,养胃清肠的功效,是夏日一款日常消暑菜肴。

芹叶拌木耳

【原　料】　水发木耳、芹菜叶各 150 克,蒜末 10 克,醋 5 克,精盐 3 克,味精、白糖各 2 克,香油 15 克。

【制作步骤】　①将木耳去根,洗净,撕成小片。芹菜叶洗净,沥去水分。　②锅内放入清水烧开,下入木耳片、芹菜叶烧开,焯至熟透捞出,放入凉水中投凉捞出,挤去水分。　③将木耳片、芹菜叶放入容器内,加入精盐、醋、白糖、味精、香油拌开,再加入蒜末拌匀,装盘即成。

【特　点】　木耳滑脆,芹叶爽嫩,咸鲜清新。

【操作提示】　芹菜叶一定要焯熟。

【营养功效】　木耳是一种高蛋白、低脂肪、多膳食纤维和无机盐食用菌,其味甘,性平,可润肺养阴,凉血止血,补气益胃,降压降脂。芹菜叶富含维生素 C、胡萝卜素、钙、铁、膳食纤维等;其味甘、苦,性凉,可清热利湿,健脑醒神,润肺止咳,健胃下气。二者配以可健胃消食、抗菌消炎的大蒜食用,具有滋阴润肺,清热利湿的功效,是夏日一款日常清爽消暑小菜。

四、禽 蛋 类

玉翠鸡丸汤

【原　料】　净仔鸡肉 125 克,水发银耳、生菜各 100 克,葱姜汁 25 克,料酒 15 克,精盐、鸡精各 3 克,白糖 1 克,鸡蛋清 1 个,清汤 625 克,香油 10 克。

【制作步骤】　①将仔鸡肉洗净,沥去水分,制成蓉,放入容器内,加入葱姜汁 15 克、料酒 10 克、精盐 1 克、味精、白糖、鸡蛋清、清汤 25 克、香油,用筷子顺一个方向充分搅匀上劲至呈稠糊状。银耳去根,洗净,撕成小朵。生菜择洗干净,切成方片。　②锅内放入余下清汤、葱姜汁和料酒,下入银耳烧开,将调好的鸡蓉挤成均匀的丸子,下入汤锅内用小火烧开,撇净浮沫,煮至微熟。③下入生菜片,加入余下的精盐煮至熟透,加鸡精,出锅装碗即成。

【特　点】　鸡丸细嫩,汤汁清爽,色淡味鲜。

【操作提示】　鸡肉要先用刀片成大片,再用刀背砸成蓉。

【营养功效】　仔鸡肉富含优质蛋白质,脂肪含量少,且富含不饱和脂肪酸及丰富的钙、磷、铁、锌、硒、维生素(B 族、A、D、E)等;其性平不燥,可健脾益胃,益气养血,补肾益精。银耳味甘,性平,可养阴润燥,益胃生津,益气和血,补脑强心。生菜味甘,性凉,可清热爽神,清肝利胆,健脾养胃。三者同烹成菜,具有滋阴补肾,补脾养胃,生津润燥,清热祛暑,提神醒脑的功效。

鸡丸西瓜盅

【原　　料】　净仔鸡肉 200 克,火腿、冬笋各 20 克,小西瓜 1 个(重约 1500 克),葱姜汁 25 克,料酒 15 克,精盐 4 克,味精 3 克,白糖 2 克,鸡蛋清 1 个,香油 20 克,清汤 850 克。

【制作步骤】　①将小西瓜洗净,在蒂的一侧片下一个盖,挖去瓜瓤,放入开水中略焯捞出,擦干水分。火腿、冬笋均切成小片。鸡肉剁成末,放入容器内,加入葱姜汁、料酒、精盐、味精各半,再加入白糖、鸡蛋清、清水 50 克、香油搅匀上劲至黏稠。　②锅内放入清汤、余下的料酒和葱姜汁,下入火腿片、冬笋片烧开,将调好的鸡肉末挤成均匀的丸子,下入汤锅内烧开,出锅倒入西瓜盅内,加入余下的精盐。　③将盛有鸡肉丸的西瓜盅放入蒸锅内,用大火蒸 20 分钟,取出,加入余下的味精即成。

【特　　点】　鸡丸细嫩,汤汁清爽,清香微甜。

【操作提示】　西瓜盅要盖严盖子再入锅蒸制。

【营养功效】　仔鸡肉营养丰富,性平不燥,可健脾益胃,益气补血,补肾益精。火腿味甘、咸,性平,可滋阴润燥,健脾开胃,生津益血,滋肾填精。冬笋味甘、微苦,性寒,可清热化痰,利膈爽胃,除烦解渴,通利大便。三者配以可清热解暑、止渴、利尿的西瓜皮同烹成菜,具有解暑利尿的功效,是夏日一款风味别具的解暑菜肴。

椰丝鸡丸汤

【原　　料】　净鸡肉 125 克,净椰子肉 100 克,椰汁 200 克,料酒 5 克,精盐 3 克,味精 2 克,鸡蛋清 1 个,湿淀粉 10 克,清汤 500 克,香油 8 克。

【制作步骤】　①将鸡肉洗净,沥去水分,制成蓉,放入容器内,加入料酒 10 克、精盐 1 克、味精 0.5 克、鸡蛋清、清汤 30 克,用筷子顺一个方向充分搅匀上劲至黏稠。椰子肉切成丝。　②锅内放入清水烧开,将调好的鸡肉蓉挤成均匀的丸子,下入沸水锅中用小火烧开,煮至熟透捞出,沥去水分,放入碗内,再将椰肉丝撒在鸡肉丸上。　③锅内放入余下的清汤烧开,加入余下的料酒、精盐、椰汁烧开,加余下的味精,用湿淀粉勾芡,出锅浇在盛有鸡丸椰丝的碗内即成。

【特　点】　鸡丸香嫩,椰丝清爽,汤汁鲜美,椰香浓郁。

【操作提示】　椰肉一定要切成细而匀的丝。

【营养功效】　鸡肉要选择仔鸡肉,性平不燥,可健脾益胃,益气养血,补肾益精。椰子肉、椰子汁均富含葡萄糖、果糖、蔗糖及脂肪、蛋白质、维生素(B 族、C)、钾、镁等;其味甘,性平,可解渴去暑,生津利尿。二者同烹成菜,具有益气生津,清热补虚的功效,是夏日一款别具风味的解暑汤菜。

茄子鸡丸汤

【原　料】　净仔鸡肉 150 克,茄子 125 克,葱末、姜末、香菜末各 5 克,料酒 10 克,精盐、鸡精各 3 克,鸡蛋清 1 个,湿淀粉 8 克,清汤 650 克,香油 6 克,植物油 15 克。

【制作步骤】　①将鸡肉洗净,沥去水分,剁成末,放入容器内。茄子去蒂,洗净,取 1/2 剁成细末,余下的 1/2 茄子切成丝。②鸡肉末内加入葱末、姜末、料酒、精盐 1.5 克、鸡蛋清、清汤 50 克、香油搅匀上劲,再加入茄子末、湿淀粉搅匀,挤成均匀的丸子,摆入盘中,入蒸锅内蒸至熟透取出,摆入汤碗内。　③锅内放入植物油烧热,下入茄子丝煸炒至透,加入余下的清汤烧开,煮熟,加鸡精、余下的精盐,出锅浇入盛有鸡丸的汤碗内,撒上香菜末即成。

【特　点】　鸡丸细嫩,汤鲜味美。

【操作提示】 炒茄丝时要用中小火。

【营养功效】 仔鸡肉性平不燥,营养丰富,可健脾益胃,益气补血,补肾益精。茄子味甘,性凉;可清热解毒,活血消肿。二者同烹成菜,具有清心除烦,提神醒脑,活血止痛的功效,是夏日一款清热祛暑滋补汤菜,对血热便血、热毒疮痈、虫类咬伤等症,也有食疗效果。

慈姑仔鸡汤

【原 料】 净仔鸡 300 克,慈姑 150 克,豌豆苗 50 克,葱段、姜片、料酒各 10 克,精盐 3 克,味精 2 克。

【制作步骤】 ①将仔鸡拔净绒毛,洗净,沥去水分,剁成块。慈姑洗净,去外皮,切成片。豌豆苗洗净。 ②锅内放入清水烧开,下入鸡块烧开,余去血污捞出,沥去水分,放入沙锅内,加入葱段、姜片、慈姑片、料酒、清水 800 克烧开,炖至熟烂,拣出葱段、姜片不用。 ③下入豌豆苗,加入精盐烧开,加味精即成。

【特 点】 肉烂汤宽,滋味鲜美。

【操作提示】 仔鸡块要用小火盖上锅盖炖 1 小时。

【营养功效】 仔鸡肉性平不燥,营养丰富,可健脾益胃,益气补血,补肾益精。慈姑含有多种氨基酸、维生素(B族、C)、钙、磷、铁、脂肪等,其性寒凉,可行血通淋,润肺止咳,清热解毒。二者配以可清热解毒、生津止渴、利尿消肿的豌豆苗同烹成菜,具有清热生津,利尿祛湿的功效,是夏日一款解暑祛湿滋补汤菜。

鲜黄花鸡丝汤

【原 料】 净仔鸡脯肉、鲜黄花菜各 125 克,豌豆苗 30 克,葱丝、姜丝各 5 克,料酒 10 克,精盐 3 克,味精 2 克,干淀粉 2.5 克,鸡蛋清 1/3 个,清汤 600 克,植物油 100 克。

【制作步骤】 ①将鸡脯肉洗净,沥去水分,切成均匀的细丝,用料酒、精盐 1 克拌匀腌渍入味,再用鸡蛋清、干淀粉拌匀上浆。豌豆苗洗净,沥去水分。鲜黄花菜洗净。 ②锅内放入清水烧开,下入黄花菜焯至熟透捞出,放入凉水中投凉捞出,挤去水分。另将锅内放入植物油烧热,下入鸡丝滑炒至熟,倒入漏勺,沥去油。③锅内放入葱丝、姜丝煸香,加清汤烧开,下入黄花菜、豌豆苗烧开,加余下的精盐、味精,出锅装入碗内,再将鸡丝倒入碗中即成。

【特　点】 色彩鲜亮,滑嫩爽脆,汤鲜清香。

【操作提示】 鸡丝要温油入锅,小火滑炒。

【营养功效】 仔鸡肉性平不燥,营养丰富,可健脾益胃,益气补血,补肾益精。黄花菜富含胡萝卜素、铁、钙、膳食纤维等,其性寒凉,可清热凉血,清湿热,安神,明目。二者配以可清热解毒、生津止渴、利尿消肿的豌豆苗同烹成菜,具有清热祛湿,解热除烦的功效,是夏日一款解暑祛湿美味汤菜。

吉利冬笋仔鸡锅

【原　料】 净仔鸡 650 克,冬笋 300 克,水发香菇、胡萝卜、莴笋各 100 克,油菜心 75 克,水发木耳 50 克,葱段、姜片、料酒各 25 克,酱油 10 克,精盐 5 克,味精 3 克,白糖 15 克,植物油 30 克,泡辣椒 20 克。

【制作步骤】 ①将仔鸡拔净绒毛,洗净,沥去水分,剁成 3 厘米见方的块。冬笋洗净,切成滚刀块。胡萝卜、莴笋均洗净,去皮,切成滚刀块。香菇去蒂,洗净,略大的从中间对剖成两半。油菜心洗净。木耳去根,撕成片。泡辣椒斜切成 2 厘米长的段。 ②锅内放入清水烧开,下入鸡块用大火汆去血污捞出。另将锅内放入植物油烧热,下入白糖炒呈红褐色,下入鸡块炒至上色,下入葱段、姜片、泡辣椒段煸炒至出葱香味,烹入料酒、酱油炒匀,加清水850克,盖上锅盖用大火烧开,改用小火焖至熟透,加入精盐,焖5分钟。 ③冬笋块铺在另一净锅内,上面放入香菇、胡萝卜块、莴笋块、木耳片,油菜心沿锅的边缘围摆一圈,再将鸡块捞出,放在油菜心的中间,焖鸡块的汤汁滤清,浇在鸡块上,盖上锅盖用大火烧开,改用小火焖至熟烂,加味精即成。

【特　　点】　色形美观,原料多样,肉烂汤醇,咸香鲜美。

【操作提示】　冬笋等原料均切成小块。

【营养功效】　仔鸡性平不燥,营养丰富,可健脾益胃,益气补血,补肾益精。冬笋食性寒凉,可清热化痰,利膈爽胃,除烦止渴,通利大便。香菇可益气补虚,益胃健脾。胡萝卜可健脾化滞,润燥明目。莴笋可清热凉血,利尿。油菜心可清热解毒,散瘀消肿,和中润肠。诸物同烹成菜,具有清热泻火,润阴生津,祛痫解毒,消暑除烦的功效。

三宝熘鸡脯

【原　　料】　净仔鸡脯肉250克,冬笋、胡萝卜、水发香菇各30克,葱末、姜末各5克,料酒15克,酱油、湿淀粉各10克,精盐3克,味精2克,干淀粉6克,鸡蛋清1个,清汤75克,植物油500克,香油8克。

【制作步骤】　①将鸡肉洗净,沥去水分,切成片,用料酒5克、精盐1克拌匀腌渍入味,再用鸡蛋清、干淀粉拌匀上浆。冬笋切成梳子片。胡萝卜洗净,去皮,切成菱形片。香菇去蒂,洗净,切成片。 ②锅内放入植物油烧至四成热,下入鸡片滑散,下入香菇片、胡萝卜片、冬笋片滑散至熟,倒入漏勺,沥去油。 ③锅内放入植物油10克烧热,下入葱末、姜末炝香,加清汤、余下的料酒、酱油烧开,加余下的精盐、味精,用湿淀粉勾芡,下入鸡片、香菇片、胡萝卜片、冬笋片炒匀,淋入香油,出锅装盘即成。

【特　点】　色泽红亮,鲜香滑嫩。

【操作提示】　鸡脯肉、香菇均抹刀切成薄厚均匀的片。

【营养功效】　仔鸡肉性平不燥,营养丰富,可健脾益胃,益气补血,补肾益精。冬笋食性寒凉,可清热化痰,利膈爽胃,除烦止渴,通利大便。香菇可益气补虚,益胃健脾。胡萝卜可健脾消食,下气止咳,清热解毒。诸物同烹成菜,具有健脾益气,滋阴补血,清热解毒的功效,是夏日一款美味滋补菜肴,对暑热所致食欲不振、消化不良等症状,有较好的食疗改善作用。

茄汁三彩鸡丁

【原　料】　净仔鸡肉、菠萝各150克,莴笋、胡萝卜各100克,蒜末5克,番茄酱30克,料酒、醋各15克,白糖40克,精盐1克,湿淀粉10克,干淀粉4克,鸡蛋清半个,植物油350克。

【制作步骤】　①将鸡肉洗净,沥去水分,切成丁。菠萝、莴笋、胡萝卜均洗净,去皮,切成丁。鸡丁用料酒5克、精盐拌匀腌渍入味,再用鸡蛋清、干淀粉拌匀上浆。　②锅内放入植物油烧至四成热,下入鸡丁滑散至熟,倒入漏勺。锅内放入植物油15克,下入蒜末煸香,下入胡萝卜丁煸炒至透,下入番茄酱炒至锅内的油变成红色,加入清水50克、白糖、余下的料酒、醋炒开。　③用湿淀粉勾芡,下入菠萝丁、莴笋丁、鸡丁炒匀,出锅装盘即成。

【特　点】　色泽鲜亮,色彩多样,滑嫩爽脆,甜酸鲜美。

【操作提示】　鸡丁入油锅后要用筷子快速拨散,以免粘连。

【营养功效】　菠萝含糖类、蛋白质、钙、磷、铁、镁、锰、维生素C、有机酸等;其味甘、微酸,性微寒,可生津止渴,通利小便,清暑悦神。莴笋味苦、甘,性凉,可清热凉血,利尿。胡萝卜可健脾化滞,润燥明目。三者与性平不燥、营养丰富的仔鸡肉同烹成菜,具有清热,解毒,止渴,除烦的功效,是夏日一款清热滋补菜肴,对暑热烦渴、热盛伤津、小便不利等症,也有食疗改善作用。

莲子鸭肉羹

【原　料】　净鸭肉 100 克,莲子 50 克,葱末、姜末各 5 克,料酒 10 克,精盐、鸡精各 3 克,湿淀粉 25 克,清汤 650 克,植物油 20克。

【制作步骤】　①将鸭肉洗净,沥去水分,剁成末。莲子择去杂质,洗净,放入容器内,加入温水浸泡至透捞出,沥去水分。　②锅内放入植物油烧热,下入葱末、姜末炝香,下入鸭肉末炒至变色,烹入料酒炒匀,加清汤烧开。　③下入莲子烧开,煮至熟烂,加精盐、鸡精,用湿淀粉勾芡,使汤汁呈稠稀适中的糊状,出锅装碗即成。

【特　点】　色泽淡雅,软烂稠滑,汁浓味鲜。

【操作提示】　鸭肉末不能剁得过细,呈颗粒状为佳。

【营养功效】　鸭肉味甘、咸,性微寒,可滋阴养胃,利水消肿,健脾补虚。莲子富含糖类蛋白质、钙、磷、铁、维生素(B$_1$、B$_2$、B$_5$、C)等;其味甘、涩,性平,可健脾强胃,涩肠益肾,养心安神。二物在此同烹成菜,具有滋阴补肾,健脾益心的功效,是夏季里的一款消暑菜肴,对烦躁不安、心悸失眠、胃口不开、心肾不交等症状,也有较好的食疗改善作用。

扁豆荚炖老鸭

【原　料】　净鸭子 350 克,嫩扁豆荚 200 克,胡萝卜、口蘑各30 克,葱段、姜片、料酒、酱油各 10 克,精盐 4 克,味精 2 克,八角、桂皮各 3 克,花椒 1 克,植物油 25 克。

【制作步骤】　①将鸭子拔净绒毛,洗净,沥去水分,剁成 3 厘米见方的块。扁豆荚掐去两头尖角及边筋,洗净,斜切成 4 厘米长的段。胡萝卜洗净,去皮,切成菱形条片。口蘑洗净,从中间对剖成两半。 ②锅内放入清水烧开,下入鸭块用大火氽去血污捞出,沥去水分,放入沙锅内,加入葱段、姜片、料酒、酱油、八角、桂皮、花椒、清水 600 克,盖上锅盖用大火烧开,改用小火炖至鸭肉微熟,拣出葱段、姜片、八角、桂皮、花椒不用。 ③净锅内加入植物油烧热,下入扁豆荚段煸炒至变软,出锅倒入沙锅内,再加入胡萝卜片、口蘑、精盐烧开,炖至熟烂,加味精即成。

【特　点】　色泽微红,豆荚爽嫩,肉烂汤浓,味道鲜美。

【操作提示】　氽鸭块的水切忌过少。

【营养功效】　鸭肉营养比较全面,属高蛋白、低脂肪食物,其味甘、咸,性微寒,可滋阴养胃,利水消肿,健脾补虚。扁豆荚营养丰富,蛋白质、糖类、膳食纤维、钙、磷、铁、锌、胡萝卜素、维生素(B_1、B_2、C)等的含量较多,可健脾和中,消暑解毒,化湿消肿,并能增强免疫能力。二者同烹成菜,具有滋阴补虚,养胃益肾,清热利湿的功效,是夏季一款消暑美味菜肴。

沙锅鸭肉炖海参

【原　料】　净鸭子 400 克,水发海参 125 克,小白菜 100 克,胡萝卜、口蘑、葱段、姜片各 20 克,料酒 15 克,酱油 12 克,精盐 4 克,味精 2 克,清汤 650 克。

【制作步骤】　①将鸭子洗净,沥去水分,剁成 3 厘米见方的块。海参去内脏,洗净,沥去水分,切成块。小白菜择洗干净,沥去水分,切成 3 厘米长的段。胡萝卜洗净,去皮,切成菱形厚片。口蘑去根,洗净,切成片。 ②锅内放入清水 350 克,下入葱段、姜片各 10 克烧开,下入海参块氽透捞出,放入凉水中投凉捞出,沥去水分。另将锅内放入清水烧开,下入鸭肉块用大火氽去血污捞出,沥去水分。 ③沙锅内放入清汤、料酒、酱油、余下的葱段和姜片烧开,下入鸭肉块、海参块、口蘑片、胡萝卜片,盖上锅盖用大火烧开,改用小火炖至熟烂,下入小白菜段,加入精盐烧开,炖熟,加味精即成。

【特　点】　鸭肉熟烂,海参糯滑,色美汤浓,香醇可口。

【操作提示】　海参块入清水锅后,要用大火烧至滚沸余5分钟即可捞出。

【营养功效】　鸭肉味甘、咸,性微寒,可滋阴养胃,利水消肿,健脾补虚。海参是一种典型的高蛋白、低脂肪食物,不含胆固醇,钙、铁、锌、维生素(B_1、B_2)、糖类的含量较多;其味咸,性温,可补肾益精,养血润燥。此菜具有滋阴养血,清热润燥的功效,是夏日一款美味营养消暑滋补菜肴。

黄花菜炖老鸭

【原　料】　净老鸭子500克,水发黄花菜150克,水发木耳25克,葱段、姜片、料酒、酱油各15克,精盐4克,味精2克,清汤600克,植物油30克。

【制作步骤】　①将老鸭子拔净绒毛,洗净,剁成块,下入沸水锅中余去血污捞出,沥去水分。黄花菜掐去老根,洗净,挤去水分,系成扣。木耳去根,洗净,撕成小片。 ②锅内放入植物油烧热,下入葱段、姜片炝香,下入鸭肉块煸炒至锅内水干,烹入料酒、酱油炒匀,加清汤,盖上锅盖烧开,用小火炖至微熟。 ③下入木耳片、黄花菜扣,加入精盐至熟烂,加味精,出锅装碗即成。

【特　点】　色泽红润,肉烂汤浓,咸香鲜美。

【操作提示】　鸭肉块要用大火余制,以免营养素流失。

【营养功效】　鸭肉营养比较全面,属高蛋白、低脂肪食物,其味甘、咸,性微寒。可滋阴养胃,利水消肿,健脾补虚。黄花菜富含蛋白质、胡萝卜素、维生素 B_1 等;其味甘,性微寒,可清热利湿,安神除烦,凉血明目,利尿消肿。二者同烹成菜,具有健脾养胃,清热除湿,安神除烦,益肾润肺的功效。

薏米冬瓜煲老鸭

【原　料】　净老鸭子 500 克,冬瓜 400 克,薏米 25 克,葱段、姜片各 10 克,料酒 8 克,精盐 3 克,味精 2 克。

【制作步骤】　①将鸭子拔净绒毛,洗净,沥去水分,剁成 3 厘米见方的块。冬瓜去瓤,洗净,削下冬瓜皮备用,冬瓜肉切成 2 厘米见方的块。薏米洗净。　②锅内放入清水 1 000 克,下入薏米、冬瓜皮、料酒、葱段、姜片、鸭块用大火烧开,撇去浮沫,盖上锅盖改用小火煲 90 分钟,拣出冬瓜皮、葱段、姜片不用。　③下入冬瓜块,加入精盐煲至熟烂,加味精,出锅装碗即成。

【特　点】　冬瓜柔嫩,肉烂汤宽,清香鲜美。

【操作提示】　煲制时随时撇去汤中浮沫,以保持汤汁的清澈。

【营养功效】　鸭肉味甘、咸,性微寒,可滋阴养胃,利水消肿,健脾补虚。冬瓜味甘,性微寒,可清热化痰,除烦止渴,利尿消肿。薏米含蛋白质、脂肪、糖类、维生素 B_1、薏苡仁油、薏苡仁酯等;其味甘、淡,性微寒,可利水渗湿,清热除痹,健脾止泻。三者同烹成菜,具有清热祛暑,利湿和胃的功效,夏季里常食此菜可预防中暑,增强体质。

鲜茅根鸭煲

【原　料】　净鸭子半只(重约 800 克),鲜白茅根 150 克,葱段、姜片各 8 克,料酒 25 克,精盐 3 克,味精、白糖各 2 克。

【制作步骤】　①将鸭子拔净绒毛,洗净,剁成 3 厘米见方的块,下入沸水锅中氽去血污捞出,沥去水分。白茅根洗净,切成 3厘米长的段。 ②沙锅内放入清水 850 克,加入葱段、姜片、料酒、鸭块烧开。 ③下入白茅根段烧开,盖上锅盖用小火炖 90 分钟,加入精盐、白糖,继续用小火炖 10 分钟,加味精即成。

【特 点】 肉烂汤宽,咸香鲜美。

【操作提示】 鸭块要用大火、沸水氽制 2 分钟即可捞出。

【营养功效】 鸭肉味甘、咸,性微寒,可滋阴养胃,利水消肿,健脾补虚,适合体内有热、上火的人食用,尤其适合有低烧、虚弱、食少、大便干燥和有水肿的人食用。鸭肉配以性寒凉、可凉血益阴的白茅根同烹成菜,具有消暑清热,健脾补虚,生津润燥的功效,是夏日一款消暑滋补药膳,对气血两虚、身疲乏力、烦热口渴、咳嗽咽干等症状,也有食疗效果。

什锦老鸭锅

【原 料】 净老鸭子半只(重约 700 克),豆角 150 克,水发蘑菇、胡萝卜、山药各 100 克,宽粉 75 克,葱段、姜片、黄酱、料酒各 20 克,酱油 10 克,味精、白糖各 3 克,精盐、八角、桂皮各 4 克,花椒 10 粒,植物油 50 克。

【制作步骤】 ①将宽粉洗净,用温水浸泡至回软,沥去水分,剪成 8 厘米长的段。老鸭子拔净绒毛,洗净,沥去水分,剁成 3 厘米见方的块。豆角掐去两端尖角、边筋,洗净,沥去水分。山药、胡萝卜均洗净,去皮,切成滚刀块。蘑菇去老根,洗净,挤去水分。②锅内放入植物油 20 克烧热,下入豆角煸炒至变软,出锅倒入漏勺。锅内放入余下的植物油烧热,下入葱段、姜片、八角、桂皮、花椒煸香,下入黄酱炒出酱香味,烹入料酒、酱油炒匀,加清水 1 000克,下入鸭块,用大火烧开,撇净浮沫,盖上锅盖用小火焖至七成熟,拣出葱段、姜片、八角、桂皮、花椒不用,加入精盐、白糖,继续焖至熟透。 ③取一竹算放入净锅底部,豆角分成 3 等份,逐份理顺整齐,呈三角形摆在锅内竹算上,再将蘑菇、胡萝卜块、山药块分别放在三份豆角之间的空间,宽粉放在锅的中间,再将鸭块捞出,放在宽粉上,焖鸭块的原汁滤清后浇在鸭块上,盖上锅盖继续用小火炖至熟烂,加味精即成。

【特　　点】　色泽红润,形色美观,肉烂汤宽,咸香鲜美。

【操作提示】　煸炒葱、姜等调味料时火不要过大。

【营养功效】　鸭肉营养比较全面,属高蛋白、低脂肪食物,其性寒凉,可滋阴养胃,利水消肿,健脾补虚。豆角味甘,性平,可滋阴解热,利尿消肿。蘑菇味甘,性凉,可补脾益肺,润燥化痰。胡萝卜可健脾化滞,润燥明目。山药可补肺健脾,固肾益精,益气养阴。诸物同烹成菜,具有健脾益气,滋阴补血,清热除湿的功效,是夏日一款营养滋补消暑菜肴。

海带扣焖鸭块

【原　　料】　净鸭子 500 克,海带 250 克,葱段 10 克,姜片 5 克,料酒、酱油各 15 克,精盐 3 克,味精 2 克。

【制作步骤】　①将鸭肉拔净绒毛,洗净,沥去水分。剁成 3 厘米见方的块,海带洗净,沥去水分,切成 12 厘米长、2 厘米宽的条,再逐条顺长折叠成 1 厘米宽,系成扣。 ②锅内放入清水烧开,下入海带扣焯透捞出,下入鸭肉块烧开,汆去血污捞出,沥去水分。③海带扣、鸭肉块均放入沙锅内,加入葱段、姜片、料酒、酱油、清水,盖上锅盖用大火烧开,改用小火焖至熟透,收浓汤汁,加入精盐,继续焖至汤汁将尽,加味精即成。

【特　　点】　色泽红润,软烂鲜香。

【操作提示】　海带扣焯好后,要待锅中的水烧至滚沸后再下入鸭块。

　　【营养功效】　鸭肉味甘、咸,性微寒,可滋阴养胃,利尿消肿,健脾补虚。海带富含蛋白质、钙、磷、铁、碘、胡萝卜素、维生素(B₁、B₂、B₅、C)、膳食纤维等;其味咸,性寒,可软坚散结,清热利水,镇咳平喘,祛脂降压。二者同烹成菜,具有清热泻火,滋阴生津,健脾利水的功效,是夏日一款滋补防暑菜肴。

百合莲子肉片汤

　　【原　料】　净鸭肉 100 克,鲜百合 75 克,莲子 25 克,葱末、姜末各 5 克,料酒 8 克,精盐 3 克,味精、干淀粉各 2 克,鸡蛋清 1/3 个,清汤 650 克,香油 4 克。

　　【制作步骤】　①将莲子治净,放入容器内,加入温水浸泡至透捞出。鸭肉洗净,沥去水分,切成片,用料酒 5 克、精盐 0.5 克拌匀腌渍入味,再用鸡蛋清、干淀粉拌匀上浆。百合逐片掰开,洗净。②沙锅内放入清汤、葱末、姜末、余下的料酒、莲子烧开,煮至熟透。③下入鸭肉片烧开,煮至熟透,下入百合片,加入余下的精盐烧开,加味精,淋入香油即成。

　　【特　点】　色泽淡雅,肉片嫩滑,汤清味鲜。

　　【操作提示】　鸭肉片一定要切得薄而匀。

　　【营养功效】　鸭肉味甘、咸,性微寒,可滋阴养胃,利水消肿,健脾补虚。百合味甘、微苦,性平,可清热降火,宁心安神。莲子味甘、涩,性平,可补脾益胃,涩肠固精,养心安神。三者同烹成菜,具有清热降火,滋阴润肺,宁心安神,益肾固精的功效,是夏日一款美味滋补菜肴,对因暑热所致心悸、心烦、失眠、烦热等症状,也有食疗改善作用。

茄椒鸭肉饼

【原　料】　净鸭肉 200 克,茄子 125 克,青椒 30 克,鸡蛋清 1 个,料酒 15 克,精盐 3 克,味精 2 克,葱姜汁、清汤各 25 克,植物油 100 克,香油 10 克。

【制作步骤】　①将鸭肉洗净,茄子去蒂、皮,洗净,青椒去蒂、子,洗净,分别剁成末。　②鸭肉末放入容器内,加入葱姜汁、料酒、精盐、味精、鸡蛋清、清汤、香油,用筷子顺一个方向充分搅匀上劲至呈稠糊状,再加入茄子末、青椒末搅匀成馅。　③锅烧热,加入植物油烧热,将调好的馅用手挤成 10 个均匀的丸子,摆入油锅中按扁成圆形饼坯,用小火煎至底面金黄翻个,煎至两面均呈金黄色、熟透时,铲出,沥去油,装盘即成。

【特　点】　金黄圆润,外焦里嫩,咸香醇美。

【操作提示】　茄子末和青椒末要分别装入纱布口袋内充分揉搓,挤去水后再加入鸭肉末中。

【营养功效】　鸭肉营养比较全面,属高蛋白、低脂肪食物,所含脂肪酸主要是不饱和脂肪酸和低碳饱和脂肪酸,维生素(B 族、E)、铁、磷、锌的含量较多;其味甘、咸,性微寒,可滋阴养胃,利水消肿,健脾补虚。茄子味甘,性寒,可清热活血,止痛消肿,利尿宽肠。二者配以可健胃消食的青椒同烹成菜,具有滋阴清热,健脾开胃,利尿消肿的功效,是夏日一款美味家常菜肴。

木耳菜鸭丸汤

【原　料】　净鸭肉 150 克,木耳菜 125 克,枸杞子 8 克,葱姜汁 30 克,料酒 20 克,精盐、鸡精各 3 克,味精、白糖各 1 克,五香粉 0.5 克,鸡蛋清 1 个,湿淀粉 15 克,清汤 625 克,香油 10 克。

【制作步骤】 ①将鸭肉洗净,沥去水分,剁成细末,放入容器内,加入葱姜汁、料酒、精盐各半搅匀,再加入味精、白糖、五香粉、鸡蛋清、清汤25克、香油、湿淀粉搅匀。木耳菜择洗干净,沥去水分。枸杞子洗净。 ②锅内放入余下的清汤、葱姜汁、料酒,下入枸杞子烧开,将调好的鸭肉末挤成均匀的丸子,下入汤锅内用小火烧开,撇净浮沫。 ③下入木耳菜烧开,煮至熟透,加余下的精盐、鸡精,出锅装碗即成。

【特　　点】 色泽美观,鸭丸细嫩,汤鲜味美。

【操作提示】 鸭肉末内加入调味料后要用筷子顺一个方向充分搅匀上劲至呈稠糊状。

【营养功效】 鸭肉营养比较全面,属高蛋白、低脂肪食物,有很好的滋补效力;其味甘、咸,性微寒,可滋阴养胃,利水消肿,健脾补虚。木耳菜又名紫草、落葵,味甘、酸,性寒,可清热解暑,凉血解毒。二者与可滋肾补肝、益精明目、润肺止咳、生津止渴的枸杞子同烹成菜,具有补气养阴,生津润燥,清热解毒的功效,是夏日一款美味消暑菜肴。

荷香什锦鸭肉汤

【原　　料】 净鸭肉100克,净冬瓜(去皮、瓤)75克,猪瘦肉、水发海参各25克,葱段、姜片、料酒各10克,精盐3克,味精2克,湿淀粉4克,清汤650克,鲜荷叶50克。

【制作步骤】 ①将鸭肉、猪瘦肉均洗净,沥去水分,切成片,用湿淀粉拌匀上浆。海参去内脏,洗净,抹刀切成片。冬瓜洗净,切成片。荷叶洗净,沥去水分。 ②锅内放入清水烧开,下入姜片、海参片用大火烧开,余5分钟捞出,沥去水分。 ③沙锅内放入清汤、料酒、鲜荷叶烧开,煮10分钟,捞出荷叶不用,下入海参片、猪肉片、鸭肉片烧开,煮5分钟,下入冬瓜片、葱段,加入精盐烧开,煮熟,加味精即成。

【特　点】　肉片滑嫩,汤汁清爽,咸香鲜美,荷香浓郁。

【操作提示】　鸭肉片要沸水入锅,大火煮制。

【营养功效】　鸭肉味甘、咸,性微寒,可滋阴养胃,利水消肿,健脾补虚。冬瓜味甘,性微寒,可清热化痰,除烦止渴,利尿消肿。猪肉可滋阴润燥。海参可养血润燥,补肾益精。诸物配以可清热解暑的荷叶同烹成菜,具有健脾益气,滋阴补虚,利水消肿,清热解暑的功效。

茯神冬瓜鸭肉汤

【原　料】　净鸭子1只(重约1000克),冬瓜500克,葱段、姜片、料酒各15克,药料包1个(内装茯神、麦冬各25克),精盐5克,味精3克。

【制作步骤】　①将鸭子拔净绒毛,剁去脚爪,洗净,下入沸水锅中氽透捞出。冬瓜洗净,削去外皮,用挖球器挖成直径3厘米的圆球。　②药料包塞入鸭腹内,再将鸭子放入炖盅内,加入葱段、姜片、料酒、清水1000克,入蒸锅内用大火蒸90分钟,拣出葱段、姜片不用。　③下入冬瓜球,加入精盐,继续用大火蒸30分钟,至熟烂取出,加入味精即成。

【特　点】　鸭形完整,鸭肉熟烂,汤清鲜美。

【操作提示】　鸭子要用大火氽制。冬瓜球要围摆在鸭子周围。

【营养功效】　鸭子营养比较全面,属高蛋白、低脂肪食物,其性寒凉,可滋阴养胃,利水消肿,健脾补虚。冬瓜味甘,性微寒,可清热化痰,除烦止渴,利尿消肿。二者配以可宁心安神的茯神和可润肺养阴、益胃生津、清心除烦的麦冬同烹成菜,具有清热宁心,滋阴安神的功效,是夏日一款营养滋补药膳,对烦躁不安、心悸失眠、热病烦渴、口燥咽干、小便不利等症状,也有食疗改善作用。

鸭肉海参汤

【原　料】　净鸭肉 125 克,水发海参 75 克,菠菜叶 50 克,葱段、姜片各 5 克,料酒 15 克,精盐、鸡精、干淀粉各 3 克,鸡蛋清1/3个,清汤 600 克,植物油 20 克。

【制作步骤】　①将鸭肉洗净,沥去水分,切成片,用料酒 5 克、精盐 0.5 克拌匀腌渍入味,再用鸡蛋清、干淀粉拌匀上浆。海参去内脏,洗净,抹刀切成片,下入沸水锅中,加入姜片烧开,余 5 分钟捞出,沥去水分。　②锅内放入植物油烧热,下入葱段炝香,下入鸭肉片炒至变色,下入海参片炒开,烹入余下的料酒炒匀,加清汤烧开,煮至熟烂。　③拣出葱段不用,下入洗净的菠菜叶,加入余下的精盐烧开,加鸡精,出锅装碗即成。

【特　点】　鸭片嫩滑,海参糯滑,汤汁鲜美。

【操作提示】　原料片一定要切得薄厚均匀。

【营养功效】　鸭肉味甘、咸,性微寒,可滋阴养胃,利水消肿,健脾补虚。海参是一种高蛋白、低脂肪海产品,性质温和,不寒不燥,具有补肾益精,养血润燥的功效,一年四季皆可食用。二者配以可清热除烦、生津止渴的菠菜同烹成菜,具有清热泻火,补气滋阴,养血润燥的功效,是夏日一款美味滋补消暑菜肴。

黄豆芽煮鸭肝

【原　料】　鸭肝、黄豆芽各 150 克,火腿 25 克,油菜心 15 克,葱末 10 克,姜末 6 克,湿淀粉 5 克,料酒 12 克,精盐 3 克,味精 2克,清汤 600 克,植物油 20 克。

【制作步骤】　①将鸭肝洗净,沥去水分,抹刀切成厚片。火腿切成小薄片。黄豆芽掐去根须,洗净。油菜心择洗干净,切成粗丝。鸭肝片用料酒 5 克、精盐 0.5 克、湿淀粉拌匀入味上浆。②锅内放入植物油烧热,下入葱末、姜末炝香,下入火腿片炒透,烹入余下的料酒炒匀,加清汤烧开。　③下入鸭肝片、黄豆芽烧开,煮至微熟,下入油菜丝,加入余下的精盐烧开,煮熟,加味精,出锅装碗即成。

【特　点】　鸭肝滑嫩,豆芽脆嫩,汤汁鲜香。

【操作提示】　鸭肝片要待锅中清汤烧至滚沸时再入锅。

【营养功效】　鸭肝富含蛋白质、糖类、铁、钙、磷、锌、维生素(A、B 族、D)等;其味甘,性凉,可补肝明目。黄豆芽味甘,性寒,可清热解毒,利湿消积。火腿味甘,性平,可滋阴润燥,开胃增食。三者同烹成菜,具有清利湿热,益气补血,开胃增食的功效,是夏日消暑滋补汤菜,对暑热所致气血两虚、身疲乏力、不思饮食、水肿等症状,也有食疗效果。

山药鹅肉煲

【原　料】　净大鹅 400 克,山药 300 克,胡萝卜 50 克,葱段 15 克,姜片 5 克,料酒 20 克,酱油 10 克,精盐 3 克,味精 2 克。

【制作步骤】　①将大鹅拔净绒毛,洗净,沥去水分,剁成 3 厘米见方的块。山药洗净,去皮,切成滚刀块。胡萝卜洗净,去皮,切成滚刀块。　②锅内放入清水烧开,鹅肉块用沸水氽去血污捞出,沥去水分,放入沙锅内,加入葱段、姜片、料酒、酱油、清水 600 克,盖上锅盖用大火烧开,改用小火炖至熟透。　③下入山药块、胡萝卜块,加入精盐烧开,炖至熟烂,加味精即成。

【特　点】　色泽红润,肉烂汤浓,咸香鲜美。

【操作提示】　加入锅中的清水以 50℃左右为宜。

【营养功效】　鹅肉富含优质蛋白质、不饱和脂肪酸、维生素

(A、B$_1$、B$_2$、B$_5$、E)、钾、钠、锌、钙、磷、铁、硒等;其味甘,性平,可益气补虚,和胃止渴。山药味甘,性平,可补肺健脾,固肾益精,益气养阴。二者同烹成菜,具有益气补虚,养阴生津,止渴的功效,是夏日一款消暑滋补菜肴。

吉利鹅肉焖锅

【原　料】　净大鹅600克,冬瓜300克,芦笋、胡萝卜、口蘑各100克,葱段、姜片各15克,黄酱、料酒各25克,老抽6克,精盐、白糖各5克,味精3克,八角、桂皮各4克,花椒10粒,白芷2克,植物油50克。

【制作步骤】　①将大鹅洗净,沥去水分,剁成3厘米见方的块。冬瓜洗净,去皮、瓤,切成2厘米见方的块。胡萝卜洗净,去皮,切成2厘米见方的块。口蘑洗净。芦笋洗净,削去老皮,斜切成3厘米长的段。　②锅内放入植物油烧热,下入葱段、姜片、八角、桂皮、花椒、白芷煸炒至出香味,下入黄酱炒香,烹入料酒、老抽炒匀,加入清水1000克,捞出锅内所有料渣不用,下入鹅肉块用大火烧开,撇净浮沫,盖上锅盖改用小火焖至熟透。　③将冬瓜块、胡萝卜块、口蘑呈三角形摆在另一净锅内,芦笋段镶摆在冬瓜块、胡萝卜块、口蘑块紧贴锅边的缝隙中,再将焖熟的鹅肉捞出,盛放在三种原料的上面,焖鹅肉的原汁滤清,倒入锅内,再加入精盐、白糖,盖上锅盖用大火烧开,改用小火焖至熟烂,放入味精即成。

【特　点】　色泽淡黄,肉烂汤浓,滋味香鲜。

【操作提示】　此菜还可按个人喜好,配上韭菜花酱、腐乳汁、蒜泥、熏醋、海鲜酱油、辣椒油等,供蘸食。

【营养功效】　鹅肉营养丰富,味甘,性平,可益气补虚,和胃止渴,对消瘦乏力、饮食减少、口干思饮、乏力短气或消渴等症,均有一定疗效。冬瓜味甘,性微寒,可清热化痰,除烦止渴,利尿消肿。

芦笋味甘,性寒,可清热解毒,通淋利尿。此菜具有健脾益气,和胃止渴,滋阴补血,清热祛湿的功效,是夏日一款消暑滋补营养菜肴。

鲭鱼蛋羹

【原　料】 鸭蛋 3 个,净鲭鱼肉 150 克,葱末 10 克,料酒 15克,精盐、鸡精各 3 克,湿淀粉 4 克,醋 1 克,胡椒粉 0.5 克,清汤300 克,花生油 25 克。

【制作步骤】 ①将鲭鱼肉洗净,沥去水分,切成丁,用料酒 5克、精盐 1 克、醋、胡椒粉拌匀腌渍入味,再用湿淀粉拌匀上浆。②鸭蛋去壳,鸭蛋液放入碗内,加入鸡精和余下的料酒、精盐用筷子充分搅打均匀,再加入鱼丁、清汤搅匀,淋入花生油,撒入葱末。③放入蒸锅内用大火蒸 10 分钟,至熟透取出即成。

【特　点】 色泽金黄,细嫩柔滑,滋味鲜美。

【操作提示】 鱼丁的大小不能超过 1.5 厘米。

【营养功效】 鸭蛋富含蛋白质、脂肪、铁、钙、磷、锌、维生素(B 族、A、E、D)、卵磷脂等;其味甘,性凉,可滋阴,清肺,补心。鲭鱼味甘,性平,可滋补强壮,利水消肿。二者同烹成菜,具有滋阴润燥,补气养血,清热利水的功效,是夏日一款滋补消暑菜肴,对暑热所致烦闷、目赤咽痛、口渴、失眠、身疲乏力等症状,也有食疗改善作用。

草菇鸭蛋肠

【原　料】 鸭蛋 6 个,草菇 100 克,猪小肠 200 克,火腿 25克,料酒、葱姜汁各 30 克,鸡精、精盐各 5 克,白糖 3 克,湿淀粉、香油各 20 克。

【制作步骤】 ①将草菇洗净,与火腿均切成细粒。猪小肠剪去油脂,刮净肠内、肠外的杂质,洗净,沥去水分,用线绳将猪小肠后一端扎紧系牢。 ②鸭蛋去壳,鸭蛋液放入碗内,加入料酒、葱姜汁、鸡精、精盐、白糖、湿淀粉、香油,用筷子充分搅打均匀,再加入草菇粒、火腿粒搅匀。 ③将调好的鸭蛋液用漏斗在猪小肠没有扎系的一端灌入肠中,再用线绳扎紧系牢,放入冷水锅中用小火煮至熟透捞出,沥去水分,晾凉,斜切成椭圆形的片,围摆在盘中即成。

【特　点】 软嫩鲜香,风味别具。

【操作提示】 猪小肠内的空气挤净后再灌入蛋液。

【营养功效】 鸭蛋味甘,性凉,可滋阴,润肺,补心。草菇富含优质蛋白质、维生素 C、赖氨酸、膳食纤维等,其味甘,性凉,可补脾益气,消暑清热。猪小肠富含蛋白质、维生素(A、B_1、B_2、C、E)及多种无机盐等,其味甘,性平,可润肠调血。三者同烹成菜,具有健脾益气,滋阴润肺,补血养心,清热消暑的功效。

菠菜炒鸭蛋

【原　料】 鸭蛋 3 个,菠菜 200 克,葱末、料酒各 10 克,精盐 3 克,味精 2 克,湿淀粉 8 克,植物油 50 克。

【制作步骤】 ①将鸭蛋液磕入容器内,加入料酒、精盐 1.5 克用筷子充分搅打均匀。菠菜择洗干净,沥去水分,切成 3 厘米长的段。 ②锅内放入植物油 30 克烧热,倒入鸭蛋液煎熟成均匀的蛋片,出锅倒入漏勺,沥去油。 ③锅内放入余下的油烧热,下入葱末炝香,下入菠菜段煸炒至微熟,加入余下的精盐炒匀,下入鸭蛋片,加味精炒开,用湿淀粉勾芡,出锅装盘即成。

【特　点】 黄绿相间,咸香软嫩,口味清新。

【操作提示】 鸭蛋液要热油入锅,大火煎制。

【营养功效】 鸭蛋富含蛋白质、脂肪、糖类、钙、磷、铁、镁、维生素(A、B₁、B₂、PP、D)、卵磷脂等;其味甘,性凉,可补气养血,滋阴清热。菠菜味甘,性凉,可清热除烦,生津止渴,养血止血,润肠通便。二者同烹成菜,具有补气养阴,生津润燥,消暑清热的功效。

番茄熘松花蛋

【原　料】　松花蛋3个,番茄150克,鸡蛋1个,蒜末10克,醋15克,白糖30克,精盐1克,湿淀粉85克,面粉50克,植物油800克。

【制作步骤】　①将松花蛋去壳,切成橘瓣块。番茄去蒂,洗净,切成橘瓣块。鸡蛋液磕入容器内,加入湿淀粉75克、面粉15克、清水适量调匀成稠蛋粉糊。　②锅内放入植物油烧至五成热,松花蛋块逐一蘸匀面粉,拖匀蛋粉糊,下入油锅中用中小火炸至呈金黄色、外壳脆硬时捞出,沥去油。　③锅内留油15克,下入蒜末炝香,下入番茄块炒透,加入精盐、白糖、清水75克炒开,用余下的湿淀粉勾芡,加入醋炒匀,下入炸好的松花蛋块用大火快速翻匀,出锅装盘即成。

【特　点】　色泽鲜亮,酥嫩甜酸,味美可口。

【操作提示】　每个松花蛋切成6瓣。

【营养功效】　松花蛋含有较高的氨基酸,其味辛、涩、甘、咸,性寒,可养阴,清肺,止痢。番茄味甘、酸,性微寒,可生津止渴,健胃消食,清热解毒,凉血平肝,利尿降压。白糖可润肺生津,醋可消食开胃,防腐杀菌。三者同烹成菜,具有消暑清热,开胃生津的功效,并可消除疲劳。

松花蛋拌豆腐

【原　料】　松花蛋4个,豆腐200克,姜末、葱末各5克,米醋

6 克,精盐 3 克,味精 2 克,香油 15 克。

【制作步骤】 ①将松花蛋去壳,放入蒸锅内用大火蒸 5 分钟取出,切成丁。豆腐切成丁。 ②锅内放入清水 350 克烧开,加入精盐 1.5 克,下入豆腐丁烧开,焯透捞出,沥去水分。③松花蛋丁放入容器内,加入豆腐丁、姜末、葱末、米醋、余下的精盐、味精、香油拌匀,装盘即成。

【特　点】 口感柔嫩,咸香味醇。

【操作提示】 豆腐丁要用小火焯制,使其充分入味。

【营养功效】 松花蛋含有较多的氨基酸、铁、维生素 B_2 等;其味辛、涩、甘、咸,性寒,可健脾胃,助消化,清虚热,凉肝明目。豆腐味甘,性凉,可益气和中,生津润燥,清热解毒,止咳消痰,宽肠降浊。二者搭配成菜,具有补阴清热,润肺生津,益气补虚的功效,是夏日一款消暑小菜。

松花淡菜羹

【原　料】 松花蛋 2 个,淡菜 50 克,葱末、姜末各 5 克,料酒 10 克,醋 2 克,精盐、鸡精各 3 克,胡椒粉 0.5 克,湿淀粉 30 克,清汤 700 克,植物油 20 克。

【制作步骤】 ①将淡菜洗净,放入容器内,加入温水浸泡至回软捞出,沥去水分。松花蛋去壳,放入蒸锅内蒸熟取出,切成小丁。②锅内放入植物油烧热,下入葱末、姜末炝香,下入淡菜煸炒几下,烹入醋、料酒炒匀,加清汤烧开,煮至熟烂。 ③下入松花蛋丁,加入精盐烧开,加鸡精、胡椒粉,用湿淀粉勾芡,出锅装碗即成。

【特　点】 软烂稠滑,香鲜润口,风味别具。

【操作提示】 湿淀粉要先用清水 25 克调匀成稀糊,再徐徐淋入锅中,并用手勺搅匀。

【营养功效】 松花蛋味辛、涩、甘、咸,性寒,可养阴,清肺,止痢。淡菜富含蛋白质,脂肪含量少,并含有大量钙、磷、铁、碘、B族维生素等;其味咸,性温,可补肝肾,益精血。二者同烹成菜,具有滋阴养血,降火除烦的功效,是夏日解暑滋补菜肴,也是高血压患者的一款消暑菜肴。

五、畜 肉 类

荸荠甘蔗炖排骨

【原　料】　猪排骨 300 克,荸荠、甘蔗各 200 克,姜片 5 克,陈皮 10 克,精盐 3 克,味精 2 克。

【制作步骤】　①将猪排骨洗净,顺骨缝剖开,再剁成 3.5 厘米长的段。荸荠洗净,去皮,切成厚片。甘蔗刷洗干净,剁成 3.5 厘米长的段,再从中间顺长对剖成两半。　②锅内放入清水烧开,下入猪排骨段用大火烧开,余去血污捞出,沥去水分。　③沙锅内放入清水 800 克,下入姜片、陈皮用大火烧开,下入猪排骨段、甘蔗段、荸荠片,盖上锅盖用大火烧开,改用小火炖 90 分钟,加入精盐、味精即成。

【特　点】　肉烂汤宽,咸甜鲜香。

【操作提示】　余排骨段的水不能过少,以没过排骨块 2 厘米为宜。

【营养功效】　猪排骨营养丰富,含有大量优质蛋白质、钙、磷、铁、锌、B 族维生素等;其味甘、咸,性平,可滋阴润燥,益气补血,强筋壮骨。甘蔗含糖类、蛋白质、脂肪、钙、磷、铁、维生素(B_6、C)及多种氨基酸等;其味甘,性寒,可清热除烦,生津润燥,和中下气。荸荠味甘,性寒,可清热生津,凉血止痢,化痰,消积,明目。三者同烹成菜,具有滋阴润肺,清热消暑的功效。

草菇丝瓜炖排骨

【原　料】　猪排骨 350 克,草菇、丝瓜各 200 克,葱段 10 克,姜片 5 克,料酒 15 克,精盐 3 克,味精、白糖各 2 克。

【制作步骤】　①将猪排骨洗净,顺骨缝剖开,逐根剁成 4 厘米长的段。草菇去根,洗净,从中间对剖成两半。丝瓜洗净,去皮,从中间对剖成两半,再横切成 2 厘米长的段。　②锅内放入清水烧开,下入猪排骨段用大火烧开,汆去血污捞出,沥去水分,放入沙锅内,加入料酒、葱段、姜片、清水 600 克,盖上锅盖烧开,用小火炖至微熟。　③下入草菇,加入精盐、白糖烧开,炖至熟烂,下入丝瓜块烧开,炖至熟烂,加味精即成。

【特　点】　菇瓜细嫩,肉烂汤浓,咸香鲜美。

【操作提示】　准确掌握草菇、丝瓜块的入锅火候。

【营养功效】　猪排骨营养丰富,味甘,性平,具有滋阴润燥,益气补血,强筋健骨的功能。草菇味甘,性凉,可补脾益气,消暑清热。丝瓜味甘,性凉,可清热解毒,生津止渴,解暑除烦。三者同烹成菜,具有健脾益气,滋阴补血,除烦止渴,清热解暑的功效。

番茄猪排煲

【原　料】　猪排骨 450 克,番茄 250 克,水发木耳 20 克,姜片、葱段、料酒各 15 克,精盐 3 克,味精 2 克,白糖 5 克。

【制作步骤】　①将猪排骨洗净,沥去水分,先顺骨缝剖开,再逐根剁成 4 厘米长的块。番茄去蒂,洗净,沥去水分,切成小橘瓣块。木耳去根,洗净,撕成小片。　②猪排骨块放入沙锅内,加入清水 1 000 克用大火烧开,撇净浮沫,下入葱段、姜片、料酒,盖上锅盖改用小火炖 1 小时。　③下入木耳片,番茄块,加入精盐、白糖烧开,略炖,加味精即成。

【特　点】　色泽美观,肉质软烂,汤汁鲜美。

【操作提示】　番茄块入锅炖透即可,炖制时间过长会破坏维生素。

【营养功效】　猪排骨富含蛋白质、糖类、钙、磷、铁、锌、维生素(B族、A、E、D)、卵磷脂、类黏蛋白和骨胶原等;其味甘、咸,性平,可滋阴润燥,补肾益肝,强筋壮骨。番茄味甘、酸,性微寒,可健胃消食,生津止渴,凉血平肝,补肾利尿。二者同烹成菜,具有滋阴生津,养血补血,补肾强体的功效,是夏日一款美味消暑滋补菜肴。

荷香排骨锅

【原　料】　猪排骨 750 克,海带、胡萝卜、土豆、油菜心各 100克,鲜贝 75 克,荷叶 1 张,葱段、姜片、料酒各 20 克,黄酱 25 克,精盐 3 克,味精 4 克,白糖 15 克,八角、桂皮各 5 克,花椒 2 克,植物油 50 克。

【制作步骤】　①将猪排骨顺骨缝剖开,逐根剁成 4 厘米长的段。海带洗净,切成 1 厘米宽、5 厘米长的条片。胡萝卜、土豆均洗净,去皮,切成 5 厘米长、1 厘米见方的条。油菜心、荷叶、鲜贝洗净。猪排骨段下入沸水锅中氽去血污捞出。　②锅内放入植物油烧热,下入白糖炒呈红褐色,下入排骨段炒至上色,下入葱段、姜片、八角、桂皮、花椒煸炒至出浓香味,烹入料酒、黄酱炒半分钟,加入清水 1000 克烧开,撇净浮沫,盖上锅盖用小火焖至六成熟,拣出葱段、姜片、八角、桂皮、花椒不用,加入精盐焖至熟透。　③取一净锅,在锅底摆上 3 根竹筷子,将荷叶铺在竹筷子上,再将海带条、胡萝卜条、油菜心、土豆条呈放射状摆在荷叶上。捞出排骨段放在锅中,鲜贝围摆在排骨段的周围,再将焖排骨的汤汁滤清,浇在排骨段上,盖上锅盖继续用小火焖至熟烂,加味精即成。

【特　点】　色形美观,口感软烂,汤浓味醇,咸香鲜美。

【操作提示】　炒糖色时火不能过急,以免炒煳,使味道变苦。

【营养功效】　猪排骨富含优质蛋白质、钙、磷、铁、锌、维生素(B族、A、E、D)等;其味甘、咸,性平,可滋阴润燥,补血。海带味咸,性寒,可消痰软坚,利水泄热。胡萝卜可健脾化滞,润燥明目。土豆可补益脾胃,解毒止痛。鲜贝可滋阴补肾,调中。诸物配以可清暑利湿的荷叶同烹成菜,具有清热泻火,滋阴生津,清暑利湿的功效,是夏日一款别具风格的滋补解暑菜肴,对暑湿泄泻、眩晕、浮肿等症状,也有食疗改善作用。

翠耳猪肉丸汤

【原　料】　猪瘦肉末 125 克,嫩油菜 100 克,水发木耳 50 克,葱姜汁 30 克,料酒 15 克,精盐、鸡精各 3 克,白糖、味精各 1 克,五香粉 0.5 克,鸡蛋清 1 个,干淀粉 5 克,清汤 625 克,植物油 20 克。

【制作步骤】　①将木耳去根,洗净,沥去水分,撕成小片。嫩油菜择洗干净,沥去水分,切成 2 厘米长的段。　②猪肉末放入容器内,加入葱姜汁 20 克、料酒 10 克、精盐 1 克、白糖、味精、五香粉、鸡蛋清、清汤 25 克、植物油 5 克搅匀,再加入干淀粉搅匀,挤成直径为 3 厘米的丸子,下入清水锅中用小火烧开,煮至熟透捞出,沥去水分,放入汤碗内。　③锅内放入余下的植物油,下入油菜段、木耳片煸炒至透,加入余下的清汤、葱姜汁、料酒、精盐烧开,加鸡精,出锅倒入盛有肉丸的汤碗内即成。

【特　点】　肉丸爽嫩,木耳爽脆,汤爽味醇。

【操作提示】　猪肉末内加入调味料后,要用筷子顺一个方向充分搅匀上劲至黏稠。

【营养功效】　猪瘦肉富含优质蛋白质、铁、磷、锌、铜及维生素(B族、A、D、E)等;其味甘、咸,性平,可滋阴润燥,益气补血。油菜富含维生素 C、胡萝卜素、钙、铁等；其味辛，性凉，可清热解毒，散瘀消肿，和中润肠。二者配以可润肺养阴、凉血止血、补气益胃的木耳同烹成菜，具有补充体液，清心安神的功效，是夏日一款营养滋补汤菜。

玉竹煮肉圆

【原　料】　猪瘦肉末 150 克，玉竹、豌豆苗各 25 克，葱姜汁 30 克，料酒 10 克，精盐、鸡精各 3 克，味精、白糖各 1 克，鸡蛋清 1 个，湿淀粉 15 克，清汤 700 克，香油 4 克。

【制作步骤】　①将玉竹洗净，切成片。豌豆苗洗净，沥去水分。猪肉末放入容器内，加入葱姜汁 20 克、料酒、精盐 1 克、味精、白糖、鸡蛋清、清汤 50 克搅开，再加入湿淀粉搅匀。　②锅内放入清水烧开，将调好的猪肉末挤成均匀的丸子，下入清水锅中用小火烧开，煮至熟透捞出，沥去水分。　③沙锅内放入余下的清汤，下入玉竹片用大火烧开，改用小火熬煮 1 小时，下入猪肉丸，加入余下的葱姜汁、精盐、豌豆苗烧开，加鸡精，淋入香油即成。

【特　点】　肉丸爽嫩，汤汁清澈，咸香鲜美。

【操作提示】　肉末内加入调味料后，要用筷子顺一个方向充分搅匀上劲至黏稠。

【营养功效】　猪瘦肉营养丰富，其味甘、咸，性平，可滋阴润燥，益气补血。豌豆苗味甘，性平，可健脾利湿，生津止渴。玉竹是一味中草药，可养阴润肺，益胃生津。三者同烹成菜，具有滋阴降火，益气补虚的功效，是夏日一款美味消暑滋补药膳，对口燥咽干、口渴心烦、头昏、胃口不开等症状，也有较好的食疗效果。

什锦烧猪心

【原　料】　猪心 150 克,水发香菇、莴笋各 75 克,莲子 30 克,枸杞子、料酒、酱油各 10 克,葱末、姜末各 5 克,精盐 3 克,味精、白糖各 2 克,湿淀粉 8 克,清汤 200 克,香油 6 克,植物油 20 克。

【制作步骤】　①将猪心洗净,从中间对剖成两半,挤净血水,切成丁,用料酒 5 克、精盐 1 克拌匀入味。莲子择去杂质,洗净,用温水浸泡至透捞出,沥去水分。香菇去蒂,洗净,莴笋去皮,洗净,均切成丁。枸杞子洗净。　②锅内放入植物油烧热,下入葱末、姜末炝香,下入猪心丁略炒,烹入余下的料酒、酱油炒匀,加清汤炒开。　③下入香菇丁、莲子、枸杞子烧至熟透,下入莴笋丁,加入余下的精盐炒开,烧至汤汁将尽,加白糖、味精,用湿淀粉勾芡,淋入香油,出锅装盘即成。

【特　点】　色泽美观,口感滑嫩,咸香醇美。

【操作提示】　猪心丁要切得比莲子稍大一些。香菇丁、莴笋丁要切得与莲子大小相近。

【营养功效】　猪心是一种高蛋白质、低脂肪食物,其味甘、咸,性平,可补血养心,安神定惊。香菇营养全面而丰富,其味甘,性平,可益气补虚,健脾益胃。莴笋味甘、苦,性凉,可清热凉血,利尿,安神。莲子可补益脾胃,养心安神。诸物配以可滋肾补肝、益精明目、润肺止咳、生津止渴的枸杞子同烹成菜,具有健脾补虚,养心除烦,安神定惊的功效,是夏季一款滋补菜肴。

玉翠猪心

【原　料】　猪心、小白菜各 150 克,银耳 50 克,蒜末、料酒各 15 克,精盐 3 克,味精 2 克,湿淀粉 8 克,汤 20 克,植物油 25 克,香油 10 克。

【制作步骤】 ①将猪心洗净,沥去水分,抹刀切成片。银耳去根,洗净,撕成小片。小白菜择洗干净,沥去水分,斜切成 2 厘米长的段。 ②锅内放入植物油烧热,下入蒜末炝香,下入猪心片煸炒至断生,烹入料酒炒匀,加汤。 ③下入小白菜段、银耳片,加入精盐翻炒至熟,加味精,用湿淀粉勾芡,淋入香油,出锅装盘即成。

【特 点】 色泽油亮,鲜香嫩脆。

【操作提示】 要用大火炒制,勾芡要薄而匀。

【营养功效】 猪心富含优质蛋白质、钙、磷、铁、锌、维生素(B族、C)等;其味甘、咸,性平,可补血养心,安神定惊。小白菜味甘,性微寒,可清热解毒,通利肠胃。银耳味甘、淡,性平,可润肺生津,滋阴养胃,益气和血,补肾益精,强心健脑。三者同烹成菜,具有润肺养阴,补肾益精,补养心血,清热消暑的功效。

紫菜猪心汤

【原 料】 猪心 150 克,紫菜 30 克,菠菜叶 20 克,葱段、姜片、料酒各 10 克,精盐 3 克,味精 2 克,清汤 600 克,植物油 20 克。

【制作步骤】 ①将猪心洗净,从中间对剖成两半,挤去血水,切成片。紫菜撕成小片。菠菜叶洗净,下入沸水锅中焯透捞出。②锅内放入植物油烧热,下入葱段、姜片炝香,下入猪心片煸炒至断生,烹入料酒炒匀,加清汤烧开。 ③下入紫菜片、菠菜叶,加入精盐烧开,加味精,出锅装碗即成。

【特 点】 色分三彩,口感爽嫩,汤清味鲜。

【操作提示】 猪心片要切得稍薄一些。

【营养功效】 猪心含有丰富的蛋白质,脂肪含量少,并含有大量钙、磷、铁、锌、维生素(B 族、C)等;其味甘、咸,性平,可补血养心,安神定惊,止汗。紫菜味甘、咸,性寒,可软坚散结,清热化痰,利尿补肾,养心清咽。二者同烹成菜,具有清泻心火,补血养心的功效,是夏日一款消暑滋补汤菜,对烦躁不安、心烦失眠等症状,也有较好的食疗改善作用。

什锦猪心汤

【原　料】　猪心 100 克,冬笋、水发木耳、黄瓜各 25 克,水发香菇、胡萝卜各 15 克,葱丝、姜丝各 5 克,料酒 10 克,精盐、鸡精各 3 克,胡椒粉 0.5 克,清汤 600 克,植物油 20 克。

【制作步骤】　①将猪心洗净,从中间剖开,挤净血水,切成丝。胡萝卜洗净,去皮,香菇去蒂,洗净,木耳去根,洗净,冬笋、黄瓜洗净,分别切成丝。　②锅内放入植物油烧热,下入猪心煸炒至变色,烹入料酒炒开,下入姜丝、葱丝、香菇丝炒匀,加清汤烧开。③下入冬笋丝、木耳丝、胡萝卜丝烧开,煮至熟烂,下入黄瓜丝,加入精盐、鸡精、胡椒粉烧开,出锅装碗即成。

【特　点】　色彩斑斓,清爽嫩脆,汤清咸鲜。

【操作提示】　原料丝一定要切得粗细均匀。

【营养功效】　猪心富含优质蛋白质,脂肪含量很少,其味甘,性平,可补血养心,安神定惊。冬笋味甘、微苦,性寒,可清热化痰,利膈爽胃,除烦解渴,通利大便。木耳可润肺养阴,补肾止血,补气益胃,降压降脂。此菜具有清心祛火,提神醒脑的功效,是夏日一款营养消暑汤菜。

荸荠猪胰汤

【原　料】　猪胰 1 具,荸荠 150 克,火腿 25 克,小白菜 50 克,葱段、姜片、料酒各 10 克,精盐 3 克,味精 2 克,清汤 600 克,植物油 15 克。

【制作步骤】 ①将猪胰洗净,沥去水分,去掉脂肪,余下的切成块。荸荠洗净,去皮,切成片。小白菜择洗干净,沥去水分,切成3厘米长的段。火腿切成小片。 ②锅内放入清水烧开,下入猪胰块用大火烧开,氽去血污捞出,沥去水分。另将锅内放入植物油烧热,下入葱段、姜片炝香,下入火腿片略炒,下入猪胰块炒匀,烹入料酒炒开,出锅倒入沙锅内。 ③清汤加入沙锅内烧开,下入荸荠片,煮至猪胰块熟烂,下入小白菜段,加入精盐烧开,煮熟,加味精即成。

【特 点】 猪胰软烂,汤宽味醇。

【操作提示】 荸荠要切成厚片。

【营养功效】 猪胰含有蛋白质、脂肪、铁、钙、磷等;其味甘,性平,可益肺,补脾,润燥。荸荠味甘,性寒,可清热生津,化痰消积,凉血止痢。小白菜味甘,性微寒,可清热解毒,除烦止渴,通利肠胃。三者同烹成菜,具有滋阴润燥,益肺补脾,清热利尿的功效,是夏日一款清热消暑汤菜。

无花果烧猪肠

【原 料】 猪大肠500克,无花果15个,葱段、姜片、料酒、酱油各15克,醋、精盐各3克,味精2克,胡椒粉0.5克,湿淀粉10克,清汤300克,植物油25克。

【制作步骤】 ①将猪大肠用精盐搓洗内外,用冷水冲洗干净,下入加有醋的500克沸水锅中氽透捞出,沥去水分,斜切成15段。再将无花果洗净,逐一塞入每一猪大肠段内。 ②锅内放入植物油烧热,下入葱段、姜片炝香,下入猪肠段略炒,烹入料酒、酱油炒匀至颜色变红。 ③加清汤烧开,用小火烧至熟烂,加入精盐炒匀,收浓汤汁,加味精、胡椒粉,用湿淀粉勾芡,出锅装盘即成。

【特 点】 色泽红亮,形状美观,软烂浓香,咸中回甜。

【操作提示】 搓洗猪大肠的精盐不在原料之内。

【营养功效】 猪大肠富含蛋白质、脂肪、钙、镁、铁、锌、维生素（A、B_1、B_2、C、E）、糖类等；其味甘，性平，可润肠调血。无花果味甘，性平，可清热利湿，消肿解毒，润肠通便。二者同烹成菜，具有清热利湿，健胃清肠，解毒消肿的功效，是夏日一款消暑菜肴，对肠炎、便秘、痔疮等症，也有食疗效果。

金菇拌肚丝

【原　料】 熟猪肚、金针菇各 150 克，黄瓜 50 克，葱白 10 克，醋 5 克，精盐 3 克，味精 2 克，香油 15 克。

【制作步骤】 ①将猪肚切成丝。金针菇去根，洗净，切成段。黄瓜洗净，切成丝。葱白洗净，顺切成丝。 ②锅内放入清水烧开，下入金针菇段烧开，焯透捞出，放入凉水中投凉，沥去水分。③猪肚丝放入容器内，加入金针菇段、黄瓜丝、葱白丝、精盐、醋、味精、香油拌匀，装盘即成。

【特　点】 肚丝软烂，金菇爽嫩，味道香鲜。

【操作提示】 猪肚略厚的地方要先用刀片薄，使切出的肚丝粗细均匀。

【营养功效】 猪肚是一种高蛋白、低脂肪食物，并含有较多的钙、磷、铁、维生素（B_1、B_2、B_5、B_{12}、A）等；其味甘，性温，可补中益气，健胃益脾，止渴消肿，补虚止泻。猪肚与营养丰富、性味寒凉的金针菇搭配食用，具有清热止渴，健脾益气，滋阴补血的功效，是夏日一款清爽营养消暑菜肴，对暑热所致口渴、体虚乏力、气血两虚、食欲不振等症状，也有食疗改善作用。

菱角烧猪肚

【原　料】　熟猪肚、净菱角肉各 200 克,蒜瓣(拍松)、葱段各 8 克,料酒、酱油各 15 克,精盐 3 克,白糖、醋各 2 克,湿淀粉、香油各 10 克,植物油 20 克。

【制作步骤】　①将猪肚切成菱形块。菱角搓去内皮,洗净,下入沸水锅中焯透捞出。　②锅内放入植物油烧热,下入蒜瓣、葱段煸香,下入猪肚块略炒,烹入料酒、酱油、醋炒匀,加清水 300 克炒开。　③下入菱角肉,加入精盐、白糖炒开,烧至熟烂,收浓汤汁,加湿淀粉勾芡,淋入香油,出锅装盘即成。

【特　点】　色泽红亮,软烂香甜。

【操作提示】　烧制时要用小火,使其充分入味。

【营养功效】　猪肚味甘,性温,可补中益气,健胃益脾,止渴消肿,补虚止泻。菱角味甘,性凉,可清暑解热,除烦止渴,益气健脾。二者同烹成菜,具有健脾益气,清热解毒,止渴消暑的功效,是夏日一款清热消暑营养菜肴。

山楂番茄炖牛肉

【原　料】　牛瘦肉、番茄各 200 克,山楂 20 克,姜片、葱段各 10 克,料酒 8 克,酱油 5 克,精盐 3 克,味精 2 克,植物油 20 克。

【制作步骤】　①将牛瘦肉洗净,沥去水分,切成 2 厘米见方的块。番茄去蒂,洗净,切成橘瓣块。山楂洗净,去子。　②锅内放入植物油烧热,下入葱段、姜片炝香,下入牛肉块煸炒至变色,烹入料酒、酱油炒匀,加入清水 800 克,下入山楂,用大火烧开,改用小火炖至牛肉熟烂。　③下入番茄块,加入精盐,炖至熟透,加味精,出锅装碗即成。

【特　点】　肉烂汤宽,咸香微酸,香醇可口。

【操作提示】　炖制时要随时撇去汤中的浮沫,以保持汤汁的清澈。

【营养功效】　牛肉富含优质蛋白质,脂肪含量少,并富含铁、磷、锌、铜、维生素(B族、A、E、D)等,并含有全部种类的氨基酸;其味甘,性平,可健脾胃,益气血,强肾固精,强筋健胃。番茄味甘、酸,性微寒,可生津止渴,健胃消食、凉血平肝,补肾利尿。二者配以可消食化滞、行气止痢的山楂同烹成菜,具有补气滋阴,生津润燥,益肾强精,化食消积的功效,是夏日一款解暑除湿营养菜肴,对暑湿所致胃口不开、不思饮食、消化不良等症状,也有较好的食疗改善作用。

沙锅苓枣炖牛肉

【原　料】　牛瘦肉 500 克,山药 300 克,大枣 50 克,茯苓 30 克,葱段、姜片、料酒各 10 克,精盐 4 克,味精 2 克。

【制作步骤】　①将茯苓、大枣洗净,沥去水分。山药洗净,去皮,切成 2.5 厘米见方的块。牛瘦肉洗净,沥去水分,切成 2.5 厘米见方的块。　②锅内放入清水烧开,下入牛肉块用大火氽去血污捞出,沥去水分。沙锅内放入清水 800 克,下入茯苓、大枣、葱段、姜片用大火烧开,改用小火熬煮 10 分钟。　③下入牛肉块,盖上锅盖烧开,炖 1 小时,拣出茯苓、葱段、姜片不用,下入山药块,加入精盐,炖至熟烂,加味精即成。

【特　点】　山药柔软,肉烂汤宽,滋味醇香。

【操作提示】　氽牛肉块的水不能过少。

【营养功效】　牛肉营养丰富,属高蛋白、低脂肪食物,含有全部种类的氨基酸和丰富的铁、磷、铜、锌、维生素(B族、A、E、D)等;其味甘,性平,可健脾胃,益气血,强筋骨。山药味甘,性平,可补肺健脾,固肾益精,益气养阴。二者配以可健脾和胃、宁心安神、利水渗湿的茯苓同烹成菜,具有健脾益气,滋阴补血,宁心安神的功效,是夏日一款滋补营养菜肴,对暑热所致心悸失眠、烦躁不安、食欲不振、消化不良等症状,也有食疗效果。

双豆煮牛肉

【原　料】　牛肉 350 克,嫩蚕豆仁 200 克,赤小豆 50 克,葱段、姜片各 10 克,料酒 8 克,精盐 3 克,味精 2 克,香油 5 克。

【制作步骤】　①将牛肉洗净,沥去水分,切成 2 厘米见方的块。蚕豆仁洗净。赤小豆择去杂质,洗净。　②锅内放入清水烧开,下入蚕豆仁焯透捞出,待锅内的水再烧开时,下入牛肉块氽去血污捞出。　③葱段、姜片、赤小豆、牛肉块、蚕豆仁均放入沙锅内,加入料酒、清水 700 克烧开,煮至熟透,拣出葱段、姜片不用,加入精盐煮至熟烂,加味精,淋入香油即成。

【特　点】　肉烂汤宽,咸香醇美。

【操作提示】　原料一定要按顺序逐一放入沙锅内。

【营养功效】　牛肉是一种高蛋白、低脂肪肉食,其味甘,性平,可健脾胃,益气血,强筋骨。蚕豆味甘,性平,可健脾利湿,补中益气。赤小豆味甘,性平,可健脾利水,解毒消肿。三者同烹成菜,具有清热消肿,健脾利湿的功效,是夏日一款解暑祛湿菜肴,对夏季暑湿所致胃口不好、食欲不振、胃肠疾病等,也有食疗效果。

清汤苦瓜牛肉

【原　料】　牛肉末、苦瓜各 200 克,香菜 5 克,葱姜汁 30 克,料酒 15 克,精盐、鸡精各 3 克,味精、白糖各 1 克,湿淀粉 6 克,鸡蛋清 1 个,清汤 650 克,香油 18 克。

【制作步骤】 ①将苦瓜洗净,横切成2厘米长的段,逐一挖去瓜瓤成苦瓜筒。香菜择洗干净,沥去水分,切成1厘米长的段。②牛肉末放入容器内,加入葱姜汁、料酒、精盐各半,再加入味精、白糖、鸡蛋清、清汤50克、香油15克搅匀上劲,再加入湿淀粉搅匀,逐一酿入苦瓜筒内,摆入汤盘中,放入蒸锅内用大火蒸至熟透取出。 ③锅内放入余下的清汤、料酒、葱姜汁烧开,加入余下的精盐、鸡精,淋入余下的香油,出锅浇入盛有牛肉苦瓜筒的汤盘内,撒上香菜段即成。

【特 点】 色淡汤清,口感爽嫩,滋味香鲜。

【操作提示】 苦瓜筒要刀切面朝下摆入汤盘。

【营养功效】 牛肉营养丰富,味甘,性平,可健脾胃,益气血,强筋骨,对气虚少食、泄泻、水肿、乏力、自汗、虚羸少气等症有疗效。苦瓜性苦寒,可清热解暑,明目解毒。二者同烹成菜,具有清热消暑,醒脑提神,健脾祛湿的功效,是夏日一款美味滋补汤菜,对暑热所致心烦口渴、腹胀、食欲不振、腹泻等症状,均有食疗效果。

翠荠炒羊肝

【原 料】 羊肝、荠菜各175克,姜片、料酒各15克,精盐3克,味精2克,胡椒粉0.5克,湿淀粉8克,干淀粉4克,鸡蛋清2/3个,汤15克,植物油350克,香油12克。

【制作步骤】 ①将羊肝洗净,沥去水分,抹刀切成片,用料酒5克、精盐1克拌匀腌渍入味,再用鸡蛋清、干淀粉拌匀上浆。荠菜择洗干净,抹刀切成片。 ②将汤放入碗内,加入味精、胡椒粉、湿淀粉、余下的精盐和料酒对成芡汁。 ③锅内放入植物油烧至四成热,下入羊肝片滑散至熟,倒入漏勺。锅内放入植物油15克、香油5克烧热,下入姜片炝香,下入荠菜片用大火煸炒至熟,下入羊肝片炒匀,烹入芡汁翻匀,淋入余下的香油,出锅装盘即成。

【特　点】　色泽油亮,红绿相间,滑嫩爽脆,清新鲜美。

【操作提示】　羊肝片用小火滑制,入油后要用筷子快速拨散。

【营养功效】　羊肝富含优质蛋白质、脂肪、糖类、钙、磷、铁、锌、维生素(A、B_1、B_2)等;其味甘、苦,性凉,可益血,补肝,明目。荠菜富含维生素(A、C、B_1、B_2、B_5)、胡萝卜素、钙、铁、钾、钠、锰、糖类、荠菜酸、皂苷、黄酮类、生物碱等;其味甘,性凉,可清热利水,凉血止血,清肝明目,消肿止痢。二者同烹成菜,具有清热解毒,清肝明目,利尿降压的功效,是夏日一款美味营养消暑菜肴。

马蹄羊肝

【原　料】　羊肝、马蹄(荸荠)各200克,胡萝卜30克,姜片10克,葱段8克,料酒15克,醋1克,精盐3克,味精2克,湿淀粉16克,汤25克,植物油300克。

【制作步骤】　①将羊肝洗净,沥去水分,抹刀切成片,用料酒5克、醋、精盐1克拌匀腌渍入味,再用湿淀粉6克拌匀上浆。马蹄、胡萝卜均洗净,去皮,切成片。　②锅内放入清水烧开,下入马蹄片、胡萝卜片烧开,焯透捞出。另将锅内放入植物油烧至四成热,下入羊肝片滑散至熟,倒入漏勺。　③锅内放植物油20克烧热,下入姜片、葱段炝香,下入胡萝卜片、马蹄片略炒,加余下的料酒、精盐炒匀,加汤炒熟,下入羊肝片炒开,加味精,用余下的湿淀粉勾芡,出锅装盘即成。

【特　点】　色彩分明,羊肝鲜嫩,咸香清爽。

【操作提示】　胡萝卜要先斜切成2厘米长的段,再顺切成0.25厘米厚的菱形片。

【营养功效】　羊肝味甘、苦,性凉,可益血,补肝,明目。马蹄(荸荠)味甘,性寒,可清热生津,凉血止痢,化痰,消积,明目。胡萝卜味甘,性平,可健脾消食,补肝明目,清热解毒。三者同烹成菜,具有清热去火,补血养肝,消食化滞,利尿除湿的功效,是夏日一款解暑除湿营养菜肴。

豌豆苗羊肝汤

【原　料】　羊肝 150 克,豌豆苗 50 克,葱段 15 克,姜片、湿淀粉各 5 克,料酒 10 克,精盐、鸡精各 3 克,白糖 2 克,清汤 60 克,香油 4 克,植物油 350 克。

【制作步骤】　①将羊肝洗净,沥去水分,切成片,放入容器内,加入料酒、精盐 1 克拌匀腌渍入味,再加入湿淀粉拌匀上浆。豌豆苗洗净,沥去水分,切成 3 厘米长的段。　②锅内放入植物油烧至四成热,下入羊肝片滑散至熟,倒入漏勺,沥去油。锅内留少量油,下入姜片、葱段煸香,加清汤烧开,煮 3 分钟,拣出葱段、姜片不用。③下入羊肝片、豌豆苗,加入白糖、余下的精盐烧开,加鸡精,淋入香油,出锅装碗即成。

【特　点】　羊肝紫红,豆苗嫩绿,汤清味鲜。

【操作提示】　滑羊肝片时火不要过大。

【营养功效】　羊肝味甘、苦,性凉,可益血,补肝,明目。豌豆苗富含胡萝卜素、维生素(C、B_1、B_2)等;其味甘,性平,可健脾利湿,生津止渴。二者同烹成菜,具有养血明目,清热消暑的功效,是夏日一款美味滋补消暑汤菜。

杞叶羊肝汤

【原　料】　羊肝 150 克,枸杞嫩叶 75 克,枸杞子 5 克,姜片、葱段各 6 克,料酒 10 克,精盐、鸡精各 3 克,白糖 2 克,清汤 600 克,香油 4 克,湿淀粉 5 克。

【制作步骤】　①将羊肝洗净,沥去水分,切成薄厚均匀的条片。枸杞叶、枸杞子洗净。　②羊肝片放入容器内,加入料酒、精盐1克拌匀腌渍入味,再加入湿淀粉拌匀上浆,下入沸水锅中氽透捞出,沥去水分。　③沙锅内放入清汤,下入葱段、姜片、枸杞子烧开,煮5分钟,拣出葱段、姜片不用,下入枸杞叶烧开,下入羊肝片,加入白糖、余下的精盐、鸡精烧开,淋入香油即成。

【特　点】　色泽美观,清爽滑嫩,汤清味鲜。

【操作提示】　羊肝片要在锅内清水用大火烧至滚沸时再入锅。

【营养功效】　羊肝味甘、苦,性凉,可益血,补肝,明目。枸杞叶含有甜菜碱、胡萝卜素、谷甾醇、亚油酸、多种维生素、钙、镁、磷、铁等;其味苦、甘,性凉,可清退虚热,生津止渴,补肝明目。二者同烹成菜,具有清热止渴,养肝明目,益精补血的功效,是夏日一款消暑汤菜,对暑热所致口渴咽干、烦躁不安、目赤、目昏等症状,也有食疗效果。

耳腐烧兔肉

【原　料】　净兔子350克,水发腐竹、水发木耳各75克,油菜50克,姜末、蒜末各5克,料酒、酱油、湿淀粉各10克,精盐3克,味精、白糖各2克,植物油25克,香油8克。

【制作步骤】　①将兔子洗净,沥去水分,剁成3厘米见方的块。腐竹洗净,挤去水分,斜切成2厘米长的段。木耳去根,洗净,沥去水分,撕成片。油菜择洗干净,沥去水分,切成3厘米长的段。②锅内放入清水烧开,下入兔肉块用大火氽去血污捞出,沥去水分。另将锅内放入植物油烧热,下入姜末、蒜末炝香,下入兔肉块煸炒几下,烹入料酒、酱油炒匀,加入清水炒开,盖上锅盖用小火烧至微熟。　③下入腐竹段、木耳片,加入精盐、白糖炒开,烧至熟烂,下入油菜段炒匀,收浓汤汁,加味精,用湿淀粉勾芡,淋入香油,出锅装盘即成。

【特　点】　色泽黄亮,口感软嫩,咸香醇美。

【操作提示】　收汁时要用大火,勤晃动锅,以免煳底。

【营养功效】　兔肉是一种高蛋白、低脂肪、低胆固醇食物,并富含钙、磷、铁、锌、钾、钠、硫及多种维生素、卵磷脂等;其味甘,性凉,可补中益气,凉血解毒,滋阴生津,止渴健脾。腐竹是大豆制品中的高营养食品;其味甘,性凉,可健脾润燥,清热解毒。木耳味甘,性平,可润肺养阴,凉血止血,补气益胃。此菜具有健脾益气,滋阴补血,凉血止血,清热消暑的功效。

珍珠丸子焖花菜

【原　料】　净兔肉200克,鲜黄花菜150克,嫩豌豆20克,葱姜汁30克,料酒15克,酱油12克,精盐3克,味精、白糖各2克,湿淀粉10克,清汤300克,熟鸡油10克,植物油650克。

【制作步骤】　①将黄花菜掐去老根,洗净,下入沸水锅中用大火焯至熟透捞出,放入凉水中投凉捞出,挤去水分,根部朝下竖着围摆在沙锅的边缘。　②兔肉洗净,剁成末,放入容器内,加入葱姜汁20克、料酒10克、精盐1克、白糖、湿淀粉、清汤50克用筷子顺一个方向充分搅匀上劲至呈稠糊状,挤成均匀的丸子,下入烧至七成热的植物油中,用大火炸至呈金红色捞出,沥去油,放在沙锅内的黄花菜中间。　③豌豆洗净,沥去水分,撒在兔肉丸上,再加入余下的葱姜汁、料酒、酱油、精盐、清汤,盖上锅盖烧开,用小火焖至熟透,将汤汁滗入净锅内,烧开,加味精,淋入熟鸡油,出锅浇在兔肉丸黄花菜上即成。

【特　点】　色泽红亮,软嫩鲜香。

【操作提示】　兔肉丸入油锅后要用手勺勤推搅,使其受热均匀。

【营养功效】 兔肉是一种高蛋白、低脂肪、低胆固醇食物；其味甘，性寒，可补中益气，凉血解毒，止渴健脾，滋阴生津。黄花菜味甘，性微寒，可清热利湿，安神除烦，凉血明目，益气补虚。二者配以可健脾利湿、生津止渴的豌豆同烹成菜，具有祛湿解毒，生津润燥，益气补虚，安神除烦的功效，是夏日一款美味营养消暑菜肴，对因暑热所致烦躁不安、心悸失眠、口渴、食欲不振等症状，也有食疗作用。

滑熘兔柳

【原　料】 净兔肉300克，冬瓜100克，姜5克，小葱、湿淀粉各10克，料酒20克，精盐3克，味精、白糖各2克，干淀粉6克，鸡蛋清1个，清汤75克，香油8克，植物油500克。

【制作步骤】 ①将兔肉洗净，沥去水分，抹刀切成柳叶形片。冬瓜洗净，去皮、瓤，切成菱形片。姜去皮，切成小菱形片。小葱洗净，斜切成3厘米长的段。　②兔肉片放入容器内，加入料酒15克、精盐1克拌匀腌渍入味，再加入鸡蛋清、干淀粉拌匀上浆，下入烧至四成热的植物油中滑熟，倒入漏勺。　③锅内放油10克烧热，下入姜片炝香，下入冬瓜片煸炒几下，加入清汤、白糖、余下的料酒和精盐炒开，烧熟，加味精，用湿淀粉勾芡，下入小葱段、兔肉片翻匀，淋入香油，出锅装盘即成。

【特　点】 色淡鲜亮，滑嫩香鲜。

【操作提示】 兔肉片入油锅后要用筷子迅速拨散，以免粘连。

【营养功效】 兔肉味甘，性凉，可补中益气，凉血解毒，滋阴生津，止渴健脾。冬瓜味甘，性微寒，可清热化痰，除烦止渴，利尿消肿。二者同烹成菜，具有益气补虚，除烦止渴，滋阴润肺，利水益肾的功效，是夏日一款消暑菜肴。

草菇烧兔肉

【原　料】　净兔子 350 克,草菇 200 克,胡萝卜 50 克,葱段、姜片各 8 克,料酒、酱油各 12 克,精盐、鸡精各 3 克,白糖 5 克,湿淀粉 10 克,植物油 20 克,熟鸡油 15 克。

【制作步骤】　①将兔子洗净,沥去水分,剁成 3 厘米见方的块。草菇去根,洗净。胡萝卜洗净,去皮,切成滚刀块。草菇、兔肉块分别下入沸水锅中用大火烧开,焯透捞出,沥去水分。　②锅内放入植物油、熟鸡油 5 克烧热,下入葱段、姜片炝香,下入兔肉块煸炒至锅内水干,烹入料酒、酱油炒匀,加入清水烧开,盖上锅盖焖烧至微熟。　③下入草菇、胡萝卜块,加入精盐、白糖炒开,继续焖烧至熟烂,收浓汤汁,加鸡精,用湿淀粉勾芡,淋入余下的熟鸡油,出锅装盘即成。

【特　点】　色泽微红,细嫩汁稠,咸香鲜美。

【操作提示】　用小火焖烧,大火收汁。

【营养功效】　兔肉富含蛋白质、钙、磷、铁、锌、维生素(B 族、A、E、D)、卵磷脂等;其味甘,性凉,可健脾益气,滋阴生津,凉血解毒。草菇味甘,性凉,可补脾益气,消暑清热。二者配以可健脾消食、补肝明目、清热解毒的胡萝卜同烹成菜,具有健脾益气,滋阴凉血,清热解毒的功效,是夏日一款消暑营养菜肴。

沙锅猴头炖兔肉

【原　料】　净兔子 400 克,水发猴头菇 200 克,油菜心 50 克,葱段 10 克,姜片 5 克,料酒 15 克,酱油 12 克,精盐 3 克,味精 2 克,植物油 20 克,熟鸡油 8 克。

【制作步骤】　①将兔子洗净,沥去水分,剁成 3 厘米见方的块。猴头菇洗净,挤去水分,从中间对剖成 4 瓣。油菜心洗净,从中间顺长剖成两半。　②锅内放入植物油烧热,下入葱段、姜片炝香,下入兔肉块煸炒至锅内水干,烹入料酒、酱油炒匀,出锅倒入沙锅内,加入温水 700 克,盖上锅盖用大火烧开,炖 5 分钟,撇净浮沫。　③下入猴头菇块,盖上锅盖烧开,炖至熟烂。将油菜心围摆在沙锅边缘,加入精盐烧开,炖至熟透,加味精,淋入熟鸡油即成。

【特　点】 色泽微红,软烂鲜美,汤浓咸香。

【操作提示】 炖制时要用小火。炖油菜不要盖锅盖。

【营养功效】 兔肉味甘,性凉,可补中益气,凉血解毒,滋阴生津,止渴健脾。油菜心富含维生素 C、胡萝卜素、钙、铁、蛋白质、脂肪等;其味辛,性凉,可清热解毒,散瘀消肿,和中润肠。猴头菇含有人体必需的 8 种氨基酸和丰富的无机盐、膳食纤维、维生素(B_1、B_2、C)、胡萝卜素等;其味甘,性平,可健脾开胃,利五脏,助消化,滋补强身,补脑益智。三者同烹成菜,具有健脾开胃,滋阴生津,清热消暑的功效。

山药炖兔肉

【原　料】 净兔子 400 克,山药 300 克,水发木耳、油菜各 25 克,葱段、姜片、料酒、酱油各 10 克,精盐、鸡精各 3 克,植物油 20 克。

【制作步骤】 ①将兔肉洗净,沥去水分,剁成均匀的块。山药洗净,去皮,切成滚刀块。木耳去根,洗净,撕成小片。油菜择洗干净,沥去水分,切成 3 厘米长的段。　②锅内放入清水烧开,下入兔肉块用大火汆去血污捞出,沥去水分。另将锅内放入植物油烧热,下入葱段、姜片炝香,下入兔肉块略炒,烹入料酒、酱油炒匀,加清水烧开,用小火炖至熟透。　③下入山药块、木耳片,加入精盐烧开,炖至熟烂,下入油菜段炖熟,加鸡精,出锅装碗即成。

【特　点】　色泽微红,软烂汤浓,咸香醇美。

【操作提示】　加入锅中的清水以没过兔肉块3厘米为宜。

【营养功效】　兔肉味甘,性凉,可健脾益气,滋阴生津,凉血解毒,对久病体虚、瘦弱疲乏、营养不良、消渴口干、脾胃虚弱、胃热呕吐、便血等症状,均有疗效。山药味甘,性平,可补肺健脾,固肾益精,益气养阴。二者同烹成菜,具有益气养阴,生津润燥,清热解暑的功效。

马齿苋兔肉汤

【原　料】　净兔子300克,马齿苋150克,葱段、姜片各5克,料酒10克,精盐、鸡精各3克,植物油20克。

【制作步骤】　①将兔肉洗净,沥去水分,剁成均匀的块。马齿苋择洗干净,沥去水分,切成3厘米长的段。　②锅内放入植物油烧热,下入葱段、姜片炝香,下入兔肉块煸炒至锅内水干,烹入料酒炒匀,加清水850克用大火烧开,撇净浮沫,改用小火煮至熟烂。③拣出葱段、姜片不用,下入马齿苋段,加入精盐烧开,煮至熟透,加鸡精,出锅装碗即成。

【特　点】　兔肉熟烂,齿苋滑嫩,汤汁鲜香。

【操作提示】　马齿苋段一定要在兔肉熟烂后再入锅。

【营养功效】　兔肉味甘,性凉,可健脾益气,滋阴生津,凉血解毒。马齿苋味酸,性寒,可清热解毒,凉血止痢。二者同烹成菜,具有生津止渴,清热利水,凉血补虚的功效,是夏日一款解暑祛湿菜肴。

滋补兔肉锅

【原　料】　净兔子700克,莲藕200克,胡萝卜、水发香菇、西芹、猪五花肉各 100 克,葱段、姜片、料酒、黄酱、白糖各 15 克,精盐、鸡精各 5 克,八角、桂皮各 4 克,花椒、白芷各 2 克,植物油 40克,玉竹 20 克。

【制作步骤】 ①将兔子洗净,剁成 3 厘米见方的块。猪五花肉拔净皮上猪毛,刮净皮上油脂,洗净,切成 1.5 厘米见方的块。莲藕、胡萝卜均去皮,洗净,横切成圆形片。香菇去蒂,洗净,挤去水分。西芹去根、叶,洗净,斜切成 1 厘米长的段。 ②锅内放入清水烧开,下入猪肉块、兔肉块用大火氽去血污捞出,沥去水分。另将锅内放入植物油烧热,下入白糖炒至呈红褐色,下入猪肉块炒至上色,下入兔肉块炒匀,下入葱段、姜片、八角、桂皮、花椒、白芷煸炒至出浓香味,烹入料酒,加入黄酱炒匀,加入清水烧开,撇净浮沫,盖上锅盖用小火焖至七成熟,拣出葱段、姜片、八角、桂皮、花椒、白芷不用,加入精盐、玉竹焖至熟透。 ③将胡萝卜片铺在净锅底,再加入香菇,铺上莲藕片。兔肉块、猪肉块捞出,放在藕片上,焖兔肉的汤汁滤清,浇在肉块上,继续盖上锅盖用小火炖至熟烂,下入西芹块烧开,炖熟,加鸡精略炖即成。

【特　　点】 色泽红润,原料多样,软烂汤醇,咸香味美。

【操作提示】 切好的莲藕片要立即放入清水中浸泡,以免颜色变黑。锅中的水以没过肉块 4 厘米为宜。

【营养功效】 兔肉营养成分相对独特,是一种高蛋白、低脂肪、低胆固醇食物,并富含钙、磷、铁、锌、维生素、卵磷脂等;其味甘,性凉,可健脾益气,滋阴生津,凉血解毒。莲藕可润燥养阴,行血化瘀,补益脾胃。胡萝卜可健脾化滞,润燥明目。西芹可清热祛湿。三者配以可养阴润肺、益胃生津的中草药玉竹同烹成菜,具有清热,润肺,生津,除烦,止渴,健脾,利湿的功效,是夏日一款解暑祛湿滋补菜肴。

六、水产品类

茯苓清汤翠衣鲤

【原　料】　鲤鱼 1 条(重约 800 克),西瓜皮 300 克,茯苓 40 克,火腿、料酒、葱姜汁各 25 克,葱段、姜片、干淀粉各 15 克,精盐 4 克,鸡精 5 克,白糖 2 克,胡椒粉 1 克,鸡蛋清 2 个,清汤 850 克,香油、熟鸡油各 10 克。

【制作步骤】　①将鲤鱼去鳞、鳃、内脏,洗净,切下头、尾。鱼头从下颌处入刀,劈至 3/4,再将下颌向两侧分开,用刀拍扁。鱼尾从腹部一侧入刀片开 3/4,向两侧分开。鱼的中段从中间片开,剔去骨、刺、皮,净肉剁成末,放入容器内。西瓜皮洗净,片去红瓤不用,削下外层硬皮备用,余下的部分切成 4 厘米长的片。火腿切成末。　②鱼肉末内加入火腿末、料酒 10 克、葱姜汁、精盐 2 克、鸡精 2.5 克、白糖、胡椒粉、鸡蛋清、清汤 50 克、熟鸡油、香油 5 克,用筷子顺一个方向充分搅匀上劲至呈稠糊状,再加入干淀粉搅匀,制成均匀的丸子,下入清水锅中烧开,煮至熟透捞出。　③沙锅内放入余下的清汤、料酒,下入西瓜硬皮、茯苓、葱段、姜片烧开,用小火熬煮 30 分钟,捞出西瓜硬皮、茯苓、葱段、姜片不用,下入鱼头、鱼尾用大火烧开,撇净浮沫,加入余下的精盐,改用中火煮 15 分钟,至熟透捞出,鱼头、鱼尾成一条直线摆放在汤盘的左、右两侧。锅内汤汁中下入西瓜皮片烧开,煮熟捞出,铺在汤盘内。将鱼丸下入汤锅内烧开,煮透,加余下的鸡精,淋入余下的香油,出锅倒在汤盘内即成。

【特　点】　清爽淡雅,细嫩爽滑,汤鲜味美。

【操作提示】　鱼头、鱼尾入汤锅时,一定要保持修整好的形状。

【营养功效】　鲤鱼味道鲜美,营养丰富,含有大量优质蛋白质、脂肪、钙、磷、铁、维生素(B_1、B_2、B_5、E)等;其味甘,性平,可补益脾胃,利水除湿。西瓜翠衣(西瓜皮)味甘,性凉,可清暑解热,止渴利尿。二者配以可健脾和胃、宁心安神、利水渗湿的茯苓同烹成菜,具有清热利尿,补虚安神,解暑祛湿的功效,是夏日一款营养滋补药膳。

什锦鲤鱼锅

【原　料】　鲤鱼1条(重约750克),番茄、油菜各250克,冬笋、水发香菇各100克,葱段、姜片各25克,红干辣椒10克,料酒30克,精盐10克,味精5克,米醋20克,芝麻酱50克,韭菜花、腐乳汁、辣椒油各15克,鸡蛋清2个,干淀粉12克,鸡清汤1000克。

【制作步骤】　①将鲤鱼去鳞、鳃、内脏,洗净,切下鱼头,剁下鱼尾,余下的中段剔去骨、刺、皮,切成片。鱼头从下颌处入刀,劈开3/4,再用刀轻轻拍扁。鱼尾从腹部的一侧入刀片开3/4。番茄去蒂,洗净,切成滚刀块。油菜掰洗干净,沥去水分。冬笋洗净,切成片。香菇去蒂,洗净。红干椒去蒂,洗净,切成段。　②鱼片放入容器内,加入料酒15克、精盐2克、米醋5克拌匀腌渍入味,再加入鸡蛋清、干淀粉拌匀上浆。芝麻酱放入容器内,加入清水50克澥开成糊状,再加入韭菜花、腐乳汁、辣椒油、米醋10克、味精2克、精盐4克调匀成味汁。　③锅内放入清水烧开,下入鱼头、鱼尾氽透捞出,沥去水分。另将锅内放入鸡清汤、余下的料酒、葱段、姜片、余下的米醋和精盐、红干辣椒段烧开,下入鱼头、鱼尾烧开,用中火煮 10 分钟,下入香菇、冬笋片煮 10 分钟,下入番茄块、油菜烧开,将鱼头、鱼尾分别摆在锅的两侧成鱼的原形,油菜围摆在锅的边缘,鱼片下入锅中煮熟,加余下的味精即成。

【特　　点】　色形美观,鱼肉滑嫩,汤汁鲜美。

【操作提示】　食用时可用配调好的味汁蘸食。

【营养功效】　鲤鱼味甘,性平,可补益脾胃,利水除湿。番茄富含维生素 C,即使加热也不易遭到破坏;其味甘、酸,性微寒,可生津止渴,健胃消食,凉血平肝。油菜富含维生素 C、胡萝卜素、钙、铁等;其味辛,性凉,可清热解毒,散瘀消肿,和中润肠。此菜具有清热生津,健脾利水,健胃消食的功效,是夏日一款别具风味的解暑菜肴。

赤豆蒸鲤鱼

【原　　料】　鲤鱼 1 条(重约 750 克),赤豆 50 克,冬笋、水发香菇各 20 克,葱丝、姜丝、火腿各 15 克,料酒 25 克,醋 2 克,精盐、鸡精各 3 克,胡椒粉 0.5 克,草果 1 枚,陈皮 8 克,植物油 30 克。

【制作步骤】　①将赤豆择去杂质,洗净,放入容器内,加入温水浸泡至涨起捞出,沥去水分。草果洗净,用刀拍松。陈皮洗净,掰成小块。香菇去蒂,洗净,与洗净的冬笋均切成丝。火腿切成丝。鲤鱼去鳞、鳃、内脏,洗净,在鱼身两面每间隔 1.5 厘米斜剞一刀。　②鲤鱼放入容器内,加入料酒、醋、精盐、鸡精、胡椒粉和葱丝、姜丝各 5 克涂抹鱼身内外,充分揉搓,腌渍 20 分钟,拣出葱丝、姜丝不用。　③赤豆、草果、陈皮块均填入鱼腹内,再将鱼放入盘中。冬笋丝、香菇丝、火腿丝放在一起拌匀,均匀地撒在鱼上,入蒸锅内蒸至熟透取出。锅内放入植物油烧热,下入余下的姜丝、葱丝炝香,出锅浇淋在盘内鲤鱼上即成。

【特　点】　鱼形完整,鲜嫩肥美,味道极鲜。

【操作提示】　鲤鱼鱼身两侧各有1条如同细线的筋,剖洗时一定要抽出。

【营养功效】　鲤鱼富含优质蛋白质、脂肪、钙、磷、铁、维生素(B族、E、A)等;其味甘,性平,可补益脾胃,利水除湿。赤豆味甘、微酸,性平,可健脾利水,解毒消肿。此菜具有清热解毒,健脾利湿的功效,是夏日一款解暑祛湿菜肴。

清蒸鲤鱼

【原　料】　鲤鱼1条(重约800克),冬瓜皮150克,冬笋、水发香菇、火腿各25克,姜块、葱白、料酒各20克,精盐、鸡精、醋各4克,胡椒粉1克,香油15克。

【制作步骤】　①将鲤鱼去鳞、鳃、内脏,洗净,沥去水分,在鱼身两面斜剖一字刀,放入容器内,加入料酒、醋、精盐、鸡精、胡椒粉涂抹鱼身内外,腌渍入味20分钟。　②冬瓜皮洗净,沥去水分,切成丁。冬笋洗净,香菇去蒂,洗净,与火腿均切成片。姜去皮,切碎。葱白切成两长段。将姜末和冬瓜皮放在一起拌匀,塞入鱼腹内。　③葱段横放在盘内,鲤鱼放在盘内葱段上,再将火腿片、香菇片、冬笋片相间且相互叠压1/2排摆在鱼上,入蒸锅内用大火蒸15分钟,至熟透取出,将鱼放入另一净盘内。锅内放入香油烧热,出锅浇在盘内鲤鱼上即成。

【特　点】　鱼形完整,鱼肉细嫩,滋味鲜美。

【操作提示】　鲤鱼剖刀刀距为1.3厘米。

【营养功效】　鲤鱼味甘,性平,可补益脾胃,利水除湿。冬瓜皮味甘,性寒,可清热,利水,消胀。此菜具有清热解毒,利尿消肿,健脾利湿的功效,是夏日一款解暑祛湿营养菜肴。

蒜烧鲤鱼

【原　料】　鲤鱼1条(重约750克),独头蒜10个,葱段、姜片、香菜各10克,料酒、酱油各15克,醋、精盐、鸡精各3克,白糖2克,湿淀粉12克,清汤500克,植物油1000克。

【制作步骤】　①将鲤鱼去鳞、鳃、内脏,洗净,沥去水分,在鱼身两面剞上斜十字花刀。独头蒜去皮,洗净,沥去水分。　②锅内放入植物油烧至五成热,下入大蒜炸黄捞出,待油温烧至七成热时,下入鲤鱼炸至呈金黄色、外表脆硬时捞出,沥去油。　③锅内留油20克,下入葱段、姜片炝香,下入料酒、酱油、醋、清汤烧开,下入鲤鱼、大蒜烧开,用中火烧10分钟,加入精盐、白糖,改用大火将锅中汤汁收至浓稠,将鱼取出放入盘中,大蒜分摆在鱼的两侧。锅内汤汁中的葱段、姜片取出不用,加入鸡精,用湿淀粉勾芡,淋入油10克炒匀,出锅浇在盘内鲤鱼上,再撒上切成段的香菜即成。

【特　点】　色泽红亮,细嫩咸鲜,蒜香浓郁。

【操作提示】　烧制时要勤晃动锅,以免煳底。

【营养功效】　鲤鱼味甘,性平,可补益脾胃,利水除湿。独头蒜含大蒜辣素、蛋白质、脂肪、钙、磷、铁、挥发油等;其味辛、甘,性温,可健胃消食,解毒杀虫。二者同烹成菜,具有清热解毒,解暑除湿的功效,是夏日一款消暑祛湿、防病健身美味菜肴。

茯苓栗子焖鱼块

【原　料】　鲤鱼1条(重约700克),栗子200克,茯苓粉、葱段各15克,姜片10克,料酒20克,精盐、鸡精各3克,醋、白糖各2克,清汤450克,香油8克,植物油1000克。

【制作步骤】　①将栗子洗净,用刀在栗子皮上划一十字花刀,放入清水锅中用大火烧开,煮10分钟捞出,沥去水分,剥去皮。鲤鱼去鳞、鳃、内脏,洗净,从腹部入刀,至脊背劈开成两半,再横剁成3厘米宽的块。 ②锅内放入植物油烧至七成热,下入鱼块炸至外表脆硬、呈金黄色时捞出,沥去油,再下入栗子仁炸2分钟捞出,沥去油。 ③鱼块、栗子仁均放入沙锅内,加入茯苓粉、葱段、姜片、料酒、醋、白糖、清汤,盖上锅盖用大火烧开,改用小火焖30分钟,加入精盐继续焖10分钟,至汤汁将尽时,加鸡精,淋入香油即成。

【特　点】　鱼肉鲜嫩,栗子甘甜,口味醇正。

【操作提示】　鱼尾剁去不用,鱼头剁成块。

【营养功效】　鲤鱼味甘,性平,可补益脾胃,利水除湿。栗子含蛋白质、脂肪、糖类、胡萝卜素、维生素(B_1、B_2、B_5、C)、钙、磷、铁、锌等;其味甘,性温,可养胃补肾,健脾止泻,壮腰强筋。二者配以可健脾和胃、宁心安神、利水渗湿的茯苓同烹成菜,具有健脾祛湿,开胃增食的功效,是夏日一款消暑祛湿滋补菜肴。

木耳鲤鱼片

【原　料】　净鲤鱼肉200克,水发木耳100克,黄瓜50克,蒜末、湿淀粉、熟鸡油各10克,料酒15克,醋2克,精盐、鸡精各3克,胡椒粉0.5克,干淀粉5克,鸡蛋清2/3个,清汤20克,植物油500克。

【制作步骤】　①将鱼肉洗净,沥去水分,切成均匀的片,放入容器内,加入醋、料酒10克、精盐1克拌匀腌渍入味,再加入鸡蛋清、干淀粉拌匀上浆。木耳去根,洗净,撕成片。黄瓜洗净,切成菱形片。 ②清汤放入碗内,加入胡椒粉、鸡精、湿淀粉、余下的料酒和精盐调匀对成芡汁。 ③锅内放入植物油烧至四成热,下入鱼片滑散,用小火滑熟,倒入漏勺。锅内放入植物油15克,下入蒜末炝香,下入木耳片煸炒至透,下入黄瓜片、鱼片炒匀,烹入芡汁翻匀,淋入熟鸡油,出锅装盘即成。

【特　点】　色泽素雅,鱼片嫩滑,滋味鲜美。

【操作提示】　鱼肉质地细嫩,入味上浆时动作要轻。

【营养功效】　鲤鱼营养丰富,味甘,性平,可补益脾胃,利水除湿。木耳味甘,性平,可润肺养阴,凉血止血,补气益胃。二者配以可清热止渴、利水消肿的黄瓜同烹成菜,具有清热解毒,补肾养血,护心安神,健脾利湿的功效,是夏日一款解暑祛湿营养菜肴。

红杞熘鲤鱼丸

【原　料】　净鲤鱼肉 300 克,鸡蛋清 2 个,枸杞子、料酒各 20 克,葱姜汁 30 克,醋、精盐、鸡精各 3 克,胡椒粉 0.5 克,干淀粉、湿淀粉、香油各 10 克,清汤 100 克,植物油 800 克。

【制作步骤】　①将鲤鱼肉洗净,沥干水分,剁成细末,放入容器内,加入醋、胡椒粉、料酒 15 克、葱姜汁 20 克、精盐 1.5 克、鸡蛋清搅匀上劲至黏稠,再加入干淀粉搅匀。枸杞子洗净。　②锅内放入植物油烧至五成热,将调好的鱼肉末挤成直径为 3 厘米的丸子,下入油锅中用小火炸至呈金黄色、浮起、熟透捞出,沥去油。③锅内的油倒出,加入清汤和余下的葱姜汁、料酒,下入枸杞子烧开,煮 2 分钟,加入余下的精盐、鸡精,用湿淀粉勾芡,淋入香油炒匀,下入炸好的鱼丸翻匀,出锅装盘即成。

【特　点】　汁清芡亮,外焦里嫩,滋味鲜美。

【操作提示】　炸鱼丸时要用手勺不停地推搅,使之受热均匀。

【营养功效】　鲤鱼营养丰富,味甘,性平,可补益脾胃,利水除湿。枸杞子含有蛋白质、亚油酸、甜菜碱、酸浆素、多糖类、多种氨基酸、钙、磷、铁、维生素(B_1、B_2、C)等;其味甘,性平,可补肾,润肺,生津,益气。二者同烹成菜,具有补肾润肺,生津益气,清热利湿的功效,是夏日一款解暑滋补药膳。

珍珠鲤鱼丸

【原　料】　净鲤鱼肉、净冬瓜(去皮、瓤)各200克,嫩豌豆15克,枸杞子10克,料酒20克,精盐、鸡精各3克,白糖2克,胡椒粉0.5克,湿淀粉、葱姜汁各25克,鸡蛋1个,清汤250克,熟鸡油20克,植物油650克。

【制作步骤】　①将豌豆、枸杞子洗净。冬瓜洗净,用挖球器挖成圆球。鱼肉洗净,沥去水分,剁成细末,放入容器内,加入料酒、葱姜汁、精盐各半,再加入白糖、胡椒粉、鸡蛋液、清汤50克、熟鸡油10克搅匀上劲至黏稠,加入湿淀粉15克搅匀。　②锅内放入植物油烧至七成热,将鱼肉末挤成直径3厘米的丸子,下入油锅中用大火炸至呈金黄色捞出,沥去油。锅内留油15克,下入豌豆略炒,加入余下的清汤、料酒、葱姜汁烧开。　③下入冬瓜球、鱼丸、枸杞子,加入余下的精盐炒开,用小火烧至熟透,改用大火收浓汤汁,加鸡精,用余下的湿淀粉勾芡,淋入余下的熟鸡油,出锅装盘即成。

【特　点】　色泽美观,清香鲜美。

【操作提示】　冬瓜球的直径为3厘米。

【营养功效】　鲤鱼味甘,性平,可补益脾胃,利水除湿。冬瓜味甘,性微寒,可清热化痰,除烦止渴,利尿消肿。二者配以可滋肾补肝、益精明目、生津止渴、润肺止咳的枸杞子同烹成菜,具有清热解毒,生津润肺,健脾除湿,补肾利水的功效。

碧菠鲤鱼丸汤

【原　料】　净鲤鱼肉125克,菠菜100克,火腿25克,葱姜汁

30 克,料酒 20 克,醋、白糖各 2 克,精盐、鸡精各 3 克,胡椒粉 0.5 克,湿淀粉、熟猪油各 10 克,鸡蛋清 1 个,清鸡汤 625 克,香油 4 克。

【制作步骤】 ①将鲤鱼肉洗净,沥去水分,剁成细末,放入容器内。火腿切成细粒。菠菜择干净,沥去水分,切成 3 厘米长的段。 ②鱼肉末内加入火腿粒、醋、精盐 1 克、白糖、料酒 10 克、葱姜汁 20 克、胡椒粉、鸡蛋清、清汤 25 克、熟猪油搅匀上劲至黏稠,再加入湿淀粉搅匀,制成均匀的丸子,下入清鸡汤锅内烧开,煮至定形。 ③下入菠菜段,加入余下的料酒、葱姜汁、精盐烧开,煮至熟透,加鸡精,淋入香油,出锅装碗即成。

【特　点】 鱼丸细嫩,菠菜爽滑,汤汁清爽,滋味鲜美。

【操作提示】 鱼丸下入汤锅后要用小火煮熟。

【营养功效】 鲤鱼肉营养丰富,含有十余种具有护脑益智作用的氨基酸;其味甘,性平,可补益脾胃,利水除湿。菠菜富含蛋白质、胡萝卜素、钙、磷、铁、膳食纤维等;其味甘,性凉,可清热除烦,生津止渴,补血养肝,润肠通便。二者配以可滋阴润燥、健脾开胃、生津益血的火腿同烹成菜,具有清热解毒,生津益血,利尿除湿的功效,是夏日一款解暑除湿营养汤菜。

银丝鲤鱼汤

【原　料】 净鲤鱼肉、白萝卜各 150 克,莴笋 75 克,熟火腿 15 克,葱丝、姜丝、蒜丝各 5 克,料酒、葱姜汁各 20 克,醋 2 克,精盐、鸡精各 3 克,白糖 1.5 克,胡椒粉 0.5 克,湿淀粉 6 克,鸡蛋清 1 个,清汤 625 克,香油 4 克,植物油 18 克。

【制作步骤】 ①将鲤鱼肉洗净,沥去水分,剁成细末,放入容器内。白萝卜、莴笋均去皮,洗净,切成丝。火腿切成丝。鲤鱼末内加入葱姜汁、醋、白糖、胡椒粉、鸡蛋清、清汤 25 克、料酒 10 克、精盐1克、湿淀粉、植物油8克,用筷子顺一个方向充分搅匀上劲至呈稠糊状。　②锅内放入余下的植物油、香油烧热,下入葱丝、姜丝、蒜丝炝香,下入白萝卜丝煸炒至变软,下入火腿丝、莴笋丝炒匀,加入余下的清汤、料酒烧开。　③将调好的鲤鱼肉末挤成均匀的丸子,下入汤锅内用小火烧开,加入余下的精盐煮至熟透,加鸡精,出锅装碗即成。

【特　点】　色泽美观,清爽细嫩,汤汁咸鲜。

【操作提示】　原料丝一定要切得细而匀。

【营养功效】　鲤鱼富含蛋白质、钙、磷、铁、维生素(B族、A、E)等;其味甘,性平,可补益脾胃,利水除湿。白萝卜富含维生素(C、B_1)、胡萝卜素、钙、磷、锰、硼、铁、有机酸、葡萄糖、蔗糖、果糖、胆碱及各种酶类等;其味辛、甘,性凉,可清热化痰,凉血利尿,益胃消食,下气宽中。此菜具有清热解毒,利尿除湿,消暑止渴的功效,是夏日一款鲜美消暑汤菜。

芽菜带丝鲫鱼汤

【原　料】　大鲫鱼1条(重约300克),黄豆芽150克,海带100克,葱段、姜片各10克,料酒15克,精盐、鸡精各3克,白醋2克,胡椒粉0.5克,植物油100克。

【制作步骤】　①将鲫鱼去鳞、鳃、内脏,洗净,沥去水分,在鱼身两面斜剞一字刀。黄豆芽掐去根须,洗净,沥去水分。海带洗净,沥去水分,切成4厘米长的丝。　②锅内放入植物油烧热,下入鲫鱼煎至底面脆硬,翻个,煎至两面均呈金黄色时,将鱼铲出沥去油。　③锅内留油15克,下入葱段、姜片炝香,放入鲫鱼,烹入白醋、料酒,加清水800克,下入海带丝烧开,用中火炖15分钟,下入黄豆芽,加入精盐烧开,炖至熟烂,加鸡精、胡椒粉,出锅装碗即成。

【特　点】　色泽素雅,鱼肉细嫩,汤汁咸鲜。

【操作提示】　鲫鱼剞刀刀距为 1 厘米,入刀深至鱼骨,但不要将鱼骨切断。

【营养功效】　鲫鱼是一种高蛋白、低脂肪食物,并含有较多的钙、磷、铁、维生素(B_1、B_2、B_5、A)等;其味甘,性微温,可健脾利湿,和中开胃,利尿消肿,通络下乳。黄豆芽味甘,性寒,可清热解毒,利湿消积。海带味咸,性寒,可消痰软坚,利水泄热。三者同烹成菜,具有清热化痰,解暑除湿的功效。

莲藕鲫鱼汤

【原　料】　鲫鱼 2 条(重约 600 克),莲藕 300 克,葱段、姜片、料酒各 15 克,醋 2 克,精盐、鸡精各 3 克,白糖 1 克,胡椒粉 0.5克,清汤 500 克,香油 5 克。

【制作步骤】　①将鲫鱼去鳞、鳃、内脏,洗净,在鱼身两面均斜剞一字刀,下入沸水锅中余烫捞出,沥去水分。　②莲藕洗净去皮,横切成圆形片,下入沸水锅中焯透捞出,用凉水投凉捞出,沥去水分。　③莲藕片相互叠压 1/3 围摆在盘中,再将鲫鱼摆放在莲藕片上,加入葱段、姜片、料酒、醋、精盐、白糖、胡椒粉、清汤,放入蒸锅内蒸 20 分钟,至熟取出,拣出葱段、姜片不用,加入鸡精,淋入香油即成。

【特　点】　色淡形美,细嫩咸鲜,汤清味酸。

【操作提示】　莲藕片要从外圈向内围摆。

【营养功效】　鲫鱼味道鲜美,营养丰富,味甘,性微温,可健脾利湿,和中开胃,利尿消肿,通络下乳。莲藕富含维生素 C、铁、糖类、膳食纤维等,可润燥养阴,行血化瘀,补益脾胃。二者同烹成菜,具有清热解毒,健脾和胃,利水除湿的功效,是夏日一款滋补解暑祛湿汤菜。

百合鲫鱼汤

【原　料】　鲫鱼2条(重约500克),鲜百合150克,葱段10克,姜片5克,料酒15克,精盐、鸡精、醋各3克,白糖2克,清汤700克,植物油100克。

【制作步骤】　①将鲫鱼去鳞、鳃、内脏,洗净,沥去水分。百合逐片掰开,洗净,沥去水分。　②锅上火,加入植物油烧热,下入鲫鱼煎至底面呈灰黄色、略硬,翻个,煎至两面均呈灰黄色、略硬时,滗去多余的油,烹入醋、料酒,加清汤,出锅倒入沙锅内,下入葱段、姜片,盖上锅盖,煮至汤汁呈乳白色。　③下入百合片,加入白糖、精盐烧开,加鸡精即成。

【特　点】　鱼形完整,汤汁乳白,鲜美清新。

【操作提示】　煮鲫鱼时要用中火。

【营养功效】　鲫鱼味甘,性微温,可健脾利湿,和中开胃,利尿消肿,通络下乳。百合味甘、微苦,性平,可清热,润肺,宁心,安神。二者同烹成菜,具有清热降火,解暑除湿,安神除烦的功效,是夏日一款滋补解暑菜肴,对烦躁、失眠、惊悸、肺燥干咳等症状,也有食疗改善作用。

珍珠萝卜煮鲫鱼

【原　料】　大鲫鱼1条(重约350克),白萝卜300克,葱段、姜片、料酒各10克,醋、精盐、鸡精各3克,胡椒粉0.5克,鸡清汤800克,熟猪油50克。

【制作步骤】　①将鲫鱼去鳞、鳃、内脏,洗净,沥去水分。白萝卜洗净,去皮,用挖球器挖成直径2厘米的圆球。　②锅烧热,加入熟猪油烧热,下入鲫鱼煎至底面呈灰黄色、脆硬,翻个,煎至两面均呈金黄色、脆硬时,滗去多余的油,烹入醋、料酒,加鸡清汤、葱段、姜片,用大火烧开,改用中火煮至汤汁呈乳白色。　③拣出葱段、姜片不用,下入白萝卜球,加入精盐烧开,煮至熟烂,加鸡精、胡椒粉,出锅装碗即成。

【特　点】　鱼肉细嫩,萝卜爽嫩,汤汁咸鲜。

【操作提示】　鲫鱼要用小火煎制。

【营养功效】　鲫鱼味甘,性微温,可健脾利湿,和中开胃,利尿消肿,通络下乳。萝卜营养十分丰富,味甘、辛,性凉,可清热化痰,凉血利尿,益胃消食,下气宽中。二者同烹成菜,具有补充体液,开胃健脾,化痰止咳,清热祛湿的功效,是夏日一款解暑祛湿营养菜肴。

豆腐炖鲫鱼

【原　料】　大鲫鱼 1 条(重约 350 克),豆腐 200 克,香菜、葱段、姜片各 10 克,料酒 15 克,精盐、鸡精、醋各 3 克,胡椒粉 0.5克,清汤 650 克,香油 4 克。

【制作步骤】　①将鲫鱼去鳞、鳃、内脏,洗净,沥去水分,在鱼身两面每间隔 1.5 厘米斜剞十字花刀。豆腐切成 1 厘米厚、2 厘米见方的块。香菜择洗干净,沥去水分,切成 2 厘米长的段。②锅内放入清水 500 克烧开,加入醋,下入鲫鱼用大火余烫捞出,沥去水分,放入沙锅内,加入葱段、姜片、料酒、清汤,用大火烧开。

③下入豆腐块,加入精盐烧开,改用中火炖 15 分钟,加鸡精、胡椒粉,淋入香油,撒上香菜段即成。

【特　点】　色泽鲜亮,汤汁乳白,味道鲜美。

【操作提示】　鲫鱼剞刀入刀深至鱼骨,但不要将鱼骨切断。

【营养功效】　鲫鱼味甘,性微温,可健脾利湿,和中开胃,利尿消肿,通络下乳。豆腐是大豆制品,富含优质蛋白质、不饱和脂肪酸、钙、磷、铁、维生素（B$_1$、B$_2$）等；其味甘，性凉，可益气和中，清热解毒，生津润燥，止咳消痰，宽肠降浊。二者同烹成菜，具有清热解毒，益气补虚，健脾利湿的功效，是夏日一款解暑除湿滋补菜肴。

苦瓜鲫鱼丸汤

【原　料】　净鲫鱼肉、苦瓜各 125 克，枸杞子 5 克，葱段 10 克，姜片 5 克，料酒 15 克，醋 1 克，精盐、鸡精各 3 克，白糖 2 克，胡椒粉 0.5 克，鸡蛋清 1 个，湿淀粉 8 克，清汤 700 克，香油 4 克。

【制作步骤】　①将鲫鱼肉洗净，沥去水分，制成细蓉，放入容器内。苦瓜洗净，横切成圆形片，挖净瓜瓤成苦瓜圈。枸杞子洗净。　②鲫鱼蓉内加入料酒 10 克、醋、精盐 1 克、白糖、胡椒粉、鸡蛋清、清汤 25 克用筷子顺一个方向充分搅匀上劲至黏稠，再加入湿淀粉搅匀。　③锅内放入余下的清汤、葱段、姜片、枸杞子、苦瓜片烧开，将调好的鱼蓉挤成均匀的丸子，下入汤锅内烧开，加入余下的料酒和精盐，煮至熟透，加鸡精，淋入香油，出锅装碗即成。

【特　点】　色泽美观，鱼丸细嫩，汤鲜清新。

【操作提示】　苦瓜片厚度为 0.25 厘米。

【营养功效】　鲫鱼味甘，性微温，可健脾利湿，和中开胃，利尿消肿，通络下乳。苦瓜味苦，性寒，可清暑涤热，明目，解毒。二者同烹成菜，具有清热祛火，健脾利湿的功效，是夏日一款解暑祛湿滋补汤菜。

豆豉蒸鲫鱼

【原　料】　鲫鱼 2 条（重约 700 克），豆豉 25 克，葱段、姜片、料酒各 15 克，香菜 10 克，精盐 1 克，鸡精 3 克，醋 2 克，胡椒粉 0.5 克，鸡蛋 1 个，面粉 20 克，清汤 300 克，熟鸡油 5 克，植物油 100

克。

【制作步骤】 ①将鲫鱼去鳞、鳃、内脏,洗净,沥去水分,在鱼身两面均斜剞刀距为 1.3 厘米的十字花刀。豆豉剁碎。鸡蛋液磕入容器内用筷子充分搅打均匀。 ②锅烧热,加入植物油烧热,将鲫鱼蘸匀面粉,拖匀鸡蛋液,摆入锅中用小火煎至两面均呈金黄色、略硬时铲出。 ③鲫鱼摆入汤盘内,加入精盐、鸡精、醋、胡椒粉、料酒、豆豉、葱段、姜片、清汤,放入蒸锅内,用大火蒸 20 分钟,至熟透取出,拣出葱段、姜片不用,淋入熟鸡油,撒入切成末的香菜即成。

【特　　点】 鱼肉细嫩,汤汁鲜美,豉香浓郁。

【操作提示】 鲫鱼剞刀入刀深至鱼骨。

【营养功效】 鲫鱼味甘,性微温,可健脾利湿,和中开胃,利尿消肿,通络下乳。豆豉含蛋白质、脂肪、糖类、多种无机盐和维生素、酶类等,其性寒凉,可清热解表,宽中除烦,宣郁解毒。二者同烹成菜,具有健脾益气,清热除烦,解暑祛湿的功效,对暑湿所致脾胃虚弱、食欲不振、疲乏无力、消化不良、烦躁失眠等症状,也有食疗改善作用。

大枣黑鱼汤

【原　　料】 黑鱼 1 条(重约 800 克),大枣 50 克,葱花 5 克,葱段、姜片各 8 克,醋 2 克,料酒 15 克,精盐、鸡精各 3 克,面粉 20 克,植物油 100 克。

【制作步骤】 ①将黑鱼去鳞、鳃、内脏,洗净,沥去水分,在鱼身两面均斜剞一字刀。大枣洗净,沥去水分。 ②锅烧热,加入植物油烧热,将黑鱼蘸匀面粉,下入油锅内,煎至两面均呈金黄色、脆硬时,铲出,沥去油。 ③锅内留油 20 克,下入葱段、姜片炝香,下入黑鱼,烹入醋、料酒,加清水 750 克,下入大枣用大火烧开,改用中火炖 1 小时,加入精盐,炖 10 分钟,拣出葱段、姜片不用,加入鸡精、葱花,出锅装碗即成。

【特　点】　鱼肉细嫩,汤汁微白,咸鲜回甜。

【操作提示】　黑鱼要用小火煎制。

【营养功效】　黑鱼富含优质蛋白质,脂肪含量很少,且含有人体所需的 8 种氨基酸;其味甘,性寒,可健脾利水,养阴补心,清热祛风,去瘀生新。大枣营养丰富,含有大量人体所需的营养素;其味甘,性温,可益心润肺,和脾健胃,益气生津,养血安神。二者同烹成菜,具有清热养阴,养心补血的功效,是夏日一款消暑菜肴,对暑热所致烦躁不安、心悸失眠等症状,也有食疗作用。

洋参花果黑鱼汤

【原　料】　净黑鱼肉 150 克,无花果 50 克,西洋参 10 克,葱末、姜末各 18 克,料酒 15 克,醋、精盐、鸡精、白糖各 3 克,胡椒粉 0.5 克,鸡蛋清 1 个,湿淀粉 5 克,清汤 1 000 克,香油 4 克。

【制作步骤】　①将无花果、西洋参均洗净,沥去水分。黑鱼肉洗净,沥去水分,制成细蓉放入容器内,加入葱末、姜末各 8 克和料酒 5 克、精盐 1 克、白糖 2 克、胡椒粉、鸡蛋清、醋、清汤 50 克用筷子顺一个方向充分搅匀上劲至黏稠,再加入湿淀粉搅匀。　②锅内放入余下的清汤、料酒,下入西洋参、无花果用大火烧开,改用小火煮 90 分钟,拣出西洋参不用。　③另将锅内放入清水,将调好的鱼蓉挤成均匀的丸子,下入清水锅中烧开,煮熟捞出,沥去水分,下入汤锅内,再加入余下的所有调料烧开,撒入葱末、姜末,淋入香油即成。

【特　点】　鱼丸细嫩,花果软烂,汤汁咸鲜。

【操作提示】　鱼丸入清水锅后要用小火烧开,煮熟。

【营养功效】　黑鱼肉富含优质蛋白质,脂肪含量少,并含有大量的钙、磷、铁、锌、维生素（B₁、B₂）等；其味甘，性寒，可去瘀生新，清热祛风，补脾利水，养阴补心。无花果富含钙、磷、铁、维生素（A、C、D）、糖类等；其味甘，性平，可清热利湿，消肿解毒，润肠通便。二者与可补阴养气、消火生津的西洋参同烹成菜，具有清热润燥，养阴生津，健脾利湿的功效，是夏日一款美味滋补药膳，对神疲头晕、心烦失眠等症状，也有食疗改善作用。

双菜黑鱼丸汤

【原　料】　净黑鱼肉150克，生菜125克，紫菜15克，葱姜汁30克，料酒15克，醋1克，精盐、鸡精各3克，白糖1克，胡椒粉0.5克，鸡蛋清1个，清汤650克，香油4克。

【制作步骤】　①将生菜洗净，沥去水分，撕成大片。紫菜撕成小片。黑鱼肉洗净，沥去水分，剁成细末。　②黑鱼末放入容器内，加入醋、白糖、胡椒粉、精盐1克、葱姜汁20克、料酒10克、鸡蛋清、清汤25克，用筷子顺一个方向充分搅匀上劲至黏稠，挤成均匀的丸子，下入热水锅中用小火烧开，煮熟捞出，放入碗内。③锅内放余下的清汤、葱姜汁、料酒烧开，下入生菜片、紫菜片煮熟，加余下的精盐、鸡精，淋入香油，出锅倒入盛有鱼丸的碗内即成。

【特　点】　鱼丸细嫩，汤汁清爽，味美咸鲜。

【操作提示】　鱼丸的直径为2.5厘米。

【营养功效】　黑鱼肉营养丰富，滋补价值高，其性寒凉，可补脾利水，养阴补心，清热祛风，去瘀生新。生菜味甘，性凉，可健脾养胃，清热祛暑，提神醒脑。紫菜味甘、咸，性寒，可软坚散结，清热化痰，补肾利尿，养心清咽。三者同烹成菜，具有清心火，健脾胃，祛暑湿的功效，是夏日一款美味滋补消暑汤菜。

番茄豆腐煮鱼丸

【原　料】　净黑鱼肉、番茄、豆腐各 150 克,油菜心 25 克,葱末 10 克,姜末 5 克,料酒 20 克,醋 2 克,精盐、鸡精、白糖各 3 克,胡椒粉 0.5 克,清汤 650 克,香油 4 克,熟鸡油 15 克,鸡蛋清 1 个。

【制作步骤】　①将黑鱼肉洗净,沥去水分,用刀背砸成细蓉,放入容器内。番茄去蒂,洗净,切成滚刀块。油菜心择洗干净,沥去水分,切成 3 厘米长的段。豆腐切成 2 厘米见方的块。　②鱼蓉内加入葱末和料酒各半、姜末、醋、白糖、胡椒粉、精盐 1 克、熟鸡油、鸡蛋清,用筷子顺一个方向充分搅匀上劲至呈稠糊状,挤成均匀的丸子,下入清汤锅中煮至熟透捞出。　③将煮鱼丸的原汁用大火烧开,撇净浮沫,倒入沙锅内,下入番茄块、豆腐块,加入余下的料酒、精盐用大火烧开,改用小火炖至熟透,下入油菜心段、鱼丸烧开,加鸡精,淋入香油,撒入余下的葱末即成。

【特　点】　色彩鲜艳,清爽滑嫩,汤清味鲜。

【操作提示】　煮鱼丸时要用小火,以免破碎。

【营养功效】　黑鱼肉是一种高蛋白、低脂肪食物,含有丰富的氨基酸和钙、磷、铁、维生素(B_1、B_2)等;其味甘,性寒,可祛瘀生新,补脾利水,清热祛风,养阴补心。番茄味甘、酸,性微寒,可生津止渴,健胃消食,凉血平肝。豆腐味甘,性凉,可益气和中,生津润燥,清热解毒,宽肠降浊。三者同烹成菜,具有健脾开胃,益气补虚,生津止渴的功效,是夏日一款美味营养消暑菜肴。

沙锅冬瓜炖黑鱼

【原　料】　黑鱼 1 条(重约 800 克),冬瓜 350 克,口蘑 25 克,葱段、姜片、料酒各 15 克,醋、精盐、鸡精各 4 克,白糖 2 克,胡椒粉

0.5克,植物油1000克,面粉20克。

【制作步骤】 ①将黑鱼去鳞、鳃、内脏,洗净,沥去水分,横剁成3厘米宽的段。冬瓜去皮、瓤,洗净,沥去水分,切成3厘米长、1.5厘米见方的长方形块。口蘑洗净,从中间对剖成两半。②锅内放入植物油烧至七成热,将黑鱼段蘸匀面粉,下入油锅中用大火炸至呈金黄色时捞出,沥去油,放入沙锅内,加入葱段、姜片、口蘑、料酒、醋、清水600克,盖上锅盖用大火烧开,改用中火炖15分钟。 ③下入冬瓜块,加入精盐、白糖烧开,炖至熟烂,加鸡精、胡椒粉略炖即成。

【特　　点】 鱼肉肥嫩,冬瓜鲜嫩,汤汁乳白,香鲜醇美。

【操作提示】 炸鱼段时油温不能过低。

【营养功效】 黑鱼是一种高蛋白、低脂肪食物,含有丰富的氨基酸、钙、磷、铁、维生素(B_1、B_2、PP)等;其味甘,性寒,可健脾利水,养阴补心,清热祛风,去瘀生新。冬瓜味甘,性微寒,可清热化痰,除烦止渴,利尿消肿。二者同烹成菜,具有清热解毒,健脾利水,解暑除湿的功效。

三彩黑鱼丝

【原　　料】 净黑鱼肉200克,山药、莴笋、胡萝卜各75克,姜丝、干淀粉各5克,葱丝8克,料酒15克,醋1克,精盐、鸡精各3克,白糖2克,湿淀粉、熟鸡油各10克,鸡蛋清2/3个,清汤20克,植物油350克。

【制作步骤】 ①将黑鱼肉洗净,沥去水分,山药、莴笋、胡萝卜均洗净,去皮,分别切成丝。黑鱼丝用醋、料酒5克、精盐0.5克拌匀腌渍入味,再用鸡蛋清、干淀粉拌匀上浆。 ②清汤放入碗内,加入湿淀粉、白糖、鸡精、余下的料酒和精盐调匀对成芡汁。③锅内放入植物油烧至四成热,下入黑鱼丝滑散,下入山药丝、胡萝卜丝滑散至熟,倒入漏勺,沥去油。锅内放油15克烧热,下入姜丝、葱丝炝香,下入莴笋丝炒透,下入黑鱼丝、胡萝卜丝、山药丝炒匀,烹入芡汁用大火快速翻匀,淋入熟鸡油,出锅装盘即成。

【特　点】　色泽美观,滑嫩爽脆,咸鲜清新。

【操作提示】　原料丝一定要切得粗细均匀。

【营养功效】　黑鱼营养丰富,其性寒凉,可健脾利水,养阴补心,清热祛风,去瘀生新。黑鱼同可补肺健脾、固肾益精、益气养阴的山药,可清热凉血、利尿的莴笋,可健脾消食、下气止咳、补肝明目、清热解毒的胡萝卜同烹成菜,具有清热滋阴,益气补虚,健脾利水的功效,是夏日一款清热解暑营养菜肴。

冬笋黑鱼丝

【原　料】　净黑鱼中段、冬笋(罐装)各200克,姜丝、葱丝各6克,料酒15克,酱油、湿淀粉、香油各10克,醋2克,精盐、鸡精各3克,胡椒粉0.5克,干淀粉4克,鸡蛋清半个,清汤20克,植物油300克。

【制作步骤】　①将黑鱼肉、冬笋均洗净,沥去水分,切成均匀的丝。黑鱼丝用料酒5克、醋、精盐0.5克拌匀腌渍入味,再用鸡蛋清、干淀粉拌匀上浆。　②清汤放入容器内,加入胡椒粉、鸡精、湿淀粉、余下的料酒和精盐、酱油调匀对成芡汁。冬笋丝下入沸水锅中焯透捞出。　③锅内放入植物油烧至四成热,下入黑鱼丝用小火滑熟,倒入漏勺。锅内放入植物油15克烧热,下入姜丝、葱丝炝香,下入冬笋丝炒透,下入鱼丝炒匀,烹入芡汁翻匀,淋入香油,出锅装盘即成。

【特　点】　色泽红润,滑嫩爽脆,滋味鲜美。

【操作提示】　黑鱼丝入油后要用筷子快速拨散,以免粘连。

【营养功效】　黑鱼肉营养丰富,含有十余种氨基酸,其性寒凉,可健脾利水,养阴补心,清热祛风,去瘀生新。冬笋味甘、微苦,性寒,可清热化痰,利膈爽胃,除烦止渴,通利大便。二者同烹成菜,具有清热除烦,生津止渴,健脾利水的功效,是夏季解暑祛湿营养菜肴。

双参烧黑鱼段

【原　料】　黑鱼1条(重约800克),胡萝卜200克,党参、葱段、姜片各15克,香菜、湿淀粉、酱油各10克,料酒20克,醋5克,精盐、鸡精各3克,白糖8克,胡椒粉1克,清汤400克,植物油100克。

【制作步骤】　①将党参洗净,放入小碗内,加入清水50克,入蒸锅内蒸30分钟取出备用。胡萝卜洗净,去皮,切成圆形厚片。黑鱼去鳞、鳃、内脏,洗净,切去头、尾,将鱼的中段横切成3厘米长的段。　②黑鱼段放入容器内,加入料酒10克、醋2克、精盐1克、胡椒粉拌匀,腌渍15分钟入味。　③锅内放入植物油烧热,下入葱段、姜片煸香,摆入黑鱼段煎至外表略硬时,滗去多余的油,烹入余下的醋和料酒、酱油,加清汤、党参及蒸党参的原汁烧开,下入胡萝卜片,加入精盐、白糖烧开,盖上锅盖用中火烧至熟透,收浓汤汁,加鸡精,用湿淀粉勾芡,撒入切成小段的香菜,出锅装盘即成。

【特　点】　色泽红润,肉质肥美,滋味咸鲜。

【操作提示】　煎黑鱼段前要先将净锅烧热,再加入植物油滑匀,以免粘底。

【营养功效】　黑鱼营养丰富,其性寒凉,可补脾利水,去瘀生新,清热祛风。胡萝卜味甘,性平,可健脾消食,补肝明目,下气止咳,清热解毒。二者配以可补中益气、健脾养血、生津和胃的中草药党参同烹成菜,具有补中,益气,生津,利水,补血的功效,是夏日一款营养滋补药膳,对暑热所致脾胃虚弱、气血两虚、身疲乏力、胃口不好、口渴、水肿等症状,也有食疗效果。

黄瓜熘黑鱼丁

【原　料】　净黑鱼肉 200 克,黄瓜 100 克,水发香菇 50 克,蒜末、姜末各 5 克,料酒 15 克,酱油、湿淀粉、熟鸡油各 10 克,醋 2 克,精盐、鸡精各 3 克,白糖 1 克,胡椒粉 0.5 克,干淀粉 4 克,鸡蛋清半个,清鸡汤 75 克,植物油 300 克。

【制作步骤】　①将黑鱼洗净,沥去水分,黄瓜洗净,香菇去蒂,洗净,挤去水分,分别切成丁。黑鱼丁用料酒 5 克、醋、精盐 1 克拌匀腌渍入味,再用鸡蛋清、干淀粉拌匀上浆。　②锅内放入植物油烧至四成热,下入鱼丁滑散至熟,倒入漏勺。锅内放入植物油 15 克烧热,下入蒜末、姜末炝香,下入香菇丁煸炒至透,加入清鸡汤、酱油、余下的料酒烧开。　③下入黄瓜丁,加入白糖、余下的精盐烧开,加鸡精、胡椒粉,用湿淀粉勾芡,下入鱼丁翻匀,淋入熟鸡油,出锅装盘即成。

【特　点】　鱼丁滑嫩,瓜丁脆嫩,色淡味鲜。

【操作提示】　滑鱼丁时火不要过大。芡汁炒制要稠稀适中。

【营养功效】　黑鱼营养丰富,其性寒凉,可健脾利水,养阴补心,清热祛风,去瘀生新。黄瓜富含维生素(C、A)、铁、膳食纤维、糖类等,其味甘,性凉,可清热止渴,利水消肿。二者配以可益气补虚、益胃健脾的香菇同烹成菜,具有滋阴润燥,清热利湿的功效,是夏日一款解暑祛湿菜肴。

蒸百合黑鱼饼

【原　料】　净黑鱼肉 200 克,鲜百合 100 克,胡萝卜、火腿各 25 克,葱末、姜末各 6 克,料酒 15 克,酱油 10 克,醋 2 克,精盐、鸡精各 3 克,白糖 1 克,胡椒粉 0.5 克,湿淀粉、香油各 20 克,鸡蛋清 1 个,清汤 125 克。

【制作步骤】 ①将黑鱼肉洗净,百合逐片掰开,洗净,胡萝卜洗净,去皮,与火腿分别剁成末。 ②鱼肉末放入容器内,加入火腿末、葱末、姜末、料酒、醋、精盐、白糖、胡椒粉、香油 10 克、鸡蛋清、清汤 25 克,用筷子顺一个方向充分搅匀上劲至黏稠,再加入百合末、胡萝卜末、湿淀粉 10 克搅匀成馅。 ③将调好的馅分成 8 等份,逐一制成圆形饼坯,摆在蒸盘内,放入蒸锅内用大火蒸至熟透取出,摆入另一净盘内。锅内放入余下的清汤、酱油烧开,加鸡精,用余下的湿淀粉勾芡,淋入余下的香油,出锅浇在盘内百合黑鱼饼上即成。

【特 点】 色泽红亮,滑嫩鲜香,清新可口。

【操作提示】 蒸盘上要先涂上一层植物油,再放上饼坯,以免粘连。

【营养功效】 黑鱼肉味甘,性寒,可健脾利水,养阴补心,清热祛风,去瘀生新。百合含有多种生物碱、胡萝卜素、糖类、蛋白质、脂肪等;其味甘、微苦,性平,可清热,宁心,安神。二者同烹成菜,具有清热润肺,养阴补心,养血安神,益脾和胃的功效,是夏日一款清热消暑菜肴。

豆沙黑鱼羹

【原 料】 净黑鱼肉 100 克,山药 50 克,莲子、薏米各 20 克,赤豆沙 75 克,冰糖 60 克,湿淀粉 30 克,料酒 10 克,醋、精盐各 1.5 克。

【制作步骤】 ①将黑鱼肉洗净,沥去水分,切成 1 厘米见方的丁,用醋、料酒、精盐拌匀腌渍入味,再用湿淀粉 3 克拌匀上浆。莲子、薏米均择去杂质,洗净,用温水泡透。山药洗净,去皮,切成丁。

②锅内放入清水烧开，下入鱼丁用大火汆熟捞出。沙锅内放入清水 800 克，下入莲子、薏米烧开，用小火煮至熟透。 ③下入山药丁煮至熟烂，下入鱼丁、冰糖烧开，再将赤豆沙用清水调成糊，倒入锅中搅匀，烧开，煮熟，用余下的湿淀粉勾芡，使汤汁呈稠稀适中的糊状，出锅装碗即成。

【特　点】 色泽紫红，软烂稠滑，甜鲜润口。

【操作提示】 鱼丁要在锅内的水烧至滚沸时再入锅汆熟。

【营养功效】 黑鱼营养丰富，其性寒凉，可健脾利水，养阴补心，清热祛风，去瘀生新。赤豆沙是赤豆制品，富含糖类、蛋白质、膳食纤维、钙、磷、铁、钾、镁、维生素（B_1、B_2、C）等；其味甘、微酸，性平，可健脾利水，解毒消肿。山药味甘，性平，可补肺健脾，固肾益精，益气养阴。此羹具有清热泻火，润阴生津，祛痱解毒，健脾利湿的功效，是夏日一款解暑滋补甜品汤菜。

双椒青鱼

【原　料】 青鱼 1 条（重约 700 克），青辣椒、红辣椒各 50 克，姜末、葱末、蒜末各 5 克，料酒、酱油各 15 克，醋、精盐、鸡精各 3 克，白糖 2 克，胡椒粉 0.5 克，湿淀粉 10 克，清汤 400 克，植物油 800 克。

【制作步骤】 ①将青鱼去鳞、鳃、内脏，洗净，沥去水分，在鱼身两侧均斜剞十字花刀。青辣椒、红辣椒均去蒂，洗净，横切成 0.3 厘米宽的圆圈。 ②锅内放入植物油烧至七成热，下入青鱼用大火炸至外表脆硬、定形后捞出，沥去油。 ③锅内留油 20 克，下入姜末、葱末、蒜末炝香，加清汤、料酒、酱油、醋烧开，下入青鱼用大火烧开，改用中火烧至八成熟，下入青椒圈、红椒圈，加入白糖、精盐烧至熟透，将鱼取出，放入盘中，锅内汤汁用大火收浓，加鸡精、胡椒粉，用湿淀粉勾芡，淋入植物油 10 克，出锅浇在盘内青鱼上即成。

【特　　点】　色泽美观,鱼肉细嫩,咸鲜爽辣。

【操作提示】　青鱼剞刀刀距为 1.3 厘米,入刀深至鱼骨。

【营养功效】　青鱼富含优质蛋白质,脂肪含量较少,并含有较多的钙、磷、铁、锌、维生素(B_1、B_2、B_5、E)、核酸等;其味甘,性平,可益气养胃,化湿利水,祛风除烦,并有增强体质,延缓衰老的作用。青鱼与可温中散寒、除湿开胃的青辣椒、红辣椒同烹成菜,具有温阳祛湿,开胃增食的功效,并有利于散热。

鲜笋青鱼片

【原　　料】　净青鱼肉 250 克,鲜笋 150 克,蒜末、姜末各 6 克,料酒 15 克,醋 2 克,精盐、鸡精各 3 克,胡椒粉 0.5 克,湿淀粉 10 克,干淀粉 5 克,鸡蛋清 1 个,汤 20 克,植物油 500 克,熟鸡油 8 克。

【制作步骤】　①将青鱼肉洗净,沥去水分,抹刀切成薄厚均匀的片。鲜笋洗净,切成小片。青鱼片用醋、料酒 5 克、精盐 1 克拌匀腌渍入味,再用鸡蛋清、干淀粉拌匀上浆。　②汤放入碗内,加入湿淀粉、胡椒粉、鸡精、余下的精盐和料酒对成芡汁。　③锅内放入植物油烧至四成热,下入鱼片滑散,下入鲜笋片滑散至熟,出锅倒入漏勺,沥去油。锅内放油 10 克,下入蒜末、姜末炝香,下入鱼片、鲜笋片炒匀,烹入芡汁用大火快速翻匀,淋入熟鸡油,出锅装盘即成。

【特　　点】　色泽油亮,滑嫩爽脆,口味鲜美。

【操作提示】　鱼肉片要顺着纤维的走向切。

【营养功效】　青鱼肉营养丰富,味甘,性平,可益气养胃,化湿利水,祛风除烦。鲜笋含有丰富的氨基酸,其性寒凉,可清热化痰,利膈爽胃,除烦止渴,利大小便。二者同烹成菜,具有清热除烦,养胃生津,健脾除湿的功效,是夏日一款美味营养解暑菜肴。

黄瓜青鱼丁

【原　料】　净青鱼肉、黄瓜各 150 克,水发香菇 50 克,蒜末、姜末各 6 克,料酒 15 克,酱油、湿淀粉各 10 克,干淀粉 4 克,精盐、鸡精各 3 克,醋、白糖各 2 克,胡椒粉 0.5 克,鸡蛋清半个,汤 20 克,植物油 500 克,香油 8 克。

【制作步骤】　①将青鱼肉洗净,沥去水分,切成丁。黄瓜洗净,香菇去蒂,洗净,分别切成丁。青鱼丁用料酒 5 克、醋、精盐 1 克拌匀腌渍入味,再用鸡蛋清、干淀粉拌匀上浆。　②汤放入碗内,加入胡椒粉、白糖、湿淀粉、鸡精、酱油、余下的料酒和精盐对成芡汁。　③锅内放入植物油烧至四成热,下入鱼丁用小火滑散,下入香菇丁滑散至熟,倒入漏勺。锅内放油 15 克烧热,下入姜末、蒜末炝香,下入黄瓜丁煸炒至透,下入鱼丁、香菇丁炒匀,烹入芡汁翻匀,淋入香油,出锅装盘即成。

【特　点】　色泽素雅,柔滑脆嫩,咸鲜清新。

【操作提示】　黄瓜丁要用大火速炒,烹汁后快速翻匀出锅。

【营养功效】　青鱼肉味甘,性平,可益气养胃,化湿利水,祛风除烦。黄瓜味甘,性凉,可清热止渴,利水消肿。二者配以可益气补虚、健脾益胃的香菇同烹成菜,具有除烦止渴,健脾益胃,清热利湿的功效,是夏日一款解暑除湿营养菜肴。

草菇青鱼球

【原　料】　净青鱼肉、草菇各 150 克,胡萝卜、莴笋各 100 克,蒜末、湿淀粉、香油各 10 克,料酒 15 克,醋 2 克,精盐、鸡精、白糖各 3 克,胡椒粉 0.5 克,鸡蛋清 1 个,清汤 200 克,熟猪油 500 克,植物油 15 克。

【制作步骤】 ①将草菇去根,洗净,沥去水分。胡萝卜、莴笋均洗净,去皮,用挖球器挖成直径 2 厘米的圆球。青鱼肉洗净,沥去水分,剁成末。 ②鱼肉末放入容器内,加入料酒、醋、胡椒粉、白糖、鸡蛋清、精盐 1.5 克、植物油搅匀至黏稠,用手挤成均匀的丸子,下入烧至七成热的熟猪油中,用大火炸至呈金黄色时捞出,沥去油。 ③锅内留油 10 克,下入蒜末炝香,加清汤烧开,下入草菇、胡萝卜球、莴笋球、鱼丸,加入余下的精盐炒开,烧至熟透,收浓汤汁,加鸡精,用湿淀粉勾芡,淋入香油,出锅装盘即成。

【特 点】 色泽鲜亮,细嫩鲜美。

【操作提示】 鱼肉丸子的大小要与草菇相近。出锅时鱼丸、草菇盛在盘中,胡萝卜球、莴笋球相间围摆在盘的边缘。

【营养功效】 青鱼肉质细嫩,味道鲜美,营养丰富,味甘,性平,可益气养胃,化湿利水,祛风除烦。草菇富含维生素 C、赖氨酸等,味甘,性凉,可补脾益气,消暑清热。二者配以可健脾消食、清热解毒的胡萝卜和可清热凉血、利尿的莴笋同烹成菜,具有健脾开胃,清热祛湿,利尿消暑的功效。

马兰煮青鱼丸

【原 料】 净青鱼肉 125 克,马兰 100 克,火腿 20 克,葱姜汁 25 克,料酒 15 克,醋 2 克,精盐、鸡精各 3 克,白糖 1 克,胡椒粉 0.5 克,清汤 600 克,香油 10 克,鸡蛋清 1 个。

【制作步骤】 ①将马兰择洗干净,沥去水分。青鱼肉洗净,沥去水分,与火腿均剁成末,加入醋、白糖、胡椒粉、鸡蛋清、精盐 1克、料酒 10 克、葱姜汁 15 克,用筷子顺一个方向充分搅匀上劲至呈稠糊状。 ②锅内放入清水烧开,将调好的鱼肉末挤成均匀的丸子,下入清水锅中用小火烧开,煮至熟透捞出,沥去水分,放入碗内。 ③锅内放入香油烧热,下入马兰煸炒至变软,加清汤和余下的料酒、葱姜汁、精盐烧开,加鸡精,出锅倒入盛有鱼丸的碗内即成。

【特　点】 色美味鲜,清爽细嫩,咸鲜清新。

【操作提示】 青鱼肉要剁成细末,火腿剁成粗末。

【营养功效】 青鱼营养丰富,细嫩鲜美,味甘,性平,可益气养胃,化湿利水,祛风除烦。马兰富含胡萝卜素、维生素(C、B_2)、钙、磷、铁、膳食纤维等;其味辛,性微寒,可清热解毒,凉血止血,利尿除湿,消食。二者配以可滋阴润燥、健脾开胃、生津益血的火腿同烹成菜,具有清热解毒,健脾开胃,利尿除湿的功效,是夏日一款解暑祛湿滋补汤菜,对湿热腹泻、痢疾等症,也有食疗效果。

薏米青鱼羹

【原　料】 净青鱼肉100克,薏米30克,葱末、姜末、蒜末各5克,料酒、酱油各10克,醋1克,鸡蛋清1/3个,精盐、鸡精各3克,干淀粉、白糖各2克,湿淀粉25克,清汤650克,植物油50克。

【制作步骤】 ①将薏米择去杂质,洗净,放入容器内,加入清水浸泡至透,捞出,沥去水分。青鱼肉洗净,切成小丁,用料酒5克、醋、精盐0.5克拌匀腌渍入味,再用鸡蛋清、干淀粉拌匀上浆。②锅内放入植物油烧热,下入青鱼丁滑炒至熟,出锅倒入漏勺,沥去油。锅内下入葱末、姜末、蒜末炝香,加清汤,下入薏米烧开,煮至熟烂。 ③下入青鱼丁,加入酱油、白糖、余下的料酒和精盐烧开,加鸡精,用湿淀粉勾芡,使汤汁呈稀糊状,出锅装碗即成。

【特　点】 鱼丁滑嫩,汤汁滑润,色红味鲜。

【操作提示】 鱼丁要温油入锅,小火滑炒。

【营养功效】 青鱼肉质细嫩,味道鲜美,富含优质蛋白质、钙、磷、铁、锌、维生素(B_1、B_2、B_5、E)、核酸等;其味甘,性平,可益气养胃,化湿利水,祛风除烦。薏米味甘、淡,性微寒,可利水渗湿,清热除痹,健脾。二者同烹成菜,具有健脾胃,祛暑湿的功效,是夏日一款解暑祛湿营养汤菜。

冬瓜草鱼锅

【原　料】　草鱼1条(重约800克),冬瓜500克,胡萝卜、水发香菇各50克,葱段、姜片、料酒各15克,醋2克,精盐、鸡精各4克,胡椒粉1克,清汤1000克,植物油1000克。

【制作步骤】　①将草鱼去鳞、鳃、内脏,洗净,剁下头、尾,再将中段横剁成5厘米宽的段。鱼头从下颌处入刀劈至3/4处,再将下颌两侧向外掰开,用刀拍扁。鱼尾从鱼腹一侧入刀片至3/4处。冬瓜去皮,洗净去瓤,用挖球器挖成圆球状。胡萝卜洗净,去皮,挖成圆球状。香菇去蒂,洗净。　②锅内放入植物油烧至七成热,将鱼头下颌朝下摆入漏勺内,鱼尾片开的两侧鱼肉分开、朝下摆入漏勺内,连同漏勺一同入锅,炸至定形、呈灰黄色捞出,再将鱼段炸至呈灰黄色捞出,沥去油。　③将冬瓜球的1/2铺在锅底,草鱼头、中段、鱼尾按鱼的原形码摆在冬瓜球上,再将余下的冬瓜球、胡萝卜球、香菇放在鱼的上面和左右两侧,加入葱段、姜片、料酒、醋、清汤用大火烧开,改用中火炖10分钟,加入精盐炖至熟透,拣出葱段、姜片不用,加入鸡精、胡椒粉即成。

【特　点】　色形美观,鱼肉细嫩,汤宽味鲜。

【操作提示】　香菇要选小而圆,且个头大小相近的为原料。

【营养功效】　草鱼肉嫩味鲜,营养丰富,含有大量的蛋白质、脂肪、钙、磷、铁、锌、维生素(B_1、B_2、B_5、E)等;其味甘,性温,可暖中和胃,平肝,祛风,治痹,截疟。冬瓜味甘,性微寒,可清热化痰,除烦止渴,利尿消肿。胡萝卜可健脾化滞,润燥明目。香菇可益气补虚,益胃健脾。诸物同烹成菜,具有清热解毒,润燥化痰,利水除湿的功效,是夏日一款美味滋补菜肴。

豆腐煮草鱼丸

【原　料】　草鱼1条(重约750克),豆腐300克,菠菜叶250克,葱段、姜片、葱姜汁、料酒各20克,米醋、精盐、鸡精各4克,白糖2克,胡椒粉1克,湿淀粉10克,鸡蛋清2个,清汤1 000克,植物油150克。

【制作步骤】　①将草鱼去鳞、鳃、内脏,切下头、尾,洗净,从中间片开,剔去骨、刺、皮,净鱼肉制成蓉,放入容器内。豆腐切成2厘米见方的块。菠菜叶洗净,沥去水分,剁碎,用纱布包严,充分揉搓,将菠菜汁挤入鱼蓉内。　②鱼蓉内加入葱姜汁、料酒10克、米醋1.5克、精盐和鸡精各2克、白糖、胡椒粉0.5克、鸡蛋清搅匀上劲,再加入湿淀粉搅匀呈稠糊状,挤成均匀的丸子,下入清水锅中烧开,煮熟捞出,沥去水分。　③锅内放入植物油烧热,下入鱼头、鱼尾煎至呈灰黄色,下入葱段、姜片炝香,滗去多余的油,烹入余下的米醋、料酒,加清汤烧开,用中火炖10分钟,下入豆腐块,加入余下的精盐烧开,改用小火炖至入透味,捞出鱼头、鱼尾、葱段、姜片不用,下入鱼丸烧开,煮透,加余下的鸡精、胡椒粉,出锅装碗即成。

【特　点】　豆腐洁白,鱼丸嫩绿,口感嫩滑,汤汁鲜醇。

【操作提示】　鱼蓉内加入调味料后,要用筷子顺一个方向充分搅匀至黏稠。

【营养功效】　草鱼味甘,性温,可暖中和胃,平肝,祛风,治痹,截疟。豆腐营养丰富,味甘,性凉,可益气和中,生津润燥,清热解毒,止咳消痰,宽肠降浊。二者配以可清热除烦、生津止渴、养血润燥的菠菜同烹成菜,具有补气滋阴,生津润燥,健脾祛湿的功效,是夏日一款解暑祛湿营养菜肴,对暑热所致气血两虚、身疲乏力、暑湿所致胃口不好、不思饮食、消化不良等症状,也有食疗改善作用。

丝瓜熘草鱼片

【原　料】　净草鱼肉、丝瓜各 200 克,姜片 5 克,蒜瓣(拍松)、葱段各 8 克,料酒 15 克,醋 1 克,精盐、鸡精各 3 克,干淀粉 4 克,湿淀粉、熟鸡油各 10 克,鸡蛋清半个,胡椒粉 0.5 克,清汤 75 克,植物油 350 克。

【制作步骤】　①将草鱼肉洗净,沥去水分,切成片,放入容器内,加入料酒 5 克、醋、精盐 0.5 克拌匀腌渍入味,再加入鸡蛋清、干淀粉拌匀上浆。丝瓜洗净,削去外皮,切成菱形片。　②锅内放入植物油烧至四成热,下入草鱼片滑熟,出锅倒入漏勺,沥去油。③锅内放入植物油 20 克烧热,下入蒜瓣、葱段、姜片炝香,下入丝瓜片炒匀,拣出葱段、姜片、蒜瓣不用,加清汤、余下的料酒和精盐烧开,加鸡精,用湿淀粉勾芡,下入草鱼片翻匀,淋入熟鸡油,出锅装盘即成。

【特　点】　柔嫩爽滑,色淡味鲜。

【操作提示】　草鱼片入油后要用筷子轻轻拨散,以免粘连。

【营养功效】　草鱼肉嫩味鲜,营养丰富,其味甘,性温,可暖中和胃,平肝,祛风,治痹,截疟。丝瓜味甘,性凉,可清热化痰,凉血解毒,通络行脉,生津止渴,解暑除烦。二者同烹成菜,具有润燥化痰,清热解暑的功效。

清蒸鲆鱼

【原　料】　鲆鱼 1 条(重约 1 250 克),火腿、冬笋、水发香菇各 50 克,猪网油 1 张,葱段、姜片、料酒各 15 克,精盐、鸡精各 4 克,白糖 2 克,醋 3 克,胡椒粉 0.5 克,清汤 100 克,植物油 25 克。

【制作步骤】　①将鲆鱼去头、尾、鳍,撕去鱼皮,去净内脏,洗净,放入容器内,加入料酒、精盐、鸡精、白糖、醋、胡椒粉拌匀,腌渍入味 20 分钟。香菇去蒂,洗净,与冬笋、火腿均切成片。　②入味的鲆鱼放入盘中,火腿片、冬笋片、香菇片相互叠压 1/2 码摆在鲆鱼上,加入清汤,再将猪网油治净,盖在上面。　③锅内放入植物油烧热,下入葱段、姜片炝香,出锅浇在猪网油上,入蒸锅内蒸至熟透取出,拣去葱段、姜片不用,掀下猪网油即成。

【特　　点】　鱼肉细嫩,滋味鲜美。

【操作提示】　香菇要抹刀切成薄片,火腿、冬笋均切成薄而匀的片。

【营养功效】　鲆鱼富含优质蛋白质,脂肪含量少,还含有较多的钙、磷、铁、锌、维生素(B_2、B_5)等;其味甘,性平,可补虚益气,消炎解毒。火腿味甘,性平,可健脾开胃,益血生津,滋肾填精。冬笋味甘、微苦,性寒,可清热化痰,利膈爽胃,除烦止渴,通利大便。香菇味甘,性平,可益气补虚,益胃健脾。诸物同烹成菜,具有补虚益气,润燥解毒的功效,是夏日一款滋补菜肴,对暑热所致胃口不开、心烦口渴、疲乏无力、泻痢等症均有食疗改善作用。

煎蛋清鲆鱼饼

【原　　料】　净鲆鱼肉 300 克,鸡蛋清 3 个,熟豌豆 20 克,枸杞子 10 克,葱末、姜末各 5 克,葱姜汁、料酒各 15 克,醋、白糖各 2 克,精盐、鸡精各 3 克,湿淀粉 25 克,清汤 75 克,植物油 100 克。

【制作步骤】　①将鲆鱼肉洗净,沥去水分,剁成细末,放入容器内,加入鸡蛋清、葱姜汁、醋、白糖、料酒 10 克、精盐 2 克、鸡精 1 克搅匀上劲,再加入湿淀粉搅匀。　②枸杞子洗净,放入容器内,加入熟豌豆、清汤、葱末、姜末和余下的料酒、精盐、鸡精调匀成味汁。　③锅烧热,加入植物油烧热,将调好的鱼肉末挤成 10 个均匀的丸子,摆入油锅中按扁成圆饼坯,煎至底面呈金黄色时,翻个,煎至两面均呈金黄色时,滗去多余的油,淋入味汁,晃动锅略烧,将饼翻个,继续晃动锅将汤汁收干,出锅装盘即成。

【特　点】　色泽美观,外焦里嫩,味美咸鲜。

【操作提示】　煎饼时要用小火,一面煎熟后再翻个煎另一面。

【营养功效】　鲫鱼味甘,性平,可补虚益气,消炎解毒。鸡蛋清味甘,性平,可清肺利咽,清热解毒。豌豆味甘,性平,可健脾利湿,生津止渴,通乳,利尿。三者配以可滋肾补肝、益精明目、润肺止咳、生津止渴的枸杞子同烹成菜,具有清热解毒,润肺利咽,补肾益精,健脾利湿的功效,是夏日一款滋补消暑菜肴。

锅煸鲋鱼

【原　料】　净鲋鱼肉300克,鸭蛋3个,火腿、口蘑各25克,葱花5克,葱姜汁、料酒各15克,醋2克,精盐、鸡精各3克,胡椒粉0.5克,干淀粉6克,鸡蛋清1个,清汤75克,植物油50克。

【制作步骤】　①将鲋鱼肉洗净,沥去水分,与洗净的口蘑、火腿分别切成小丁。鲋鱼丁放入容器内,加入葱姜汁、料酒、醋、精盐各半,再加入胡椒粉拌匀腌渍入味,再加入干淀粉、鸡蛋清拌匀上浆。　②鸭蛋壳打一孔,沥出蛋清放入碗内,用筷子充分搅打均匀,再加入火腿丁、口蘑丁、余下的葱姜汁、料酒、醋、精盐搅打均匀,再加入鱼丁搅匀。　③锅上火放入植物油烧热,倒入蛋清鱼丁摊成大圆饼,煎至表面凝固、底面呈金黄色时,加入清汤,煸至熟透,收浓汤汁,加鸡精,撒上葱花,出锅拖入盘中即成。

【特　点】　软嫩咸鲜,风格别具。

【操作提示】　清汤要沿锅的边缘淋入锅中。

【营养功效】　鲋鱼营养丰富,味甘,性平,可补虚益气,消炎解毒。鸭蛋清富含蛋白质,可清热解毒,清肺滋阴。火腿可滋阴润燥,生津益血,滋肾填精。口蘑可健脾益胃,补肝益肾,滋补强壮,化痰理气。此菜具有清热解毒,滋阴清肺,补虚益气的功效,是夏日一款消暑滋补菜肴,对暑热所致气血两虚、身疲乏力、咽喉肿痛、胃肠疾病等症,也有食疗效果。

蘑菇爆鲭鱼丁

【原　料】　净鲭鱼肉200克,鲜蘑菇100克,鸭蛋1个,熟豌豆25克,葱末、蒜末各5克,料酒15克,酱油、湿淀粉各10克,醋、白糖各2克,精盐、鸡精各3克,干淀粉4克,鸡蛋清2/3个,清汤20克,植物油350克。

【制作步骤】　①将鸭蛋液放入碗内,加入料酒5克、精盐0.5克用筷子充分搅打均匀,倒入方盒内,入蒸锅内蒸熟成糕,取出翻扣在案板上,切成丁。鲜蘑菇去老根,洗净,下入沸水锅中焯透捞出,投凉捞出,挤去水分,切成丁。鲭鱼肉洗净,切成丁。②鱼丁放入容器内,加入料酒5克、精盐1克、醋拌匀腌渍入味,再加入鸡蛋清、干淀粉拌匀上浆。清汤放入碗内,加入余下的料酒、酱油、湿淀粉、白糖、精盐、鸡精对成芡汁。③锅内放入植物油烧至四成热,下入鱼丁滑散至熟,倒入漏勺。锅内放植物油15克烧热,下入葱末、蒜末炝香,下入鲜蘑菇丁煸炒至透,下入鸭蛋糕丁、豌豆炒匀,下入鱼丁炒开,烹入芡汁,用大火快速翻匀,出锅装盘即成。

【特　点】　清爽嫩滑,色美味鲜。

【操作提示】　滑鱼丁时火不要过大,准确掌握油温。

【营养功效】　鲭鱼富含蛋白质、脂肪、不饱和脂肪酸、维生素(B_1、B_2、B_5)等;其味甘,性平,可滋补强壮,利水消肿。鲜蘑菇味甘,性凉,可补脾益气,润燥生津,开胃止泻,解毒化痰。鸭蛋味甘,性凉,可滋阴,清肺,补心。三者同烹成菜,具有清热解毒,润肺养心,滋补强身的功效,是夏日一款滋补消暑菜肴,对暑热所致心烦失眠、疲乏无力、咽喉肿痛、肺热咳嗽、消化不良、腹泻等症,也有食疗效果。

鲭鱼丸煮小白菜

【原　料】　净鲭鱼肉 150 克,小白菜 125 克,草菇 50 克,葱姜汁 25 克,料酒 15 克,精盐、鸡精各 3 克,醋 1 克,胡椒粉 0.5 克,鸡蛋清 1 个,清汤 600 克,熟鸡油 18 克。

【制作步骤】　①将鲭鱼肉洗净,沥去水分,剁成末,放入容器内。小白菜择洗干净,沥去水分,切成 3 厘米长的段。草菇去根,洗净,切成片。　②鲭鱼肉末内加入胡椒粉、醋、鸡蛋清、料酒 10 克、葱姜汁 15 克、精盐 1.5 克、清水 15 克、熟鸡油 5 克,用筷子顺一个方向充分搅匀上劲至黏稠。　③锅内放入余下的熟鸡油烧热,下入草菇片炒透,加清汤和余下的料酒、葱姜汁烧开,下入小白菜段,再将鱼肉末挤成均匀的丸子,下入汤锅中烧开,煮熟,加余下的精盐、鸡精,出锅装碗即成。

【特　点】　鱼丸细嫩,白菜清爽,汤鲜味美。

【操作提示】　煮鱼丸时要随时撇去汤中的浮沫,以保持汤汁的清澈。

【营养功效】　鲭鱼味甘,性平,可滋补强壮,利水消肿。小白菜富含维生素 C、胡萝卜素、钙、铁、膳食纤维等;其味甘,性微寒,可养胃和中,清热生津,通利肠胃。草菇味甘,性凉,可补脾益气,消暑清热。三者同烹成菜,具有滋阴强身,健脾利水,清热消暑的功效。

双冬焖马鲛

【原　料】　马鲛鱼 2 条(重约 1250 克),冬笋 75 克,水发香菇 50 克,火腿 25 克,葱段、姜片、蒜瓣各 10 克,料酒、酱油各 15 克,醋5克,精盐、鸡精、白糖各3克,胡椒粉0.5克,清汤500克,植物油1000克。

【制作步骤】 ①将马鲛鱼去鳞、鳃、内脏,切去头、尾,洗净,沥去水分,横切成4厘米长的段。冬笋切成梳子片。香菇去蒂,洗净,切成片。火腿切成小片。 ②锅内放入植物油烧至七成热,下入鱼块炸至外表脆硬、呈金黄色捞出,沥去油。锅内留油15克,下入葱段、姜片、蒜瓣炝香,下入火腿片略炒,下入香菇片、冬笋片炒匀,加清汤、料酒、酱油、醋烧开。 ③出锅倒入沙锅内烧开,下入鱼块,盖上锅盖用大火烧开,改用小火焖20分钟,拣出葱段、姜片不用,加入精盐、白糖,继续用小火焖20分钟至熟透,收浓汤汁,加鸡精、胡椒粉略烧即成。

【特　　点】 色红细嫩,软糯鲜爽,口味咸鲜。

【操作提示】 鱼块入油锅后要用手勺不停地推搅,使其受热均匀。用大火炸制。

【营养功效】 马鲛(鲅鱼)富含蛋白质、钙、磷、铁、锌、维生素(B_1、B_2、B_5、E)等,脂肪含量少;其味甘,性温,可强身补气,防衰提神,平喘。冬笋味甘、微苦,性寒,可清热化痰,利膈爽胃,除烦止渴,利大便。此菜具有滋阴润燥,清肺化痰,健胃消食,强身补虚的功效,是夏日一款消暑滋补菜肴,对暑热所致口渴、气血两虚、疲乏无力、消化不良等症状,也有食疗改善作用。

白菜鲅鱼汤

【原　　料】 净鲅鱼肉、大白菜各150克,粉丝25克,葱丝、姜丝各5克,葱姜汁、料酒各15克,精盐、鸡精各3克,白糖、醋各1克,胡椒粉0.5克,鸡蛋清1个,清汤625克,熟猪油20克。

【制作步骤】 ①将鲅鱼肉洗净,沥去水分,剁成末,放入容器内。大白菜洗净,沥去水分,切成细丝。粉丝洗净,剪成8厘米长的段。 ②鲅鱼肉末内加入葱姜汁、料酒10克、醋、白糖、胡椒粉、精盐1.5克、鸡蛋清、清汤25克、熟猪油5克搅匀上劲至黏稠，挤成均匀的丸子，下入清水锅中煮熟捞出。 ③锅内放入余下的熟猪油烧热，下入葱丝、姜丝炝香，下入白菜丝煸炒至变软，加余下的清汤、料酒烧开，煮至微熟，下入粉丝烧开，下入鱼丸，加入余下的精盐烧开，煮至粉丝熟透，加鸡精，出锅装碗即成。

【特　　点】 鱼丸细嫩，菜丝爽嫩，汤鲜味美。

【操作提示】 大白菜要横切成细而匀的丝。

【营养功效】 鲅鱼肉味甘，性温，可强身补气，防衰提神，平喘。白菜富含维生素(C、U)、胡萝卜素、膳食纤维、钙、铁等，其味甘，性微寒，可清热利尿，养胃解毒。此菜具有滋阴补虚，解热除烦，通利肠胃的功效，是夏日一款解暑滋补汤菜，对胃口不开或不思饮食、心烦消渴、肺热咳嗽、肠燥便秘等症状，也有食疗改善作用。

酱爆鲳鱼丁

【原　　料】 净鲳鱼肉250克，黄瓜100克，嫩豌豆、胡萝卜各25克，葱末、姜末各5克，料酒15克，黄酱20克，精盐、鸡精各2克，醋1克，胡椒粉0.5克，湿淀粉10克，干淀粉6克，鸡蛋清1个，植物油350克。

【制作步骤】 ①将鱼肉洗净，沥去水分，切成丁，用料酒10克、精盐1克、醋拌匀腌渍入味，再用鸡蛋清、干淀粉拌匀上浆。胡萝卜洗净，去皮，与洗净的黄瓜均切成丁。豌豆洗净。 ②清水15克放入碗内，加入湿淀粉、胡椒粉和余下的料酒、精盐、鸡精对成芡汁。 ③锅内放入植物油烧至四成热，下入鱼丁滑散，下入豌豆、胡萝卜丁滑散至熟，倒入漏勺，沥去油。锅内放油15克，下入葱末、姜末炝香，下入黄酱煸炒至出酱香味，下入黄瓜丁、鱼丁、胡萝卜丁、豌豆炒匀，烹入芡汁翻匀，出锅装盘即成。

【特　点】　色泽黄亮，滑嫩爽脆，酱香浓郁。

【操作提示】　鱼肉切成 1.5 厘米见方的丁。黄瓜等原料丁要切得比鱼丁稍小一些。

【营养功效】　鲳鱼含蛋白质、脂肪、糖类、钙、磷、铁、硒、维生素（B_2、B_5）等；其味甘，性平，可健脾养血，补肾充精，柔筋利骨。黄瓜味甘，性凉，可清热止渴，利水消肿。二者同烹成菜，具有除热利水，健脾养血的功效，是夏日消暑菜肴，对暑热所致心悸失眠、神疲乏力、头晕、水肿、小便不畅等症状，也有食疗效果。

菜心烧真鲷

【原　料】　真鲷 1 条（重约 900 克），油菜心 100 克，火腿 25 克，葱段、姜片各 8 克，料酒 15 克，酱油、湿淀粉各 10 克，醋 2 克，精盐、鸡精、白糖各 3 克，胡椒粉 0.5 克，清汤 400 克，植物油 50 克，熟鸡油 15 克。

【制作步骤】　①将真鲷去鳞、鳃、内脏，洗净，在鱼身两面每间隔 1.5 厘米斜剞一刀。油菜心洗净，沥去水分，在根部剞上一个大十字花刀。火腿切成粒状。　②锅内放入植物油烧热，下入真鲷煎至两面均略硬呈黄色时铲出，沥去油。锅内放少量油，下入葱段、姜片炝香，下入火腿粒略炒，烹入料酒、酱油炒匀，加清汤烧开。③下入真鲷，盖上锅盖用大火烧开，改用中火烧 10 分钟，下入油菜心，加入醋、精盐、白糖烧至熟透，将油菜心取出，沥去汤汁，围摆在盘的边缘，真鲷捞出，放在盘中。锅内汤汁用大火收浓，加鸡精、胡椒粉，用湿淀粉勾芡，淋入熟鸡油，出锅浇在盘内真鲷上即成。

【特　点】　色形美观，细嫩鲜美。

【操作提示】　煎真鲷前要先将锅烧热，再加入油，晃动锅使油在锅中滑匀，以免粘底。

【营养功效】 真鲷为鱼中上品,不仅肉味鲜美,而且营养价值极高,富含优质蛋白质、钙、磷、铁、锌、维生素(B$_1$、B$_2$、B$_5$、E)等;其味咸,性平,可补胃,养脾,祛风,消食。油菜味辛,性凉,可清热解毒,散瘀消肿,和中润肠。二者同烹成菜,具有滋阴润燥,解热除烦,健脾利湿的功效,是夏日一款消暑滋补菜肴,对食欲不振、消化不良、脾虚泄泻、口渴心烦、疲乏无力等症状,也有食疗改善作用。

香椿黄鱼锅

【原　料】 大黄鱼1条(重约800克),香椿300克,豆腐200克,鞭笋100克,葱段、姜片、料酒、酱油各15克,醋3克,精盐、鸡精各5克,胡椒粉1克,白糖2克,清汤1000克,熟猪油800克。

【制作步骤】 ①将香椿择洗干净,沥去水分,整齐地码摆在盘内。鞭笋洗净,斜切成3厘米长的段。豆腐切成2厘米见方的块。大黄鱼去鳞、鳃、内脏,洗净,切下头、尾,余下的部分横切成4厘米长的段。　②锅内放入熟猪油烧至七成热,下入鱼块、鱼头、鱼尾炸至外表呈金黄色捞出,沥去油。将鞭笋段平铺在净锅内,黄鱼头、鱼段、鱼尾按鱼的原形摆在鞭笋段上,再将豆腐块放在黄鱼的左侧,香椿顺放在黄鱼的右侧。　③油锅内留油15克烧热,下入葱段、姜片炝香,烹入料酒、酱油,加清汤、醋、精盐、白糖烧开,出锅浇入大黄鱼锅内,盖上锅盖烧开,用中火炖至黄鱼熟透,加鸡精、胡椒粉即成。

【特　点】 鱼肉细嫩,汤宽味鲜,营养丰富。

【操作提示】 鱼块要用大火炸制,准确掌握油温。

【营养功效】 大黄鱼富含优质蛋白质、钙、磷、铁、锌、碘、维生素(B$_1$、B$_2$、B$_5$、E)、核酸等。其味甘,性平,可补气,开胃,填精,安神,明目,止痢。香椿味辛、甘、苦,性平,可消炎解毒,涩肠止泻,健胃理气,杀虫固精。豆腐味甘,性凉,可益气和中,清热生津,宽肠降油。鞭笋味甘、微苦,性寒,可清热化痰,利膈爽胃,除烦止渴,利大便。诸物同烹成菜,具有开胃健脾,清热利湿的功效,是夏日一款解暑祛湿营养菜肴,对暑湿所致消化功能低下、胃口不开或不思饮食、胃肠病等症,也有食疗改善作用。

三彩黄鱼片

【原　料】　净大黄鱼肉250克,冬笋、胡萝卜、水发木耳各25克,鸡蛋1个,葱段、姜片、料酒各15克,酱油、醋各10克,精盐、鸡精各3克,白糖2克,胡椒粉0.5克,湿淀粉25克,面粉40克,清鸡汤100克,熟鸡油8克,植物油800克。

【制作步骤】　①将黄鱼肉洗净,沥去水分,切成0.5厘米厚的片,用料酒10克、醋3克、精盐1.5克、胡椒粉、葱段和姜片各10克拌匀腌渍10分钟入味。冬笋洗净,胡萝卜去皮,洗净,均切成片。木耳去根,洗净,撕成小片。鸡蛋液放入容器内,加入湿淀粉75克、面粉15克及适量清水调匀成稠蛋粉糊。　②锅内放入植物油烧至五成热,将入味的鱼片蘸匀面粉,拖匀蛋粉糊,下入油锅中用小火炸至呈金黄色、浮起、熟透捞出,沥去油,放入盘中。③锅内留油15克,下入余下的葱段、姜片炝香,下入胡萝卜片、木耳片、冬笋片炒透,烹入余下的料酒、酱油炒匀,加清鸡汤烧开,加鸡精、白糖、余下的精盐和醋,用余下的湿淀粉勾芡,淋入熟鸡油,出锅浇在盘内炸好的鱼片上即成。

【特　点】　色彩鲜艳,外酥里嫩,味道鲜美。

【操作提示】　鱼肉要顺着纤维的走向切成片。

【营养功效】　大黄鱼肉营养丰富,味甘,性平,可补气,开胃,填精,安神,明目,止痢。冬笋性寒凉,可清热化痰,利膈爽胃,除烦止渴,通利大便。胡萝卜可健脾化滞,润燥明目。木耳可润肺养阴,补肾止血,补气益胃。诸物同烹成菜,具有开胃益气,润肺补肾,健脾消食的功效,是夏日一款营养滋补菜肴,对暑热所致气血两虚、疲乏无力、胃口不开、消化不良、泻痢等症,也有食疗改善作用。

莼菜煮黄鱼片

【原　料】　净黄鱼肉、莼菜各 150 克,火腿 20 克,葱段、姜片各 10 克,料酒 15 克,醋 2 克,精盐、鸡精、白糖各 3 克,胡椒粉 0.5 克,干淀粉 4 克,鸡蛋清半个,清汤 600 克,植物油 20 克。

【制作步骤】　①将莼菜洗净,沥去水分。黄鱼肉洗净,抹刀切成稍薄的片。火腿切成小片。鱼片用料酒 5 克、醋、精盐 1 克拌匀腌渍入味,再用鸡蛋清、干淀粉拌匀上浆。　②锅内放入植物油烧热,下入葱段、姜片炝香,下入火腿片略炒,烹入余下的料酒炒匀,加清汤烧开,拣出葱段、姜片不用。　③下入莼菜烧开,煮透,捞出,放入碗内。待锅中的汤汁烧至滚沸时,下入鱼片,加入白糖、余下的精盐用大火烧开,余熟,加鸡精、胡椒粉,出锅倒入盛有莼菜的碗内即成。

【特　点】　鱼片细嫩,莼菜柔滑,汤鲜味美。

【操作提示】　鱼肉质地细嫩,入味上浆时动作要轻。

【营养功效】　黄鱼肉营养丰富,味甘,性平,可补气,开胃,填精,安神,明目,止痢。莼菜味甘,性寒,可清热利水,止呕止泻,消肿解毒。二者同烹成菜,具有开胃益气,补虚泻火,消炎解毒的功效,是夏日一款清暑涤热滋补菜肴,对热痢、体虚、食欲不振、心烦失眠等症,也有食疗改善作用。

莼菜银鱼汤

【原　料】　银鱼 200 克,莼菜 150 克,葱段、姜片各 10 克,料酒 15 克,醋 2 克,精盐、鸡精各 3 克,胡椒粉 0.5 克,湿淀粉 4 克,清汤 600 克,植物油 20 克。

【制作步骤】 ①将银鱼剪去头、尾,挤去内脏,洗净,沥去水分,放入容器内,加入料酒 5 克、精盐 0.5 克拌匀腌渍入味,再加入湿淀粉拌匀上浆。莼菜洗净,沥去水分。 ②锅内放入植物油烧热,下入葱段、姜片炝香,下入银鱼煸炒几下,烹入醋、余下的料酒炒匀,加清汤烧开,煮熟。 ③下入莼菜,加入余下的精盐烧开,加鸡精、胡椒粉,出锅装碗即成。

【特　点】 白绿相间,细嫩柔滑,汤宽味鲜。

【操作提示】 银鱼要用大火煸炒。

【营养功效】 银鱼富含蛋白质、钙、磷、维生素(B_1、B_2、B_5)等,尤以钙的含量最为丰富;其味甘,性平,可补虚,健胃,益肺,利水,滋阴。莼菜性寒凉,可清热利水,止呕止泻,消肿解毒。二者同烹成菜,具有滋阴补虚,清热解毒的功效,是夏日一款消暑美味汤菜,对燥热、热痢有较好的食疗效果。

双丝爆银鱼

【原　料】 银鱼 200 克,黄瓜 100 克,火腿 50 克,鸡蛋 1 个,姜丝、蒜丝各 5 克,料酒 15 克,醋 2 克,精盐、鸡精各 3 克,胡椒粉 0.5 克,湿淀粉 85 克,面粉 40 克,清汤 20 克,植物油 650 克,熟猪油 8 克。

【制作步骤】 ①将黄瓜洗净,与火腿均切成丝。鸡蛋液放入容器内,加入湿淀粉 75 克、面粉 15 克及适量清水调成蛋粉糊。②银鱼去头、内脏,洗净,沥去水分,用料酒 10 克、醋、精盐 1 克拌匀腌渍入味,再逐条蘸匀面粉,拖匀蛋粉糊,下入烧至五成热的植物油锅中炸至呈金黄色、浮起、熟透,捞出。 ③清汤放入碗中,加入余下的湿淀粉、胡椒粉、鸡精、精盐、料酒对成芡汁。锅内留油

15 克,下入姜丝、蒜丝炝香,下入火腿丝煸炒至熟,下入黄瓜丝炒匀,下入银鱼,烹入芡汁,用大火快速翻匀,淋入熟猪油,出锅装盘即成。

【特　　点】　色泽美观,酥嫩清爽,咸鲜清香。

【操作提示】　炸银鱼时火不要过大,以免外煳内生。

【营养功效】　银鱼含钙量大,味甘,性平,可补虚,健胃,益肺,利水,滋阴。黄瓜味甘,性凉,可清热止渴,利水消肿。二者配以可健脾开胃、生津益血、滋肾填精的火腿同烹成菜,具有健脾开胃,滋肾益肺,益气补虚,利水除湿的功效,是夏日一款消暑营养菜肴。

海带银鱼汤

【原　　料】　银鱼 200 克,海带 100 克,香菜、姜丝、葱丝各 5 克,葱姜汁、料酒各 15 克,醋 2 克,精盐、鸡精各 3 克,胡椒粉 0.5 克,湿淀粉 10 克,清汤 650 克,鸡蛋清 1 个,植物油 20 克。

【制作步骤】　①将银鱼去头、尾、内脏,洗净,沥去水分,剁成细末,放入容器内,加入料酒 5 克、葱姜汁、醋、胡椒粉、精盐 1.5 克、鸡蛋清、清汤 50 克、植物油 5 克搅匀上劲至黏稠,再加入湿淀粉搅匀。海带洗净,切成细丝。香菜择洗干净,切成 1 厘米长的段。　②锅内放入余下的植物油烧热,下入姜丝、葱丝炝香,下入海带丝略炒,烹入余下的料酒炒匀,加余下的清汤烧开,煮至熟烂。③将调好的鱼末挤成均匀的丸子,下入汤锅内烧开,撇净浮沫,加入余下的精盐,煮至鱼丸熟透,加鸡精,出锅装碗,撒入香菜段即成。

【特　　点】　鱼丸细嫩,海带软烂,汤清味鲜。

【操作提示】　海带丝的长度不能超过 5 厘米。

【营养功效】　银鱼味甘,性平,可补虚,健胃,益肺,利水,滋阴。海带富含蛋白质、钙、磷、铁、碘、膳食纤维、胡萝卜素等,其性寒凉,可消痰软坚,利水泄热。二者同烹成菜,具有滋阴补肾,清热利水的功效,是夏日一款消暑滋补汤菜。

清蒸鲈鱼

【原　料】　鲈鱼1条(重约700克),冬笋、火腿、水发香菇各20克,葱白2根,姜片、葱段各10克,料酒15克,醋、精盐、鸡精、白糖各3克,胡椒粉1克,熟鸡油25克。

【制作步骤】　①将鲈鱼去鳞、鳃、内脏,洗净,在鱼身两面均斜剞一字刀,放入容器内。冬笋切成梳子片。火腿切成薄片。香菇去蒂,洗净,切成片。　②鲈鱼下入沸水锅中氽烫捞出,沥去水分,放入容器内,加入醋、料酒、精盐、白糖、胡椒粉涂抹鱼身内外,腌渍15分钟入味。　③葱白横放在盘的左、右各1/3处,鲈鱼放在葱白上,冬笋片、火腿片、香菇片相间摆在鲈鱼上,放入蒸锅内用大火蒸15分钟,至熟透取出,放入另一盘中。锅内放入熟鸡油烧热,下入葱段、姜片炝香,拣出葱段、姜片不用,油浇在盘内鲈鱼上即成。

【特　点】　鱼形完整,鱼肉细嫩,清爽咸鲜。

【操作提示】　鲈鱼剞刀刀距为1.5厘米,入刀深至鱼骨。

【营养功效】　鲈鱼富含钙、磷、铁、蛋白质、维生素(B_1、B_2)等,脂肪含量少,其味甘,性平,可益脾胃,补肝肾,健筋骨,安胎。冬笋味甘、微苦,性寒,可清热化痰,利膈爽胃,除烦止渴,通利大便。火腿可健脾开胃,生津益血,滋肾填精。香菇可益气补虚,益胃健脾。此菜具有补养脾胃,滋养肝肾的功效,是夏日一款营养滋补菜肴,对脾虚泄泻、消化不良等症,也有食疗改善作用。

五味鲈鱼汤

【原　料】　鲈鱼1条(重约800克),水发木耳、水发银耳、菠菜叶各25克,五味子30克,葱段、姜片各15克,葱姜汁、料酒各20克,醋5克,精盐、鸡精各4克,胡椒粉1克,白糖2克,鸡蛋清2个,湿淀粉40克,清汤1000克,香油、熟猪油各10克。

【制作步骤】 ①将鲈鱼去鳞、鳃、内脏,洗净,切下头、尾,鱼的中段从中间片开,剔去骨、刺、皮,洗净,沥去水分,净鱼肉制成蓉。木耳、银耳均去根,洗净,撕成小片。菠菜叶洗净。五味子洗净,装入纱布口袋内扎严口成药料包。②鱼蓉放入容器内,加入葱姜汁、料酒10克、醋2.5克、精盐和鸡精各2克、白糖、胡椒粉0.5克、鸡蛋清、清汤50克、熟猪油、香油5克,顺一个方向充分搅匀至黏稠,再加入湿淀粉搅匀,制成均匀的小丸子,下入清水锅中烧开,煮至熟透捞出。③锅内放入余下的清汤,下入鱼头、鱼尾、葱段、姜片、余下的料酒、药料包,用中火煮20分钟,拣出葱段、姜片不用,下入木耳片、银耳片烧开,拣出药料包不用,下入鱼丸、菠菜叶,加入余下的精盐、鸡精、胡椒粉烧开,淋入余下的香油,出锅装碗即成。

【特　点】 鱼丸滑嫩,汤宽味鲜。

【操作提示】 出锅装碗时,要先将鱼头、鱼尾取出分别放在碗的左、右两侧,再将鱼丸及汤汁倒入碗内。

【营养功效】 鲈鱼肉嫩味美,营养丰富,味甘,性平,可益脾胃,补肝肾,健筋骨,安胎。五味子是一味中草药,其味酸,性温,可敛肺滋阴,生津止渴,涩精止泻,宁心安神。二者同烹成菜,具有补心脾,益肝肾的功效,是夏日一款滋补药膳,对暑热所致心脾两虚,肝肾不足所致烦躁不安、心悸失眠、身疲气力等症状,也有较好的食疗改善作用。

春笋煮鲈鱼

【原　料】 鲈鱼1条(重约700克),春笋100克,熟火腿、豌豆苗各 25 克,葱段、姜片各 15 克,料酒 20 克,醋、精盐各 3 克,鸡精 4 克,胡椒粉 1 克,清汤 1 000 克,植物油 75 克,熟鸡油 6 克。

【制作步骤】 ①将鲈鱼去鳞、鳃、内脏,洗净,在鱼身两面均斜剖十字花刀。春笋去壳,洗净,切成片。火腿切成小片。豌豆苗洗净。 ②锅烧热,加入植物油烧热,下入葱段、姜片,放入鲈鱼煎至两面均脆硬、呈金黄色时,取出放入大沙锅内,春笋片分放在鱼的两侧,加入料酒、醋、清汤烧开,用中火煮至汤汁呈乳白色、鱼肉熟透。 ③下入豌豆苗、火腿片,加入精盐烧开,加鸡精、胡椒粉,淋入熟鸡油即成。

【特　　点】 鱼肉细嫩,汤汁乳白,滋味鲜美。

【操作提示】 煎鲈鱼时火不要过大,以免煎煳。

【营养功效】 鲈鱼肉嫩味美,营养丰富,味甘,性平,可益脾胃,补肝肾,健筋骨,安胎。春笋味甘、微苦,性寒,可止消渴,利水道,益气力,清肺化痰,利膈爽胃。此菜具有益脾胃,补肝肾,清热除烦,解渴利尿的功效,是夏日一款滋补消暑美味汤菜。

双色鲮鱼片汤

【原　　料】 净鲮鱼肉 150 克,生菜 100 克,紫菜 25 克,蚝油 20 克,料酒 15 克,醋 2 克,精盐 1.5 克,鸡精 3 克,胡椒粉 0.5 克,干淀粉 3.5 克,鸡蛋清半个,清汤 600 克,香油 5 克。

【制作步骤】 ①将鲮鱼肉洗净,沥去水分,切成片,用料酒 5 克、精盐 0.5 克、醋拌匀腌渍入味,再加入鸡蛋清、干淀粉拌匀上浆。生菜洗净,撕成大片。紫菜撕成小片。 ②锅内放入清汤、蚝油、余下的料酒烧开,下入生菜片、紫菜片烧开,煮透捞出,放入碗内。 ③待锅内汤汁再烧开时,下入鱼片氽熟捞出,放在生菜片、紫菜片上,锅内汤汁烧开,撇净浮沫,加入余下的精盐、鸡精、胡椒粉,淋入香油,出锅倒入盛有鱼片的碗内即成。

【特　点】　色彩分明,清爽嫩滑,汤清咸鲜。

【操作提示】　鱼肉要顺着纤维的走向抹刀切成片。

【营养功效】　鲮鱼肉富含优质蛋白质、钙、磷、铁、锌、维生素(B_2、B_5、E)等,脂肪含量少;其味甘,性平,可补益脾胃,行气活血,强筋壮骨,逐水利湿。生菜味甘,性凉,可清热爽神,清肝利胆,健脾养胃。紫菜味甘、咸,性寒,可化痰软坚,清热利水,补肾养心。此菜具有清热祛暑,提神醒脑,补气强身,健脾利湿的功效。

金菇爆鳝丝

【原　料】　黄鳝 450 克,金针菇 200 克,葱丝、蒜丝各 5 克,料酒 20 克,酱油、湿淀粉各 10 克,精盐、鸡精各 3 克,白糖、醋各 2 克,胡椒粉 0.5 克,干淀粉 8 克,鸡蛋清 1 个,清汤 15 克,植物油 500 克。

【制作步骤】　①将黄鳝去内脏、头、尾、骨,洗净,沥去水分,切成丝,放入容器内,加入醋、料酒 10 克、精盐 1 克拌匀腌渍入味,再加入鸡蛋清、干淀粉拌匀上浆。金针菇切去老根,洗净,从中间切成两段。　②锅内放入清水烧开,下入金针菇段用大火烧开,焯透捞出,沥去水分。另将锅内放入植物油烧至四成热,下入黄鳝丝滑熟,倒入漏勺,沥去油。　③锅内放入植物油 15 克烧热,下入葱丝、蒜丝炝香,下入金针菇段煸透,下入黄鳝丝炒匀,烹入用余下的所有调料(不含植物油)对成的芡汁翻匀,出锅装盘即成。

【特　点】　色泽红润,嫩脆咸鲜。

【操作提示】　黄鳝丝要用小火滑制,入油后要用筷子迅速拨散,以免粘连。

【营养功效】　黄鳝是一种高蛋白、低脂肪滋补性食物,富含钙、磷、铁、锌、维生素(A、B_1、C、E、B_5)等,尤以维生素 A 的含量十分惊人;其味甘,性温,可补气血,强筋骨,除风湿。黄鳝与可抗菌消炎、益气补血的金针菇同烹成菜,具有补虚疗损,解暑除湿,强筋健骨的功效,对暑湿所致气血两虚、身疲乏力、大便泄泻等症状,也有较好的食疗滋补作用。

苦瓜鳝鱼汤

【原　料】　黄鳝、苦瓜各 200 克,葱段、姜片各 10 克,料酒 15 克,醋 2 克,精盐、鸡精各 3 克,白糖 5 克,胡椒粉 0.5 克,清鸡汤 700 克,熟鸡油 4 克。

【制作步骤】　①将黄鳝去内脏,洗净,沥去水分,横切成 3 厘米长的段。苦瓜洗净,横切成片,挖去瓜瓤。　②锅内放入清水烧开,下入黄鳝段,加入醋烧开,氽烫捞出,沥去水分。　③沙锅内放入清鸡汤、料酒、葱段、姜片烧开,下入黄鳝段、苦瓜片,盖上锅盖用大火烧开,改用小火炖 1 小时,拣出葱段、姜片不用,加入精盐、鸡精、白糖、胡椒粉,淋入熟鸡油即成。

【特　点】　汤宽清爽,滋味鲜美。

【操作提示】　苦瓜片的厚度为 0.5 厘米。

【营养功效】　黄鳝味甘,性温,可补气血,强筋骨,除风湿。苦瓜味苦,性寒,可清热祛暑,消除烦渴,止痢解毒。二者同烹成菜,具有清热除烦,生津止渴,滋阴补血,祛暑除湿的功效,对心烦口渴、气血两虚、体倦乏力、心悸气短、暑湿泻痢等症也有疗效。

荸荠鳗鱼丸汤

【原　料】　净鳗鱼肉 150 克,荸荠 125 克,香菜、葱段、姜片各 5 克,料酒、葱姜汁各 15 克,醋 1 克,精盐、鸡精各 3 克,胡椒粉 0.5 克,熟鸡油 10 克,鸡蛋清 1 个,清汤 600 克。

【制作步骤】　①将鱼肉洗净,沥去水分,剁成细末,放入容器内,加入葱姜汁、醋、胡椒粉、精盐1克、料酒10克、熟鸡油搅匀,再加入鸡蛋清搅匀上劲至黏稠。荸荠洗净,去皮,切成片。香菜择洗干净,切成2厘米长的段。　②锅内放入清汤、余下的料酒,下入葱段、姜片、荸荠片烧开。　③调好的鱼肉末挤成均匀的丸子,下入汤锅内用小火烧开,加余下的精盐煮至熟透,加鸡精,出锅装碗,撒入香菜段即成。

【特　点】　鱼丸细嫩,汤汁清爽,色淡味鲜。

【操作提示】　鱼肉末内加入调味料后,要用筷子顺一个方向充分搅匀。

【营养功效】　鳗鱼肉质细嫩,味道鲜美,富含蛋白质、脂肪、钙、磷、铁、维生素(A、B_1、B_2、B_5、E)等;其味甘,性平,可补虚益血,除湿祛风。荸荠味甘,性寒,可清热生津,化痰消积,凉血明目。二者同烹成菜,具有滋阴生津,清热除湿的功效,是夏日一款解暑祛湿滋补汤菜。

百合山药煮白鳗

【原　料】　白鳗1条(重约600克),山药200克,鲜百合100克,胡萝卜、油菜、水发木耳各20克,葱段、姜片、蒜瓣各10克,料酒15克,醋、精盐、鸡精各3克,胡椒粉0.5克,清汤800克,植物油75克,熟鸡油25克。

【制作步骤】　①将白鳗放入容器内,浇入沸水,烫去黏液,去净内脏,洗净,沥去水分,切成2厘米厚的圆片。山药、胡萝卜均洗净,去皮,切成圆片。百合逐片掰开,洗净。油菜择洗干净,切成3厘米长的段。木耳去根,洗净,撕成片。　②锅内放入植物油、熟鸡油烧热,摆入白鳗片煎至两面均呈金黄色时,滗去多余的油,下入葱段、姜片、蒜瓣(拍松)煸香,烹入醋、料酒,加清汤烧开。　③下入山药片、胡萝卜片烧开,用小火煮20分钟,拣出葱段、姜片、蒜瓣不用,下入木耳片、油菜段、百合片,加入精盐烧开,煮透,加鸡精、胡椒粉即成。

【特　点】　色彩多样,肉嫩汤宽,滋味鲜美。

【操作提示】　煎白鳗片前要先将锅烧热,再加入油,以免煎制时粘底。

【营养功效】　白鳗味甘,性平,可补虚益血,除湿祛风。山药味甘,性平,可补肺健脾,固肾益精,益气养阴。百合味甘、微苦,性平,可润肺止咳,清心安神。此菜具有健脾补肺,益肾补虚,清心安神的功效,是夏日一款滋补营养汤菜,对暑热所至心烦、失眠、食欲不振、气血两虚、疲乏无力等症状,也有较好的食疗改善作用。

鳅鱼炖豆腐

【原　料】　泥鳅鱼、豆腐各 300 克,小白菜 150 克,葱段 10 克,姜片 5 克,料酒 15 克,醋、精盐、鸡精各 3 克,胡椒粉 0.5 克,清汤 500 克,植物油 100 克。

【制作步骤】　①将泥鳅鱼去内脏,洗净,沥去水分。豆腐切成 1 厘米厚、2.5 厘米见方的厚片。小白菜择洗干净,沥去水分,切成 3 厘米长的段。　②锅内放入植物油烧热,摆入泥鳅鱼,煎至外表脆硬时滗去多余的油,下入葱段、姜片炝香,烹入醋、料酒,出锅倒入沙锅内,加入清汤烧开,炖 10 分钟,下入豆腐片,加入精盐烧开,炖 5 分钟,下入小白菜段烧开,炖至熟透,加鸡精、胡椒粉即成。

【特　点】　鱼肉细嫩,汤汁乳白,味道咸鲜。

【操作提示】　泥鳅鱼用中火炖制,下入豆腐片后改用小火炖制。

【营养功效】　泥鳅鱼是一种高蛋白、低脂肪食物,并富含钙、磷、铁、锌、维生素(B 族、E)等,可补中气,祛湿邪。豆腐味甘,性凉,可益气和中,生津润燥,清热解毒,宽肠降浊。二者配以可清热解毒、通利肠胃的小白菜同烹成菜,具有清利湿热,利水消肿的功效,是夏日一款解暑除湿菜肴。

耳笋泥鳅煲

【原　料】 泥鳅鱼 400 克,水发木耳、冬笋各 100 克,葱段、姜片各 10 克,料酒 15 克,精盐、鸡精各 3 克,白糖 2 克,醋、胡椒粉各 1 克,清汤 600 克,熟鸡油 20 克,植物油 500 克。

【制作步骤】 ①将泥鳅鱼放入容器内,加入沸水,烫去黏液,去净内脏,洗净,沥去水分,切成 4 厘米长的段。木耳去根,洗净,撕成小片。冬笋切成小片。　②锅内放入植物油烧至七成热,下入泥鳅鱼段,用大火炸至外表脆硬捞出沥去油。锅内的油倒出,加入熟鸡油烧热,下入葱段、姜片炝香,加清汤烧开,出锅倒入沙锅内。　③下入泥鳅鱼段,加入料酒、醋烧开,炖 15 分钟。　④下入木耳片、冬笋片,加入精盐、白糖烧开,炖 10 分钟,加鸡精、胡椒粉即成。

【特　点】 鱼肉细嫩,木耳滑糯,冬笋脆嫩,汤浓鲜醇。

【操作提示】 盖上沙锅盖,用中火炖制。

【营养功效】 泥鳅鱼营养丰富,是一种高蛋白、低脂肪食品,含有大量钙、磷、铁、锌、维生素(B 族、E)等,其味甘,性平,可补中气,祛湿邪。木耳味甘,性平,可润肺养阴,凉血止血,补气益胃。冬笋味甘、微苦,性寒,可清热化痰,除烦止渴,利膈爽胃,通利大便。三者同烹成菜,具有补中益气,滋阴生津,补肾润肺,清热祛湿的功效,是夏日一款解暑除湿滋补菜肴。

翡翠金菇鲍鱼汤

【原　料】 净鲍鱼肉(罐装)、金针菇各 100 克,豌豆苗 50 克,葱段、姜片各 5 克,料酒 10 克,精盐、鸡精各 3 克,胡椒粉 0.5 克,清汤 600 克,熟鸡油 4 克。

【制作步骤】 ①将鲍鱼肉切成片。金针菇切去老根,洗净,沥去水分,从中间切成两段。豌豆苗择洗干净,沥去水分,切成 3 厘米长的段。 ②锅内放入清汤,下入葱段、姜片烧开,煮 3 分钟,拣出葱段、姜片不用,下入金针菇段、鲍鱼片用大火烧开,氽至熟透捞出,沥去汤汁,放入碗内。 ③锅内汤汁用大火烧开,撇净浮沫,加入料酒,下入豌豆苗,加入精盐、鸡精、胡椒粉烧开,淋入熟鸡油,出锅倒入盛有金针菇鲍鱼片的碗内即成。

【特 点】 金针爽嫩,鲍片滑糯,汤汁鲜香。

【操作提示】 鲍鱼肉要抹刀切成薄片。

【营养功效】 鲍鱼素有"海味之冠"的美称,被列为海产"八珍"之一,其富含蛋白质、人体必需的 8 种氨基酸、糖类、钙、磷、铁、碘等,味甘、咸,性温,可滋阴清热,益精明目,养血柔肝。金针菇味甘、咸,性寒,可抗菌消炎,抗疲劳。豌豆苗味甘,性平,可补脾益气,清热解毒。三者同烹成菜,具有滋阴清热,益精明目,解暑除湿的功效。

番茄炒仔墨

【原 料】 净墨鱼仔、番茄各 200 克,蒜末、姜末各 5 克,料酒 10 克,醋 1 克,精盐、鸡精、白糖各 3 克,湿淀粉 8 克,胡椒粉 0.5 克,植物油 25 克,香油 6 克。

【制作步骤】 ①将墨鱼仔洗净,沥去水分。番茄去蒂,洗净,切成滚刀块。 ②锅内放入清水烧开,下入墨鱼仔用大火烧开,氽烫捞出,沥去水分。 ③锅内放入植物油烧热,下入墨鱼仔、蒜末、姜末炒开,烹入料酒、醋炒匀。 ④下入番茄块炒匀,加入精盐、白糖、鸡精炒熟,加胡椒粉,用湿淀粉勾芡,淋入香油,出锅装盘即成。

【特　点】　色泽美观,清爽鲜嫩,口味咸鲜。

【操作提示】　要用大火炒制,勾芡一定要薄。

【营养功效】　墨鱼仔富含蛋白质、糖类、钙、磷、铁、碘、B族维生素等;其味咸,性平,可滋阴养血,补心通脉。番茄味甘、酸,性微寒,可生津止渴,健胃消食,凉血平肝,补肾利尿。二者同烹成菜,具有润肺滋阴,补肾利水,养血补心的功效,是夏日一款美味消暑菜肴,对暑热所致心烦口渴、食欲不振、体倦乏力等症状,也有食疗改善作用。

三彩墨鱼汤

【原　料】　墨鱼 150 克,水发木耳、油菜各 50 克,火腿 20 克,葱段、姜片各 5 克,料酒 10 克,精盐、鸡精各 3 克,白糖、醋各 2 克,鸡清汤 600 克,香油 15 克。

【制作步骤】　①将墨鱼去杂,洗净,沥去水分,切成条。木耳去蒂,洗净,切成条。油菜择洗干净,沥去水分,斜切成 1 厘米宽的条。火腿切成丝。　②锅内放入清水 300 克烧开,加入醋,下入墨鱼条用大火烧开,汆透捞出,沥去水分。另将锅内放入香油烧热,下入葱段、姜片炝香,下入火腿丝略炒,烹入料酒炒匀,加鸡清汤烧开。　③拣出葱段、姜片不用,下入木耳条、油菜条,加入精盐、白糖烧开,下入墨鱼条,加入鸡精烧开,出锅装碗即成。

【特　点】　色泽美观,清爽鲜嫩,口味鲜美。

【操作提示】　墨鱼条汆至刚熟透立即捞出,以保持其鲜嫩的口感。

【营养功效】　墨鱼营养丰富,味咸,性平,可滋阴养血,补心通脉。木耳是一种高蛋白、低脂肪、多膳食纤维和无机盐食用菌,其味甘,性平,可润肺养阴,凉血止血,补气益胃。油菜味辛,性凉,可清热解毒,散瘀消肿,和中润肠。火腿味甘、咸,性平,可健脾开胃,生津益血,补肾填精。此菜具有滋阴益气,养血补心,宁神健脑的功效,是夏日一款消暑滋补菜。

鱼肚鹅肉汤

【原　料】　水发鱼肚、净鹅肉各150克,豌豆苗50克,葱段、姜片、料酒各10克,醋1克,精盐、鸡精、湿淀粉各3克,清汤600克,植物油20克。

【制作步骤】　①将鱼肚洗净,切成块。鹅肉洗净,切成片,用湿淀粉拌匀上浆。豌豆苗洗净。　②锅内放入植物油烧热,下入葱段、姜片炝香,下入鹅肉片煸炒至断生,烹入料酒炒匀,加清汤烧开,煮至熟烂,拣出葱段、姜片不用。　③下入鱼肚块烧开,下入豌豆苗,加入精盐、鸡精、醋烧开,出锅装碗即成。

【特　点】　清爽滑嫩,汤鲜清香。

【操作提示】　鹅肉片一定要切得薄而匀。

【营养功效】　黄花鱼肚含蛋白质、脂肪、钙、磷、铁、B族维生素等;其味甘、咸,性平,可润肺健脾,补气活血。鹅肉味甘,性平,可益气补虚,益胃止渴。二者配以可清热解毒,生津止渴,利尿消肿的豌豆苗同烹成菜,具有养血益气,补肾养阴,润肺健脾,和胃止渴的功效,是夏日一款滋补消暑汤菜。

莴笋炒虾仁

【原　料】　鲜虾仁、莴笋各200克,葱末、料酒各15克,精盐、鸡精各3克,湿淀粉14克,茯苓粉20克,清汤25克,熟猪油100克,植物油15克。

【制作步骤】　①将虾仁治净,沥去水分,放入容器内,加入料酒5克、精盐0.5克拌匀腌渍入味,再加入湿淀粉4克拌匀上浆。

莴笋去皮,洗净,切成小条。　②清汤放入碗内,加入鸡精、茯苓粉和余下的精盐、料酒、湿淀粉调匀对成芡汁。　③锅内放入熟猪油烧热,下入虾仁滑炒至熟,倒入漏勺,沥去油。锅内放植物油烧热,下入葱末炝香,下入莴笋条炒透,下入虾仁炒匀,烹入芡汁翻匀,出锅装盘即成。

【特　点】　色泽美观,滑嫩爽脆,鲜美清新。

【操作提示】　虾仁要温油入锅,小火滑炒。

【营养功效】　虾仁富含优质蛋白质、钙、磷、锌、碘、维生素 A等;其味甘、咸,性温,可补肾壮阳,开胃化痰。莴笋味甘、苦,性凉,可清热凉血,利尿,通乳,通血脉,强筋骨。二者配以可健脾和胃,宁心安神,健脾利湿的茯苓粉同烹成菜,是夏日一款解暑祛湿营养菜肴,对因暑湿所致食欲不振、消化不良、烦躁失眠、心悸等症状,也有食疗效果。

凉拌海带丝

【原　料】　海带 300 克,香菜 25 克,醋、酱油各 5 克,精盐 3克,味精、白糖各 2 克,香油、辣椒油各 10 克。

【制作步骤】　①将海带洗净,沥去水分,切成 4 厘米长的丝。香菜择洗干净,沥去水分,切成 2 厘米长的段。　②锅内放入清水烧开,下入海带丝用大火焯至熟透捞出,放入凉水中投凉捞出,沥去水分。　③海带丝放入容器内,加入精盐、酱油、醋、味精、白糖、香油、辣椒油拌匀,再加入香菜段拌开,装盘即成。

【特　点】　清爽嫩脆,咸鲜微酸,香辣利口。

【操作提示】　海带丝一定要切得细而均匀。

【营养功效】　海带是一种高蛋白、低脂肪海产品,富含糖类、膳食纤维、钙、磷、铁、碘、胡萝卜素、维生素(B_1、B_2、B_5、C)和丰富的氨基酸等;其味咸,性寒,可软坚散结,清热利水,镇咳平喘,祛脂降压。香菜含挥发油、甘露醇、黄酮类、蛋白质、维生素 C、胡萝卜素、膳食纤维、钾、钙、铁等；其味辛，性温，可健胃理气，温阳祛湿。二者配以味辛、性热的辣椒油同烹成菜，具有清热解毒，软坚散结，利水除湿的功效。

黑豆海带肉片汤

【原　料】　海带 200 克，黑豆、猪瘦肉各 50 克，葱段 10 克，姜片 5 克，料酒 8 克，精盐、鸡精各 3 克，清汤 600 克，植物油 20 克。

【制作步骤】　①将海带洗净，沥去水分，切成丝。黑豆择去杂质，洗净，放入容器内，加入温水浸泡至涨起。猪瘦肉洗净，沥去水分，切成丝。　②锅内放入植物油烧热，下入葱段、姜片炝香，下入猪肉丝炒至变色，烹入料酒炒匀，加清汤烧开。　③下入黑豆、海带丝烧开，煮 10 分钟，加入精盐，煮至熟烂，加鸡精，出锅装碗即成。

【特　点】　色泽素雅，口感软烂，汤汁鲜香。

【操作提示】　海带丝的长度不能超过 5 厘米。

【营养功效】　海带味咸，性寒，可软坚散结，清热利水，镇咳平喘，祛脂降压。黑豆富含蛋白质、脂肪、糖类、钙、磷、铁、锌、B 族维生素、胡萝卜素、胆碱、大豆黄酮苷、大豆皂醇等；其味甘，性平，可补肾益阴，健脾利湿，补血活血，祛风解毒。二者配以可滋阴润燥的猪瘦肉同烹成菜，具有健脾益气，滋阴补血，利水泄热，解暑除湿的功效。

木耳爆带丝

【原　料】　海带 200 克，水发木耳 125 克，净兔肉 50 克，蒜末、姜末、葱末各 5 克，料酒、酱油、湿淀粉各 10 克，精盐、鸡精各 3

克,香油 8 克,植物油 25 克。

【制作步骤】 ①将海带洗净,沥去水分,木耳去根,洗净,兔肉洗净,分别切成丝。兔肉丝用湿淀粉 2 克拌匀上浆。 ②酱油、料酒、精盐、鸡精、余下的湿淀粉均放入碗内,加入香油调匀成芡汁。③锅内放入植物油烧热,下入葱末、姜末、蒜末炝香,下入兔肉丝炒至断生,下入海带丝、木耳丝煸炒至透,烹入芡汁翻匀,出锅装盘即成。

【特 点】 清爽嫩脆,味道鲜美。

【操作提示】 海带丝要先下入沸水锅中焯至熟烂。

【营养功效】 海带营养丰富,其性寒凉,可软坚散结,清热利水,镇咳平喘,祛脂降压。木耳味甘,性平,可润肺养阴,凉血止血,补气益胃。二者配以可补脾益气、凉血解毒的兔肉同烹成菜,具有清热泻火,滋阴生津,祛痹解毒的功效,是夏日一款清爽消暑菜肴。

海味三鲜汤

【原 料】 海带 100 克,海藻 75 克,干贝 40 克,葱段、姜片各 10 克,料酒 15 克,精盐、鸡精各 3 克,白糖 2 克,清汤 600 克,植物油 20 克。

【制作步骤】 ①将干贝洗净,放入碗内,加入葱段 5 克、姜片 5 克、料酒、清水 50 克,入蒸锅内用大火蒸 10 分钟取出。海带洗净,切成菱形片。海藻洗净,切成小片。 ②锅内放入清水烧开,下入海带片、海藻片烧开,焯透捞出。另将锅内放入植物油烧热,下入余下的葱段、姜片炝香,下入海带片、海藻片略炒,加清汤烧开。 ③拣出葱段、姜片不用,加入干贝及蒸干贝的原汁、精盐、白糖烧开,煮至海带片软烂,加鸡精,出锅装碗即成。

【特 点】 清爽软烂,滋味鲜美。

【操作提示】 海带片要用大火焯制,小火煮烂。

【营养功效】 海带味咸,性寒,可软坚散结,清热利水,镇咳平喘,祛脂降压。海藻含褐藻酸、甘露醇、粗蛋白、膳食纤维、钾、碘、甾醇化合物等;其味苦、咸,性寒,可软坚散结,清热祛痰,利水降压。二者配以可滋阴补肾、调中的干贝同烹成菜,具有滋阴补肾,软坚散结,利水泄热的功效,是夏日一款清热解暑汤菜。

荸荠紫菜汤

【原　料】 紫菜 30 克,荸荠 6 个,香菜 10 克,料酒 5 克,精盐、鸡精各 3 克,胡椒粉 0.5 克,清汤 600 克,香油 4 克。

【制作步骤】 ①将紫菜撕成小片。荸荠洗净,去皮,切成片。香菜择洗干净,切成 1 厘米长的段。 ②锅内放入清汤、料酒,下入荸荠片烧开,煮透。 ③下入紫菜片烧开,加入精盐、鸡精、胡椒粉,淋入香油,出锅装碗,撒入香菜段即成。

【特　点】 清爽嫩脆,汤汁清澈,滋味鲜美。

【操作提示】 荸荠要切成薄片。

【营养功效】 紫菜富含胡萝卜素、维生素(B_1、B_2、B_5、B_{12})、钙、磷、铁、碘、糖类、蛋白质、胆碱及多种氨基酸等,其味甘、咸,性寒,可化痰软坚,清热利水,补肾养心。荸荠味甘,性寒,可清热生津,化痰消积,凉血止痢。二者同烹成菜,具有清热降火,滋阴生津,利水消肿的功效,是夏日一款清热解暑汤菜。

芦荟海蜇丝

【原　料】 海蜇皮 250 克,芦荟 150 克,香菜、醋、葱丝各 10 克,精盐 3 克,味精、白糖各 2 克,香油 15 克。

【制作步骤】 ①将芦荟洗净,削去外皮,下入沸水锅中煮 3 分钟捞出,沥去水分,切成丝。海蜇皮洗净,切成丝。香菜择洗干净,沥去水分,切成3厘米长的段。 ②海蜇丝放入容器内,加入沸水浸泡20分钟,去除咸味捞出,沥去水分。 ③海蜇丝放入容器内,加入芦荟丝、香菜段、精盐、醋、味精、白糖、香油、葱丝拌匀,装盘即成。

【特　点】 晶莹剔透,脆嫩爽口,咸鲜微酸。

【操作提示】 泡海蜇丝的沸水以没过海蜇丝3厘米为宜。

【营养功效】 海蜇是一种高蛋白、低脂肪海产品,并含有大量钙、铁、碘、糖类、B族维生素等;其味咸,性平,可清热解毒,化痰软坚,祛风除湿,消积润肠。芦荟味苦,性寒,可消炎杀菌,清热凉肝,泻下通便,消疳杀虫。二者搭配食用,具有清热消暑的功效。

莴笋拌海蜇

【原　料】 海蜇皮、莴笋(去叶、皮)各150克,胡萝卜50克,精盐3克,味精、白糖各2克,香油15克。

【制作步骤】 ①将海蜇皮洗净,放入容器内,加入沸水浸泡30分钟捞出,用温水反复冲洗,去净咸味,沥去水分。 ②海蜇皮切成丝。莴笋洗净,切成丝。胡萝卜洗净,去皮,切成丝,下入沸水锅中焯透捞出,放入凉水中投凉捞出,挤去水分。 ③蜇皮丝、莴笋丝、胡萝卜丝均放入容器内,加入精盐、白糖、味精、香油拌匀,装盘即成。

【特　点】 色泽美观,晶莹剔透,脆嫩清爽,咸鲜清新。

【操作提示】 原料丝一定要切得粗细均匀。

【营养功效】 海蜇味咸,性平,可清热解毒,化痰软坚,祛风除湿,消积润肠。莴笋味甘、苦,性寒,可清热利尿,安神镇静。胡萝卜味甘,性平,可健脾消食,补肝明目,清热解毒。三者同组成菜,具有清热解毒,滋阴润肺,健脾利湿,健脑安神的功效,是夏日一款解暑祛湿凉拌菜肴。

糖醋荸荠拌海蜇

【原　料】 海蜇皮、荸荠各 20 克,莴笋 50 克,精盐 1 克,白糖 30 克,白醋 10 克。

【制作步骤】 ①将海蜇皮洗净,沥去水分,切成菱形片,放入容器内,加入沸水浸泡 30 分钟,去净咸味捞出,沥去水分。荸荠洗净,去皮,切成片。莴笋洗净,去皮,切成菱形片。　②锅内放入清水 300 克,加入精盐,下入荸荠片烧开,焯透捞出,放入凉水中投凉捞出,沥去水分。　③海蜇皮片放入容器内,加入荸荠片、莴笋片、白糖、白醋拌匀,装盘即成。

【特　点】 清爽脆嫩,甜酸鲜美。

【操作提示】 荸荠片的厚度为 0.3 厘米。

【营养功效】 海蜇皮味咸,性平,可清热解毒,化痰软坚,祛风除湿,消积润肠。荸荠含糖类、蛋白质、脂肪、维生素(B 族、C)、钙、磷、荸荠素等,其性寒凉,可清热生津,凉血止痢,化痰消积。此菜具有滋阴降火,化痰消积,降压降脂的功效,是夏日一款清热解暑凉拌菜肴。

冬笋烧海参

【原　料】 水发海参 150 克,冬笋 100 克,猪瘦肉 50 克,胡萝卜、油菜各 20 克,葱段、姜片、料酒、酱油各 10 克,精盐 3 克,味精 2 克,湿淀粉 12 克,清汤 200 克,熟鸡油 15 克,植物油 25 克。

【制作步骤】 ①将海参去内脏,洗净,沥去水分,抹刀切成片。冬笋洗净,切成片。猪瘦肉洗净,沥去水分,切成小片。胡萝卜洗净,去皮,切成菱形片。油菜择洗干净,沥去水分,斜切成 2 厘米长的段。　②锅内放入清水 400 克烧开,下入姜片、海参片用大火烧开,煮5分钟,拣出姜片不用,捞出海参片,沥去水分。猪肉片用湿淀粉2克拌匀上浆。冬笋片下入沸水锅中焯透捞出。　③锅内放入植物油、熟鸡油5克烧热,下入葱段煸香,下入猪肉片炒至变色,下入海参片炒匀,烹入料酒、酱油,加清汤炒开,下入冬笋片、胡萝卜片炒至熟透,下入油菜段,加入精盐炒匀,收浓汤汁,加味精,用余下的湿淀粉勾芡,淋入余下的熟鸡油,出锅装盘即成。

【特　点】　海参糯滑,冬笋嫩脆,咸香鲜美。

【操作提示】　原料片一定要切得薄厚均匀。

【营养功效】　海参是一种高蛋白、低脂肪海产品,并含有较多的糖类、维生素(B_1、B_2)、钙、铁等,不含胆固醇;因其不寒不燥,性质温和,所以四季食用都有益处;海参味咸,性温,可补肾益精,养血润燥。冬笋味甘、微苦,性寒,可清热化痰,利膈爽胃,除烦止渴,通利大便。二者同烹成菜,具有滋阴养血,润肤养颜,清热润燥的功效,是夏日一款滋补消暑菜肴。

生菜牡蛎汤

【原　料】　牡蛎肉150克,生菜100克,火腿25克,葱段、姜片各10克,料酒8克,精盐3克,鸡精2克,白糖1克,胡椒粉0.5克,清汤600克,植物油15克。

【制作步骤】　①将牡蛎肉去杂,洗净,沥去水分,下入沸水锅中汆透捞出。生菜择洗干净,沥去水分,撕成大片。火腿切成小片。　②锅内放入植物油烧热,下入葱段、姜片、炝香,下入火腿片炒透,烹入料酒炒匀,加清汤烧开,拣去葱段、姜片不用。　③下入牡蛎肉烧开,下入生菜片,加入精盐煮透,加白糖、鸡精、胡椒粉,出锅装碗即成。

【特　点】　牡蛎鲜嫩,生菜脆嫩,汤鲜清爽。

【操作提示】　牡蛎肉不要煮制过久,以免失去鲜嫩的口感。

【营养功效】 牡蛎肉味甘、咸,性平,可止渴除烦,滋阴益血,清热除湿。生菜味甘,性凉,可健脾养胃,清热祛暑,提神醒脑。二者配以可健脾开胃、生津益血、滋肾填精的火腿同烹成菜,具有滋阴清热,除烦止渴,健脾利湿的功效,是夏日一款美味消暑营养滋补汤菜,对暑热所致烦热、口渴、失眠、食欲不振、消化不良等症状,也有食疗改善作用。

炸 牡 蛎

【原　料】 净牡蛎肉200克,鸡蛋1个,湿淀粉75克,面粉50克,葱姜汁20克,料酒10克,精盐2克,胡椒粉0.5克,植物油800克。

【制作步骤】 ①将牡蛎肉洗净,沥去水分,逐一蘸匀面粉。②鸡蛋液磕入容器内,加入湿淀粉、面粉15克、料酒、精盐、胡椒粉、适量清水,用筷子充分调匀成蛋粉糊。　③锅内放入植物油烧至五成热,将牡蛎挂匀蛋粉糊,逐一下入锅内,用手勺推搅散开,炸至呈金黄色、浮起、熟透捞出,沥去油,装盘即成。

【特　点】 色泽金黄,外酥里嫩,味道鲜美。

【操作提示】 蛋粉糊要调成稠糊,否则无法挂糊。

【营养功效】 牡蛎营养十分丰富,含有大量优质氨基酸、牛磺酸、糖原、无机盐、维生素等,尤以锌、硒含量为多,居其他食物之首;其味甘、咸,性平,可止渴除烦,滋阴益血,清热除湿。牡蛎配以可滋阴润燥、补血养心、安神定惊的鸡蛋同烹成菜,具有滋阴养血,养心安神,止渴除烦,清热除湿的功效,是夏日一款解暑美味菜肴,对暑湿所致烦热失眠、心神不宁、咽干口渴、体弱虚损等症状,也有食疗改善作用。

松花拌蚌肉

【原　料】　净贵妃蚌肉 200 克,松花蛋 5 个,姜末、葱末各 6 克,料酒 10 克,米醋 5 克,精盐 2 克,白糖 3 克,香油 8 克。

【制作步骤】　①将蚌肉洗净,下入 400 克沸水锅中,加料酒烧开,汆至熟透捞出,沥去水分。　②松花蛋去壳,切成橘瓣块,围摆在盘的边缘。　③蚌肉放入容器内,加入姜末、葱末、精盐、白糖、米醋、香油拌匀,盛放在盘中即成。

【特　点】　形态美观,蚌肉鲜嫩,味美可口。

【操作提示】　每个松花蛋切成 6 瓣。

【营养功效】　蚌肉味甘、咸,性寒,可清热滋阴,祛湿利尿,解渴除烦。松花蛋味甘、咸、涩,可健脾胃,助消化,清虚热,补肝明目。二者搭配成菜,具有养阴清肺,益肾利尿,清热祛湿,解暑除烦的功效,是夏日一款解暑菜肴。

冬瓜蚌肉汤

【原　料】　净河蚌肉、冬瓜各 200 克,姜片 25 克,葱花 5 克,料酒 15 克,精盐、鸡精各 3 克,白糖、醋各 2 克,胡椒粉 0.5 克,清汤 800 克,植物油 20 克。

【制作步骤】　①将河蚌肉洗净,沥去水分。冬瓜去皮、瓤,洗净,切成菱形厚片。　②锅内放入清水 400 克,下入姜片 15 克、料酒 5 克烧开,下入蚌肉烧开,汆透捞出,沥去水分。　③锅内放入植物油烧热,下入余下的姜片炝香,下入蚌肉炒开,烹入醋、余下的料酒炒匀,加清汤,炖至熟烂,下入冬瓜片,加精盐、白糖烧开,炖至熟烂,加鸡精、胡椒粉,撒入葱花,出锅装碗即成。

【特　点】　色泽淡雅,口感软烂,汤鲜味醇。

【操作提示】 蚌肉要用大火汆制。

【营养功效】 蚌肉富含蛋白质、不饱和脂肪酸、糖类、钙、磷、铁、锌、维生素（A、B₁、B₂）等；其味甘、咸，性寒，可清热滋阴，祛湿利尿，解渴除烦。冬瓜味甘，性微寒，可清热化痰，除烦止渴，利尿消肿。二者同烹成菜，具有清热解毒，除烦止渴，消暑祛湿的功效。

双蔬蚌肉

【原　料】 鲜蚌肉、番茄各 150 克，西兰花 100 克，蒜末、姜末各 5 克，料酒、酱油各 10 克，精盐、鸡精、白糖各 3 克，醋 1 克，湿淀粉 8 克，清汤 300 克，植物油 25 克。

【制作步骤】 ①将蚌肉去杂，洗净，沥去水分。番茄去蒂，洗净，切成滚刀块。西兰花洗净，切成小块。　②锅内放入清水烧开，下入蚌肉用大火烧开，汆透捞出，沥去水分。另将锅内放入植物油烧热，下入蒜末、姜末炝香，下入蚌肉煸炒至出鲜香味，烹入醋、料酒、酱油炒匀，加清汤烧开，烧 20 分钟。　③下入西兰花烧至微熟，下入番茄块，加入精盐、白糖炒开，烧至熟透，加鸡精，用湿淀粉勾芡，出锅装盘即成。

【特　点】 色泽鲜艳，清爽鲜嫩，咸鲜味美。

【操作提示】 准确掌握原料入锅顺序和时间。

【营养功效】 蚌肉味甘、咸，性寒，可清热滋阴，祛湿利尿，解渴除烦。番茄味甘、酸，性微寒，可生津止渴，健胃消食，凉血平肝，补肾利尿。西兰花富含维生素 C、胡萝卜素、糖类、钙、磷、铁及蛋白质、脂肪、膳食纤维等；其味甘，性平，可补脑髓，利脏腑，开胸膈，益心力，强筋骨。三者同烹成菜，具有清热利湿，健脾开胃，补肾润肺的功效，是夏日一款解暑祛湿菜肴。

竹荪烧蚌片

【原　料】　净河蚌肉、水发竹荪各 150 克，火腿、芹菜各 20 克，葱末、姜末各 6 克，料酒、湿淀粉、熟鸡油各 10 克，醋 1 克，精盐、鸡精各 3 克，胡椒粉 0.5 克，植物油 25 克，酱油 8 克。

【制作步骤】　①将竹荪去老根，洗净，沥去水分，横切成 3 厘米长的段。河蚌肉洗净，沥去水分，切成片。火腿切成小片。芹菜择去根、叶，洗净，切成 3 厘米长的段。　②锅内放入清水烧开，下入竹荪焯透捞出。待锅内的水再烧开时，下入河蚌肉片汆透捞出，沥去水分。　③锅内放入植物油烧热，下入葱末、姜末炝香，下入火腿片略炒，下入蚌肉片炒开，烹入料酒、醋、酱油炒匀，加清水 200 克烧至熟透，下入竹荪段、芹菜段，加入精盐炒匀，烧至入味，加鸡精、胡椒粉，用湿淀粉勾芡，淋入熟鸡油，出锅装盘即成。

【特　点】　色泽微红，口感滑嫩，味道鲜美。

【操作提示】　用小火烧制，勾芡要稠稀适中。

【营养功效】　蚌肉营养丰富，其性寒凉，可清热滋阴，养肝明目。竹荪营养丰富，味甘，性平，可健脾开胃，补气止痛，解腻减肥。芹菜富含维生素 C、胡萝卜素、钙、铁等；其味甘、苦，性凉，可平肝清热，祛风利湿，健脑醒神，润肺止咳。此菜具有清热利湿，除烦止渴，健脾开胃，滋养肝肾的功效，是夏日一款营养滋补菜肴。

玉米须蚌肉汤

【原　料】　净河蚌肉、菠菜各 200 克，玉米须 50 克，葱段 10 克，姜片 5 克，料酒 15 克，醋 1 克，精盐、鸡精各 3 克，胡椒粉 0.5 克，清汤 700 克，熟鸡油 4 克。

【制作步骤】　①将河蚌肉洗净，沥去水分，切成片。玉米须洗净,用纱布包好成药料包。菠菜择洗干净,沥去水分,切成 3 厘米长的段。 ②沙锅内放入清汤,下入河蚌片、药料包用大火烧开,撇净浮沫,加入葱段、姜片、料酒、醋,盖上锅盖煲至蚌肉片熟烂。③拣出葱段、姜片、药料包不用,下入菠菜段,加入精盐烧开,煮至熟透,加鸡精、胡椒粉,淋入熟鸡油即成。

【特　　点】　蚌肉熟烂,菠菜爽嫩,汤鲜味美。

【操作提示】　蚌肉要抹刀切成厚片。

【营养功效】　蚌肉味甘、咸,性寒,可清热滋阴,养肝明目。菠菜富含蛋白质、胡萝卜素、膳食纤维、钙、磷、铁等;其味甘,性凉,可清热除烦,生津止渴,补血润燥。二者配以可利小便、祛湿热的玉米须同烹成菜,具有清热滋阴,生津止渴,解暑除湿的功效。

苦瓜蚌肉汤

【原　　料】　净贵妃蚌肉 200 克,苦瓜 150 克,火腿 20 克,葱段 8 克,姜片 5 克,料酒 10 克,醋 2 克,精盐、鸡精各 3 克,胡椒粉 0.5 克,清汤 700 克,植物油 15 克。

【制作步骤】　①将贵妃蚌肉洗净,下入沸水锅中,加入醋烧开,氽烫捞出,沥去水分。苦瓜洗净,横切成圆形片,挖去瓜瓤成苦瓜圈。火腿切成小片。 ②锅内放入植物油烧热,下入葱段、姜片炝香,下入火腿片炒透,烹入料酒炒匀,加清汤烧开。 ③下入苦瓜圈、蚌肉,加入精盐烧开,煮透,加鸡精、胡椒粉,出锅装碗即成。

【特　　点】　蚌肉鲜嫩,苦瓜脆嫩,汤汁鲜美。

【操作提示】　蚌肉煮至刚熟即可,以保持鲜嫩的口感。

【营养功效】　蚌肉味甘、咸,性寒,可清热滋阴,养肝明目。苦瓜味苦,性寒,可清热解暑,明目解毒。二者同烹成菜,具有养阴润燥,除烦止渴,清热解暑的功效,对暑热所致心烦口渴、头昏眼花、痢疾等症,也有食疗效果。

蟹肉莼菜汤

【原　料】　净蟹肉、莼菜各 150 克,葱段、姜片各 5 克,葱姜汁、料酒各 15 克,精盐、鸡精各 3 克,胡椒粉 0.5 克,鸡蛋清 1 个,清汤 600 克,熟猪油 20 克。

【制作步骤】　①将蟹肉剁成细末,放入容器内,加入葱姜汁、料酒 10 克、精盐 1 克、胡椒粉、鸡蛋清、熟猪油 5 克搅匀上劲至黏稠。　②锅内放入余下的熟猪油烧热,下入葱段、姜片炝香,加入清汤、余下的料酒烧开,拣出葱段、姜片不用。　③调好的蟹肉末挤成均匀的丸子,下入汤锅内烧开,煮至熟透,下入莼菜烧开,加余下的精盐、鸡精,出锅装碗即成。

【特　点】　白绿相间,蟹丸鲜嫩,滋味鲜美。

【操作提示】　煮蟹丸时要随时撇去汤中浮沫,以保持汤汁的清澈。

【营养功效】　蟹肉富含蛋白质、钙、磷、铁、维生素(B_1、B_2、A、B_5)、胆甾醇等;其味咸,性寒,可清热散血,养筋益气,滋阴补髓。莼菜味甘,性寒,可清热利水,止呕止泻,消肿解毒。二者同烹成菜,具有清热解毒,消肿散结,利水通便的功效,是夏日一款美味消暑滋补汤菜。

冬瓜金龟汤

【原　料】　乌龟 1 只(重约 500 克),冬瓜 400 克,赤小豆 30 克,葱段、姜片各 10 克,料酒 15 克,酱油 8 克,精盐 3 克,味精、白糖各 2 克。

【制作步骤】　①将乌龟剁下头,剔下壳,去净内脏,剁下脚爪,洗净,沥去水分,剁成块。赤小豆择去杂质,洗净。冬瓜洗净,去皮、瓤,切成 2 厘米见方的块。 ②锅内放入清水烧开,下入龟肉块、头、脚爪烧开,汆去血污捞出,再下入乌龟壳汆透捞出。 ③赤小豆和龟肉块、头、脚爪均放入沙锅内,加入葱段、姜片、料酒、酱油、清水 800 克,盖上锅盖烧开,煲至熟透,下入冬瓜块,加入精盐、白糖,煲至熟烂,加味精,再将龟的头、脚爪按原形摆好,盖上龟壳即成。

【特　　点】　色形完整,肉烂汤宽,咸香鲜美。

【操作提示】　要用小火长时间煲制。冬瓜块不要入锅过早。

【营养功效】　乌龟肉含有丰富的蛋白质,脂肪含量少,并含有糖类、钙、磷、铁、维生素(A、B_1、B_2)等;其味甘、酸,性温,可滋阴补血,止血。冬瓜味甘,性微寒,可清热化痰,除烦止渴,利尿消肿。二者配以可健脾利水、解毒消肿的赤小豆同烹成菜,具有清热解毒,利水消肿,祛痈解毒的功效,是夏日一款美味滋补菜肴。

百合洋参田鸡汤

【原　　料】　净田鸡 300 克,鲜百合 75 克,西洋参 15 克,葱段、姜片各 8 克,料酒 10 克,精盐、鸡精各 3 克。

【制作步骤】　①将田鸡洗净,剁成块,下入沸水锅中汆透捞出,沥去水分。百合逐片掰开,洗净,沥去水分。西洋参洗净。②沙锅内放入田鸡块、西洋参、葱段、姜片、料酒、清水 700 克用大火烧开,改用小火炖 90 分钟,拣出葱段、姜片、西洋参不用。③下入百合片,加入精盐烧开,炖 10 分钟,加鸡精即成。

【特　　点】　口感软烂,汤宽咸鲜。

【操作提示】　田鸡要用大火汆制,以免营养素流失。

【营养功效】　田鸡(青蛙)是一种高蛋白、低脂肪食物,还含有糖类、钙、磷、铁、维生素(A、B_1、B_2、B_5、C)等;其味甘,性凉,可清热解毒,利尿消肿,补虚益胃。百合含有多种生物碱、糖类、蛋白质、脂肪、胡萝卜素等;其味甘、微苦,性平,可润肺止咳,清心安神。二者与可补阴养气、消火生津的西洋参同烹成菜,具有消暑清热,补气养阴,消火生津的功效,是夏日一款消暑药膳,对暑热烦渴、气短乏力、低热虚火、舌红尿赤等症状,也有较好的食疗效果。

冬瓜田鸡煲

【原　　料】　净田鸡 300 克,冬瓜 400 克,干贝 20 克,香菜、葱段、姜片各 10 克,料酒 15 克,醋 2 克,精盐、鸡精各 3 克,清汤 650 克,香油 5 克。

【制作步骤】　①将田鸡洗净,沥去水分,从中间对剖成两半。干贝洗净,放入容器内,加入温水 100 克浸泡至透。冬瓜洗净,去皮、瓤,切成 3 厘米长、1.5 厘米见方的条块。香菜择洗干净,沥去水分,切成 3 厘米长的段。　②锅内放入清水烧开,下入田鸡,加入醋用大火烧开,氽去血污捞出,沥去水分,放入沙锅内,加入干贝及泡干贝的原汁、清汤、葱段、姜片、料酒,盖上锅盖用大火烧开,改用小火炖至微熟。　③下入冬瓜块,加入精盐烧开,炖至熟烂,加鸡精,淋入香油,撒上香菜段即成。

【特　　点】　田鸡细嫩,冬瓜爽嫩,汤清味鲜。

【操作提示】　冬瓜块不要入锅过早,掌握好火候。

【营养功效】　田鸡味甘,性凉,可清热解毒,利水消肿,补虚益胃。冬瓜味甘,性微寒,可清热化痰,除烦止渴,利尿消肿。二者配以可滋阴补肾、调中的干贝同烹成菜,具有清热泻火,滋阴生津,祛痈解毒的功效,是夏日一款美味消暑营养菜肴。

三味田鸡汤

【原　　料】　净田鸡 300 克,油菜心 50 克,葱段、姜片各 10 克,药料包 1 个(内装党参 20 克,麦冬、生地黄各 10 克),精盐 3 克,味精 2 克,白糖 5 克,熟鸡油 4 克。

【制作步骤】 ①将田鸡洗净,沥去水分。油菜心择洗干净,沥去水分,切成 3 厘米长的段。 ②沙锅内放入清水 800 克,下入药料包、葱段、姜片,盖上锅盖用大火烧开,煮 5 分钟,下入田鸡烧开,改用小火煮 1 小时,拣出药料包、葱段、姜片不用。 ③下入油菜心,加入精盐烧开,加白糖,煮至熟透,加味精,淋入熟鸡油即成。

【特　点】 白绿相衬,口感清爽,汤汁咸鲜。

【操作提示】 田鸡要先下入沸水中氽去血污。

【营养功效】 田鸡营养丰富,属高蛋白、低脂肪食物;其味甘,性凉,可清热解毒,利水消肿,补虚益胃。油菜心富含胡萝卜素、维生素 C、膳食纤维、蛋白质、脂肪等;其味辛,性凉,可清热解毒,散瘀消肿,和中润肠。生地黄味甘、苦,性寒,可清热凉血,养阴生津。麦冬味甘、苦,性寒,可润肺养阴,益胃生津,清心除烦。三者同烹成菜,具有益气补虚,养阴润肺,益胃生津,补肾利水的功效,是夏日一款防暑药膳。

双色螺肉

【原　料】 净田螺肉 200 克,茭白、胡萝卜各 100 克,葱末、姜末各 5 克,料酒、湿淀粉、香油各 10 克,醋 2 克,精盐、鸡精各 3 克,清汤 50 克,植物油 25 克。

【制作步骤】 ①将田螺肉洗净,沥去水分。茭白去杂,洗净,切成 1.5 厘米见方的丁。胡萝卜洗净,去皮,切成 1.5 厘米见方的丁。 ②锅内放入清水烧开,下入胡萝卜丁用大火烧开,下入茭白丁焯透捞出,待锅内的水再烧开时,下入田螺肉,加入醋用大火烧开,氽透捞出。 ③锅内放入植物油烧热,下入葱末、姜末炝香,下入田螺肉略炒,烹入料酒炒匀,下入茭白丁、胡萝卜丁炒匀,加清汤、精盐炒开,烧至熟烂,加鸡精,用湿淀粉勾芡,淋入香油,出锅装盘即成。

【特　点】 色泽鲜亮,清爽软嫩,咸香鲜美。

【操作提示】 田螺肉入沸水锅后,要用大火烧至滚沸,余3分钟捞出。

【营养功效】 田螺肉是一种高蛋白、低脂肪、低热量的美味食物,富含钙、磷、糖类、B族维生素等,可清热利水,消暑解渴,滋阴养肝。茭白味甘,性凉,可清热生津,解热毒,利二便。胡萝卜味甘,性平,可健脾消食,清热解毒,补肝明目。三者同烹成菜,具有解热除烦,生津止渴,健脾消食,滋阴补虚的功效,是夏日一款美味消暑菜肴。

田螺番茄汤

【原　料】 田螺肉、番茄各150克,黑豆苗25克,葱段、姜片各10克,料酒15克,精盐、鸡精各3克,白糖5克,胡椒粉0.5克,清汤700克,植物油12克,熟鸡油9克。

【制作步骤】 ①将田螺肉去杂,洗净,下入沸水锅中余烫捞出,沥去水分。番茄去蒂,洗净,沥去水分,切成小橘瓣块。黑豆苗掐去老根,洗净。 ②锅内放入植物油、熟鸡油烧热,下入葱段、姜片炝香,下入田螺肉用大火煸炒几下,烹入料酒炒匀,加入清汤煮至熟烂。 ③下入番茄块,加入精盐、白糖烧开,下入黑豆苗烧开,煮至熟透,加鸡精、胡椒粉,出锅装碗即成。

【特　点】 色泽美观,汤汁咸鲜。

【操作提示】 田螺肉用小火煮30分钟即可。

【营养功效】 田螺肉是一种高蛋白、低脂肪、低热量的美味食物,并富含钙、磷、B族维生素等;其味甘,咸,性寒,可清热利水,消暑解渴,滋阴养肝,并有镇静脑神经的作用。番茄味甘,酸,性微

寒,可生津止渴,健胃消食,凉血平肝,补肾利尿。二者同烹成菜,
具有健胃消食,生津止渴,消暑清热的功效。

七、其他类

拔丝地瓜

【原　料】　地瓜 500 克,白糖 100 克,植物油 1 000 克。

【制作步骤】　①将地瓜洗净,削去皮,切成滚刀块。　②锅内放入植物油烧至五成热,下入地瓜块用小火炸至呈金黄色、熟透捞出,沥去油。　③锅内留油 15 克,加入清水 30 克炒匀,下入白糖用小火炒化、熬至黏稠,能拔起长丝时,下入地瓜块,离火快速翻匀,使糖浆全部附着在地瓜块上,出锅装盘,配一碗凉水一同上桌即成。

【特　点】　色泽金黄油亮,外脆内软甘甜,银丝缕缕晶莹。

【操作提示】　盘子的内壁要薄薄涂上一层植物油,再装入地瓜块。

【营养功效】　地瓜富含糖类、蛋白质、膳食纤维、胡萝卜素、维生素(B_1、B_2、C、B_5)及多种无机盐等,还含有一种特殊功能的黏蛋白;其味甘,性凉,可清热除烦,生津止渴,解酒毒。地瓜配以可润肺生津的白糖同烹成菜,是夏日一款别有风味的消暑甜品菜肴,对烦躁不安、口渴等症状,也有较好的食疗改善作用。

蜜汁地瓜条

【原　料】　地瓜 500 克,白糖 100 克,蜂蜜 15 克,湿淀粉 10 克,香油 8 克。

【制作步骤】　①将地瓜洗净,削去外皮,切成 5 厘米长、1 厘米见方的条。　②地瓜条的 1/4 排摆在碗内,取 1/4 白糖撒在地瓜条上,余下的地瓜条和白糖以同样的方式分两次摆码在碗内,入蒸锅内用大火蒸至熟透取出,糖汁滗入净锅内,地瓜条翻扣在盘中。　③锅内糖汁用湿淀粉勾芡,淋入香油炒匀,出锅浇在盘内地瓜条上,再淋上蜂蜜即成。

【特　点】　色泽鲜亮,柔软甘甜。

【操作提示】　芡汁炒制要稠稀适中。

【营养功效】　地瓜味甘,性凉,可清热除烦,生津止渴,解酒毒。地瓜配以可润肺生津的白糖可补虚润燥的蜂蜜同烹成菜,是夏日一款消暑甜品菜肴。

姜汁地瓜丁

【原　料】　地瓜 450 克,胡萝卜 50 克,姜 15 克,香菜梗 10 克,精盐 4 克,味精 2 克,白糖 5 克,香油 8 克。

【制作步骤】　①将地瓜、胡萝卜均洗净,去皮,切成 1.5 厘米见方的丁。姜洗净,去皮,放在案板上用刀拍碎,再放入容器内捣成细泥。香菜梗洗净,切成粒状。　②锅内放入清水 500 克,加入精盐 2 克烧开,下入地瓜丁、胡萝卜丁煮熟,捞出,沥去水分,放入盘中。　③姜泥内加入香菜梗粒、白糖、味精、余下的精盐、香油调匀,入蒸锅内用大火蒸 5 分钟取出,浇在盘内地瓜丁上即成。

【特　点】　色泽美观,口感柔软,咸香回甜,姜香浓郁。

【操作提示】 煮地瓜丁时要盖上锅盖。

【营养功效】 地瓜味甘,性凉,可清热除烦,生津止渴,解酒毒。地瓜配以可温阳祛湿的姜同烹成菜,既可清热祛湿,除烦止渴,又有利于机体散热,是夏日一款解暑除湿菜肴,并具有美容、减肥功效。

茄汁酥皮芦荟

【原　料】 芦荟 500 克,面包糠 100 克,面粉 20 克,精盐 3 克,白糖 30 克,白醋 15 克,番茄酱 25 克,鸡蛋 2 个,香油 8 克,植物油 800 克,湿淀粉 10 克。

【制作步骤】 ①将芦荟洗净,削去外皮,横切成 2 厘米宽的条,放入容器内,加入精盐 2 克拌匀腌渍入味。鸡蛋磕入容器内用筷子充分搅打均匀。 ②芦荟条蘸匀面粉,挂匀鸡蛋液,蘸匀面包糠,下入烧至六成热的植物油中,炸至呈金黄色、外表酥脆捞出,沥去油,装入盘中。 ③锅内留油 20 克,下入番茄酱炒至锅内的油呈红色,加入余下的精盐、白糖、清水 50 克炒开,加白醋炒匀,用湿淀粉勾芡,淋入香油,出锅浇在盘内炸好的芦荟条上即成。

【特　点】 色泽金红,外酥里嫩,甜酸可口。

【操作提示】 炸芦荟条时火不要过大,芡汁炒制要稠稀适中。

【营养功效】 芦荟富含钙、铁、磷、钾、钠、铜、镁、锌、硒、胡萝卜素、维生素(B_1、B_2、C、E)以及糖类、蛋白质、脂肪、膳食纤维等;其味苦,性寒,可消炎杀菌,清热凉肝,泻下通便,消疳杀虫。芦荟配以可生津止渴的番茄汁和可润肺生津的白糖同烹成菜,具有生津止渴,健脾益胃,润肺宽胸的功效,是夏日一款消暑美味菜肴。

鸭丝仙人掌

【原　料】　食用仙人掌 300 克,净鸭肉 100 克,枸杞子、姜丝、蒜丝各 5 克,料酒 10 克,精盐、鸡精各 3 克,白糖 2 克,湿淀粉 13 克,汤 25 克,植物油 300 克。

【制作步骤】　①将仙人掌削去外皮,洗净,切成丝。鸭肉洗净,沥去水分,切成丝,用料酒 5 克、精盐 0.5 克拌匀腌渍入味,再用湿淀粉 3 克拌匀上浆。枸杞子洗净。　②汤放入碗内,加入枸杞子泡透,再加入白糖、鸡精和余下的料酒、精盐、湿淀粉调匀对成芡汁。　③锅内放入植物油烧至四成热,下入鸭丝滑散至熟,倒入漏勺。锅内放入植物油 20 克烧热,下入姜丝、蒜丝炝香,下入仙人掌丝煸炒至熟,下入鸭丝炒匀,烹入芡汁翻匀,出锅装盘即成。

【特　点】　色泽美观,清脆滑嫩,味美清鲜。

【操作提示】　仙人掌丝要用大火速炒。

【营养功效】　仙人掌富含胡萝卜素、多种维生素、多种氨基酸、钙、磷、铁、锌及蛋白质、膳食纤维等,具有行气活血,清热解毒,健脾止泻,安神利尿等功效。鸭肉味甘、咸,性微寒,可滋阴养胃,利水消肿,健脾补虚。二者与可滋肾补肝、益精明目、生津止渴、润肺止咳的枸杞子同烹成菜,具有补气滋阴,生津润燥,清热解暑,安神明目的功效。

兔肉炒仙人掌

【原　料】　仙人掌 300 克,净兔肉 100 克,葱末、姜末各 5 克,料酒、熟鸡油、湿淀粉各 10 克,精盐、鸡精各 3 克,汤 15 克,植物油 25 克。

【制作步骤】　①将兔肉洗净,沥去水分,切成片,用料酒 5 克、精盐 0.5 克拌匀腌渍入味,再用湿淀粉 3 克拌匀上浆。仙人掌削去外皮,洗净,切成厚片。 ②锅内放入植物油烧热,下入葱末、姜末炝香,下入兔肉片炒至变色,烹入余下的料酒炒匀。 ③下入仙人掌片,加汤、余下的精盐翻炒至熟,加鸡精,用余下的湿淀粉勾芡,淋入熟鸡油,出锅装盘即成。

【特　点】 白绿相衬,爽脆滑嫩,鲜美清香。

【操作提示】 兔肉要抹刀切成薄厚均匀的片。

【营养功效】 仙人掌营养丰富,含有大量的胡萝卜素、维生素、氨基酸、钙、磷、铁、锌、膳食纤维及蛋白质等,具有行气活血,清热解毒,健脾止泻,安神利尿等功效。兔肉味甘,性凉,可健脾益气,滋阴生津,凉血解毒。二者同烹成菜,具有养阴补血,利湿除热的功效,是夏日一款别具特色的解暑祛湿菜肴。

蚝油草菇烧菱角

【原　料】 净菱角肉、草菇各 200 克,姜末、葱末各 5 克,蚝油 20 克,精盐 1.5 克,鸡精 3 克,湿淀粉 10 克,清汤 200 克,植物油 20 克,香油 8 克。

【制作步骤】 ①将菱角肉搓去外皮,洗净。草菇去根,洗净,从中间对剖成两半。 ②锅内放入清水烧开,下入菱角肉用大火烧开,再下入草菇焯透捞出。另将锅内放入植物油烧热,下入姜末、葱末炝香。 ③下入菱角肉、草菇煸炒几下,加入蚝油炒匀,加清汤、精盐炒开,烧至熟烂,收浓汤汁,加鸡精,用湿淀粉勾芡,淋入香油,出锅装盘即成。

【特　点】 菱角柔软,草菇滑嫩,鲜美甘甜。

【操作提示】 要用小火慢烧,使其充分入味。

【营养功效】 菱角肉味甘,性寒,可清热除烦,生津养胃,益气健脾。草菇营养丰富,并含有大量的赖氨酸、维生素 C 等;其味甘,性凉,可补脾益气,消暑清热。二者配以可滋阴益血,清热除湿的蚝油同烹成菜,具有补气滋阴,生津润燥,消暑祛湿的功效。

菱角焖菇排

【原　料】　菱角肉 300 克,猪排骨 200 克,水发香菇 75 克,胡萝卜 30 克,葱段、姜片各 10 克,料酒、酱油各 15 克,精盐 3 克,味精 2 克,植物油 25 克。

【制作步骤】　①将菱角肉搓去外皮,洗净。香菇去蒂,洗净,切成条块。胡萝卜洗净,去皮,先斜切成 3.5 厘米长的段,再顺切成 1 厘米见方的条。猪排骨洗净,顺骨缝剖开,再逐根剁成 3.5 厘米长的段。　②锅内放入清水烧开,下入菱角肉用大火烧开,煮透捞出,待锅内的水再烧开时,下入猪排骨段用大火烧开,氽去血污捞出,沥去水分。　③锅内放入植物油烧热,下入葱段、姜片炝香,下入猪排骨段略炒,烹入料酒、酱油炒匀,加清水 500 克烧开,焖至六成熟,下入香菇条、菱角肉、胡萝卜条,加入精盐炒开,焖至熟烂,收浓汤汁,加味精,出锅装盘即成。

【特　点】　色泽红亮,软嫩柔滑,咸香醇美。

【操作提示】　要用小火盖上锅盖长时间焖制。

【营养功效】　菱角肉富含糖类、蛋白质、脂肪、钙、磷、铁、胡萝卜素、维生素 C 以及 β-谷甾醇和麦角甾四烯等;其味甘,性寒,可清热解烦,生津养胃,益气健脾。猪排骨上瘦肉较多,肥肉很少,其味甘、咸,性平,可滋阴润燥,益气补血,壮骨强身。香菇味甘,性平,可健脾益胃,益气补虚。三者同烹成菜,具有清热解暑,除烦止渴,健脾胃,益气血的功效。

金菇烧香菱

【原　料】　净菱角肉、金针菇（罐装）各 200 克,精盐、鸡精各 3 克,白糖 2 克,酱油、湿淀粉各 10 克,植物油 600 克,香油 8 克。

【制作步骤】　①将菱角肉搓去外皮,洗净,沥去水分,从中间对剖成两半。金针菇掐去老根,洗净,挤去水分,逐一系成扣。②锅内放入植物油烧至五成热,下入菱角肉炸透捞出,沥去油。③锅内留油 15 克,下入金针菇扣略炒,下入菱角肉炒匀,加入清水 150 克、精盐、白糖、酱油炒开,用小火烧至汤汁将尽,加鸡精,用湿淀粉勾芡,淋入香油,出锅装盘即成。

【特　点】　色泽微红,菱角香软,金菇鲜嫩。

【操作提示】　炸菱角肉时火不要过大。

【营养功效】　菱角味甘,性凉,可清暑解热,除烦止渴,益气健脾。金针菇营养丰富,含有人体必需的 8 种氨基酸和大量无机盐、维生素等;其性寒凉,可抗菌消炎,抗疲劳,是夏日消暑食品。二者同烹成菜,具有补气滋阴,生津润燥,消暑清热的功效。

蜜汁银杏

【原　料】　银杏仁 500 克,冰糖 100 克,湿淀粉 15 克。

【制作步骤】　①将银杏仁洗净,沥去水分。冰糖砸碎成小块。②沙锅内放入清水 500 克,下入银杏仁烧开,下入冰糖煮至熟烂,收浓汤汁。　③湿淀粉用清水 10 克调成稀糊状,淋入锅中勾芡,使汤汁呈稠稀适中的糊状,出锅盛入碗中即成。

【特　点】　色泽黄亮,口感柔软,汁稠甘甜。

【操作提示】　要用小火慢慢熬煮,使其入味。

【营养功效】　银杏含有银杏酸、氢化白果酸、白果醇、多种氨基酸、糖类、维生素(B₂、B₅)、胡萝卜素、钙、磷、钾、铁及蛋白质、脂肪等;其味甘,性温,可补气养心,益肾滋阴,止咳除烦。冰糖味甘,性平,可补中益气,和胃润肺,止咳化痰。二者搭配食用,具有生津止渴,消暑舒神的功效。银杏仁的胚乳中含有核糖核酸酶及一种有毒物质,多食后会中毒,故每次不宜多食。

羊奶煮荸荠

【原　料】　荸荠 250 克,羊奶 350 克,白糖 50 克,湿淀粉 25克。

【制作步骤】　①将荸荠洗净,削去外皮,切成丁。　②锅内放入清水 300 克烧开,下入荸荠丁煮至熟烂,加入白糖、羊奶烧开。③湿淀粉用清水 25 克调成稀糊状,淋入汤锅内,并用手勺不停地搅动,至汤呈稀稠适中的糊状,出锅装碗即成。

【特　点】　色泽洁白,软烂稠滑,甘甜可口。

【操作提示】　荸荠切成 0.8 厘米见方的丁。

【营养功效】　荸荠含糖类、蛋白质、脂肪、钙、磷、维生素(B、C)、荸荠素等,其味甘,性寒,可清热生津,化痰消积,凉血明目。羊奶富含蛋白质、钙、磷、维生素(A、D)等;其味甘,性温,可滋养补虚,益胃润燥。二者配以可润肺生津的白糖同食,具有解热毒,利湿热,止消渴的功效,是夏日一款解暑除湿汤菜。

糖水柠檬马蹄

【原　料】　马蹄 15 个,柠檬 1 个,冰糖 100 克。

【制作步骤】　①将马蹄洗净,去皮。柠檬洗净,切成 2 厘米见方的块。　②锅内放入清水 500 克,下入马蹄烧开。　③下入柠檬块、冰糖烧开,煮至马蹄熟烂,收浓汤汁,出锅装碗即成。

【特　点】　马蹄爽嫩,汤汁稠浓,甜酸可口。

【操作提示】　要用小火慢慢熬煮,使其充分入味。

【营养功效】　马蹄(荸荠)味甘,性寒,可清热生津,化痰消积,凉血明目。柠檬富含维生素(B₁、B₂、B₅、C)、有机酸、黄酮类、挥发油等;其味酸,性微寒,可清热、生津、止渴、祛暑。二者配以可补中益气、和胃润肺、止咳化痰的冰糖同食,具有清热降火,化痰消积,生津止渴,祛暑的功效,是夏日一款消暑甜品菜肴。

糖水番茄煮荸荠

【原　料】　荸荠 300 克,番茄 200 克,白糖 75 克,蜂蜜 15 克。

【制作步骤】　①将番茄去蒂,洗净,切成滚刀块。荸荠洗净,去皮,切成厚片。　②锅内放入清水 500 克,下入白糖烧开,下入荸荠片煮透。　③下入番茄块烧开,煮透,出锅装碗,稍凉后加入蜂蜜调匀即成。

【特　点】　红白相衬,汁浓酸甜。

【操作提示】　荸荠要用小火煮制,使糖汁入味。

【营养功效】　荸荠味甘,性寒,可清热生津,凉血止痢,化痰消积,明目。番茄味甘、酸,性微寒,可生津止渴,健胃消食,凉血平肝,补肾利水。二者配以可润肺生津的白糖同烹成菜,具有补中和血,益气生津,宽肠通便,清热利湿的功效,是夏日一款解暑祛湿甜品菜肴,对烦热口渴、食欲不振、消化不良、高血压等症状,也有食疗效果。

鲜茅根煮荸荠

【原　料】　荸荠 225 克,鲜茅根 125 克,白糖 25 克。

【制作步骤】　①将荸荠洗净,削去外皮,切成片。鲜茅根洗净,沥去水分,切成 3 厘米长的段。 ②沙锅内放入清水 800 克烧开,下入鲜茅根段、荸荠片用大火烧开,改用小火熬煮 40 分钟。③加入白糖煮至溶化即成。

【特　点】 清爽甜润。

【操作提示】 荸荠片要切得薄厚均匀。

【营养功效】 荸荠味甘,性寒,可清热生津,凉血止痢,化痰清火,明目。薜茅根味甘,性寒,可凉血益阴。二者配以可润肺生津的白糖同烹成菜,具有清热凉血,生津润燥,清除暑热的功效,是夏日一款消暑甜品汤菜,对暑热所致烦热口渴等症,也有较好的食疗改善作用。

荸荠鸡蛋羹

【原　料】 荸荠 200 克,鸡蛋 1 个,胡萝卜 25 克,葱末 5 克,精盐、鸡精各 3 克,湿淀粉 25 克,清汤 650 克,植物油 15 克。

【制作步骤】 ①将荸荠、胡萝卜均洗净,沥去水分,削去外皮,切成丝。鸡蛋磕入容器内搅散。 ②锅内放入植物油烧热,下入葱末炝香,下入荸荠丝、胡萝卜丝炒匀,加清汤烧开,煮熟。 ③淋入鸡蛋液,加入精盐、鸡精,用湿淀粉勾芡,使汤汁呈稀糊状,出锅装碗即成。

【特　点】 色泽美观,软烂稠滑,清香回甜。

【操作提示】 鸡蛋液淋入汤锅后,要用筷子顺一个方向充分搅匀成细碎的小片。

【营养功效】 荸荠味甘,性寒,可清热生津,凉血止痢,化痰消积,明目。鸡蛋营养十分丰富,含有人体所需的 8 种氨基酸和丰富的铁、钙、磷、锌、维生素(A、E、D、B 族)等;其味甘,性平,可滋阴润燥,补血养心,定魄宁神。二者同烹食用,具有清利湿热,养心安神的功效,是夏日一款解暑除湿营养汤菜。

肉片荸荠

【原　料】　荸荠 300 克,猪瘦肉 75 克,胡萝卜 50 克,姜片 5 克,葱段、料酒各 10 克,精盐 3 克,味精 2 克,湿淀粉 12 克,汤 75 克,植物油 25 克。

【制作步骤】　①将猪瘦肉洗净,沥去水分,切成小片,用湿淀粉 2 克拌匀上浆。荸荠、胡萝卜均洗净,去皮,切成片。　②锅内放入植物油烧热,下入姜片、葱段炝香,下入猪肉片炒至断生,烹入料酒炒匀。　③下入胡萝卜片、荸荠片,加入精盐、汤炒开,烧至熟透,拣出葱段、姜片不用,加味精,用余下的湿淀粉勾芡,出锅装盘即成。

【特　点】　色泽美观,滑嫩爽脆,咸香清甜。

【操作提示】　要用小火烧制,使其充分入味。

【营养功效】　荸荠味甘,性寒,可清热生津,化痰消积,凉血明目。猪瘦肉味甘、咸,性平,可滋阴润燥,补益肝肾。二者与可健脾消食、补肝明目、清热解毒的胡萝卜同烹成菜,具有清热解毒,润燥生津,解暑除湿的功效。

木耳炒荸荠

【原　料】　荸荠 250 克,水发木耳 100 克,净鸭肉 50 克,葱末、姜末、蒜末各 5 克,料酒、湿淀粉各 13 克,精盐 3 克,味精 2 克,清汤 25 克,植物油 20 克,香油 8 克。

【制作步骤】　①将鸭肉洗净,沥去水分,切成片,用料酒 5 克、精盐 0.5 克拌匀腌渍入味,再用湿淀粉 3 克拌匀上浆。木耳洗净,去根,撕成小片。荸荠洗净,去皮,切成片。　②锅内放入植物油烧热,下入葱末、姜末、蒜末炝香,下入鸭肉片炒至断生,烹入余下的料酒炒匀,加清汤炒开。 ③下入荸荠片、木耳片,加入余下的精盐炒匀至熟,加味精,用余下的湿淀粉勾芡,出锅装盘即成。

【特　点】 色泽素雅,口感滑脆,咸香鲜美。

【操作提示】 勾芡不要过稠。

【营养功效】 荸荠味甘,性寒,可清热生津,化痰消积,凉血明目。木耳是一种高蛋白、低脂肪、多膳食纤维和无机盐的食用菌;其味甘,性平,可养阴润肺,补肾止血,补气益胃。二者配以可滋阴养胃、利水消肿、健脾补虚的鸭肉同烹成菜,具有清热化痰,滋阴生津,润肠消积,凉血止血的功效,是夏日一款清热消暑菜肴。

雪山西瓜

【原　料】 红瓤西瓜1000克,冰淇淋200克。

【制作步骤】 ①将西瓜洗净,擦干水,用刀从中间对剖成两半。 ②取一汤匙将西瓜瓤挖成直径4厘米半圆球状的块,摞摆在盘中。 ③将冰淇淋覆盖在西瓜块上即成。

【特　点】 红白相衬,清凉甘甜。

【操作提示】 西瓜块要将凸起的球状面朝上摆在盘中。

【营养功效】 西瓜富含果糖、葡萄糖、蔗糖、苹果酸、瓜氨酸、谷氨酸、维生素(C、B_1、B_2、B_5、A)、胡萝卜素及多种无机盐等;其味甘,性寒,可清热解暑,除烦止渴,通利小便。西瓜配以可清凉消暑的冰淇淋同食,可清热除烦,解暑止渴,利小便,是夏日一款日常消暑菜肴,对暑热所致心烦口渴症状,也有较好的食疗改善作用。

银竹西瓜盅

【原　料】 红瓤西瓜1个(重约2500克),鲜竹叶30克,鲜银花15克;生地10克,冰糖150克。

　　【制作步骤】　①将鲜竹叶、生地洗净,放入沙锅内,加入清水500 克烧开,煎煮 30 分钟,捞出鲜竹叶、生地不用,下入冰糖熬煮至熔化、汁浓,下入洗净的鲜银花,出锅倒入容器内,晾凉后放入冰箱镇成冰汁。　②西瓜洗净,擦干表皮的水,在西瓜蒂的一侧、西瓜的五分之一处入刀切下做西瓜盅的盖,再将西瓜蒂相对的一侧用刀将西瓜硬皮片下使底部成平面,再将瓜瓤挖出,成西瓜皮盅。③西瓜皮盅放入盘中。将挖出的 1/2 西瓜瓤切成 2.5 厘米见方的块,放入西瓜盅内,余下的西瓜瓤放入纱布内挤出汁放入容器内,与西瓜盅一同入冰箱冷藏 1 小时取出,将西瓜汁倒入西瓜盅内,再将冰汁倒入西瓜盅内即成。

　　【特　点】　形态美观,甘甜冰爽。

　　【操作提示】　可按个人喜好在西瓜皮上随意刻上精美的图案。

　　【营养功效】　西瓜味甘,性寒,可清热解暑,除烦止渴,通利小便。鲜竹叶味甘、淡,性寒,可清热除烦,利尿。鲜银花味甘,性寒,可清热解毒。生地味甘、苦,性寒,可养阴生津,清热凉血。诸物搭配食用,具有清热解暑,除烦止渴的功效,对暑热所致热盛伤津、心烦口渴等症状,也有很好的食疗改善作用。

蜜汁瓜皮丁

　　【原　料】　西瓜皮 750 克,枸杞子 5 克,冰糖 100 克,蜂蜜 20克。

　　【制作步骤】　①将西瓜皮片净内侧红瓤,削去外侧硬皮,洗净,沥去水分,切成菱形丁。枸杞子洗净。　②锅内放入清水 300克,下入冰糖烧开,下入西瓜皮丁熬煮至汤汁浓稠。　③下入枸杞子继续熬煮 2 分钟,出锅装碗,稍凉后加入蜂蜜调匀即成。

　　【特　点】　色泽美观,皮丁爽嫩,汤汁黏稠,清香甜润。

【操作提示】 西瓜皮要先切成 1 厘米宽的条,再斜切成菱形的丁。

【营养功效】 西瓜皮含蛋白质、脂肪、膳食纤维、胡萝卜素、维生素(A、B_1、B_2、C、B_5)、糖类、有机酸等,其味甘,性凉,可清暑解热,止渴,利尿。西瓜皮配以可补中益气、和胃润肺、止咳化痰的冰糖和可补肝滋肾、益精明目、润肺止咳、生津止渴的枸杞子搭配成菜,具有补气滋阴,生津止渴,清暑解热的功效,是夏日一款消暑甜品菜肴,对中暑、水肿、便血等症,也有食疗改善作用。

西瓜皮炒鸡蛋

【原　料】 西瓜皮 600 克,鸡蛋 3 个,葱末、蒜末各 5 克,料酒 6 克,精盐 3 克,味精 1 克,湿淀粉 8 克,植物油 50 克。

【制作步骤】 ①将西瓜皮片净内侧红瓤,削去外侧硬皮,洗净,沥去水分,切成 4 厘米长、0.25 厘米厚的长条片。鸡蛋磕入容器内,加入精盐 1 克、料酒,用筷子充分搅打均匀。　②锅内放入植物油 35 克烧热,倒入鸡蛋液煎熟成均匀的蛋片,出锅倒入漏勺,沥去油。　③锅内放入余下的植物油烧热,下入葱末、蒜末炝香,下入西瓜皮片煸炒至透,加入余下的精盐炒匀,下入鸡蛋片,加入味精炒匀,用湿淀粉勾芡,出锅装盘即成。

【特　点】 色泽鲜亮,脆嫩清爽,咸鲜清香。

【操作提示】 煎鸡蛋前要先将锅烧热,再加入植物油,晃动锅使油在锅中滑匀。

【营养功效】 西瓜皮味甘,性凉,可清暑解热,止渴,利尿。鸡蛋味甘,性平,可滋阴润燥,补血养心,安神定惊。二者同烹成菜,具有清热养神,消暑止渴的功效,是夏日一款消暑营养菜肴,对暑热所致心烦、口渴、目赤、咽干等症状,也有食疗改善作用。

肉炒瓜皮丝

【原　料】　西瓜皮 600 克,猪瘦肉 75 克,蒜末、料酒各 8 克,精盐 3 克,味精 2 克,湿淀粉 10 克,植物油 100 克。

【制作步骤】　①将猪瘦肉洗净,沥去水分,切成丝,用料酒、精盐 0.5 克拌匀腌渍入味,再用湿淀粉 3 克拌匀上浆。西瓜皮片净内侧红瓤,削去外侧硬皮,洗净,切成丝。　②锅内放入植物油 80克烧热,下入猪肉丝滑炒至熟,倒下漏勺,沥去油。　③锅内放入余下的植物油烧热,下入蒜末炝香,下入西瓜皮丝用大火煸炒至微熟,下入猪肉丝,加入余下的精盐炒匀至熟,加味精,用余下的湿淀粉勾芡,出锅装盘即成。

【特　点】　清爽脆嫩,清新可口。

【操作提示】　原料丝一定要切得粗细均匀。肉丝要温油入锅,小火滑炒。

【营养功效】　西瓜皮味甘,性凉,可清暑解热,止渴,利尿。猪瘦肉味甘、咸,性平,可滋阴润燥,益气补血。二者同烹成菜,具有清热利尿,解暑除烦的功效,是夏日一款清爽消暑菜肴。

干贝瓜皮丝汤

【原　料】　西瓜皮 450 克,干贝 20 克,姜丝、火腿各 10 克,料酒 5 克,精盐、鸡精各 3 克,清汤 500 克。

【制作步骤】　①将干贝洗净,放入碗内,加入开水浸泡至透。西瓜皮片去内侧红瓤,削去外侧硬皮,洗净,切成丝。火腿切成丝。②沙锅内放入清汤,下入姜丝、火腿丝,加入料酒烧开,煮 3 分钟,下入西瓜皮丝烧开。　③下入干贝及泡干贝的原汁浇开,加精盐、鸡精即成。

【特　点】　皮丝爽嫩,汤汁清爽,味道极鲜。

【操作提示】　干贝要用100克开水浸泡,并要盖严容器盖子闷40分钟。

【营养功效】　西瓜皮味甘,性凉,可清暑解热,止渴,利尿。干贝味甘、咸,性平,可滋阴补肾,调中。二者同烹成菜,具有清热解暑,利尿化痰的功效,是夏日一款美味消暑汤菜,对中暑高热者也有食疗效果。

凉拌草菇西瓜皮

【原　料】　西瓜皮450克,草菇125克,泡辣椒5克,姜末、精盐各4克,味精2克,香油10克。

【制作步骤】　①将西瓜皮片净内侧红瓤,削去外侧硬皮,洗净,沥去水分,切成片。草菇洗净,切成片。泡辣椒剁成末。②锅内放入清水烧开,下入草菇片焯透捞出,放入凉水中投凉捞出,沥去水分。西瓜皮片放入容器内,加入精盐2克拌匀,腌渍10分钟,挤去水分。　③西瓜皮片放入容器内,加入草菇片、泡辣椒末、姜末、精盐、味精、香油拌匀,装盘即成。

【特　点】　清爽脆嫩,清鲜微辣。

【操作提示】　西瓜皮、草菇均切成0.25厘米厚的片。

【营养功效】　西瓜皮味甘,性凉,可清暑解热,止渴,利尿。草菇味甘,性凉,可补脾益气,消暑清热。二者搭配成菜,具有祛暑热,清心火的功效,是夏日一款日常消暑小菜。

糖拌甜瓜丁

【原　料】　甜瓜600克,白糖50克。

【制作步骤】　①将甜瓜洗净,擦干表皮的水,放入冰箱镇凉。

②将镇凉的甜瓜削去外皮,从中间对剖成两半,挖去瓤,切成 1.5 厘米见方的丁。 ③甜瓜丁放入盘内,撒上白糖即成。

【特 点】 清爽嫩脆,清凉甘甜。

【操作提示】 甜瓜丁上的白糖一定要撒均匀。

【营养功效】 甜瓜含蛋白质、脂肪、糖类、膳食纤维、胡萝卜素、维生素(B_1、B_2、C、B_5)、钙、磷、钾、钠、铁、镁、锰、铜、锌、柠檬酸等;其味甘,性寒,可清暑热,解烦渴,利小便。甜瓜与可润肺生津的白糖同食,具有清热除烦,生津止渴,消暑利尿的功效。

柠檬双瓜条

【原 料】 甜瓜 250 克,黄瓜 175 克,白糖 30 克,柠檬汁 15 克,精盐 2 克。

【制作步骤】 ①将甜瓜洗净,削去外皮,从中间对剖成两半,去净瓜瓤,切成 3.5 厘米长、1 厘米见方的条。黄瓜洗净,削去外皮,先横切成 3.5 厘米长的段,再顺切成 1 厘米见方的条。 ②黄瓜条、甜瓜条均放入容器内,加入精盐拌匀,腌渍 5 分钟,滗去水分。 ③柠檬汁加入瓜条内拌匀,再加入白糖拌匀,装盘即成。

【特 点】 清爽嫩脆,甜酸清凉,沁人心脾。

【操作提示】 甜瓜、黄瓜在制作前要放入冰箱中冷藏 2 小时。

【营养功效】 甜瓜含糖、胡萝卜素、维生素(B_1、C)、柠檬酸等;其味甘,性寒,可清暑热,解烦渴,利小便。黄瓜味甘,性凉,可清热止渴,利水消肿。二者配以可清热解暑、生津止渴的柠檬汁同食,具有清热泻火,除烦止渴,解暑利尿的功效。

冰汁甜瓜丁

【原 料】 甜瓜 500 克,冰糖 100 克。

　　【制作步骤】　①将冰糖砸碎,放入锅内,加入清水 300 克烧开,熬煮至冰糖溶化、糖汁浓稠时,出锅倒入容器内,晾凉后放入冰箱镇成冰汁。　②甜瓜洗净,擦去表皮的水,放入冰箱镇凉后取出,削去外皮,从中间对剖成两半,去净瓜瓤,先切成 1.5 厘米宽的条,再改切成菱形的块。　③甜瓜块放入汤盘内,再将冰汁取出,浇在甜瓜块上即成。

　　【特　点】　清爽脆嫩,清凉甘甜。

　　【操作提示】　冰糖汁要用小火熬煮。

　　【营养功效】　甜瓜(香瓜)味甘,性寒,可清暑热,解烦渴,利小便。甜瓜配以可补中益气、和胃润肺、止咳化痰的冰糖同食,具有清肺化痰,生津止渴,消暑清热的功效。

蜜汁草莓

　　【原　料】　草莓 500 克,冰糖 125 克,蜂蜜 20 克。

　　【制作步骤】　①将草莓去蒂,洗净,沥去水分。冰糖砸碎成小块。　②锅内放入清水 500 克,下入冰糖用大火烧开,煮至溶化,改用小火熬煮至汤汁浓稠。　③下入草莓烧开,煮透,出锅装碗,稍凉后加入蜂蜜搅匀即成。

　　【特　点】　色彩鲜艳,柔嫩汁稠,甜酸润口。

　　【操作提示】　草莓的表面粗糙,清洗时要用淡盐水浸泡一会儿,以便去净污物。

　　【营养功效】　草莓富含维生素 C、果糖、有机酸、果胶、钙、铁等;其味甘、酸,性凉,可润肺生津,健脾和胃,补血益气,凉血解毒,常食对肠胃病、贫血患者有一定的滋补作用,对坏血病、动脉粥样硬化、冠心病、脑溢血等疾病有防治作用,并具有防癌功效。草莓与可补中益气、和胃润肺、止咳化痰的冰糖同食,具有清热解暑,除烦止渴的功效,对解除酷夏暑热、烦躁口渴症状也有食疗改善作用。

芦荟果丁

【原　料】　苹果 400 克,芦荟 150 克,精盐 2 克,白糖 30 克,柠檬汁 10 克。

【制作步骤】　①将芦荟洗净,削去外皮,下入沸水锅中煮 3 分钟捞出,沥去水分,切成丁。　②苹果去蒂,洗净,去皮、核,切成 1.5 厘米见方的丁。苹果丁、芦荟丁均放入盘中。　③精盐、白糖、柠檬汁均加入盘内苹果丁、芦荟丁上,拌匀即成。

【特　点】　爽脆嫩滑,甜酸可口,果香浓郁。

【操作提示】　原料丁一定要切得大小均匀。

【营养功效】　苹果富含糖类、蛋白质、脂肪、多种维生素、钙、磷、铁、锌、钾、胡萝卜素、黏液质、果胶、有机酸等,其味甘、微酸,性凉,可生津止渴,清热除烦,益脾止泻。芦荟味苦,性寒,可消炎杀菌,清热凉肝,泻下通便,消疳杀虫。二者搭配食用,具有健脾益胃,生津止渴,消食顺气,润肺宽胸,清热消暑的功效。

三味水果羹

【原　料】　苹果、白梨、香蕉各 150 克,冰糖 75 克,精盐 1 克,湿淀粉 30 克。

【制作步骤】　①将苹果、白梨均去蒂,洗净,削去外皮,从中间对剖成两半,挖去核,切成丁。香蕉洗净,去皮,切成丁。　②锅内放入清水 700 克,下入冰糖、精盐烧开,下入白梨丁烧开,煮 3 分钟,下入苹果丁烧开,煮 2 分钟,下入香蕉丁烧开。　③用湿淀粉勾芡,使汤汁呈稠稀适中的糊,出锅装碗即成。

【特　点】　软嫩柔润,汤汁稠滑,甘甜可口。

【操作提示】 原料丁的大小不能超过 1 厘米。

【营养功效】 苹果富含糖类、苹果酸、柠檬酸、果胶、醇类、钙、磷、铁、钾、锌、维生素 C、膳食纤维等;其味甘、微酸,性凉,可生津止渴,清热除烦,益脾止泻。白梨味甘、微酸,性凉,可清热生津,润燥化痰。香蕉味甘,性凉,可益胃生津,养阴润燥。三者配以可补中益气、和胃润肺、止咳化痰的冰糖同食,具有养阴生津,清热化痰,润肠通便,降压降脂的功效,是夏日一款消暑甜品菜。

菠萝鸡片

【原　料】 净菠萝肉(罐头)、净仔鸡肉各 150 克,冬笋、火腿、水发香菇、料酒、葱姜汁、香油各 15 克,味精 2 克,湿淀粉 10 克,干淀粉、精盐各 3 克,鸡蛋清半个,清汤 75 克,植物油 350 克。

【制作步骤】 ①将鸡肉洗净,沥去水分,抹刀切成大片,用料酒 5 克、精盐 0.5 克拌匀腌渍入味,再用鸡蛋清、干淀粉拌匀上浆。菠萝肉切成片。香菇去蒂,洗净,与洗净的冬笋、火腿均切成片。②锅内放入植物油烧至四成热,下入鸡片滑散,再下入香菇片、冬笋片滑散至熟,倒入漏勺。　③锅内放入植物油 15 克烧热,下入火腿片煸炒至熟,烹入葱姜汁、余下的料酒炒匀,加清汤、余下的精盐烧开,加味精,用湿淀粉勾芡,加入鸡片、香菇片、冬笋片、菠萝片,淋入香油翻匀,出锅装盘即成。

【特　点】 鸡片滑嫩,菠萝爽嫩,果香浓郁。

【操作提示】 芡汁炒制要稠稀适中。

【营养功效】 菠萝含糖类、蛋白质、钙、磷、铁、镁、锰、维生素(C、B₅)等,其味甘、微酸,性微寒,可生津止渴,清暑悦神。仔鸡肉富含优质蛋白质、不饱和脂肪酸、铁、钙、磷、锌、硒及多种维生素等;其味甘,性平,可补脾益胃,益气养血,补肾益精。二者同烹成菜,具有清热解暑,生津止渴的功效,是夏日一款美味解暑菜肴,对肠炎、腹泻等症,也有食疗效用。

椰肉炖银耳

【原　料】　净椰子肉 250 克,水发银耳 125 克,冰糖 50 克,椰子汁 200 克。

【制作步骤】　①将椰子肉切成 1.5 厘米见方的丁。银耳去根,洗净,沥去水分,撕成小朵。冰糖砸碎。　②锅内放入清水600 克,下入银耳烧开,下入椰肉丁烧开,炖 20 分钟。　③下入冰糖炖至溶化,加入椰子汁烧开,出锅装碗,晾凉后放入冰箱冷藏 1小时取出即成。

【特　点】　椰丁滑嫩,银耳滑脆,汤汁甜润,清凉爽口。

【操作提示】　不要用铁锅炖制。

【营养功效】　椰子含葡萄糖、果糖、蔗糖、脂肪、蛋白质、维生素(B 族、C)、钾、镁等;其味甘,性平,可生津,利尿,杀虫。银耳味甘,性平,可养阴润燥,益胃生津,益气和血,补脑强心。二者配以可润肺生津的冰糖同食,具有补中益气,养血生津,滋阴润燥的功效,是夏日一款解暑甜品菜肴。

糖水银耳仙桃羹

【原　料】　仙桃(猕猴桃)200 克,水发银耳、冰糖各 50 克,香蕉、苹果、菠萝各 40 克,蜂蜜 15 克,湿淀粉 25 克。

【制作步骤】　①将仙桃洗净,香蕉洗净,菠萝洗净,均去皮,切成丁。苹果去蒂,洗净,去皮、核,切成丁。银耳去根,洗净,切成小片。　②锅内放入清水 700 克,下入冰糖烧开,下入银耳片烧开,煮 10 分钟,下入苹果丁、猕猴桃丁、菠萝丁、香蕉丁烧开。　③用湿淀粉勾芡,使汤汁呈稀糊状,出锅装碗,稍凉后加入蜂蜜调匀即成。

【特　点】　色泽鲜亮,口感滑脆,甜酸润口。

【操作提示】　原料丁入锅烧开即可,煮制时间不要过长。

【营养功效】　仙桃(猕猴桃)富含维生素 C,被誉为维生素 C 之王;其味甘、酸,性寒,可清热生津,和胃降逆,利小便。银耳味甘,性平,可润肺化痰,养阴生津,益气和血,补脑强心。二者配以可补虚润燥的蜂蜜等同烹成羹,具有清热泻火,滋阴生津,益气补虚的功效,是夏日一款清热解暑甜品汤菜,对暑热烦渴等症状,有较好的食疗改善作用。

柠檬鸽丸汤

【原　料】　净肉鸽2只,柠檬50克,葱段、姜片各15克,料酒20克,精盐3克,味精、鸡精各2克,白糖5克,鸡蛋清1个,香油10克。

【制作步骤】　①将柠檬洗净,切成圆形薄片。肉鸽剔下鸽脯肉,剁成细末。鸽骨架放入沙锅内,加入葱段、姜片、清水1 000克、料酒10克烧开,煲1小时,捞出鸽骨架、葱段、姜片不用。②鸽肉末放入容器内,加入精盐1克、味精、余下的料酒、鸽骨汤25克、香油、鸡蛋清用筷子顺一个方向充分搅匀上劲至黏稠,挤成均匀的丸子,下入清水锅中用小火烧开,煮至熟透捞出,沥去水分。③柠檬片下入鸽骨汤锅内,加入白糖、余下的精盐烧开,煮5分钟,下入鸽肉丸烧开,煮1分钟,加鸡精即成。

【特　点】　鸽丸爽嫩,汤汁醇美,滋味鲜香。

【操作提示】　鸽骨架要用小火煲制,随时撇去汤中浮沫,以保持汤汁的清澈。

【营养功效】　鸽肉是一种典型的高蛋白、低脂肪食物,还含有糖类、维生素(A、B_1、B_2、E、B_5)、钾、钠、钙、镁、锌、铁、硒、铜等,含有多种人体必需的氨基酸,营养价值极高;其味甘、咸,性平,可补肝肾,益气血,祛风解毒。鸽肉配以可清热解暑、生津止渴、化痰镇咳的柠檬同烹成菜,具有生津止渴,滋肾填精,益气补虚,清热祛暑的功效。